KB050881

새벽의 셰에라자드 I

새벽의 세에라자드 I

The Wrath and the Dawn

분노와 새벽

르네 아디에 지음 | 심연희 옮김

문학수첩

내 마음속 이야기가 되어준 빅터에게,
그리고 내 밤하늘에 처음 뜬 별과도 같은 제시카에게
이 책을 바칩니다.

Contents

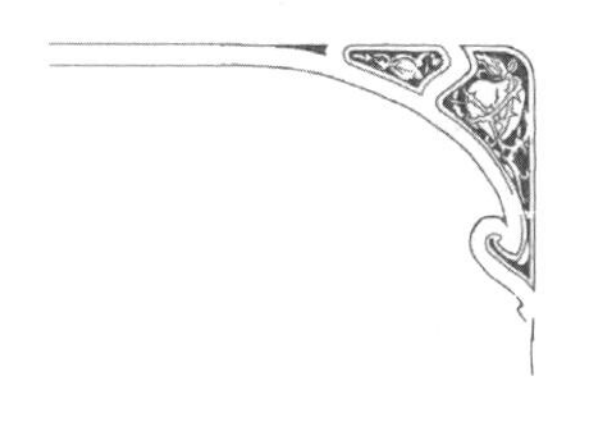

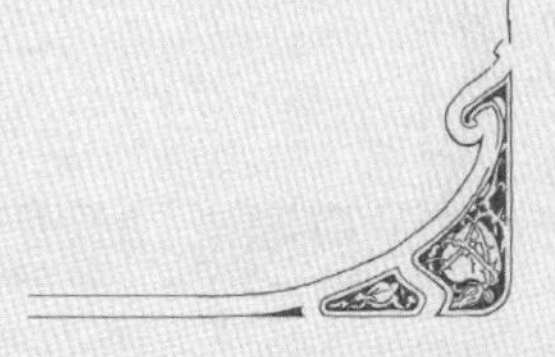

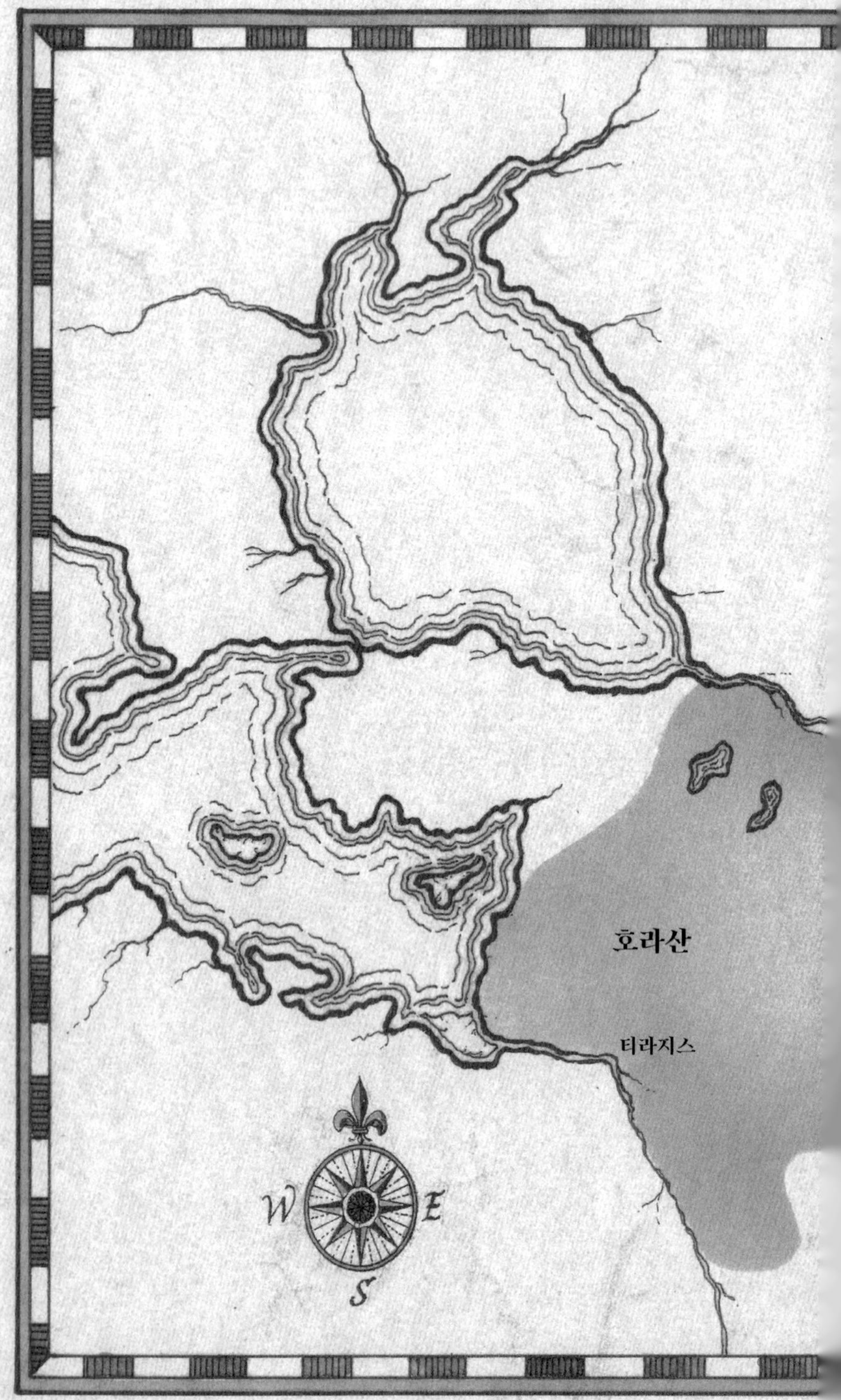

호라산
티라지스
W
E
S

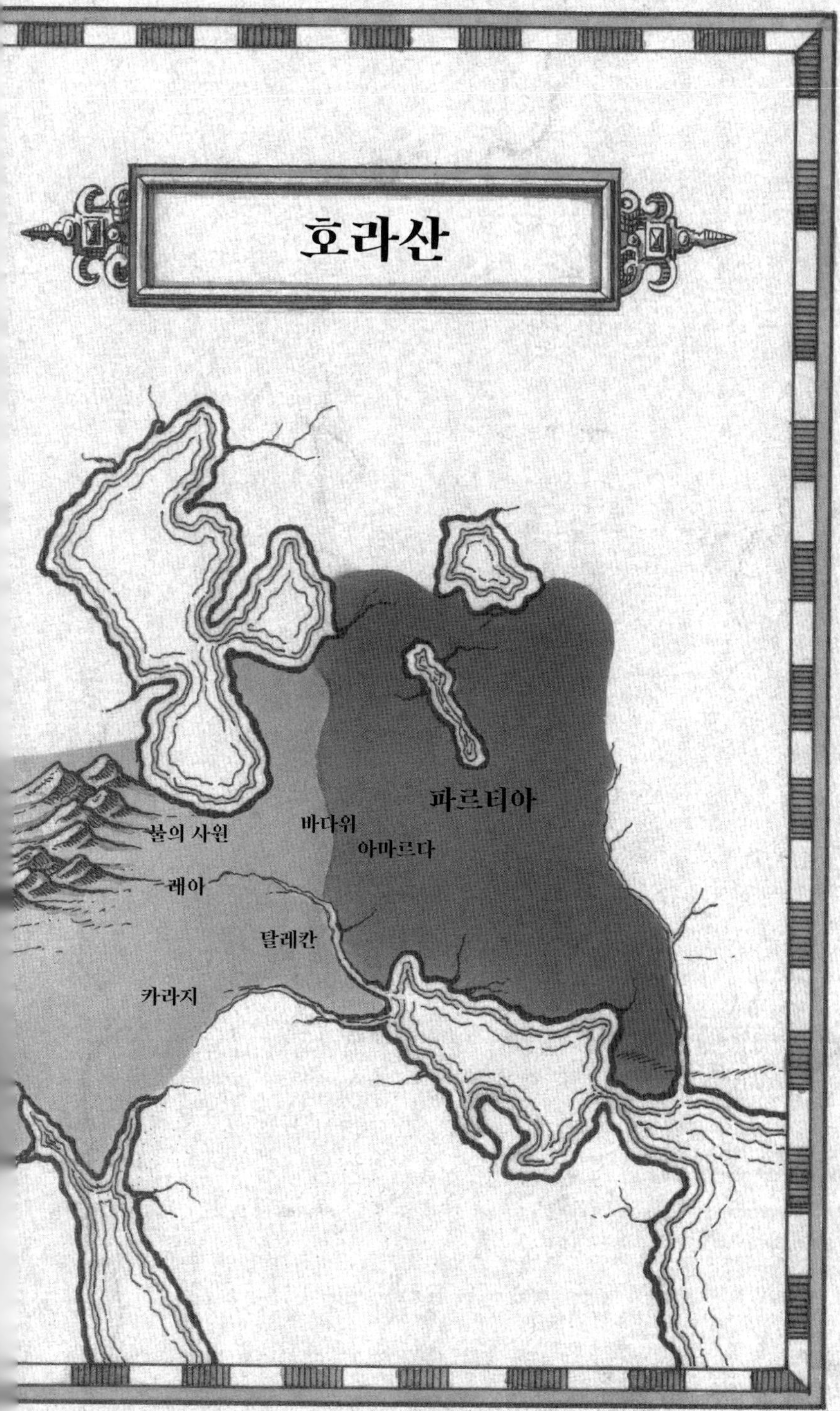
호라산
파르티아
바다위
아마르다
불의 사원
레이
탈레칸
카라지

일러두기

* 인명, 지명 등의 표기는 국립국어원 외래어표기법을 따랐다.
* 괄호 안의 용어 설명은 원작자주이며, 역주는 '—옮긴이'로 표시했다.
* 원작자가 원문에서 이탤릭으로 표기한 부분은 굵은 글씨로 표기했다.

한때는 천 가지 욕망이 있었노라,
그러나 그대를 알고 싶은 단 하나의 욕망으로,
다른 것들은 모두 녹아버렸네.

잘랄루딘 루미

프롤로그

반갑지 않은 새벽이 다가오고 있었다.

하늘은 저 지평선부터 은빛을 둥글게 넘실거리며 밝아왔지만, 동이 트면 무슨 일이 벌어질지 알려주듯 그 빛은 서글펐다.

젊은 남자가 대리석 궁전의 옥상 테라스에 섰다. 옆에는 그의 아버지도 함께였다. 창백한 새벽녘 빛이 느릿하고도 조심스러운 손짓으로 어둠을 밀어내는 모습을 두 사람은 말없이 바라보았다.

"어디 계십니까?"

젊은이가 묻자, 아버지는 고개도 돌리지 않고 대답했다.

"명령을 내린 후로 방을 떠나지 않으셨다."

젊은이는 곱슬머리를 쓸어 올리며 한숨을 내쉬었다.

"이 일로 도심에서 폭동이 일어나겠지요."

"네가 곧바로 폭도들을 진압하면 된다."

그의 아버지는 여전히 흐릿하게 뻗어가는 새벽빛을 응시하며 짧게 대답했다.

“곧바로라 하셨습니까? 신분 고하에 상관없이, 어미와 아비들이 자식의 복수를 하기 위해 싸우리라고 생각하지는 않으십니까?”

마침내 아버지는 아들을 바라보았다. 두 눈은 마치 안에서 눈알을 쑥 잡아당긴 것처럼 움푹 꺼져있었다.

“그래, 부모들은 싸우겠지. 싸워야겠지. 하지만 싸워봤자 아무런 소용이 없다는 걸 넌 확실하게 보여주어야 한다. 네가 섬기는 왕에게 의무를 다해야 한단 말이다. 알겠느냐?”

젊은이는 잠시 아무 말도 없었지만 결국 대답했다.

“알겠습니다.”

“알-호리 장군님.”

병사가 부르는 소리에 남자의 아버지는 뒤를 돌아보았다.

“무슨 일인가?”

“끝났습니다.”

아버지가 고개를 끄덕이자 병사는 물러갔다.

다시금 아들과 아버지는 하늘을 바라보았다.

그들은 무언가를 기다리고 있었다.

메마른 바닥으로 빗방울 하나가 떨어지더니 햇볕에 그은 돌 속으로 스며들었다. 이윽고 철제 난간을 때린 빗방울 역시 미처 흘러내리지 못하고 사라졌다.

잠시 후, 비가 추적추적 내리기 시작했다.

“이게 증거가 아니겠느냐.”

장군은 조용히 대답했다. 고통이 가득한 목소리였다. 젊은이는 곧바로 대답하지 못하다가 겨우 말을 이었다.

“아버지, 왕께서는 이걸 견디실 수 없습니다.”

"견디실 수 있다. 강한 분이니."

"아버지는 할리드에 대해 아무것도 모르십니다. 이건 강하냐 약하냐의 문제가 아닙니다. 인간의 본질을 위협하는 문제란 말입니다. 앞으로 일어날 일들 때문에 할리드의 남은 부분도 모두 무너질 겁니다. 예전의 모습은 사라지고 그저 껍데기만, 그림자만 남을 거라고요."

장군은 얼굴을 찌푸렸다.

"나라고 좋아서 이러는 줄 아느냐? 이 상황을 막을 수만 있다면 난 기꺼이 온몸의 피를 다 흘리며 죽을 수도 있다. 하지만 이젠 달리 방법이 없단 말이다."

젊은이는 고개를 가로저으며 턱에 맺힌 빗방울을 닦았다.

"방법이 없다고 생각하지 않습니다."

"잘랄……."

"분명 방법이 있을 겁니다."

젊은이는 그 자리에서 몸을 돌려 아래층으로 사라졌다.

오랫동안 말랐던 도시 곳곳의 우물에 물이 차오르기 시작했다. 햇볕에 그을고 갈라졌던 수조에 희망처럼 물이 고여갔다. 레이의 주민들은 새로운 기쁨에 겨워 잠에서 깨어났다. 다들 거리로 몰려나와 웃음꽃이 가득한 얼굴로 하늘을 바라보았다.

얼마나 비싼 값을 치르고 이 비를 얻었는지 전혀 모르고, 그저 즐거워하는 사람들.

대리석과 돌로 지은 궁전 깊숙한 곳에 윤기 나는 흑단 탁자가 놓여있었다. 그 앞에 열여덟 살 젊은이가 홀로 앉았다.

그도 빗소리를 듣고 있었다.

방을 밝히는 불빛 한 줄기가 그 호박색 눈동자에 어른거렸다.

어둠에 가려진 빛.

젊은이는 팔꿈치를 무릎에 대고 고개를 숙여 두 손으로 머리를 부여잡았다. 그리고 두 눈을 질끈 감았다. 그러나 말들은 메아리가 되어 주위를 떠돌았고, 과거 속에 뿌리박힌 약속을 귓가에 가득 퍼부었다.

그의 죄를 사해주겠다는 삶의 약속이었다.

네가 취한 여자 백 명의 목숨을 바쳐라. 새벽마다 한 명씩. 하루라도 바치지 않는 날에는 너의 꿈을 송두리째 빼앗을 것이다. 너의 도시를 빼앗을 것이다.

그리고 너에게서 이들의 목숨도 천 배로 빼앗을 것이다.

고운 비단과 금에 대한 명상

사람들은 정중하지 않았다. 뭐 하러 그러겠는가?

내일 아침이면 나는 죽어 없어질 목숨일 텐데.

허리까지 내려오는 셰에라자드의 머리카락을 상아 빗으로 빗기고 구릿빛 팔에 백단유 화장품을 문지르는 하녀들의 손길은 잔인하리만큼 무심했다.

셰에라자드는 그녀의 맨 어깨에 금가루를 뿌리는 어린 하녀를 바라보았다. 저무는 태양 빛을 받은 황금빛이 반짝였다.

벽에 드리운 고운 비단 커튼을 흩날리는 산들바람. 테라스로 이어지는 조각 창호문 사이로 은은히 풍겨오는 달콤한 감귤꽃의 향기. 이것들은 모두 다시는 닿을 수 없는 저 바깥의 자유를 속삭여 댔다.

'이건 내가 한 선택이야. 시바를 잊지 마.'

셰에라자드는 어마어마하게 커다란 보석 목걸이를 걸어주려는 하녀에게 말했다.

"목걸이는 걸지 않겠어요."

"이건 칼리프(caliph, 호라산의 통치자를 가리키는 말로 '왕'과 동의어)께서 내리신 선물입니다. 착용하셔야 해요, 마마."

셰에라자드는 기가 막히다는 듯 자그마한 하녀를 내려다보았다.

"목걸이를 안 하면 어떻게 되는데요? 칼리프께서 날 죽이실까요?"

"마마, 제발, 저는……."

셰에라자드는 한숨을 쉬었다.

"지금은 이런 말을 할 때가 아닌 것 같군요."

"그렇습니다, 마마."

"내 이름은 셰에라자드예요."

"알고 있습니다, 마마."

하녀는 불편한 기색으로 눈길을 돌리고는 셰에라자드가 금으로 만든 맨틀(mantle, 왕족이 걸치는 헐렁한 망토로, 다마스크 천 같은 섬세한 직물로 만든다) 입는 것을 도와주었다. 두 명의 하녀가 반짝이는 어깨에 묵직한 옷을 걸쳐놓자 단장이 끝났다. 셰에라자드는 거울 앞에 서서 자신의 모습을 살펴보았다.

깊은 밤처럼 짙고 어두운 머리카락은 윤기 나는 흑요석처럼 빛났다. 헤이즐넛 빛깔 눈동자 옆으로 콜(kohl, 방연석을 갈아서 만든 눈 화장품)과 수금(liquid gold, 식물성 기름에 고운 금가루를 섞은 용액—옮긴이)을 써서 눈매를 그렸다. 미간에는 엄지손톱만 한 물방울 모양 루비를 드리웠다. 그와 짝을 이루는 또 다른 물방울 루비는 맨 허리에 두른 가느다란 사슬 끝에 달려서 바지의 비단 허리띠 위를 스쳤다. 맨틀은 금실과 은실을 섞어 짠 옅은 색 다마스크 천으로, 천 위로 나타난 정교한 무늬는 아래로 내려갈수록 점점 복잡해졌다.

'나, 잔뜩 금칠한 공작새 같아 보여.'

"다른 여자들도 이토록 우스워 보였나요?"

셰에라자드가 묻자, 두 명의 젊은 하녀들은 다시금 불편한 기색으로 눈길을 피했다.

'시바는 나처럼 우스워 보이지 않았을 거야…….'

셰에라자드의 표정이 굳었다.

'시바는 아름다웠을 거야. 아름답고 강했을 거야.'

주먹 쥔 손끝이 손바닥을 파고들었다. 굳은 결심에 뾰족하게 날이 섰다.

그때, 조용히 문을 두드리는 소리가 들렸다. 세 사람은 일제히 숨을 죽이며 고개를 돌렸다.

방금 마음을 굳게 먹었건만, 셰에라자드의 가슴은 어쩔 수 없이 두근거리기 시작했다.

"들어가도 되겠니?"

침묵을 뚫고 아버지의 부드러운 목소리가 들려왔다. 애원하는 듯한 그 말투에는 무언의 사과가 담겨있었다. 셰에라자드는 천천히, 조심스럽게 숨을 내쉬었다.

"아빠. 여기엔 왜 오셨어요?"

그녀는 참을성 있는 말투를 건넸지만 경계심을 숨길 수는 없었다.

자한다르 알-하이주란이 느릿느릿 방 안으로 들어왔다. 그의 턱수염과 관자놀이에는 희끗희끗한 기색이 드러났고, 헤이즐넛색 눈동자에 어른대는 수많은 빛깔은 마치 폭풍이 몰아치는 바다처럼 마구 바뀌었다.

그는 손에 장미 꽃봉오리를 하나 들고 있었다. 가운데 부분은 아직 색이 연해도, 꽃잎 끝은 연자줏빛으로 아름답게 물든 장미였다.

"이르사는 어디 있어요?"

셰에라자드가 묻는 말에는 불안함이 묻어났다. 아버지는 슬픈 미소를 지으며 대답했다.

"집에 있다. 여기에 함께 와선 안 된다고 했어. 하지만 무척 화를 내면서 끝까지 반발하더구나."

'내 부탁을 아예 무시하지는 않으셨구나.'

"이르사와 함께 계시지 그러셨어요. 오늘 밤 그 애 곁에 있어주셔야 해요. 아빠, 그래주실 수 있죠? 우리가 계획한 대로 해주실 거죠?"

셰에라자드는 손을 뻗어 아버지의 손을 잡고 꽉 쥐었다. 붙잡은 손길을 통해 며칠 전 자신이 세운 계획을 따라달라는 간절한 마음을 전했다.

"얘야, 난, 나는 못하겠다."

자한다르는 고개를 떨구었다. 가슴에서 흐느낌을 토해내는 그의 여윈 어깨가 슬픔으로 속절없이 떨렸다.

"셰에라자드……."

"부디 강해지세요. 이르사를 위해서요. 약속드렸잖아요. 다 잘될 거예요."

셰에라자드는 손바닥을 아버지의 젖은 얼굴에 대고 뺨에 흐르는 눈물을 닦았다.

"이 아비는 못하겠다. 네가 이 해넘이를 보는 게 마지막이라고 생각하면……."

"마지막이 아닐 거예요. 전 내일 해가 지는 모습도 두 눈으로 보게 될 거라고요. 확실하게 약속드려요."

자한다르는 고개를 끄덕였지만, 비참한 표정은 전혀 가시지 않았다. 그는 손에 든 장미를 내밀었다.

"정원에 마지막으로 남았던 장미다. 아직 완전히 피진 않았지만 집을 떠올릴 추억을 주고 싶었어."

셰에라자드는 미소를 지으며 장미에 손을 뻗었다. 그 꽃은 그저 고마움만이 아닌, 그보다 훨씬 더 깊은 아버지와 딸 사이의 사랑의 증표였다. 하지만 아버지는 딸의 손을 막았다. 이유를 눈치챈 셰에라자드는 뭐라 항의하려 했다.

"싫다고 하지 마라. 이렇게라도 너에게 뭔가 해줄 수 있을지 모르잖니."

그는 혼잣말처럼 중얼거렸다. 그리고 이맛살을 찌푸린 채 입을 꾹 다물고 장미를 응시했다. 하녀 하나가 입을 가리고 기침을 했다. 다른 하녀는 바닥으로 눈을 내리깔았다.

셰에라자드는 참을성 있게 기다렸다. 다 알면서도, 그래도.

이윽고 장미가 활짝 피어나기 시작했다. 마치 보이지 않는 손이 살아나라고 콕콕 찌르는 것처럼 꽃잎이 뒤틀리며 벌어졌다. 꽃송이가 커지면서 그윽한 향기가 그들 사이에 가득 퍼졌다. 달콤하고 완벽한 내음이 아버지와 딸 사이에 머물렀다. 하지만 그도 잠시…… 향기는 점점 도를 넘어섰다. 이제는 역한 냄새가 풍겼다. 찬란했던 진분홍빛 꽃잎은 눈 깜짝할 사이에 어두운 녹빛으로 변해버렸다.

결국 장미는 시들어 죽어가기 시작했다.

자한다르는 실망한 채, 하얀 대리석 바닥으로 떨어지는 마른 꽃잎을 바라보았다.

"미, 미안하구나. 셰에라자드."

그가 울음 섞인 목소리로 말했다.

"상관없어요. 잠시나마 무척 아름다웠던 장미를 영원히 잊지 않을게요, 아빠."

셰에라자드는 두 팔로 아버지의 목을 감싸고 꼭 안았다. 그리고 둘만 들을 수 있는 작은 목소리로 아버지의 귓가에 속삭였다.

"약속하신 대로, 타리크에게 가세요. 이르사를 데리고."

그는 다시금 눈물로 반짝이는 눈을 들어 고개를 끄덕였다.

"사랑한다, 내 딸아."

"저도 사랑해요. 저는 약속을 지킬 거예요. 전부 다."

감정에 복받친 자한다르는 말없이 눈을 깜빡이며 큰딸을 바라보았다.

다시금 문 두드리는 소리가 들렸다. 이번에는 양해를 구하는 것이 아니라 명령 같은 두드림이었다.

문 쪽을 휙 돌아보는 셰에라자드의 고갯짓을 따라 이마에 달린 핏빛 루비가 덩달아 흔들렸다. 그녀는 어깨를 펴고 갸름한 턱을 치켜들었다.

자한다르는 용감하게 걸어가는 딸을 두고 한쪽에 서서 두 손으로 얼굴을 가렸다.

"죄송해요. 정말로 죄송해요."

셰에라자드는 아버지에게 속삭이고서 문지방을 성큼 넘어 근위대 행렬을 따라갔다. 딸이 모퉁이를 돌아 사라지자, 자한다르는 풀썩 무릎을 꿇고 흐느꼈다.

아버지의 구슬픈 울음이 공간을 울리는 가운데, 셰에라자드는 차마 떨어지지 않는 발걸음을 억지로 내디뎌 궁전의 거대한 복도를 몇 발짝 걸었다. 하지만 그도 잠시, 결국 멈춰 서고야 말았다. 얇은 비단 재질의 풍성한 서월(sirwal, 남녀 모두 입는 통이 풍성한 바지로, 발목에서 단을 모아 묶고 허리띠로 고정해서 입는다) 아래로 무릎이 덜덜 떨렸다.

"마마."

근위대원 하나가 지겹다는 말투로 걸음을 재촉했다.

"그분은 기다리실 수 있잖아요."

셰에라자드가 씨근거리며 대꾸했다. 근위대원들은 서로 시선을 주고받았다.

울어선 안 된다. 화장한 뺨에 자국이 생겨서 눈물을 흘린 게 드러날 테니. 셰에라자드는 가슴에 손을 대고 꾹 눌렀다. 목덜미를 쥔 두툼한 금목걸이 가장자리에 저도 모르게 손끝이 스쳤다. 볼썽사납게 큼직한 온갖 보석을 셀 수도 없이 잔뜩 박은 목걸이였다. 너무 무거워서…… 숨이 막혀왔다. 화려하게 장식한 족쇄 같다. 셰에라자드는 그 불쾌한 장신구를 손가락으로 무심코 감쌌다. 이걸 확 떼어내면 어떨까, 잠시 이런 생각마저 들었다.

하지만 다시금 솟구친 분노가 마음을 누그러뜨렸다. 고맙게도 결심이 되살아났다.

'시바.'

내 소중한 친구. 가장 가까웠던 벗.

셰에라자드는 금실을 땋아 만든 샌들 속 발가락에 힘을 주었다. 그리고 다시금 어깨를 편 채로 말없이 앞으로 나아갔다.

근위대원들은 또 한 번 서로 시선을 주고받았다.

알현실로 통하는 거대한 문 앞에 다다르자, 셰에라자드는 이제야 심장이 평소의 두 배로 뛰고 있다는 걸 깨달았다. 거슬리는 끼익 소리가 들리며 문이 활짝 열렸다. 셰에라자드는 주변의 모든 것을 무시한 채, 자신의 목표물만을 바라보았다.

거대한 공간 저 끝에 호라산의 칼리프인 할리드 이븐 알-라시드가 서있었다.

왕 중의 왕.

나의 악몽 속 괴물.

한 걸음씩 나아갈수록 핏속에서 증오가 끓어오르며 여기 온 목적이 생생하게 느껴졌다. 셰에라자드는 흔들리지 않는 눈빛으로 그를 응시했다. 젊은 왕의 당당한 태도는 곁에 선 신하들보다 두드러졌다. 그의 곁으로 다가갈수록, 자세한 것들이 보이기 시작했다.

그는 키가 크고 늘씬했다. 전투에 능숙한 남자가 가질법한 탄탄한 체격이었다. 곧게 뻗은 검은색 머리카락이 흐트러짐 없이 손질된 모습에서는 만사에 질서를 부여하겠다는 열망이 드러났다.

셰에라자드는 연단에 성큼 올라서서 그를 올려다보았다. 왕을 마주하는 자리인데도 그녀의 시선에는 주저함이 없었다.

그러자 왕의 짙은 눈썹이 살짝 일그러졌다. 눈썹 아래 갈색 눈동자는 어찌나 색이 옅던지, 불빛에 비친 두 눈은 언뜻 호랑이의 눈동자처럼 호박색(amber)으로 보였다. 옆모습은 화가가 공들여 그린 듯 아름다웠다. 왕은 미동도 하지 않은 채, 그를 조심스레 응시하는 셰에라자드의 눈빛을 마주 쏘아보았다.

조각 같은 얼굴. 꿰뚫을 듯한 저 시선.

젊은 왕이 한 손을 내밀었다.

그의 손을 잡으려고 자신도 손을 내밀려던 순간, 셰에라자드는 절을 해야 한다는 사실을 떠올렸다.

속에서 들끓는 분노 때문에 두 뺨이 그만 붉어졌다.

다시금 왕의 눈을 바라보자, 그는 눈을 한번 깜빡이며 고개를 끄덕였다.

"그대는 나의 아내다."

"그대는 나의 왕이십니다."

난 내일도 살아남아 해넘이를 볼 거야. 실수하지 않을 거야. 나는 오래오래 살면서 매일 해넘이를 보고야 말겠어.

그러니 난 널 죽일 거야.

내 두 손으로.

하나뿐인 이

매는 흐릿한 오후의 하늘을 떠돌았다. 두 날개를 한껏 펼치고서 한숨처럼 흐르는 바람을 탄 날짐승은 저 아래 덤불을 샅샅이 훑는 중이었다.

그러다 언뜻 움직임이 보이자, 매는 날개를 몸에 딱 붙이더니 쏜살같이 지면을 향해 돌진했다. 청회색 깃털이 흐릿하게 보일 만큼 재빠른 몸짓 아래로 맹수의 발톱이 번뜩였다.

털이 복슬복슬한 들짐승은 비명을 지르며 몸을 피하려고 덤불을 헤집고 들어갔지만, 탈출할 가망은 없었다. 잠시 후 달가닥거리는 말발굽 소리가 가까이 들려왔다. 말발굽 뒤로 모래가 뭉게뭉게 피어올랐다.

이윽고 두 사람이 각각 말을 타고 다가왔다. 그들은 사냥감을 잡은 매에게 예의를 갖추듯 조금 떨어진 곳에 멈춰 섰다.

첫 번째 사람이 태양을 등지고 서서 왼팔을 뻗더니 낮고 부드럽게 휘파람을 불었다. 그가 탄 말은 윤기 나고 짙은 암갈색 털의 알-함사(al-Khamsa, 사막 태생의 아라비아산 말로, 아랍어로 숫자 '5'를 의미한다) 종마였다.

매는 몸의 방향을 확 틀면서 노란 테가 드리워진 눈을 가늘게 떴다. 그러고는 다시금 하늘로 날아오르더니 말 탄 자의 손목부터 팔꿈치까지 덮은 가죽 만칼라(Mankalah, 매 조련에 쓰는 가죽 보호대) 위로 내려앉아 발톱을 단단히 박았다.

"조라야, 저 망할 놈의 새. 내가 또 내기에 졌네."

두 번째 사람이 매에게 불평했다. 매 주인은 어릴 적부터 친구였던 라힘에게 싱긋 웃어 보였다.

"징징대지 마. 아무리 내기해도 넌 이길 수 없다는 걸 왜 몰라? 그걸 깨닫지 못한 건 네 잘못이지, 조라야 잘못이 아니라고."

"내가 바보라서 다행인 줄 알아. 나 아니었으면 누가 네 녀석 같은 걸 참고 친구가 되어주겠냐, 타리크?"

타리크는 나지막하게 웃었다.

"정말 그렇게 생각해? 이제껏 난 너희 어머니께 네가 참 똑똑해졌다고 거짓말을 해드렸는데, 그 짓도 그만둬야겠네."

"그래, 관둬라. 내가 언제 너희 어머니께 거짓말했었냐?"

"배은망덕한 놈. 가서 조라야가 잡은 사냥감이나 가져와."

"내가 네 녀석 하인이냐? 직접 해."

"알았어. 얘 데리고 있어."

타리크는 조라야가 참을성 있게 앉아있는 팔을 쭉 뻗었다. 하지만 라힘에게 가라는 신호를 눈치챈 매는 깃털을 곤두세우며 항의의 소리를 꽥 질렀다. 라힘은 깜짝 놀라 몸을 뒤로 젖혔다.

"저 망할 놈의 새는 날 싫어한다고."

"얘는 사람 볼 줄 알거든."

타리크가 씩 웃자 라힘은 투덜댔다.

"저놈의 성질머리는 길이 남을만해. 솔직히 말해서 샤지(셰에라자드의 애칭—옮긴이)보다 더 성질이 더럽다고."

"샤지도 사람 보는 취향이 아주 뛰어나지."

라힘은 눈을 흘겼다.

"너 너무 제멋대로 평가하는 거 아니냐? 솔직히 쟤랑 샤지의 공통점은 너랑 친하다는 것밖에 없잖아."

"셰에라자드 알-하이주란을 고작 그런 식으로 평가하다니, 걔가 너한테 항상 화를 내는 이유가 있다는 생각은 안 하냐? 내가 장담하는데, 조라야와 샤지는 날 좋아한다는 것 말고도 공통점이 아주 많아. 자, 그만 노닥거리고 네놈 말에서 내려서 잡은 거나 가져와. 그래야 집에 가지."

라힘은 계속 투덜대면서 자신의 회색 말에서 내렸다. 그의 말은 아할 테케(Akhal-Teke, 광택 나는 털로 유명한 말의 종류) 종으로, 사막의 태양 아래 말갈기가 회색빛 광택을 빛냈다.

타리크는 눈을 들어 수평선을 따라 뻗은 모래와 마른 관목을 훑어보았다. 암갈색 모래와 점토로 지은 벽돌집이 끝없이 어우러진 뜨거운 대지 위로 아지랑이가 피어올라 파랗고 하얀 하늘에서 조각조각 일렁였다.

라힘은 조라야가 잡은 짐승을 안장에 매단 가죽 주머니에 넣은 다음 말 위에 훌쩍 올라탔다. 그의 몸짓은 어린 시절부터 훈련을 받은 젊은 귀족답게 우아했다.

"우리 예전에 저 새에 대해서 내기했었잖냐……."

라힘이 말꼬리를 흐렸다. 타리크는 라힘의 얼굴에 떠오른 결심을 보고서 못마땅한 소리를 흘렸다.

"싫어."

"너도 질 걸 알고 있구나."

"넌 나보다 말을 잘 타잖아."

"네 말은 내 말보다 더 좋잖아. 너희 아버지는 에미르(emir, 호라산의 귀족 계급으로 칼리프 휘하의 영주. 유럽 계급의 공작에 해당한다)시고. 나는 벌써 오늘 내기에서 졌어. 그러니 나한테도 이길 기회를 달라고."

라힘은 고집을 부렸다.

"이 내기를 얼마나 할 작정이야?"

"내가 널 이길 때까지. 전부 다 이길 거야."

"그러면 영원히 해도 끝나지 않겠네."

타리크가 농담을 던졌다.

"개자식. 이래서 내가 정정당당하게 경기할 생각이 전혀 없는 거라니까."

라힘은 웃음을 참으며 고삐를 잡았다. 그리고 뒤꿈치로 암말에게 신호하며 반대 방향으로 출발했다.

"바보 녀석."

타리크는 웃으면서 조라야를 다시 하늘로 날려 보낸 다음 말 위로 상반신을 기댔다. 혀를 차서 신호를 보내자 말은 갈기를 털면서 히잉 울었다. 아라비아산 명마는 고삐를 당기는 타리크의 손짓에 따라 거대한 발굽을 들어 달리기 시작했다. 말의 강한 발길질 아래로 먼지와 자갈이 소용돌이를 일으켰다.

타리크가 두른 하얀 리다(rida', 남자의 셔츠 입은 어깨에 두르는 망토로, 얼굴을 가릴 수 있는 두건이 달렸다)가 뒤편으로 펄럭였다. 가죽 띠로 단단히 매어둔 두건이 떨어질 것처럼 바람에 휘날렸다.

마지막 모래언덕을 돌자 황갈색 암석과 회색 모르타르로 만든 성채가 사막에 우뚝 솟은 모습이 보였다. 꼭대기가 둥근 탑 위를 빙글빙글 두른 구리 지붕은 고풍스러운 청록빛을 띠었다.

"에미르의 아드님이 오신다!"

라힘과 타리크가 후문으로 다가오자 보초 하나가 외쳤다. 둘의 도착에 간신히 맞춰 문이 열렸다. 라힘은 끼익 소리를 내며 열리는 문틈으로 쏜살같이 지나갔고, 타리크는 그 뒤를 바짝 따라붙었다. 길에 섰던 하인들과 일꾼들이 허둥지둥 물러섰다. 그러다 감이 담긴 바구니가 부딪쳐 바닥에 떨어졌고, 안에 든 과일이 온통 흩어졌다. 바구니 주인인 노인은 투덜대면서 허리를 굽혀 흩어진 주황빛 과일을 애써 그러모았다.

본인들이 어떤 소동을 일으켰는지는 까맣게 모른 채, 귀족 젊은이 둘은 넓게 뻗은 뜰 한가운데에 다가가서야 속도를 늦추었다.

"바보 녀석에게 속아 넘어간 기분이 어때?"

라힘이 짙푸른 눈동자를 반짝이며 친구를 놀렸다. 타리크는 재미있다는 듯 한쪽 입가를 슬며시 올리더니 안장에서 훅 내린 다음 리다의 두건을 젖혔다. 그리고 헝클어진 곱슬머리를 아무렇게나 쓸어 올렸다. 얼굴에 모래가 후드득 떨어지자, 타리크는 눈가를 어지럽히는 모래알의 공격을 피해 눈을 마구 껌뻑였다.

뒤에서 라힘이 숨죽여 키득키득 웃는 소리가 울려 퍼졌다.

타리크는 눈을 떴다.

타리크 뒤에 서있던 하녀 하나가 급히 눈길을 돌렸다. 하녀는 두 뺨을 붉게 물들인 채 손을 덜덜 떨었다. 하녀가 들고 있던 은쟁반 위의 물잔 두 개도 덩달아 흔들리기 시작했다.

"고마워."

타리크는 미소를 지으며 잔을 하나 집었다. 하녀의 얼굴이 더욱 붉어졌다. 잔은 더욱 심하게 흔들렸다.

라힘도 느릿한 걸음으로 다가왔다. 그리고 나머지 잔을 집은 다음 하녀에게 고개를 끄덕이자, 하녀는 홱 돌아서서 걸음아 날 살려라 황급히 도망쳤다. 타리크가 라힘을 밀었다. 그것도 아주 세게.

"이 멍청아."

"저 불쌍한 애는 너한테 반쯤은 마음을 뺏긴 것 같아. 네 녀석의 말 타는 실력은 형편없긴 해도 외모는 참 잘생겼으니까. 네게 그 얼굴을 내려주신 운명의 섭리에 특별히 감사드리도록 해."

타리크는 친구의 말을 무시한 채 몸을 돌려 안뜰을 바라보았다. 오른편을 보자 화강암 바닥에 흩어진 감 더미를 주우려 허리를 구부린 늙은 하인이 보였다. 타리크는 앞으로 얼른 다가가 허리를 굽히고 노인을 도와 바구니에 감을 담았다.

"고맙습니다, 사히브(sahib, 높은 계급의 상대에게 붙이는 경칭)."

노인은 고개를 숙이고 존경의 뜻으로 이마에 오른손 끝을 대었다.

타리크의 눈매가 부드러워졌다. 어두운 빛깔의 눈동자는 여러 색으로 번뜩였다. 한가운데는 밝은 은빛인 눈동자는 바깥으로 갈수록 더없이 짙은 잿빛으로 변했다. 부드러운 눈꺼풀 피부 끝에는 새카만 속눈썹이 드리웠다. 눈썹에는 단호한 기색이 서렸지만, 입가에 언제나 드리워진 미소 덕분에 엄한 분위기는 한결 덜했다. 하루 동안 자라난 수염은 깎은 듯한 턱선에 음영을 드리워서, 정교하게 대칭을 이룬 얼굴이 더욱 돋보였다.

타리크는 노인에게 고개를 끄덕이며 역시 똑같은 손짓을 했다.

그들 위 하늘에서 어서 이쪽을 보라는 듯 조라야의 울음소리가 들려왔다. 타리크는 짜증이 난 척 고개를 흔들며 매를 향해 휘파람을 불었다. 매가 공중에서 내려오며 거친 비명을 지르는 바람에 안뜰에 있던 이들이 흩어졌다. 타리크가 팔을 뻗자, 만칼라에 내려앉은 조라야는 우쭐댔다. 타리크는 매를 새장으로 데려가 먹이를 주었다.

"이 새 말이야, 좀…… 버릇이 없지 않냐?"

라힘은 조라야가 숨도 쉬지 않고서 말린 고기 조각을 통째로 삼키는 모습을 찬찬히 바라보며 말했다.

"얘는 왕국 제일가는 사냥꾼이야."

"그래도 그렇지, 난 저놈의 새가 언젠가 사람도 죽일 수 있을 것 같아. 혹시 살인 병기로 키우려는 거냐?"

타리크가 아니라며 쏘아붙이려던 찰나, 그의 아버지의 최측근 고문이 현관 근처의 아치형 입구에서 나타났다.

"사히브. 에미르께서 찾으십니다."

타리크는 눈썹을 찌푸렸다.

"무슨 일이지?"

"조금 전에 레이에서 전갈이 왔습니다."

그러자 라힘이 헛기침을 했다.

"그래서 어쨌다고? 샤지가 편지를 보냈다는 거 아니야? 공식적으로 누굴 불러댈 만한 일이 아닌데?"

타리크는 고문을 찬찬히 살펴보았다. 고문은 이맛살을 잔뜩 찌푸리고서 손깍지를 꽉 낀 채였다.

"무슨 일이냐니까?"

하지만 고문은 대답을 피했다.

"부탁합니다, 사히브. 함께 가시지요."

라힘과 타리크는 고문과 함께 대리석 기둥이 솟은 현관으로 들어갔다. 이윽고 그들은 모자이크 분수가 놓인 탁 트인 회랑을 지났다. 분수 안에 놓인 금동 사자의 입에서 거품 이는 물줄기가 줄기차게 흘렀다.

본관에 들어서자 호라산에서 네 번째로 부유한 요새를 통치하는 에미르인 나시르 알-지야드가 보였다. 그는 아내와 함께 낮은 탁자에 앉아있었다. 앞에는 저녁 식사를 차려놓았지만, 손도 대지 않은 채였다.

타리크의 어머니는 이제껏 울고 있던 게 분명했다. 타리크는 그 광경을 보고 멈칫했다.

"아버지?"

에미르는 한숨을 내쉬더니 걱정 가득한 눈을 들어 아들을 바라보았다.

"타리크. 오늘 오후 레이에서 편지가 왔다. 셰에라자드가 보낸 거다."

"이리 주세요."

타리크의 말은 부드러우면서도 날이 서있었다.

"이 편지는 내게 온 거다. 물론 너에게 쓴 말도 있지만, 그게……."

순간, 타리크의 어머니가 왈칵 울음을 터뜨렸다.

"어떻게 이런 일이 생길 수 있어?"

"무슨 일인데요? 어서 편지를 주세요."

타리크는 한층 언성을 높여 요구했다.

"이미 너무 늦었다. 네가 할 수 있는 건 아무것도 없어."

에미르는 한숨을 쉬었다.

"처음에는 시바였고, 그다음엔 딸을 잃은 슬픔에 잠겨 내 동생도 자결하고 말았어요. 그런데 이젠 셰에라자드마저 잃다니! 어떻게 이런 일이 생길 수 있나요? 어떻게!"

타리크의 어머니는 부들부들 떨며 울었다. 타리크의 온몸이 굳었다. 에미르가 낮은 목소리로 말을 뱉었다.

"왜 이렇게 됐는지는 알잖소. 셰에라자드는 시바 때문에 이러는 거요. 시바를 위해서. 우리 모두를 위해서."

그 말을 듣자, 타리크의 어머니는 자리에서 일어서서 뛰쳐나갔다. 달리는 발걸음마다 흐느낌은 커져만 갔다.

"세상에, 샤지. 대체 무슨 짓을 한 거야?"

라힘이 멍하니 중얼거렸다.

타리크는 미동도 없이 선 채였다. 멍한 얼굴은 무슨 생각을 하는지 알 수 없었다. 에미르는 일어서서 아들에게 다가갔다.

"아들아……."

"편지를 주세요."

타리크가 되풀이해서 말했다. 에미르는 우울한 기색으로 체념한 채 두루마리를 건네주고 말았다.

셰에라자드의 친숙한 필기체가 두루마리를 가득 채우고 있었다. 언제나처럼 무절제하고도 냉정한 편지였다. 편지 내용 중 셰에라자드가 그에게 직접 이야기하는 부분에 이르자, 타리크는 읽기를 그만두었다. 미안하다는, 기대를 저버리게 되어 안타깝다는, 이해해 주어서 고맙다는 말들.

이제 다시는 들을 수 없다니. 견딜 수가 없었다. 다시는 그녀의 말을 들을 수가 없다니.

타리크의 주먹 쥔 손 안에서 두루마리 끝이 구겨졌다.

에미르가 다시 입을 열었다.

"네가 할 수 있는 건 아무것도 없다. 결혼식은…… 오늘이다. 만약 그 애가 성공한다면…… 만약……."

"아무 말도 하지 마세요, 아버지. 부탁이에요."

"아니, 말해야겠다. 제아무리 가혹하더라도 진실은 말해야 하는 법이다. 우리는 가족으로서 이 문제에 처신해야 한다. 네 이모와 이모부는 시바를 잃은 슬픔을 감당하지 못했다. 딸이 죽은 다음에 그 집이 어떻게 되었는지 너도 알지 않느냐."

타리크는 눈을 감았다. 에미르는 말을 이었다.

"만약 셰에라자드가 살아남는다 해도, 우리가 할 수 있는 건 아무것도 없다. 이미 끝난 일이야. 제아무리 힘들더라도, 우리는 이 현실을 받아들여야 해. 네가 그 애에게 어떤 마음이었는지 알고 있다. 이 아비도 다 알아. 시간이 필요하겠지. 하지만 너도 다른 여자와 행복하게 살 수 있다는 걸 깨달아야 한다. 세상에는 여자가 얼마든지 많아. 때가 되면 너도 알게 될 거다."

“그럴 필요 없어요.”

“뭐라고?”

“이미 알아요. 아주 잘요.”

에미르는 놀라서 아들을 바라보았다.

“아버지 말씀이 무슨 뜻인지 안단 말입니다. 모두 다요. 세상에는 다른 여자들이 있죠. 다른 여자와 그럭저럭 행복하게 사는 것도 가능하다는 걸 알아요. 시간이 지나면 무슨 일이든 일어나지 말라는 법은 없겠죠.”

에미르는 고개를 끄덕였다.

“그래. 그게 최선이다, 타리크.”

라힘은 어안이 벙벙해진 채로 이쪽을 멍하니 바라보았다. 타리크가 은빛 눈동자를 번뜩이며 말했다.

“하지만 이것만은 알아두세요. 아버지께서 제 앞에 제아무리 완벽한 아가씨를 수없이 들이미신다 해도 샤지를 대신할 수는 없습니다. 그 앤 하나뿐이에요.”

그 말을 남기고서 타리크는 두루마리를 바닥에 던졌다. 그리고 뒤를 돌아 문을 확 열어젖히고 나갔다.

라힘은 에미르와 지그시 눈길을 마주하고는 타리크를 따라갔다. 두 젊은이는 뜰로 나갔고, 타리크는 말을 가져오라 손짓했다. 말을 데려올 때까지 라힘은 아무 말도 하지 않았다.

“어떻게 할 계획이야? 무슨 생각이라도 있어?”

마침내 라힘이 조용히 묻자, 타리크는 잠시 머뭇대다가 입을 열었다.

“넌 나랑 같이 갈 필요 없어.”

"너야말로 바보 아니야? 샤지를 사랑했던 게 너뿐이야? 시바를 사랑했던 게 너뿐이었냐고? 나는 혈연관계가 아닐지 몰라도, 그 애들을 언제나 내 가족으로 생각할 거야."

타리크는 친구를 바라보았다.

"고맙다, 라힘-잔(jan, 친밀함을 나타내는 의미로서 상대방의 이름 뒤에 붙이는 접미사로 '사랑하는'이란 뜻이다)."

라힘, 그 키 크고 깡마른 체격의 청년이 타리크를 향해 미소 지었다.

"아직 고맙다는 말을 하기엔 일러. 계획을 세워야 하잖아. 자, 말해봐. 어떻게 할 생각이야?"

라힘은 잠시 망설이다 재차 물었다.

"정말로 네가 할 수 있는 일이 있기는 해?"

타리크는 턱에 힘을 주었다.

"호라산의 통치자가 살아있는 한, 내가 할 수 있는 일이 왜 없겠어……."

그는 왼손으로 허리에 찬 우아한 곡도(曲刀)의 자루를 만졌다.

"내가 제일 잘하는 걸 해야겠지."

사이에 드리워진 베일

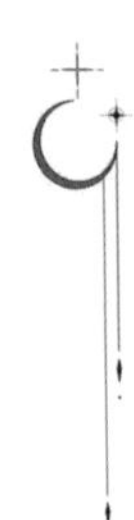

셰에라자드는 방에 홀로 앉았다. 온갖 색깔의 베개를 높이 쌓아둔 푹신한 요 한가운데였다. 침대에 쳐둔 거미줄처럼 투명한 비단 베일은 몸을 조금만 움직여도 섬뜩하게 펄럭였다. 그녀는 무릎을 모아 가슴께로 끌어당기고 손으로 발목을 감았다.

그리고 헤이즐넛색 눈동자로 문을 계속 쳐다보았다.

이 밤이 반이나 흘러가는 동안, 셰에라자드는 그 자세로 계속 기다렸다. 앉은 자리에서 조금이라도 움직여 볼까 싶을 때마다 어찌나 신경이 곤두서던지 차마 자세를 바꿀 수가 없어서였다.

'그 사람은 어디 있지?'

셰에라자드는 숨을 크게 내쉬고 발목을 감싼 손에 더욱 힘을 주었다.

그러자 대장간에서 모루를 때려대는 망치처럼, 방금까지 억눌렀던 공포가 다시금 그녀를 짓눌러 왔다.

'오늘 밤 날 보러 오지 않으면 어떡하지?'

"아, 세상에."

셰에라자드는 침묵을 깨뜨리며 중얼거렸다.

'그러면 난 모두에게 거짓말한 셈이 되겠네. 마지막 약속마저 어겨버리게 되는 거야.'

셰에라자드는 고개를 저었다. 숨쉬기가 점점 힘들어지면서 심장의 고동이 귓가에까지 두근두근 울려댔다.

'나는 죽고 싶지 않아.'

침착했던 마음의 끝자락부터 섬뜩한 생각이 스멀스멀 몰려들더니, 이내 셰에라자드를 헤아릴 수 없는 두려움으로 밀어 넣었다. 이제껏 간신히 막아왔던 공포로.

'내가 죽으면 아빠는 어떻게 삶을 버티실까? 이르사는?'

타리크는?

"그만!"

입을 쩍 벌린 어둠 속으로 셰에라자드의 목소리가 울려 퍼졌다. 바보 같지만, 지금은 이 끔찍한 침묵을 깨뜨리기 위해서 무슨 말이라도, 아무 말이라도 해야 했다. 비록 찰나의 순간일지라도.

셰에라자드는 두 손으로 관자놀이를 누르며 애써 두려움을 억눌러……

가슴속 강철로 둘러싸인 깊은 곳으로 밀어 넣었다.

이윽고 낮게 끼익 울리는 소리가 들리더니 문이 열렸다.

셰에라자드는 부드러운 요 위로 양손을 내렸다.

들어온 건 시종이었다. 그가 쥔 침향과 용연향 초가 섬세한 불꽃을 휘날리며 은은한 향을 풍겼다. 잠시 후, 하녀 하나가 음식과 포도주를 담은 쟁반을 들고 들어왔다. 시종들은 가져온 물건을 방 여기저기 두었을 뿐, 셰에라자드에게는 눈길 한 번 주지 않고 자리를 떴다.

이윽고 호라산의 칼리프가 문가에 나타났다.

그는 무언가를 곰곰이 생각하듯 잠시 멈췄다가 방으로 들어오며 문을 닫았다.

일렁이는 촛불의 희미한 빛 아래로 보이는 그 눈동자. 호랑이 같은 눈은 더욱 계산적이고 차가워 보였다. 빛을 등지고 선 남자의 얼굴에 짙은 음영이 지면서 조각 같은 이목구비가 한층 날카롭게 드러났다.

움직임 없는 얼굴은 차갑고 험악했다.

셰에라자드는 무릎 뒤로 손가락을 깍지 꼈다.

"그대의 아버지가 내 아버지 휘하의 신하였다고 들었다."

그의 목소리는 낮으면서 겸손했다. 언뜻 들으면…… 친절하게 느껴질 만큼.

"그렇습니다, 세이이디(sayyidi, 칼리프를 부를 때 쓰는 경칭으로 '나의 주인' 혹은 '나의 군왕'이라는 뜻). 제 아비는 선왕의 고문이었습니다."

"지금은 관리자로 일한다지."

"그렇습니다, 세이이디. 고대 문서 관리자입니다."

그가 셰에라자드를 마주 보았다.

"지위가 상당히 낮아졌군."

셰에라자드는 짜증을 억누르며 대답했다.

"그럴지도 모르겠습니다. 하지만 제 아비는 그리 높은 관리는 아니었습니다.”

“알겠다.”

‘아니, 넌 아무것도 몰라.’

셰에라자드는 그를 똑바로 바라보았다. 부디 자신의 여러 빛깔 눈동자가 마음속에 가득한 생각을 감추어 주기만을 바랄 뿐이었다.

“어째서 이 자리에 오겠다고 했지, 셰에라자드 알-하이주란?”

하지만 셰에라자드는 묻는 말에 대답하지 않았다. 그래도 그는 계속 물었다.

“왜 이토록 어리석은 일을 하게 된 건가?”

“무슨 말씀이신지 모르겠습니다.”

“혹시 이렇게라도 왕과 결혼할 수 있다는 유혹에 빠진 건가? 아니면 모두가 죽어나가는 자리에서도 홀로 살아남아 괴물의 마음을 뺏을 수 있을 거란 헛된 희망을 품었나?”

그는 감정 없이 말하며 셰에라자드를 강렬한 시선으로 바라보았다. 셰에라자드는 전쟁터에 선 것처럼 심장이 뛰었다.

“저는 그런 헛된 생각을 품지 않았습니다, 세이이디.”

“그렇다면 왜 자원했나? 어째서 열일곱 살에 목숨을 기꺼이 버리려는 거지?”

셰에라자드는 그를 힐끔 바라보았다.

“저는 열여섯 살입니다. 그리고 그게 어째서 중요한지도 모르겠습니다.”

“묻는 말에 답하라.”

“싫습니다.”

그는 잠시 침묵하다가 말했다.

"명령을 거부하면 죽을 수도 있다는 걸 모르나?"

셰에라자드는 아플 정도로 손을 꽉 쥐었다.

"그렇게 말씀하실 거라 예상했습니다, 세이이디. 하지만, 정말로 제 대답을 원하신다면, 저를 죽이시는 게 무슨 도움이 되나요."

남자의 얼굴에 알 수 없는 기색이 휙 스쳤다. 그러나 입가에 잠시 머물렀던 기색은 너무나 빠르게 사라져서 무슨 뜻인지 알 수 없었다.

"그런 것 같군."

그는 입을 다물고 다시 생각에 잠긴 듯했다. 남자가 자리에서 물러서는 모습이 보였다. 거친 조각 같은 그 옆모습에 베일이 드리워졌다.

'이러면 안 돼.'

셰에라자드는 침대에서 일어나 그에게 가까이 다가갔다.

"말하지 않았나. 모두가 죽어나가는 자리에서 홀로 살아남을 거라 생각하지 말라고."

셰에라자드는 그 말에 이를 악물었다.

"저도 말씀드리지 않았나요. 그런 헛된 생각을 품지 않았다고요. 어떤 경우라도."

그녀는 남자와 한 걸음 떨어진 자리까지 계속 다가갔다. 굳게 마음을 먹고.

그가 셰에라자드의 얼굴을 잡았다.

"그대의 목숨은 이미 끝났다. 그 후가 있을 거라고는…… 기대하지 않아."

대답 대신 셰에라자드는 손을 들어 목에 아직 걸고 있던 보석 목걸이를 풀기 시작했다.

하지만 남자는 그녀의 손을 제지했다.

"아니, 그냥 두어라."

그는 잠시 망설이다가 그녀의 목덜미에 손을 대었다.

목걸이를 푸는 손길이 어찌나 능숙하던지 착잡한 마음이 들었다. 셰에라자드는 혐오감에 펄쩍 물러서며 고통과 분노로 있는 힘껏 이 남자를 공격하고 싶었지만, 충동을 억눌렀다.

'바보같이 굴지 마. 기회는 단 한 번뿐이야. 헛되이 써서는 안 돼.'

이 젊은 왕이, 이 살인자가…… 또 다른 가족을 망가뜨리게 두어서는 안 돼. 평생 소중한 추억을 쌓아온 다시없을 친구를 잃어버린 여자애가 또 나와서는 안 돼.

셰에라자드는 턱을 치켜들고 목구멍에서 치솟는 쓴물을 삼켰다. 하지만 쓴맛은 여전히 혀끝에 감돌았다.

"여기 왜 왔지?"

그가 호랑이 같은 눈빛으로 이쪽을 살피며 속삭였다.

셰에라자드는 대답 대신 한쪽 입가로 냉소를 지었다.

그리고 자신의 손을 남자의 손에 대었다.

조심스럽게.

그런 다음 무거운 맨틀을 어깨에서 벗어던져 바닥에 스르르 떨어뜨렸다.

이르사는 얼룩덜룩한 암말에 올라탄 채 골목에 섰다. 바로 옆은 레이에서 가장 오래되고 알 수 없는 문서를 보관하는 건물이었다. 이 도시의 도서관은 한때 웅장한 건축물이었다. 티라지스의 가장 훌륭한 채석장에서 캔 암석을 정교하게 다듬어 기둥을 세우고 외벽을 덮었으니까. 하지만 세월이 지나자 도서관의 외관은 어둡게 변하고 표면이 쩍 갈라진 것도 모자라, 수리를 한답시고 여기저기 땜질한 흔적만 잔뜩 남았다. 보이는 모퉁이마다 닳아버렸고, 한때 영광스럽던 광채는 회색과 갈색으로 얼룩덜룩해졌을 뿐이다.

이르사 뒤편에 모여 선 말들의 울음소리에 새벽녘의 무거운 침묵이 소란스레 깨졌다. 이르사는 미안한 기색으로 뒤를 슬쩍 돌아보았다. 하지만 어린 마부에게 안심하라며 말을 건네려면 먼저 목소리를 가다듬어야 했다. 목이 다 쉬고 갈라져 버렸으니까. 조심스레 헛기침한 이르사가 마부 소년에게 속삭였다.

"미안해요. 왜 이렇게 오래 걸리시는지 나도 모르겠어요. 아버지는 금방 오실 거예요."

이르사가 자리를 고쳐 앉자 암말의 왼쪽 귀가 씰룩였다.

"저한테 미안해하실 필요 없어요, 아가씨. 저는 돈만 제대로 받으면 되니까요. 하지만 아가씨 아버지께서 날이 밝기 전에 성문을 나가고 싶으시다면 잠시 후엔 출발해야 해요."

마부의 말에 그녀는 고개를 끄덕였다. 방금 들은 말 때문에 속이 탁 막혔다.

그래, 잠시 후엔 어린 시절을 보낸 도시를 떠나는구나. 14년간 살았던 이곳을. 그래서 아무도 보지 않는 밤, 느닷없이 떠난다는 통보를 받은 이르사는 뒤에 선 포장마차에 값진 물건을 죄다 던져 넣었다. 앞으로 인생이 완전히 달라지리라는 사실을 알면서.

묘하게도, 어느 것 하나 별로 중요하게 여겨지지 않았다. 아직까지는.

지금 머릿속에 떠오르는 것은, 목이 메고 배 속이 조여드는 이유이기도 한 그것은 바로 셰에라자드였다.

고집 센 폭군 같은 내 언니.

용감하고 믿음직한 친구인 나의 언니.

더는 한 방울의 눈물도 흘리지 않으리라 맹세했건만, 이르사의 눈에 다시 뜨거운 눈물이 맺혔다. 자포자기한 심정으로 그녀는 이미 붉어진 뺨을 손등으로 훔쳤다.

"무슨 문제라도 있습니까, 아가씨?"

마부가 동정 어린 목소리로 물었다.

문제야 당연히 있었다. 하지만 지켜보는 눈초리에게서 안전하게 몸을 숨기려면 마부에게 사실을 알려서는 안 된다. 셰에라자드는 그 점을 강조해서 말했었다.

"아뇨. 아무 문제 없어요. 마음 써줘서 고마워요."

마부는 고개를 끄덕이고는 다시 무심한 태도로 돌아갔다.

이르사는 앞으로 펼쳐질 여행을 생각해 보았다. 타리크의 가족이 사는 탈레칸 요새까지는 힘겨운 사흘 길을 가야 하겠지. 이르사는 멍하니 고개를 저었다. 이런 일이 일어나지 않았더라면, 셰에라자드는 어린 시절 연인이었던 이의 집으로 감히 가족을 보낼 배짱을 부리지 못했을 것이다. 이르사가 타리크네 식구들을 떠올릴 때마다 아직 앳된 그녀의 얼굴은 그저 굳어만 갔다. 걱정으로…… 또 후회로.

이르사는 지친 한숨을 내쉬며 고삐를 가만히 내려다보았다. 골목 안으로 돌풍이 확 몰아치자 그녀가 탄 얼룩무늬 백마가 갈기를 마구 흔들었다.

“왜 이렇게 오래 걸리시지?”

이르사는 혼잣말을 중얼거렸다. 그러자 마치 대답이라도 하듯, 도서관 옆쪽 출구의 육중한 나무문이 끼익 열리며 아버지가 나왔다. 그는 두건을 뒤집어쓴 채 밤거리로 허둥지둥 발걸음을 옮겼다. 가슴에는 뭔가를 꼭 끌어안은 채였다.

“아빠? 일은 다 잘 끝났어요?”

자한다르가 중얼거렸다.

“정말 미안하구나, 얘야. 다 잘됐다. 이제 가자. 난…… 문이 전부 안전하게 닫혔나 확인해야 했거든.”

“그건 뭐예요?”

“응?”

이르사가 물었지만, 자한다르는 제대로 대답하지 않은 채 그의 말에 다가가 가방으로 손을 뻗었다.

“뭘 들고 계신 거냐고요.”

“아, 별거 아니다. 내가 특별히 재미있게 봤던 책이야.”

그는 아무것도 아니라는 듯 손을 내저었다.

“그 책 하나 찾으려고 여기까지 왔단 말이에요, 아빠?”

“딱 한 권이다, 얘야. 딱 한 권만 가져왔다고.”

“그렇다면 특별한 책이겠네요.”

“책은 다 특별하지.”

“그게 무슨 책인데요?”

자한다르는 가죽 표지의 고서를 아주 조심스럽게 가방에 넣었다. 그리고 정작 본인의 몸에는 전혀 주의를 기울이지 않은 채 말 안장에 훌쩍 올라타더니, 마부에게 출발하라 신호했다.

자그마한 마차는 아직도 잠든 도시의 거리를 따라 움직였다.

이르사는 아버지의 검은 종마 옆에 나란히 서서 말을 몰았다. 자한다르는 상냥히 미소 띤 얼굴로 딸을 바라보았고, 이르사는 손을 뻗어 아버지의 손을 잡았다. 아버지에게 최대한 안도감을 주려는 마음이자, 또한 아버지로부터 그만큼 안도감을 얻고 싶은 마음이었다.

"다 잘될 거다, 딸아."

자한다르가 정신이 딴 데 팔린 듯한 목소리로 말했다. 이르사는 고개를 끄덕였다.

하지만 이르사는 잊지 않았다. 아버지가 그녀의 마지막 묻는 말에 대답하지 않았다는 사실을.

철석산

그와 손바닥을 마주한 순간, 셰에라자드의 온몸에 차가운 기운이 확 덮쳐왔다. 마치 몸에서 영혼이 빠져나가 지금 일어나는 일들을 저 위에서 제3자처럼 지켜보는 기분이었다.

고맙게도, 그는 입 맞추려 들지 않았다.

고통 역시 오래가지 않았다. 그 순간은 스치듯 지나갔고, 머릿속이 어지러웠던 덕택에 제대로 의식하지도 못했다. 남자 역시 별로 즐거워 보이지 않았다. 그가 쾌락을 느꼈는지는 모르겠지만, 어쨌든 형식적인 순간은 짧게 끝났다. 그걸 깨달은 셰에라자드는 일말의 만족감을 느꼈다.

일이 끝나자 그는 말없이 침대에서 몸을 일으켜 주위에 둘러진 얇은 비단 베일을 걷었다.

셰에라자드는 그가 옷 입는 모습을 지켜보았다. 군인의 절도가 느껴지는 깔끔한 동작이었다. 등에 옅게 밴 땀과 절제된 움직임을 보이는 몸. 근육질 몸매에는 군살 하나 없었다.

이 남자는 그녀보다 강했다. 그 점은 의심할 바가 아니었다. 그녀는 완력으로 그를 이길 수 없었다.

'하지만 난 싸우려고 여기 온 게 아니야. 이기러 왔지.'

셰에라자드는 일어나 앉아 옆쪽 의자에 걸어둔 아름다운 샴라(shamla, 수를 놓아 지은 드레스 또는 가운)를 집어 들었다. 그리고 광택이 흐르는 비단옷을 걸치고 은빛 끈을 묶은 다음 그에게 다가갔다. 침대 끝을 도는 발걸음에 섬세한 수가 놓인 치맛자락이 펄럭였다. 그 모습은 마치 데르비시(dervish, 극도의 금욕 생활을 서약하는 이슬람교 집단의 일원—옮긴이) 수도승이 사마(sama, 데르비시 수도승이 예배 때 추는 빠른 원형무)를 추는 듯했다.

할리드는 방구석에 놓인 낮은 탁자 쪽으로 성큼성큼 다가갔다. 보석이 붙어 훨씬 더 화려한 방석과 푹신한 베개로 둘러싸인 곳이었다.

그는 말없이 포도주를 따랐다. 셰에라자드는 그를 지나쳐 탁자를 둘러싼 방석에 털썩 앉았다.

쟁반에는 피스타치오와 무화과, 아몬드와 포도, 마르멜로 소스와 작은 오이, 각종 신선한 허브가 놓였다. 옆에는 리넨 천으로 싼 바구니가 있었는데 안에는 납작한 빵이 들었다.

남자의 묘한 무시를 애써 맞받아치면서 셰에라자드는 쟁반에 놓인 포도를 떼어 먹기 시작했다.

할리드는 그녀를 빤히 바라보았다. 따갑게 느껴지는 눈빛도 잠시, 그 역시 방석에 앉았다. 그는 앉아서 술을 마셨고, 셰에라자드는 빵 조각을 새콤한 마르멜로 소스에 찍었다.

그러다 더는 침묵을 견딜 수 없게 된 셰에라자드가 가느다란 눈썹을 치켜뜨고 그에게 물었다.

"식사 안 하실 건가요, 세이이디?"

그는 나지막이 숨을 내쉬고는 눈을 가늘게 뜬 채 생각에 잠겼다.

"소스가 맛있어요."

그녀의 입에서 말이 아무렇게나 나왔다.

"두렵지 않은가, 셰에라자드?"

마침내 그가 물었다. 너무 작은 소리라서 하마터면 못 들을 뻔했다. 셰에라자드는 빵을 내려놓았다.

"제가 두려워하기를 바라시나요, 세이이디?"

"아니. 솔직하길 바란다."

셰에라자드는 미소 지었다.

"그런데 제가 솔직한지 아닌지는 어떻게 확인하실 건데요, 세이이디?"

"그대는 거짓말에 소질이 없으니까. 스스로 거짓말을 잘한다고 생각할 뿐."

그는 몸을 굽혀 쟁반에서 아몬드 한 줌을 집었다. 셰에라자드는 활짝 웃었다. 위험한 미소였다.

"그러는 칼리프께서는 사람의 마음을 읽는 데 소질이 없으시군요. 스스로 잘 읽으신다 생각하실 뿐."

그는 고개를 비딱하게 들었다. 턱 근육이 꿈틀댔다.

"뭘 바라고 이러는 거지?"

다시 들려온 말도 아주 나지막했던지라 셰에라자드는 귀 기울여 소리를 들어야 했다. 그녀는 손에 묻은 빵 부스러기를 털면서 시간을 벌었다. 계속 덫을 쳐야 했으므로.

"저는 해가 뜨면 죽겠지요?"

그는 한 번 고개를 끄덕였다. 셰에라자드는 말을 이어갔다.

"그리고 왕께서는 제가 왜 이 자리에 자원했는지 알고 싶으시죠? 그렇다면 기꺼이……."

"아니. 나는 그대와 게임을 하지는 않을 것이다. 남에게 놀아나는 것은 질색이라."

셰에라자드는 입을 꾹 다물고 자꾸만 신경을 건드리려는 분노를 속으로 삼켰다.

"칼리프께서는 게임을 질색하지만 마시고 인내심을 기르셔야 할지도 모르겠습니다. 그래야 이기시지요."

그녀는 숨을 죽였다. 그의 상체가 굳었다. 주먹을 꽉 쥔 손마디가 괴로우리만큼 하얗게 변하고 나서야 그는 손을 폈다.

남자가 긴장을 푸는 모습을 셰에라자드는 가만히 지켜보았다. 가슴속에서 감정이 소용돌이쳐서 머릿속이 심하게 어지러웠다.

"살 시간이 얼마 안 남은 여자치고는 용감한 말을 하는군."

그의 어조에 차갑게 날이 섰다. 셰에라자드는 앉은 자리에서 몸을 꼿꼿이 세우고 검은 머리카락을 꼬아 어깨 위에 드리웠다.

"이 게임의 규칙을 알고 싶으신가요, 세이이디?"

그는 말이 없었다. 그녀는 샤라 자락 안으로 덜덜 떨리는 손을 감추며 과감하게 나가는 쪽을 택했다.

"저는 질문에 기꺼이 답하겠습니다, 세이이디. 하지만 그전에, 저의 사소한 부탁을 하나 들어주실 수 있으신지요……."

셰에라자드는 말꼬리를 흐렸다.

그의 얼굴 위로 냉소적인 즐거움이 슬쩍 비쳤다.

"별것 아닌 것을 내밀며 목숨을 구해보겠다는 건가?"

셰에라자드는 웃었다. 웃음은 영롱한 종소리처럼 방에 은은히 퍼졌다.

"어차피 제 목숨은 끝났습니다. 분명히 말씀하시지 않았나요. 그러니 지금은 그 문제 말고 앞에 놓인 문제를 풀어보는 게 어떠실지요."

"그렇게 하겠다."

그녀는 잠시 뜸을 들이며 마음을 가다듬었다.

"이야기를 하나 들려드리고 싶습니다."

"뭐라고?"

처음으로, 남자의 얼굴에 뚜렷하게 어떤 감정이 드러났다.

'놀랐니? 안심해. 놀라는 건 이번만이 아닐 테니까, 할리드 이븐 알-라시드.'

"이야기를 하나 들려드리겠습니다. 앉아서 들어주세요. 이야기가 끝나면, 저도 물으셨던 질문에 답을 드리지요."

셰에라자드는 그의 대답을 기다렸다.

"이야기라고?"

"네. 이 조건을 받아들이시겠습니까, 세이이디?"

그는 팔꿈치에 기대어 상체를 뒤로 젖혔다. 여전히 알 수 없는 표정을 한 채로.

"좋아. 그러지. 이야기를 시작하라."

그의 말투는 도전에 응하는 것 같았다.

'나 역시 도전을 받아들이겠어, 이 괴물아. 기꺼이.'

“제가 들려드릴 것은 아지브라는 가난한 선원의 이야기입니다. 가진 것을 모두 잃고서야 자신이 누구인지 알게 된 자였지요.”

“도덕적인 이야기를 하려는 건가? 나에게 교훈을 주려는 속셈이군.”

“아닙니다, 세이이디. 저는 유혹하려는 겁니다. 좋은 이야기꾼은 한마디 말로도 청중을 사로잡을 수 있다고 들었거든요.”

“그렇다면 그대는 실패했군.”

“아뇨. 칼리프께서 지나치게 까다로우시기 때문이지요. 게다가 아직 이야기를 끝까지 듣지도 않으셨잖아요. 어쨌든, 아지브는 도둑이었습니다. 바그다드 제일가는 도둑이었죠. 그는 주인이 뻔히 보는 앞에서 손에 든 금화를 훔치고, 아주 조심하며 다니는 여행자에게 그림자처럼 몰래 다가가 소매치기를 해내는 사람이었습니다.”

할리드는 생각에 잠긴 듯 고개를 기울였다.

“하지만 아지브는 건방졌습니다. 도망치는 수법이 점점 대담해짐에 따라 한층 더 건방져졌죠. 그러던 어느 날, 아지브는 부유한 에미르의 물건을 훔치다 발각되었습니다. 간신히 목숨만을 건져 도망쳤지요. 겁에 질린 아지브는 바그다그 거리를 뒤지며 숨을 곳을 찾았습니다. 그러다 부두 근처에서 우연히 항구를 떠나려던 작은 배를 발견했습니다. 선장은 막판에 배에 탈 선원이 간절히 필요한 상황이었지요. 도시에 계속 머물렀다간 에미르의 군사들이 자신을 찾아낼 게 시간문제였기에 아지브는 자청해서 배에 올랐습니다.”

“재미있어지는군.”

할리드의 입가에 우아한 미소가 떠올랐다.

"인정해 주셔서 감사합니다, 세이이디. 그럼 이야기를 계속할까요?"

셰에라자드는 날카로운 미소를 지어 보였다. 하지만 속으로는 그가 든 잔의 술을 저 얼굴에 끼얹고 싶은 마음이 간절했다.

할리드는 고개를 끄덕였다.

"배를 타고 처음 며칠간 아지브는 고생했습니다. 그는 선원이 아니었을뿐더러, 이렇게 배를 타고 여행한 적이 거의 없었으니까요. 그래서 오랫동안 앓아누웠습니다. 선원들은 그를 대놓고 조롱했고, 배에서 제일 하찮은 일만 주었습니다. 말하자면 그는 가장 쓸모없는 인간이 되어버렸죠. 바그다드 최고의 도둑이라는 명성을 지녔던 아지브였지만, 이곳에서는 아무런 의미가 없었습니다. 선원의 물건을 훔칠 수도 없었으니까요. 배 안에는 도망쳐서 숨을 곳이 없지 않습니까."

"그것 참 골치 아팠겠군."

할리드도 말을 거들었다. 셰에라자드는 조용히 말을 자르는 남자를 무시하고 이야기를 이어갔다.

"그런데 바다에 나간 지 일주일째 되는 날, 엄청난 폭풍이 일었습니다. 거대한 파도에 휩쓸린 배는 항로를 멀리 벗어나고 말았습니다. 그런데 안타깝게도, 폭풍보다 더 큰 재앙이 닥쳤습니다. 이틀 후 폭풍이 잠잠해지자, 선장이 온데간데없다는 게 드러났기 때문입니다. 바다가 소금기 띤 배 속으로 그를 삼켜버린 것이지요."

셰에라자드는 이야기를 잠시 멈추었다. 그리고 몸을 굽혀 포도알을 고르면서 할리드의 어깨 너머를 슬쩍 바라보았다. 저 너머에 놓인 장식용 창호문 뒤는 테라스였다. 바깥은 아직도 완연히 어두운 밤이었다.

“선원들은 당황했습니다. 바다 한가운데 발이 묶인 채 다시 항로로 돌아갈 방법이 없었으니까요. 이제 어느 선원이 선장을 할 것이냐 논쟁이 벌어졌습니다. 하지만 다들 선장 자리를 놓고 다투다가 정신을 놓아버린 나머지, 선원들은 수평선에 땅 같은 게 나타난 것도 못 보고 말았습니다. 그건 한가운데 산이 솟은 자그마한 섬 같아 보였습니다. 처음에 선원들은 그 섬을 보고 기뻐했습니다. 그런데 늙은 선원이 무어라 중얼거리자 다들 다시금 겁에 질려버리고 말았습니다.”

할리드는 귀 기울여 듣고 있었다. 그의 호박색 눈은 셰에라자드를 똑바로 바라보았다.

“늙은 선원이 말했습니다. ‘오, 하느님. 이게 대체 무슨 일이냐. 저건 철석산이야.’ 다들 소리를 지르며 그 산의 실체에 대해 떠들어 대는 동안, 아지브는 저 산이 뭐기에 다 큰 어른들이 저걸 보자마자 겁먹고 무서워하냐고 물었습니다. 늙은 선원은 철석산에 대해 설명해 주었죠. 저 산에는 흑마법이 걸려있어서 선체에 박힌 쇠를 끌어당기기 때문에 배가 휩쓸려 버린다고, 일단 배가 손아귀에 들어오면 철석산이 강력한 힘을 뿜어 배에 박힌 못을 죄다 뽑아버린다고 말입니다. 그래서 배는 결국 바다에 가라앉고 배에 탄 사람들은 물에 빠져 죽게 된다는 이야기였습니다.”

“곤경에 처한 걸 알았다면 한탄하며 시간을 낭비하지 말고 반대쪽으로 항해했어야지.”

할리드가 고저 없는 어조로 말을 던졌다.

"아지브 역시 같은 조언을 했습니다. 그래서 즉시 배에 있는 노를 모두 동원해 위험한 음모를 품은 산에서 벗어나려 했지만, 이미 때는 늦었습니다. 일단 거대하고 어두운 산이 저편에 나타나면 벗어날 방법은 없다시피 했으니까요. 이윽고 산이 배를 끌어당기기 시작했습니다. 아니나 다를까, 제아무리 선원들이 노력했음에도 배는 점점 더 가까이, 또 빠르게 철석산의 그림자 안으로 끌려갔습니다. 잠시 후 선체 저 깊은 곳에서부터 끔찍하게 갈라지는 소리가 들려왔습니다. 배가 덜덜 떨리며 진동하는 모습이 마치 뱃머리에 온 세상의 무게를 짊어지고 있는 듯했지요. 선원들은 공포에 질린 채, 옆 나무판자에서 못이 뜯겨나가거나 빙글빙글 도는 모습을 지켜보았습니다. 이제 배는 산산조각 나면서 아이의 발에 밟히는 장난감처럼 으스러졌습니다. 비명을 지르며 울부짖는 선원들을 따라 아지브도 소리를 질렀고, 그들은 모두 바닷속으로 던져져서 스스로 살 방도를 찾아야 할 처지가 되었습니다."

셰에라자드는 잔을 들고 포도주병에 손을 뻗었다. 그런데 놀랍게도, 할리드는 말없이 그녀의 잔에 술을 채워주었다. 그녀는 놀란 기색을 감추었다.

저 뒤편 창호문 끝이 조금씩 밝아오기 시작했다.

"아지브는 선미로 기어갔습니다. 배의 끝부분은 아직 망가지지 않았지요. 그는 아수라장 속에서 자신의 옆을 슥 지나 산 방향으로 끌려가는 무거운 쇠 항아리를 발견했습니다. 도둑질의 대가답게 그는 능숙한 솜씨로 얼른 손을 잡아 필사적으로 매달렸습니다. 그러다 기우뚱 넘어져 바닷물에 떨어지고 말았지요. 항아리가 너무 무거워 바닷속에 몸이 자꾸 빠져들어 갔지만, 아지브는 가라앉지 않으려고 무언가 잡을만한 것을 필사적으로 찾았습니다. 곁에 있던 동료 선원들이 빠져 죽는 소리가 들릴수록 그는 더욱 절박해졌지요. 그러다 부러진 돛대를 발견한 순간, 한쪽 팔을 마구 휘저어 돛대를 잡았습니다. 정신없는 가운데서도 다른 팔로는 쇠 항아리를 단단히 붙잡은 채였지요."

이야기를 이해한 할리드는 날카로운 이목구비를 누그러뜨렸다.

"아지브는 머리가 잘 돌아가는군. 그 항아리를 잡고 있으면 섬으로 곧장 딸려갈 테니까."

셰에라자드는 방긋 웃었다.

"정답입니다. 몇 시간 후, 아지브는 생존 본능을 발휘한 끝에 섬에 도착했지요. 그는 기진맥진한 채로 부들부들 떨면서 검게 빛나는 철석산의 해안에 털썩 쓰러졌습니다. 산그늘에서 기절한 다음 몇 시간이 지난 후에야 깨어났습니다. 새벽이 밝아올 무렵 깨어난 아지브는 음식과 물을 찾아보았지만 머지않아 여기에는 죽음과 파괴뿐이라는 사실을 깨닫고 말았습니다. 사방 어딜 봐도 생명체는 보이지 않았고, 그저 황량한 황무지 같은 섬에는 물도 희망도 없었습니다. 아지브는 절망에 빠져 바위에 털썩 주저앉았습니다. 간신히 벗어난 줄 알았던 죽음이 또다시 닥쳤음을 실감했지요. 그런데 뒤쪽 바위가 움직이더니, 바위틈에서 자그마한 금속 잔이 슬그머니 굴러 나왔습니다. 오래되어 닳아빠진 데다 둘레에 듬성듬성 이가 빠진 잔이었지요."

희미한 푸른빛이 이제 창호문 위쪽까지 슬금슬금 올라왔다. 창호문의 아름다운 조각 무늬 사이로 비쳐드는 빛줄기가 그저 으스스했던 방 안에 생기를 불어넣었다.

"아지브는 잔을 살펴보았습니다. 모래와 진흙이 덕지덕지 묻은 잔이었지요. 그는 바닷가로 비틀비틀 걸어가 잔 가장자리를 닦았습니다. 파도에 진흙을 씻어내자, 잔 겉면에 그가 한 번도 본 적 없는 무늬가 새겨져 있는 것이 보였습니다. 그는 잔을 들어 빛에 비추어 보았지만, 표면에 묻은 물방울 때문에 무늬가 잘 보이지 않았습니다. 그래서 소맷자락으로 잔을 닦아 물기를 없앴지요……."

이제 새벽녘의 빛은 창호문의 가장자리를 하얗게 물들이고 있었다. 이른 아침의 태양은 황금이 흐르는 모세혈관처럼 대리석 바닥에 빛줄기를 퍼뜨렸다.

셰에라자드의 심장이 가슴에서 터져 나올 듯 쿵쿵 뛰었다.

"그러자 잔이 덜덜 떨리기 시작했습니다. 움푹 들어간 잔 깊숙한 곳에서 연기가 피어올라 맑디맑은 한낮의 하늘 위로 소용돌이치며 올라가더니 이윽고 형체도 없는 연기 기둥을 이루었습니다. 겁에 질린 아지브는 잔을 떨어뜨리고 물러서다 철석산 해변의 검은 돌무더기 위로 세차게 엉덩방아를 찧었습니다. 연기가 점점 커지고 짙어지더니 한가운데에 어두운 부분이 생기기 시작했습니다."

할리드는 몸을 앞으로 내민 채 열심히 이야기를 들었다.

"잠시 후 어두운 부분이 형체를 이루는가 싶더니…… 웃음소리가 들리기 시작했습니다."

셰에라자드는 이야기를 멈췄다. 새벽빛이 할리드의 등 뒤까지 다다랐다. 끔찍하도록 찬란한 빛이었다.

"왜 이야기를 멈췄지?"

그의 물음에 셰에라자드는 테라스 쪽을 바라보았다. 할리드도 같이 고개를 돌렸다.

"이야기를 끝맺으라."

할리드의 말에 셰에라자드는 조심스럽게 숨을 들이쉬었다.

"죄송하지만 그럴 수 없습니다, 세이이디."

"뭐라고?"

"제 이야기는 초반부에 불과합니다."

남자는 호박색 눈을 가늘게 떴다.

"이야기를 끝맺으라, 셰에라자드."

"싫습니다."

그는 우아한 몸짓으로 다리를 펴고 일어나며 말했다.

"이 모든 게 다 계획이었나?"

"무슨 계획을 말씀하시는 건가요, 세이이디?"

"책략이었나. 그대의 사형을 미루려는 전략 말이다……. 끝낼 마음이 없는 이야기를 시작하다니."

그의 목소리는 치명적이리만큼 낮게 들려왔다.

"이야기는 끝낼 마음이었습니다. 내일 밤에요. 이야기를 들으실지 마실지는 전적으로 칼리프께 달려있습니다."

셰에라자드는 샤라 자락을 꼭 움켜쥐고 그를 똑바로 바라보았다.

"이미 알고 있다고 하지 않았나. 그대의 목숨은 끝났다고. 그 점은 처음부터 분명히 밝혔는데."

셰에라자드는 똑바로 일어섰다. 어깨를 당당히 펴고 턱을 치켜들었다.

그녀의 목소리가 남자의 냉랭한 어조에 맞서 부드럽게 파고들었다.

“우리 인간의 목숨엔 언제나 끝이 있지요, 세이이디. 다만 언제 끝나는지 모를 뿐. 제가 바라는 건 단 하루뿐이랍니다.”

그는 셰에라자드를 노려보았다. 조각 같은 옆얼굴로 분노가 아지랑이처럼 피어올랐다. 날카로운 기색은 더없이 위협적이었다.

누군가가 방문을 한 번 두드렸다.

“단 하루입니다.”

셰에라자드가 속삭였다. 호랑이 같은 눈이 그녀를 할퀼 듯 위아래로 훑었다. 적수를 가늠하고, 선택지를 저울질하는 눈초리였다.

심장이 멈춘 듯한 1분이 지났다.

‘난 목숨을 구걸하지 않을 거야.’

다시금 조용히 문 두드리는 소리가 들렸다.

셰에라자드는 앞으로 다가갔다. 헤이즐넛 빛깔 두 눈동자로 할리드를 계속해서 바라보면서.

그는 한 발짝 물러서더니 문을 향해 성큼성큼 걸었다.

‘안 돼, 제발, 가지 마!’

그는 문손잡이를 잡더니 잠시 멈추었다. 돌아서지는 않았다.

“하루만이다.”

마치 욕설을 뱉듯 그는 이 말을 내뱉고 문밖으로 나갔다.

뒤에서 쾅 닫히는 문소리를 들으며 셰에라자드는 바닥으로 스르르 쓰러졌다. 그리고 뜨겁게 달아오른 뺨을 차가운 대리석 바닥에 가만히 대었다.

눈물을 흘리는 것조차 지금은 너무나 힘겨웠다.

데스피나와 라스푸트

달그락거리는 소리와 함께 탁자 위로 쟁반이 쾅 놓였다.

셰에라자드는 벌떡 일어나 앉았다. 아직도 눈초리에는 잠기운이 그득했지만, 손으로 얼른 눈을 문질렀다. 눈을 비빈 다음 정신을 차려보니 손바닥에 먹과 수금이 얼룩덜룩 묻어있었다.

"이토록 자그마한 분이 그런 엄청난 사건을 일으키셨군요."

노랫소리 같은 목소리가 낮게 울렸다.

"뭐라고요?"

셰에라자드는 목소리가 들려오는 쪽으로 여전히 흐릿한 시야를 돌렸다.

"이토록 자그마한 분이 잘도 엄청난 사건을 일으키셨다고요."

셰에라자드 또래의 통통한 여자가 침대 끄트머리 쪽으로 성큼성큼 걸어와 비단 커튼을 확 젖혔다. 하얀 피부에 탐스러운 연갈색 머리카락은 그리스식으로 높이 묶은 다음 왕관 모양 머리장식

위로 틀어 올렸다. 눈동자는 에게해처럼 반짝이는 푸른색이었고, 먹으로 그린 눈 화장에선 전문가의 솜씨가 느껴졌다. 완벽한 곡선을 그리는 도톰한 입술은 암적색 안료를 밀랍에 섞어 발라 분홍빛을 띠었다. 몸에 딱 달라붙은 하얀 리넨 드레스가 풍만한 몸매를 강조했다. 왼팔 위에는 두꺼운 은빛 팔찌를 찼다.

셰에라자드는 잠기운을 누르고 애써 품위 있는 모습을 꾸며냈다.

"그 말은 이미 들었어요."

"그럼 왜 또 물어보신 건데요?"

"당신이 누군지 모르니까요. 그리고 무엇보다도, 아침부터 왜 이리 소란을 피우며 우스운 말을 해대는지 알 수가 없어서요."

셰에라자드가 쏘아붙이자 여자는 웃었다. 크고 힘찬 웃음소리였다.

"왜 이런 대소동이 벌어졌는지 이제야 좀 알 것 같네요. 그리고 지금은 아침이 아니랍니다. 벌써 정오거든요."

여자는 테라스 쪽으로 다가가 창호문을 밀었다. 그러자 새파랗게 맑은 하늘 한복판 저 높이 해가 떠있었다.

셰에라자드는 세차게 내리쬐는 햇빛을 피해 몸을 움츠렸다.

"음식을 가져왔어요. 좀 드셔야 해요. 몸집이 너무 작네요."

여자가 계속 말했다.

"왜 자꾸 내 몸 이야기를 하는 건가요. 그게 뭐가 중요한지 모르겠어요."

"그야 비쩍 마른 여자는 싸우다가 나가떨어질 수밖에 없거든요. 그럼 어떻게 이기겠어요? 저는 마마께서 성공하시길 바란단 말이에요."

퍼뜩 경계심이 들었다. 셰에라자드는 무릎을 가슴께로 모으고 표정을 가다듬었다.

“성공하다니요?”

“제우스 신께 맹세코, 마마께서는 이상한 분이에요. 그래요, 저는 마마께서 성공하시길 바라요. 정확히 말하자면, 마마께서 죽지 않고 살았으면 좋겠다고요. 속마음을 알 수 없는 통치자의 변덕 탓에 어린 여자들이 세상을 떠나는 걸 보고 싶지 않거든요. 아시겠어요?”

셰에라자드는 잠깐 여자를 훑어본 다음, 차가운 대리석 위로 맨발을 디디며 침대에서 일어섰다.

‘조심하자.’

“아뇨. 모르겠어요.”

셰에라자드의 대답을 들은 여자는 웃었다.

“키는 생각보다 크시네요. 하지만 너무 말랐어. 그래도 최악은 아니니 다행이에요. 한두 군데 살이 좀 더 붙어야겠네요. 몸매가 좋아지면 눈부시게 아름다워지겠는걸요.”

“미안한데, 당신은 누구죠?”

셰에라자드는 대뜸 물었다.

“데스피나예요. 마마의 시녀랍니다. ……살아계실 동안은요.”

“난 시녀 필요 없어요.”

“죄송하지만요, 싫으셔도 어쩔 수 없답니다.”

데스피나가 활짝 웃었다. 새파란 눈빛이 불꽃을 뿜듯 셰에라자드와 마주쳤다. 어디 한번 해보라는 듯한 건방진 태도였다.

셰에라자드는 잠시 생각에 잠겼다가 입을 열었다.

“그렇다면 나를 감시하란 명령을 받고 온 거군요?”

데스피나는 새하얀 이를 빛내며 웃었다.

“맞아요.”

“당신은 좋은 첩자인가요?”

“최고의 첩자죠.”

“좋은 첩자라면 정체를 숨겼을 텐데요.”

“최고의 첩자는 정체를 숨길 필요조차 없는 법이죠.”

그 말을 들은 셰에라자드는 저도 모르게 웃고 말았다.

“건방진 사람이군요.”

“그건 마마께서도 마찬가지 아니신가요. 하지만 전 그게 단점이라고 생각하지 않아요. 어느 정도 건방진 면이 있어야, 불가능해 보이는 일도 할 수 있지 않겠어요?”

셰에라자드는 침대가 놓인 단상에서 내려와 데스피나 앞에 섰다.

데스피나는 셰에라자드보다 머리 반 정도 더 컸다. 온몸에서는 자신감과 더불어 스스로의 위치가 굳건하다는 확신이 뿜어져 나왔다. 세련되게 차려입은 드레스부터 흠잡을 데 없이 대단한 미모까지, 데스피나를 무시할 수 없다는 건 여러모로 분명했다.

하지만 그중에서도 셰에라자드의 눈길을 끈 것은 바로 그녀의 눈이었다.

이 여자의 눈동자에는 사냥꾼의 조심성이 깃들어 있었으니까.

그 눈동자 위로 셰에라자드의 조심스러운 눈동자가 비쳤다.

‘자기가 첩자라고 나에게 경고했지. 그런데 왜 굳이 경고한 거지?’

“뭘 좀 드시겠어요? 혹시 단식 투쟁을 하실 건가요? 아무것도 먹지 않을 작정이라면, 마음대로 하세요. 제가 보기에는요, 마마

같이 자그맣고 예쁘장한 말괄량이는 음식만 안 먹어도 곧바로 픽 쓰러져 죽을 것 같거든요. 칼리프께서 죽이시기 전에 말이죠."

셰에라자드는 쓴웃음을 지었다.

"이제껏 들어본 것 중 최악의 칭찬이네요. 고마워요."

"별말씀을요."

데스피나는 하얀 리넨 원피스를 펄럭이며 빙글 돌아섰다. 그녀 주위로 자스민 향기가 그윽하게 퍼졌다. 셰에라자드는 데스피나를 따라 구석에 있는 탁자로 갔다. 쟁반 위에는 아주 얇게 밀어 만든 라바시 빵과 달콤한 잼을 발라놓은 염소 치즈 한 덩이, 뚜껑 덮인 커다란 수프 그릇, 반 갈라놓은 석류가 있었다. 테라스에서 비쳐드는 따스한 빛을 받아 석류 알이 붉은 보석처럼 빛났다. 납작한 화로의 불꽃 위에 올려놓은 화려한 은주전자에는 카다멈 차가 들어있었다.

데스피나는 수프 그릇을 열고 자그마한 장식 유리잔 바닥에 반짝이는 돌설탕을 넣어 차를 준비했다.

셰에라자드는 방석에 앉아 라바시 빵 조각에 손을 뻗었다.

데스피나는 유리잔 높이 찻주전자를 기울여 가느다란 물줄기를 부으면서 셰에라자드를 지그시 바라보았다.

"제 말은 진심이에요. 마마께서 꼭 성공하시기를 바라마지않는답니다."

"편하게 셰에라자드라고 불러요."

"그래요, 셰에라자드."

데스피나는 활짝 웃었다.

셰에라자드는 그 환한 미소에 어쩔 수 없이 따라 웃고 말았다.

'정말 조심하자.'

한 시간이 지났다. 셰에라자드는 데스피나의 도움을 받아 목욕을 마치고 비단과 다마스크 천이 정교하게 어우러진 새 옷을 입었다. 이마에는 진주와 자그마한 사파이어가 달린 얇은 머리장식을 드리웠다. 목에는 머리장식과 한 쌍이 되는 족쇄 같은 목걸이를 걸었다. 움직일 때마다 왼쪽 손목에 찬 가느다란 다이아몬드 팔찌들이 짤랑거렸다.

"이제 방에서 나가도 되나요?"

데스피나가 눈꺼풀에 먹으로 화려하게 화장을 마치자 셰에라자드가 물었다. 데스피나는 고개를 끄덕였다.

"라즈푸트(Rajput, 전사 계급의 일원을 가리키는 말)와 같이 다니신다면 궁전은 대부분 다 둘러보실 수 있어요."

"라즈푸트라고요?"

그러자 데스피나의 눈초리가 딱하다는 기색으로 가늘어졌다. 눈빛에는 메마른 웃음기도 섞여있었다.

"칼리프께서 마마에게 푹 빠지셨나 봅니다. 친히 자신의 호위무사를 붙여주셨네요."

셰에라자드는 주먹을 꾹 쥐었다.

"첩자를 붙이는 것으로도 모자라 언제든 날 죽일 사형집행자까지 보냈단 말인가요?"

"그런 것 같네요."

'이런 남자라니, 단순히 증오한다는 말로도 모자라.'

"그 라즈푸트가 누구죠?"

“한때 힌두스탄의 재앙이라고 널리 소문이 돌았던 사람이에요. 레이의 제일가는 검객이죠. 어쩌면 호라산 제일일지도 모르고요. 탈와(talwar, 힌두스탄에서 유래한 휘어진 검의 일종)를 무척 좋아하죠. 기량이 비슷한 검객이 레이에 딱 한 명 더 있긴 한데, 그래도 라즈푸트를 이긴 적은 없어요.”

‘음, 알아두면 앞으로 쓸만한 정보일지도 모르겠어.’

“두 번째로 뛰어난 검객이 누군데요?”

그러자 데스피나는 이맛살을 찌푸렸다.

“이쯤에서 눈치채실 줄 알았는데요.”

“네?”

“이렇게까지 말했는데 누군지 모르시겠어요?”

“미안해요. 모르겠어요. 호라산 제일가는 검객 명단을 외우고 다니는 건 아니라서요.”

셰에라자드가 쏘아붙였다.

“그렇군요. 마마께서는 도서관 사서인 아버지 밑에서 컸으니 이런 정보를 쉽게 접했을 것 같지는 않네요. 남들 보라고 떡하니 공공장소에 붙여놓는 내용은 아니니까.”

“내 아버지는 고대 문헌 전문가예요. 내가 아는 사람 중 가장 똑똑하신 분이에요. 전대 칼리프의 고문이셨고요.”

셰에라자드는 그녀를 쏘아보았다.

“하지만 아내분이 세상을 떠난 후에 정신을 좀 놓으셨다고 들었는데요. 그러다 결국 좌천되었고요. 현재는 도서관 사서시잖아요.”

‘여기서 화를 내서는 안 돼. 나를 도발하려고 이러는 게 분명해. 하지만 대체 왜?’

셰에라자드는 대답 대신 침묵을 지켰다. 다시 평정심을 찾으려는 마음이었다. 목덜미를 두른 두툼한 은목걸이는 꽤 무거웠지만, 그녀는 손가락으로 목걸이를 아무렇지 않게 만지작거렸다.

"두 번째로 뛰어난 검객이 누군지 아직도 알고 싶으신가요?"

데스피나가 태도를 바꾸며 다시 물었다.

"됐어요. 별로 중요하지 않아요."

데스피나는 알만하다는 듯 싱긋 웃었다.

"레이에서 두 번째로 뛰어난 검객은 할리드 이븐 알-라시드 님이죠. 우리의 찬란하신 왕 중의 왕 말이에요."

셰에라자드의 가슴이 덜컥 내려앉았다. 뛰어난 검객은 역시 뛰어난 전략가인 경우가 많았다. 속임수를 재빨리 알아채야 하기 때문이다.

그렇다면 장애물이 또 하나 생긴 셈이다. 그가 셰에라자드가 배신할 것이라 의심한다면, 살해 모의를 하고 아무도 모르게 그를 붙잡는 건 훨씬 어려운 일이 되리라.

셰에라자드는 조심스럽게 숨을 삼켰다.

"그렇군요. 역시 중요하지 않은 내용이에요."

"물론 중요하다고 여기실 거란 생각은 안 했어요. 그래도 알고 싶어 하실 것 같아서요."

'이 여자는 무슨 게임을 하는 걸까?'

"당신 생각이 틀렸어요."

셰에라자드는 문으로 가서 손잡이를 당겼다. 문턱을 넘자마자 커다란 형상이 보였다. 윤기 나는 구릿빛 피부에다 머리에 정교하게 터번을 감은 남자였다. 그는 셰에라자드를 내려다보았다.

드러난 두 팔은 두꺼운 근육질이었고, 단정하게 다듬은 턱수염은 턱 아래로 뾰족하게 만들어 드리운 모습이었다. 달빛도 비치지 않는 밤하늘처럼 어두운 두 눈은 삭막하고 무정한 빛을 띠고 이쪽을 내려다보았다.

"어, 그렇군요. 당신이…… 아, 죄송해요. 이름이 뭐죠?"

"말씀드렸잖아요. 라즈푸트라고 부르면 돼요."

데스피나가 뒤에서 끼어들었다.

"하지만 이분도 이름이 있을 텐데요."

셰에라자드는 거칠게 대꾸했다.

"있긴 하겠지만 저는 몰라요."

셰에라자드는 짜증스레 한숨을 쉬고 앞을 바라보았다. 그리고 어쩌면 자신을 죽일지도 모르는 남자를 용감하게 바라보았다.

"나는 셰에라자드라고 해요."

그녀는 라즈푸트의 검은 시선을 마주했다.

그는 셰에라자드를 쏘아보다가 잠자코 옆으로 비켜서 길을 터 주었다.

옆을 지나는 동안 그녀는 라즈푸트의 허리춤에 걸린 기다란 탈와를 바라보았다. 한낮의 햇살을 받은 검은 위협적으로 빛났다.

'그렇다면 이 과묵한 야수 같은 남자가 나의 적을 이길만한 유일한 검객이겠군……. 할리드 이븐 알-라시드의 약점이 있다면 대체 어떻게 찾을 수 있을까? 그가 보낸 첩자들이 내 주변을 둘러싸고 일거수일투족을 감시하고 있는데?'

셰에라자드는 긴 한숨을 내쉬었다.

'문제가 정말 심각하구나.'

활시위를 끝까지 잡아당기는 힘

이 궁전의 토대는 300여 년 전 사치하기로 유명한 왕이 구축했다. 그 후 세월이 지나면서 대리석과 석회암 궁전에 많은 부속 건물이 추가로 지어졌다. 건물들은 마치 강줄기를 따라 생기는 지류처럼, 목적지가 있는 듯 어디론가 계속 뻗어갔다.

이런 곳에선 쉽사리 길을 잃게 되는 법이다.

"궁전 뜰까지는 어떻게 가나요?"

30분 동안 화려한 내부를 돌아다닌 끝에 셰에라자드가 데스피나에게 물었다. 데스피나는 고개를 갸웃거리며 생각을 하다 말했다.

"뜰에는 가도 괜찮겠네요. 마마를 문밖으로 내보내지 말라는 명령은 없었으니까요."

오른쪽 복도로 되돌아가는 데스피나에게 셰에라자드는 무어라 쏘아붙이고 싶은 마음을 억눌렀다. 라즈푸트는 셰에라자드의 옆을 그림자처럼 따라다녔다. 그의 태도는 표정만큼이나 딱딱하고

융통성이 없었다. 말없이 몇 분쯤 복도를 지난 끝에, 그들은 아치형 문이 겹겹이 보이는 야외 회랑으로 나갔다. 그 길을 따라가면 바깥이었다.

시종 하나가 문을 열어주어 셰에라자드는 안뜰로 들어갔다. 아래로 뻗은 거대한 계단 같은 테라스에 둘러싸인 뜰이었다. 첫 번째 테라스에는 꽃나무와, 정성 들여 세공한 격자로 사면을 두른 우아한 새장이 하나 있었다. 튼튼한 아카시아 목재에 하얀 물감을 얇게 바르고 윤기 나는 청동 빗장을 달아놓은 새장이었다. 거친 화강암 돌바닥 틈새에는 청록색 풀들이 무성하게 피어있었다.

셰에라자드는 옆을 성큼성큼 걸어가며 새장 안에서 노래하는 알록달록한 새들을 슬쩍 바라보았다. 나이팅게일, 오색방울새, 종달새, 카나리아…….

순간, 뒤에서 커다란 꽥 소리가 들렸다. 고개를 홱 돌리자 잔디밭을 거니는 공작새가 보였다. 활짝 펼친 화려한 깃털 위로 햇빛이 어른거리며 초록색과 금색을 반짝반짝 빛냈다.

셰에라자드는 공작새 쪽으로 가까이 다가갔다. 새는 그녀를 빤히 바라보다 말고 꼬리깃을 접더니 허둥지둥 달아났다. 그녀가 웃으며 중얼거렸다.

"거드름 피우는 것도 빠르고, 도망치는 것도 빠르구나."

"무슨 말씀이세요?"

데스피나가 물었다. 셰에라자드는 고개를 저었다.

"혹시 남자들 이야기였나요?"

데스피나가 피식 웃으며 말했다. 대답하지 않기로 마음먹은 셰에라자드는 맨 위쪽 테라스를 서성이다가 돌계단을 내려가 나무가 늘어서 있는 두 번째 테라스로 다가갔다. 이 정원에는 하얀 감귤꽃과 아직 덜 익은 초록색 무화과가 잔뜩 열린 나무들이 있었다.

셰에라자드는 테라스를 쭉 걸어갔다. 향기를 맡고 싶을 때만 멈춰 섰을 뿐이다. 데스피나가 그녀를 조용히 바라보더니 의심스러운 기색으로 물었다.

“뭐 하시려는 거예요?”

셰에라자드는 손을 들어 눈 위에 그늘을 만들고 저 아래 펼쳐진 모래와 돌바닥에서 뭔가 움직이는지 살펴보았다.

“뭘 하실 건지 알려주시면 거기 데려다드릴게요.”

데스피나가 제안했다.

“아무것도 안 할 거예요. 뭘 좀 찾고 있을 뿐이에요.”

“뭘 찾으시는데요?”

“나한테 꼬치꼬치 캐묻지 않는 시녀를 찾고 있어요.”

데스피나는 깔깔 웃었다.

셰에라자드는 재빨리 발걸음을 옮겨 마지막 계단을 날아가듯 내려갔다. 그녀가 가려는 곳은 모래와 돌로 이루어진 맨 아래쪽이었다.

하지만 그곳 입구에 다다르자 라즈푸트가 중얼거리며 반대 의사를 표시했다.

‘그래, 말을 못하는 건 아니었구나.’

데스피나는 대놓고 씨근댔다.

“마마께선 여기 오시면 안 돼요.”

“어디든 갈 수 있다고 하지 않았나요? 라즈푸트가 같이 있는 한?”

셰에라자드는 데스피나가 했던 말을 상기시켰다.

"마마께서 훈련장에 오시리라고는 아무도 예상하지 못했겠죠."

셰에라자드는 예리한 눈빛으로 무예에 열중하는 수많은 남자를 훑어보았다. 그들은 검술과 창술을 훈련하고, 도끼처럼 생긴 타바진(tabarzin)으로 살상 기술을 연마하는 중이었다.

'그 남자는 여기 없구나.'

"칼리프를 찾으시나요?"

데스피나가 대뜸 물었다.

"아뇨."

'하지만 레이에서 두 번째로 뛰어난 검객께서는 오늘도 훈련을 하겠지……. 그 명성을 유지할 마음이 있다면 말이야. 그때 그 남자의 약점을 찾아야 해. 그자를 파멸시킬 수 있는 약점을.'

"거짓말을 하시네요."

데스피나가 빙긋 웃었다.

"사실은, 내가 여기 온 이유가 있어요."

셰에라자드는 주위를 둘러보다가 무언가를 금방 알아보고 눈길을 주었다.

"활 쏘는 법을 알고 싶어요."

"뭐라고요?"

데스피나가 소리쳤다. 셰에라자드는 아무것도 모르는 척 무기가 보관된 곳으로 향했다.

라즈푸트가 팔을 들어 앞을 가로막았다. 칠흑처럼 검은 남자의 눈동자에 경고의 빛이 어렸다.

셰에라자드는 마음을 단단히 먹고 라즈푸트의 호전적인 눈초리를 마주했다.

“활 쏘는 법을 가르쳐 주겠어요? 항상 배워보고 싶었거든요.”

그는 고개를 저었다.

셰에라자드는 마음이 상한 척했다.

“이런다고 내가 다치진 않아요. 어쨌든 난 내일이면 당신이 신경 쓸 필요 없게 될 사람이에요. 그러니 자그마한 청을 들어주면 좋겠어요.”

“라즈푸트는 마마께서 다칠까 봐 걱정하는 게 아닌 것 같은데요.”

데스피나가 빈정거리듯 말했다. 셰에라자드는 남자의 거대한 팔뚝을 피해 앞으로 가려고 해보았다. 하지만 그는 다시 앞을 가로막았다. 그녀는 입술을 비쭉 내밀었다.

“왜 이렇게 까다롭게 구는 건가요?”

셰에라자드가 나직하지만 거친 목소리로 말했다.

“까다롭게 구는 게 아닙니다. 그자는 원래 그렇거든요.”

뒤편에서 굵직한 남자 목소리가 들려왔다.

데스피나와 셰에라자드 둘 다 뒤를 돌아보았다. 눈앞에 나타난 이는 젊은 남자였다. 곱슬곱슬한 마호가니색 머리카락을 지닌 남자는 따스하고 상냥한 표정으로 이쪽을 재미있다는 듯 주시했다.

라즈푸트의 몸이 굳었다.

“제가 도와드리면 어떻겠습니까?”

남자가 빙그레 웃으며 제안했다. 셰에라자드는 그에게 애교 섞인 웃음을 지어 보였다.

“그래주시면 좋겠어요. 나는…….”

“마마께서 누구신지는 이미 압니다. 지금은 이 궁전 안 모든 사람이 마마에 대해 알지요."

그는 장난기 어린 갈색 눈동자를 번뜩이며 데스피나에게 눈을 찡긋했다. 데스피나는 뺨을 빨갛게 물들이며 시선을 피했다.

'꽤나 바람둥이로구나.'

"나보다 유리한 입장이신 건 분명하군요."

셰에라자드의 말에 남자는 고개를 숙이고 손끝으로 이마를 쓸며 인사했다.

"저는 잘랄이라고 합니다."

"이분은 근위대장이세요. 아레프 알-호리 장군님의 아드님이시죠……. 레이의 샤르반(Shahrban of Rey, 호라산의 총사령관으로 칼리프 다음가는 지위)이신 분 말이에요."

데스피나가 건조한 말투로 설명했다.

"그런 직함 따위에 속지 마시지요, 마마. 제 아버지가 호라산 총사령관이신 건 사실이지만, 덩달아 저까지 중요한 인물인 건 아닙니다."

"아, 나 역시 안타깝게도 마찬가지랍니다. 나도 전혀 중요한 인물이 아니거든요."

셰에라자드가 말했다.

"그건 아닌 것 같은데요, 마마. 아주 중요한 분이라고 전 생각합니다."

잘랄은 싱긋 웃었다. 그렇지 않아도 여유로운 기색인 남자가 미소까지 지으니 더욱 빛이 났다.

라즈푸트가 다시 투덜거렸다. 그의 노여운 기색을 보자 셰에라자드는 아까 실랑이를 벌이던 문제를 다시 꺼냈다.

"그렇다면 내게 활 쏘는 법을 가르쳐 주시겠어요, 알-호리 대장?"

"거기엔 몇 가지 조건이 있습니다. 첫째, 직함 따위는 신경 쓰지 마시고 저를 편하게 잘랄이라고 불러주시죠. 둘째, 제가 활쏘기를 가르쳐 드렸다는 걸 할리드에게는 절대로 말하지 말아주시고요."

'할리드라고? 지금 그 남자를 이름으로만 불렀어?'

"두 가지 조건 모두 지킬 수 있어요. 기꺼이 받아들이죠. 대신 당신도 나한테 마찬가지로 해주세요. 편하게 부르고, 그분께는 비밀로 해주시기로요."

그러자 잘랄은 의미심장한 태도로 몸을 숙여 대답했다.

"그렇다면 이 잘랄을 따라오시죠."

셰에라자드는 웃었다. 데스피나는 풍만한 가슴 위로 팔짱을 끼더니, 새파란 눈초리로 장난기 어린 잘랄의 얼굴을 슬쩍슬쩍 엿보며 경고했다.

"이러는 거 좋지 않아요."

하지만 셰에라자드는 쏘아붙였다.

"왜요? 당신한테 안 좋다는 뜻인가요? 아니면 나한테? 내 삶은 하루밖에 남지 않았는데, 내가 언제나 해보고 싶었던 일을 하면서 오늘을 보내고 싶어요. 나한테는 아주 좋은 생각 같은데요."

데스피나는 포기했다는 듯 한숨을 쉬면서 셰에라자드와 잘랄의 뒤를 터벅터벅 따라갔다. 라즈푸트는 그들 뒤의 그림자를 저벅저벅 밟으며 따랐다. 근위대장인 잘랄이 비난 어린 날카로운 눈빛을 보냈지만, 라즈푸트는 짜증과 못마땅한 기색을 서슴없이 드러냈다.

잘랄은 활이 놓인 곳으로 셰에라자드를 데려갔다. 강철봉에 화살통 여러 개가 매달려 있었다. 화살은 쉽게 알아볼 수 있도록 밝은 색으로 염색한 거위 깃을 달아놓았다. 셰에라자드는 화살통에서 화살 하나를 꺼냈다. 과녁을 맞히는 연습을 했던지라 끝부분이 닳아있었다. 아무렇지 않은 척하려고 무척 애쓰면서 그녀는 화살의 뒤쪽 끝을 아주 살짝 구부려 휘어지는 정도를 측정했다.

'딱히 잘 휘어지지 않네.'

"전에 활을 쏴보신 적이 있는지요?"

잘랄이 물었다. 그는 참으로 태평스러워 보이는 겉모습과 달리 놀라우리만큼 예리한 시선으로 이쪽을 관찰하고 있었다.

"아뇨."

셰에라자드는 애써 전혀 아니라는 투로 말했다.

"그렇다면 지금 화살로 뭘 하신 건지 여쭤봐도 될까요?"

"그냥 궁금해서요."

그녀는 어깨를 으쓱이고는 화살을 통에 넣었다. 그리고 다른 색깔 깃을 단 화살을 뽑아서 똑같이 시험해 보았다.

'훨씬 낫네.'

셰에라자드는 걸려있던 화살통을 들었다.

"이제 보니 제가 활쏘기를 가르쳐 드릴 필요가 없는 것 같습니다만."

잘랄이 대수롭지 않다는 어조로 말했다. 그녀는 실수를 감추려고 애써 머리를 굴린 다음 대답했다.

"아뇨, 그렇지 않아요. 내…… 사촌이 말한 적이 있거든요. 상반신에 힘이 없으면 잘 휘어지는 화살을 쓰는 게 쉽다고요."

잘랄은 의심스럽다는 듯 대꾸했다.

"그렇군요. 그러면 그…… 사촌분께서 활에 대해 또 뭐라고 설명하셨습니까?"

"설명은 안 했어요. 화살에 대한 말도 지나가듯 했을 뿐이었죠."

잘랄의 표정이 더욱 의심의 기색을 띠었다.

"그러셨겠죠. 지나가는 말일 뿐이었겠죠."

그는 무기 선반에 놓인 활을 재빨리 훑어보았다. 그리고 그중 커다랗고 곧게 뻗은 활에 손을 대더니, 고개를 슬쩍 돌려 셰에라자드를 보았다.

셰에라자드는 미소 지어 보였다.

잘랄은 계속 이쪽을 보면서 이번에는 훨씬 더 작은 활에 손을 대었다. 활시위를 팽팽하게 당기면 구부러진 양 끝이 쏘는 이의 반대 방향으로 움직이는 활이었다.

'리커브 활이네.'

셰에라자드는 계속 미소 지은 채였다. 어떤 활을 선택하는지 보면서 이쪽을 낚으려 하는 잘랄에게 걸려들지는 않을 작정이었다.

"원하시는 활이 있습니까?"

"내가 쓸만한 걸로 아무거나 골라주세요."

그는 고개를 끄덕였다.

"그렇다면 우리에겐 이게 제일 좋을 것 같군요."

잘랄은 다 안다는 듯한 미소를 지으며 리커브 활을 꺼내 들더니 50보 떨어진 과녁의 발사선으로 성큼성큼 걸어갔다.

그를 따라가며 셰에라자드는 활쏘기를 해봤다는 걸 무심코 드러낸 실수를 떠올리고 얼굴을 찡그렸다.

'이미 저지른 실수는 어쩔 수 없어. 하지만 앞으로는 잘하자.'

그녀는 손을 들어 곱슬거리는 검은 머리카락을 뒤로 모아 묶었다. 그리고 거추장스러운 맨틀을 벗어 데스피나에게 건넸다. 사막에서 불어오는 약한 산들바람이 셰에라자드의 드러난 팔과 배를 시원하게 스쳤다. 몸에 딱 달라붙는 은빛 윗도리는 가슴 부위가 네모꼴로 파였고 볼록한 어깨 소매는 무척 짧았다. 엉덩이 위로 새파란 비단 허리띠를 감았는데, 진주를 수놓은 띠의 끝부분은 땅에 끌렸다. 걸을 때마다 은빛 슬리퍼 아래로 모래 더미가 살짝 흩날렸다.

셰에라자드는 화살통을 어깨에 멨다. 잘랄이 리커브 활을 건네주었다.

호기심 많은 구경꾼들이 양옆으로 모여들기 시작했다. 데스피나와 라즈푸트는 그 앞에 섰다. 각자 불편해하고 분개하는 기색을 서슴없이 드러내기는 여전했다.

셰에라자드는 두 발을 바짝 붙여 선 채로 화살통에서 화살을 꺼낸 다음, 팽팽한 활시위에 화살을 어떻게 두어야 할지 모르는 척했다.

하지만 잘랄은 속임수에 전혀 걸려들지 않은 기색이었다.

셰에라자드가 활시위에 활을 메기자, 가느다란 나무 화살이 파르르 떨면서 활 손잡이에 부딪혔다. 그녀는 아무것도 모르는 기색으로 놀라며 숨을 헉 들이쉬었다.

"이렇게 하는 게 맞나요?"

그녀가 잘랄에게 묻자 그는 코웃음을 쳤다.

"아뇨, 아닙니다. 하지만 방법을 이미 아시잖아요?"

"모르는데요."

"정말이십니까?"

"가르쳐 줄 마음이 있는 건가요, 없는 건가요?"

잘랄이 웃었다.

"왼쪽 발을 어깨너비만큼 앞으로 내미십시오."

그녀는 시키는 대로 했다.

"이제 잡은 손에서 힘을 빼고 팔꿈치를 낮추십시오. 활 손잡이에 달린 조준기를 사용해서 조준하시면 됩니다."

셰에라자드는 하마터면 비웃음을 지을 뻔했다. 조준기는 열세 살 이후로 써본 적이 없었다. 타리크 덕분에 활 솜씨는 확실하게 익혔으니까.

"조준하셨으면 화살을 최대한 뒤로 당긴 다음 발사하십시오."

셰에라자드는 활을 쏘았다. 화살은 그럭저럭 올바른 방향으로 날아갔지만, 과녁에서 20보가량 떨어진 곳에서 바닥으로 떨어졌다.

셰에라자드는 잘랄을 바라보았다. 그는 여전히 의심을 거두지 못했다.

"마마의 '사촌'이라는 분이 활줄을 어떻게 당겨야 하는지 설명하지 않았습니까?"

그녀는 고개를 저었다. 잘랄은 한숨을 쉬더니 그녀에게 다가왔다.

"이 활은 당기는 힘이 덜 드는 것이라 골랐습니다. 아까 이 화살통을 특별히 선택하신 이유가 그 때문이라고 생각했죠. 이 활과 마마께서 고르신 화살을 같이 쓰면 상체 힘을 많이 쓰지 않고도 화살을 멀리 쏠 수 있으니까요. 말하자면 마마처럼 몸집이 작은 궁수에게 특히 유리한 조합이죠."

"그렇다면 당기는 힘은 몸집에 달린 것이로군요?"

"몸집보다는 속도와 정확성에 달렸다고 봐야겠지요. 화살 하나를 쏠 때 힘을 많이 쓸 필요가 없다면 다음번 화살을 빠르게 메길 수 있으니까요. 그리고 긴장하지 않았을 때 더욱 정확하게 쏠 수 있습니다."

"이해가 되네요."

셰에라자드는 고개를 끄덕였다.

"분명히 이해하셨으리라 생각합니다."

그는 빙그레 웃었다. 그녀는 잘랄의 의미심장한 미소를 무시하고서 다시 활을 쏘려고 손을 뻗었다. 그리고 팽팽한 활시위에 화살을 메긴 채로 그의 얼굴을 슬쩍 보았다.

"당신은 칼리프와 잘 아는 사이겠죠?"

셰에라자드가 입을 열자, 잘랄은 즐거운 기색을 살짝 거두었다.

"할리드가 어렸을 때부터 알고 지냈습니다."

"두 분은 좋은 친구시겠군요?"

"아닙니다."

"그렇군요."

그녀는 활시위를 더 세게 당겨 활을 쏘았다. 이번에 날아간 화살은 과녁에 훨씬 더 가까이 갔지만, 그래도 다행히 모래더미 속으로 파고들어 갔다.

"저는 할리드보다 두 살 많습니다. 할리드의 형인 하산과 함께

자랐죠. 우리는 무척 친했습니다. 하산이 세상을 떠난 후에는 할리드와 친해지려 해봤지만…….”

그는 어깨를 으쓱이고서 말을 이었다.

“할리드는 제게 마음을 열지 않았습니다.”

셰에라자드는 그를 바라보았다.

“마음 아픈 얘기로군요.”

“마마의 마음이 아프실 이유는 없습니다만.”

“친한 친구를 잃는 건 참 힘든 일이니까요. 얼마나 힘들었을지 상상이 안 되네요.”

“그렇게 말씀해 주셔서 고맙습니다. 하지만 할리드야말로 형님을 잃었으니 더욱 힘들었겠지요. 이듬해에는 할리드의 아버지도 돌아가셨고요. 게다가 어머니에게 벌어진 끔찍한 사건 때문에…… 할리드는 겨우 열네 살에 왕위에 올랐습니다. 가족 하나 없는 채로요. 그 후 어떻게 되었는지는 아시겠지요.”

‘상관없어. 그래서 괴물이 될 수밖에 없었다는 건 변명일 뿐이야. 그에게는 제대로 된 왕으로 성장할 시간이 4년이나 있었어. 하지만 지금 어떤 인간이 되어버렸느냔 말이야…….’

잘랄은 셰에라자드의 얼굴에 드러난 표정을 보고서 한 걸음 다가왔다.

“이해해 주시길 바랍니다. 저는…… 변명하고자 했던 건 아니었습니다.”

잘랄의 목소리는 아주 부드러웠다.

셰에라자드는 그에게서 돌아서서 등에 멘 화살통에서 화살을 하나 더 꺼내 들었다. 하지만 저도 모르게 초보자답지 않은 매끄러운 동작으로 활시위에 활을 메겼다는 사실을 깨닫고 말았다. 잘랄이 웃었다.

"죄송합니다만 이제는 저도 부탁 하나 드려도 되겠다는 생각이 드는군요, 셰에라자드."

"왜 그렇게 생각하시나요?"

셰에라자드가 나직하게 되물었다.

"제가 입 다물기를 바라신다면 대가를 치르셔야지요."

그 말에 셰에라자드는 모른 척 눈을 깜빡였다.

"무슨 말씀이신지요?"

잘랄이 조금씩 다가왔다.

"할리드에게 무슨 짓을 하시려는지는 모르겠습니다만, 그를 심란하게 만든 사람은 몇 년 만에 마마가 처음입니다. 할리드는 확실히 심란해할 필요가 있고요."

셰에라자드는 잘랄의 흔들림 없는 시선을 마주했다. 활을 여전히 목덜미께에 팽팽히 당긴 채였다.

"이게 어딜 봐서 부탁인가요?"

"할리드는 제 친구가 아닙니다. 하지만 그렇다고 적도 아니죠. 그는 제가 섬기는 왕입니다. 저는 할리드가 아주 사랑스러웠던 어린 시절부터 알고 지냈죠……. 어릴 적엔 상냥한 마음씨에 밝고 호기심 많은 아이였습니다. 하지만 지금은 방황하는 영혼이 되었죠. 망가진 생명체가 되어버린 모습을 보기가 아주 지겨워서요. 그러니 저와 함께 그를 고쳐보지 않겠습니까, 셰에라자드?"

셰에라자드는 언짢은 기색으로 침묵한 채 잘랄을 쏘아보았다. 이런 맹목적인 믿음은 대체 어디에서 오는 걸까. 사람을 죽인 과거를 지닌 남자를 뭘 보고 믿어야 하나. 왕을 배반하려고 마음먹은 여자를 어떻게 믿는단 말인가.

잘랄은 태양에 그을린 구릿빛 얼굴을 그녀의 얼굴에 바짝 대고 찬찬히 바라보았다.

그 순간, 그늘에 서있던 데스피나가 한달음에 뛰어나왔다. 얼굴 가득 공포가 역력했다. 셰에라자드는 데스피나가 왜 이토록 겁먹었는지 궁금해하다가, 역시 날카롭게 숨을 들이쉬고 말았다. 가슴속 숨결이 죄다 빠져나가는 기분이었다.

안뜰 저 너머, 호라산의 칼리프가 냉정하고 침착한 표정으로 그들을 지켜보고 있었다.

폭풍 전야의 고요함이 흘렀다.

촛불 한 자루의 빛으로

셰에라자드가 말없는 탄식을 흘리자 잘랄은 뒤를 슬쩍 바라보았다. 그의 얼굴에 웃음기가 떠올랐다. 살짝 반항적인 기색도 보였다.

"우리 둘 다 조건을 지키지 못할 것 같군요."

"그러게요."

셰에라자드의 헤이즐넛 빛깔 눈동자가 철천지원수의 호박색 눈빛과 맞부딪혔다.

"나중에 또 이 문제를 놓고 의논할 수 있기를 바랍니다."

잘랄은 약올리듯 고개를 꾸벅 숙이고는 그녀를 떠났다.

할리드가 저 멀리서부터 이쪽을 향해 다가왔다. 그는 최고급 흰색 리넨으로 만든 카미스(qamis, 통이 넓은 리넨 재질의 긴팔 셔츠로 남녀 모두 입는다)와 회색 서월 차림이었다. 검은 티카 띠(tikka sash, 엉덩이에 두르는 기다란 허리띠로 남녀 모두 착용한다)를 두른 허리춤에는 끝으로 갈수록 점점 가늘어지는 칼을 찼다.

셰에라자드는 모르는 종류의 검이었다. 언제나처럼, 오늘도 그 모습은 이 세상에서 가장 냉혹하고 사악하다는 생각밖에 들지 않았다.

할리드가 다가오자 안뜰에 있던 사람들은 모두 움직임을 멈추었다. 그의 오른편에는 나이 든 신사가 있었는데, 용모와 분위기가 잘랄과 무척 닮았다. 왼편에는 불안한 표정의 남자가 품 안 가득 두루마리를 들고 있었다. 그 양옆으로 병사와 근위병이 쭉 늘어섰다.

아주 잠깐, 참으로 위험하게도, 셰에라자드는 화살을 그에게 겨눌까 생각했다. 이 거리에서라면 그를 맞힐 수 있었다. 하지만 화살촉이 무딘 것이 문제였다. 연습용 화살이었기 때문이다.

'이걸로는 죽일 수 없을 거야.'

셰에라자드는 활을 내렸다.

'위험을 무릅쓸 가치가 없어.'

할리드가 가까이 다가서자, 그녀는 비이성적으로 뛰는 가슴을 애써 억눌렀다. 만약 이 괴물을 정복하고 싶다면, 먼저 괴물에 대한 두려움을 없애야 했다. 그것도 빨리.

그는 몇 걸음 앞에서 멈춰 섰다.

그리고 잘랄을 바라보았다.

"알-호리 대장."

그의 목소리는 치명적이리만큼 낮았다.

"세이이디. 왕비 전하께 활 쏘는 법을 알려드리고 있었습니다."

잘랄은 고개를 숙이며 손끝을 이마에 댔다.

"그건 알겠소. 하지만 왜지?"

"제가 알려달라고 부탁했어요."

셰에라자드가 제법 큰 목소리로 끼어들었다.

할리드의 눈빛이 무감정하게 그녀를 향했다. 셰에라자드는 그녀의 모습을 바라보는 남자의 눈빛을 눈치챘다. 맨틀도 없이, 머리카락을 아무렇게나 묶은 채로…… 어깨에 화살통을 메고 있는 그녀를 보는 저 눈빛.

"그렇다면 그대에게 질문하겠다."

할리드의 말에 셰에라자드는 이를 악물고 되레 뻔뻔하게 되물었다.

"배우는 데 이유가 필요한가요?"

"이유가 아니라 설명을 바라는 거다."

"그게 그거 아닌가요."

"반드시 같은 건 아니다."

"아뇨, 따져보면 같답니다. 칼리프께서 어떻게 보시느냐와는 상관이 없지요. 저는 그저 활쏘기를 배우고 싶었고, 잘랄은 저를 가르쳐 주기로 합의한 것뿐이에요."

말하는 동안 목덜미 쪽에 묶었던 머리카락이 풀리기 시작했다.

"잘랄이라고? 지금 이름을 불렀나?"

할리드가 눈썹을 치켜떴다. 그녀의 거침없는 표현에 내보이는 반응은 이뿐이었다.

"네. 잘랄이라고 불렀습니다."

셰에라자드의 얼굴로 머리카락 한 타래가 흐트러졌다. 그녀는 머리카락을 귀 뒤로 넘겼다.

"그래서 잘랄에게 뭘 배웠지?"

“네?”

그녀는 놀라움을 감추지 못하고 되물었다. 할리드가 관심을 보이다니?

“활쏘기를 그대에게 가르쳤다면, 분명 배운 걸 보여줄 수도 있겠지. 잘랄이 형편없는 스승이 아니라면 말이다.”

잘랄은 웃음을 터뜨렸다.

“세이이디, 기억하실지 모르겠습니다만 어릴 적 제가 활쏘기를 가르쳐 드린 적도 있었던 것 같습니다.”

“잘랄-잔.”

샤르반이 깜짝 놀라 아들에게 거칠게 소리쳤다. 당황한 기색 탓에 주름진 얼굴이 더욱 어두워졌다.

“내가 다른 것에 비해 활쏘기를 잘했던 적은 없긴 하지만.”

할리드가 말하자, 잘랄은 빙긋 웃었다.

“칼리프께선 잘하지 못하시지만, 저는 잘합니다.”

샤르반이 날카로운 어조로 외쳤다.

“잘랄! 그만해라. 이분은 네가 섬기는 왕이시다!”

잘랄은 허리를 굽혀 절했지만 고분고분한 태도에는 여전히 장난기가 드러났다.

“자, 보여주겠나?”

할리드는 다시 셰에라자드를 바라보았다.

그녀는 남자의 기대 어린 시선을 빤히 바라보았다. 그리고 말없이 활시위를 다시 당기고는 그대로 잠시 있었다.

사실은 간절히 보여주고 싶었다. 자신이 얼마나 활을 잘 쏘는지. 그래서 모여든 구경꾼들에게 자신이 결코 무시할 존재가 아님을 드러내고 싶었다. 또한 타리크 곁에서 참을성 있게 받았던 몇 년간의 활쏘기 수업이 헛되지 않았음을 확실히 증명하고 싶었다.

열한 살 어린 소녀였던 그때 셰에라자드는 타리크에게 활과 화살을 쓰는 법을 가르쳐 달라고 처음 부탁했었다. 하지만 속으로는 안 될 거라고, 유력한 에미르의 열두 살 난 아드님은 바보 같은 아이의 청을 무시할 거라고 생각했다. 그런데 그해 여름, 사막에서 어설프게 만든 활과 화살을 쥐자 그녀는 타리크 임란 알-지야드에게 처음으로 반해버렸다. 상쾌한 솔직함과 언제나 볼 수 있는 유머 감각에, 또 아름답지만 속임수 가득한 타리크의 미소에 반했던 것이다. 물론 그건 그저 두 눈 가득 설렘을 반짝이던 한때의 열병에 지나지 않았지만, 인생에서 어두운 시기를 지날 때마다 그때의 소중한 추억을 떠올리면 힘이 났다.

경이로운 첫사랑의 추억을 세상 그 무엇에 비할 수 있을까.

셰에라자드는 눈을 감았다.

타리크.

'아니, 오늘은 나를 드러낼 날이 아니야.'

그녀는 숨을 들이쉬었다.

'하지만 약한 모습을 보일 날도 아니지.'

그리고 눈을 질끈 감은 채, 활을 들어 활시위를 당겼다.

조준할 필요는 없었다. 화살을 어디로 날려야 하는지는 정확히 알고 있었다.

열세 살 때부터, 주변을 단번에 파악하는 능력에 의존해 순전히 본능적으로 과녁을 조준해 왔으니까.

그녀는 천천히 숨을 내쉬었다.

이윽고 눈을 뜨는 순간 활을 쏘았다. 화살은 완벽한 나선을 그리며 과녁을 향해 날아갔다.

그리고 의도한 곳에 정확히 명중했다. 잘랄이 심드렁한 어조로 말했다.

"놀랍군요. 조준도 전혀 안 했는데 과녁에 화살을 맞히다니. 어떻게든 말이죠."

"대장이 잘 가르쳐 준 덕택이에요."

셰에라자드는 태연하게 대답했다.

할리드의 입가에 움직임이 보였다. 하늘에 떠가는 구름이 그림자를 비추었던 걸까. 아니면 저 입술에 자그마한 미소가 나타났던 걸까.

"그렇습니까?"

잘랄이 중얼거렸다. 그녀는 방긋 웃었다.

"어떻게든 말이죠. 그래도 과녁을 맞히기는 했으니까요……. 물론 과녁의 다리이긴 하지만요."

"만약 일부러 다리를 맞힌 거였다면 정말 대단한 솜씨라고 여겼을 겁니다."

"하지만 내가 조준하지 않은 걸 다들 보셨잖아요. 어쨌든 꽤 잘한 것 같아요. 안 그런가요?"

그녀의 말을 들은 잘랄이 할리드에게 물었다.

"어떻게 생각하십니까, 세이이디? 왕비 전하의 실력이 마음에 드십니까?"

잘랄이 하기에는 뻔뻔한 질문이었다. 할리드를 바라본 셰에라자드는 그의 목덜미가 슬쩍 붉어졌음을 알아보았다.

그는 말없이 거리를 두고 그녀와 잘랄이 주고받는 대화를 지켜보고 있었다.

"과녁을 못 맞혔군."

할리드는 이렇게만 말했다. 셰에라자드는 눈을 가늘게 떴다. 다시 얼굴로 흘러내린 머리카락을 이번에는 지나치게 거친 손길로 귀 뒤로 넘겨버렸다.

"그렇다면 칼리프께서 제대로 된 솜씨를 보여주시면 어떨까요?"

그녀가 차가운 어조로 물었다. 그리고 뒤로 손을 뻗어 화살을 하나 꺼낸 다음 활과 함께 할리드에게 건넸다.

남자의 날카로운 옆얼굴에 다시금 이해할 수 없는 감정이 스쳤다.

셰에라자드는 저도 모르게 이 남자가 무슨 생각을 하는지 점점 궁금해지기 시작했다.

'무슨 생각을 하는지는 중요하지 않아. 앞으로도 절대 중요할 리 없어. 중요해서는 안 돼.'

할리드는 성큼성큼 다가오더니 셰에라자드가 들고 있던 무기를 가져갔다. 그러다 서로의 손가락이 닿은 순간, 그는 잠시 주저하다 손을 뺐다. 잠시 후 호랑이 같은 눈이 흐릿해지는가 싶더니 그는 뒤로 물러섰다. 여전히 알 수 없는 표정이었다. 그리고 아무 말 없이 활시위에 화살을 메겼다.

셰에라자드는 자세를 취하는 남자의 모습을 지켜보았다. 활시위를 크게 당기는 동작을 하자, 놀라울 정도로 아름답게 다져진 몸매가 드러났다. 그는 활 양 끝의 휘어진 부분이 눈에 보이지 않을 정도로 리커브 활을 구부렸다.

그리고 숨을 내쉬며 조준했다.

셰에라자드는 웃고 싶은 마음을 꾹 눌렀다.

'조준기를 쓰는구나.'

화살은 팽팽한 나선을 그리며 과녁을 향해 날아갔다. 하지만 과녁 중앙 부근에 맞았을 뿐, 한복판에 꽂히지는 못했다.

그는 활을 내렸다.

"나쁘지 않으십니다, 세이이디."

잘랄이 씩 웃으며 말했다. 할리드는 나지막하게 대답했다.

"그럭저럭 봐줄만하지. 자랑할 것은 못 된다."

할리드는 왼팔을 뻗어 셰에라자드에게 활을 돌려주었다. 그러고는 눈도 마주치지 않은 채 돌아서서 떠나려 했다.

"세이이디."

셰에라자드는 그를 불러보았다. 남자는 발걸음을 멈췄지만 이쪽을 돌아보지는 않았다.

"혹시 괜찮으시다면……."

"잘랄의 가르침을 받도록 하라. 나보다 활 솜씨가 훨씬 좋으니."

셰에라자드는 속에서 짜증이 솟구쳤다. 저 남자에게 자신이 무언가를 바란다고 여겨지는 이 상황이 싫었다. 바라는 게 있다면, 그의 죽음뿐인 것을.

"알겠습니다."

그녀는 이를 악물고 말했다. 할리드가 몇 발짝 걷다가 다시 멈췄다.

"셰에라자드."

"네?"

"오늘 밤에 찾아가겠다."

그녀는 통에서 화살을 낚아채 활에 메겼다.

'경멸스러운 남자 같으니라고. 나에게 활쏘기를 정말로 가르쳐 줄 수 있는 것처럼 굴다니……. 아직도 조준기를 사용하는 주제에! 타리크라면 저 남자를 찢어 죽일 수도 있을 거야. 레이에서 두 번째로 뛰어난 검객이라고? 하!'

속에서 스멀스멀 확실하지 않은 감정이 올라왔지만, 그녀는 애써 무시했다.

자한다르는 차가운 밤바람에 펄럭이는 천막을 가만히 바라보았다.

그는 옆으로 누워서 귀를 기울이며 때를 기다렸다.

이윽고 이르사가 깊이 잠들어 고르게 호흡하는 걸 확인하자, 그는 조심스럽게 몸을 돌려 이불을 걷었다.

순간, 이르사가 천막 반대편으로 돌아눕자 자한다르의 몸이 흠칫 굳었다. 하지만 딸은 다시 제자리에 등을 대고 누웠다. 자한다르는 한숨을 내쉬며 자리에서 일어섰다. 그리고 조심스럽게 기지개를 켜면서 온종일 이동해서 쌓인 피로를 떨쳤다.

자한다르는 한 발 한 발 살금살금 가방 쪽으로 다가갔다.

그리고 최대한 소리를 내지 않고 포장된 꾸러미를 꺼낸 다음 그 안에서 낡아빠진 가죽 표지 책을 꺼냈다. 가슴에 고서의 온기가 느껴지자 심장이 쿵쿵 뛰었다.

여기에 적힌 원초적인 힘이 이제 그의 손에 들어온 것이다…….

자한다르는 천막 구석으로 슬그머니 다가가 고서를 옷가방 위에 올려놓았다. 그런 다음 촛불을 하나 켰다.

그리고 숨을 깊이 들이쉬었다.

두툼한 책 표지는 너덜너덜해져 알아볼 수가 없었다. 가장자리는 우그러졌고, 가운데 달려서 책을 묶은 자물쇠엔 녹이 슬었다.

자한다르는 오래되어 검게 변한 책을 앞에 두고 응시했다.

이 길을 따르기 시작한다면…….

그는 눈을 감고 마른침을 삼켰다. 그리고 아내의 마지막 모습을 떠올렸다. 누운 채 숨을 가쁘게 쉬며, 아이들과 조금 더 있게 해달라고 애원하던 모습을.

삶을 앗아가는 병마에서 구해달라 자한다르에게 부탁하던 모습을.

하지만 그는 실패하고 말았다. 숨이 끊어진 아내의 몸을 두 팔에 끌어안았던 그 순간은 얼마나 무력했던가.

그런데 불과 이틀 전, 괴물을 향해 걸어가는 큰딸의 모습을 바라보며 다시 한번 사지가 끊어지는 듯한 무력감을 느끼고 말았다.

어떤 대가를 치르더라도 이 상황을 바꾸리라. 셰에라자드가 그 새벽에 살아남았다면, 그토록 장한 딸에 걸맞은 아비가 되도록 하리라. 하지만 만약 살아남지 못했다면…….

자한다르는 손가락으로 책등을 꽉 움켜쥐었다.

아니, 다시는 의심의 암흑 속에서 겁쟁이처럼 몸을 움츠리지 않을 것이다.

자한다르는 잠옷 속에 손을 넣어 목에 건 기다란 은사슬을 꺼냈다. 사슬 끝에는 검은 열쇠가 달려있었다. 그는 고서 위로 몸을 굽혀 열쇠를 책에 달린 자물쇠에 넣었다. 책을 펴자, 책장에서 희미한 은빛이 아른거렸다. 자한다르는 첫 장에 손을 뻗었다.

그리고 비명을 삼켰다.

책장에 뜨겁게 손을 뎄다.

그래도 상관없었다.

그는 손끝까지 소매를 끌어내린 후 다시 책장을 만졌다.

글자는 고대 차가타이어(Chagatai, 고대 중앙아시아에서 쓰이던 언어로 지금은 사라졌다)였다. 자한다르만큼 학식이 높은 사람도 번역하기 아주 힘든 언어였다. 특히 지금처럼 절박하고 시간이 모자랄 때는 더더욱 쉽지 않았다.

그래도 상관없었다.

가슴이 쿵쿵 뛰는 가운데, 그는 촛불 한 자루를 가까이 대고서 작업을 시작했다.

딸들을 위해서라면 산이라도 옮길 것이다.

다시는 실패하지 않으리라.

알라딘과 마법의 램프

이번에도 그를 기다릴 만큼 셰에라자드는 어리석지 않았다.

그래서 밤이 깊을 때까지 그가 나타나지 않았어도 놀라지 않았다.

음식과 포도주를 가지고 방에 들어온 시종들은 셰에라자드를 보지 못했다. 느지막이 방에 도착한 할리드는 다른 곳에서 그녀를 찾아냈다. 셰에라자드는 양옆에 분수대를 갖춘 측면 진입로가 내려다보이는 테라스에 서있었다.

남자가 다가와도 그녀는 돌아보지 않았다. 그저 난간에 몸을 기대고서 혼자 미소 지었을 뿐이다.

그는 잠시 멈추었다가 그 곁에 섰다.

하늘 높이 반짝이는 초승달이 저 아래 물웅덩이에 은은하게 달그림자를 드리웠다.

"여기서 감귤꽃 향기를 맡을 수 있어서 정말 좋네요. 비록 꽃이 보이지는 않지만요……. 아름답고 생생한 생명체가 어딘가 있다고 알려주니까요."

그녀가 말문을 열었다. 남자는 잠시 뜸을 들이다 대답했다.

"감귤꽃을 좋아하나?"

"네. 하지만 제일 좋아하는 건 장미예요. 제 아버지는 아름다운 장미 정원을 갖고 계시죠."

할리드는 그녀 쪽으로 고개를 돌리고 달빛에 비친 옆모습을 가만히 바라보았다.

"꽃을 가꾸는 취미가 있는 아버지라면 이런 일을…… 반대했을 것 같은데."

셰에라자드는 계속 앞을 응시하며 대꾸했다.

"백성에게 사랑받기를 바라는 왕이라면 그런 아버지의 딸들을 새벽에 처형해서는 안 되는 것 같습니다만."

"내가 백성에게 사랑받길 바란다고 누가 그러던가?"

할리드는 억양 없는 조용한 목소리로 대꾸했다.

이제 셰에라자드는 몸을 돌려 그의 눈빛을 마주했다.

"지금까지 보건대, 칼리프께서는 아주 똑똑하신 분이라는 확신이 들어요."

그녀는 할리드의 조용하고 냉정한 말투를 따라 하며 이렇게 말했다. 이 말투에 깃든 미묘한 조롱기를 그는 놓치지 않았다. 남자의 입가가 살짝 실룩였다.

"나 역시 지금까지 보건대…… 그대가 죽고 싶어 하지 않는다는 확신이 드는군."

셰에라자드는 눈을 깜빡였다.

그러다 웃어야겠다는 마음이 들었다.

테라스 위로 떠도는 웃음소리가 밤하늘에 방울방울 터지며 아름다운 종소리처럼 하늘을 채웠다.

할리드는 그녀를 바라보았다. 잠시 놀라는 기색이 떠올랐지만, 곧바로 싹 사라지면서 다시금 침울한 낯빛이 되었다. 웃음이 가라앉자 셰에라자드는 가만히 말했다.

"정말 이상하신 분이로군요."

"그대도 마찬가지다, 셰에라자드 알-하이주란."

"적어도 저는 제가 이상하다는 걸 안답니다."

"나 역시 스스로 그렇다는 걸 잘 안다."

"하지만 전 그렇다고 사람들을 벌하지 않아요."

남자는 한숨을 쉬었다.

"세상을 그대처럼 보는 사람들이 부럽군."

"제가 단순하다는 뜻인가요?"

그녀의 질문에는 어느새 분노가 스며있었다.

"아니. 그대는 그대가 살아가는 방식대로 세상을 본다는 뜻이다. 두려움 없이 말이다."

"그건 사실이 아닙니다. 저도 두려운 게 많아요."

그는 탐색하듯 그녀를 슬쩍 바라보았다.

"무엇이 두렵지?"

그 순간을 미리 알고 있었다는 듯, 험악한 바람이 테라스에 휙 몰아쳐 셰에라자드의 길고 검은 머리카락을 흩날렸다. 그녀의 얼굴 위로 흩어진 머리카락이 이목구비를 가렸다.

"저는 죽는 게 두렵습니다."

그녀의 목소리가 바람결을 타고 울렸다.

'그리고 네게 지는 것이 두려워.'

남자는 셰에라자드를 빤히 바라보았다. 그동안 돌풍은 천천히 잦아들면서…… 셰에라자드의 머리카락을 이리저리 휘날리며 갖고 놀다가 이내 사라졌다.

마지막 바람결마저 사라지자, 아까 낮에 그랬던 것처럼 머리카락 한 타래가 고집스레 눈앞을 가렸다. 셰에라자드는 손을 뻗어 머리카락을 넘기려 했다.

그 순간 남자가 손을 내밀어 그녀를 제지하더니, 머리카락을 부드럽게 귀 뒤로 넘겨주었다.

셰에라자드의 마음속에서 복수심이 들끓었다.

"여기 왜 왔는지 말해봐."

남자의 낮은 목소리는 매혹적이었다.

'난 승리하러 왔어.'

"절 죽이지 않으시겠다고 약속해 주세요."

그녀가 나지막이 속삭였다.

"그럴 수 없다."

"그럼 저도 말씀드릴 수 없어요."

첫날밤과 마찬가지로, 셰에라자드는 현실에서 벗어날 수 있었다. 스스로의 능력이 놀랍기까지 했다.

그리고 이번에도 그는 단 한 번도 입을 맞추려 들지 않았다. 그녀는 묘한 고마움을 느꼈다.

고맙긴 한데…… 어쩐지 당황스러웠다.

예전에 그녀는 타리크와 키스한 적이 있었다. 둥근 탑 그림자 속에서 몰래 포옹하던 그때의 기억. 그러면 안 되는 상대와 하지 말아야 할 행동을 하는 건 언제나 흥분되었다. 이러다 하인들이 둘을 발견할 수도 있었다. 더 심하게는 둘이 키스하는 장면을 라힘에게 들킨다면…… 셰에라자드를 심하게 괴롭혔을 것이다. 오빠가 없던 셰에라자드에게 자청하여 오빠가 되어주겠다고 선언한 순간부터 계속 그랬던 것처럼.

그래서 살인마에게 입 맞추지 않아도 되어 다행이라 생각했지만, 새로이 남편이 된 남자가 오직 키스만은 하려 들지 않는 건 확실히 이상했다. 이보다 훨씬…… 더한 것도 하면서 왜 키스는 안 하는 걸까.

셰에라자드는 저도 모르게 그 이유를 알고 싶었다. 호기심은 시시각각 커져만 갔다.

'그 생각 그만해. 그게 뭐가 중요하다고.'

남자는 옷을 입으려고 일어섰다. 하지만 셰에라자드는 침대에서 일어서지 않고 커다랗고 밝은 커넬리언색 방석을 잡았다. 그리고 가느다란 두 팔로 방석을 가슴에 끌어안았다.

셰에라자드가 자신을 따라 탁자로 오지 않자, 남자는 고개를 돌려 이쪽을 바라보았다.

"배고프지 않아서요."

셰에라자드의 말에 남자는 숨을 들이쉬었다. 호흡에 따라 움직이는 양어깨가 보였다.

이윽고 남자가 침대 저 끝으로 다가왔다. 지금 둘은 침대의 양 끝에 자리 잡고서 최대한 멀리 떨어진 채였다.

'정말 이상해.'

셰에라자드는 몸을 옆으로 돌리고 쌓여있는 비단 베개 속으로 파고들었다. 구릿빛 발목이 침대 바깥에서 달랑거렸다.

할리드의 호박색 눈동자가 아주 살짝 가늘어졌다.

"이야기를 계속 듣고 싶어 그러시나요, 세이이디?"

"이러다 내게 존대조차 하지 않을 건가 싶었다."

"무슨 말씀이신지요?"

"내가 누군지 잊었나, 셰에라자드?"

그녀는 눈을 깜빡였다.

"아닙니다…… 세이이디."

"그렇다면 이토록 예의를 차리지 않는 이유는 마음이 편하기 때문인가."

"그렇다면 칼리프께서 예의를 차리시지 않는 이유는 비정할 정도로 무관심하시기 때문인가요?"

다시금 남자의 어깨가 들썩였다.

"말해봐라. 그대는 어째서 나에게 이런 식으로 말해도 된다고 생각하나."

"누군가는 해야 하는 일이니까요."

그녀는 주저 없이 대답했다.

"그래서, 그 누군가가 그대란 말인가?"

"칼리프를 두려워하지 않는 사람이 해야 하는 일이라고 생각해요. 물론 저는…… 칼리프께서 곁에 계시면 두려움을 느껴요. 하지만 주변을 둘러보면 볼수록 당신을 두려워할 이유가 없는걸요."

셰에라자드는 이 말을 내뱉으며 스스로도 깜짝 놀랐다. 그게 사실이었으니까. 비록 하루뿐이기는 했지만, 이제껏 예상했던 피에 굶주린 괴물의 모습은 보지 못했다.

이번에 남자의 얼굴에 스친 감정은 그저 놀라움뿐만이 아니었다. 처음에 떠올랐던 놀라움은 경악으로 바뀌었다가, 이내 그의 얼굴에 영원히 드리워진 공허한 표정 속으로 쓱 사라졌다.

"그대는 아무것도 모른다."

남자가 반박하자 셰에라자드는 그만 웃을 뻔했다.

"맞습니다. 저는 아무것도 모릅니다. 그러니 가르쳐 주시겠어요, 세이이디?"

명백한 비웃음……. 독이 든 포도주처럼 상대를 취하게 하고 피를 내어 죽이려는 말이었다.

그의 약점을 드러내라 강요하는 말.

'제발 부탁이야. 널 목 졸라 죽일 밧줄을 내게 줘.'

"아지브의 이야기를 끝내라, 셰에라자드."

순간의 마법은 사라졌다.

'다음을 노려야겠어.'

그녀는 침대 건너편에서 남자를 향해 미소 지었다.

"뭉게뭉게 피어오른 푸른 연기 안에 생긴 그림자가 형체를 갖는가 싶더니…… 웃음소리가 들리기 시작했습니다."

할리드의 어깨에서 힘이 빠졌다. 그는 편안하게 상체를 숙였다.

"아지브는 점점 겁을 먹고 뒤로 허둥지둥 도망쳤습니다. 웃음소리는 점점 커져서 철석산의 검은 모래밭에 쩌렁쩌렁 울려 퍼졌습니다. 아지브는 덜덜 떨리는 손으로 얼굴을 가렸지요. 그런데 그림자 저 깊은 곳에서 사람의 형상이 나타났습니다. 대머리에, 머리 옆에 달린 뾰족한 귀에는 금귀걸이를 한 모습이었죠. 탈색한 것처럼 하얀 피부에는 아지브가 알아볼 수 없는 글자가 잔뜩 새겨져 있었습니다. 이윽고 그 형상이 입을 열자, 날카로운 칼날 같은 이가 한가득 솟아난 입속이 보였습니다."

셰에라자드는 베고 있던 베개를 단단히 접어 괸 다음 다리를 꼬았다. 할리드의 시선이 그녀의 맨다리에 닿은 것을 알아챈 셰에라자드는 눈을 동그랗게 떴다. 그러자 남자는 눈길을 돌렸다. 목덜미가 확 달아올랐지만, 그녀는 이야기를 계속했다.

"아지브는 이제 곧 죽겠구나 싶었습니다. 그래서 두 손을 모으고 눈을 감은 채 속으로 빌었습니다. 이 무가치한 목숨을 고통 없이 빠르게 끝내달라고요. 이윽고 그 형상이 발밑을 쩌렁쩌렁 울리는 목소리로 아지브에게 말을 걸었습니다. 그게 아지브가 듣게 될 인생 마지막 말이라는 건 누가 봐도 명백해 보였습니다. 그런데 그 형상은 이렇게 말했습니다. '무엇을 묻고 싶으십니까, 주인님?' 하지만 아지브는 아무 말도 못 한 채로 가만히 앉아만 있었습니다. 그 형상이 똑같은 말을 다시 하자 아지브는 들릴 듯 말 듯한 목소리로 물었지요. '질문이라니요? 무슨 질문 말씀입니까, 잔에서 나오신 분이시여?' 그러자 그 형상은 다시 웃으면서 대답했습니다. '주인님의 첫 번째 질문을 접수했습니다. 주인님은 세 가지 질문만을 제게 하실 수 있습니다. 지금 첫 번째 질문을 하셨으니, 이제 두 번 남았습니다. 저는 청동 잔을 가진 주인이 모든 것을 아는 청동 잔의 지니에게 무엇이든 물을 수 있다는 걸 말씀드린 겁니다. 저는 과거, 현재, 미래에 대한 모든 질문에 답을 할 수 있습니다. 그러니 현명한 질문을 골라보십시오. 일단 세 번의 질문을 다 하면, 당신은 그 순간부터 잔의 주인이 아니게 됩니다.'"

이야기를 들은 할리드는 홀로 미소 지었다.

"아지브는 비틀거리며 일어섰습니다. 아직도 이 상황을 믿을 수가 없었지요. 하지만 도둑답게 머리가 빨리 돌아가기 시작했고, 방금 멍청한 질문을 한 탓에 참으로 소중한 첫 번째 질문을 허비해 버렸다는 걸 대번에 깨달았습니다. 그래서 아무 말이나 내뱉지 않으려고 입을 다물었습니다. 앞에 있는 영리한 지니에게 또 속으면 안 되니까요. 아지브는 마음속으로 신중하게 생각하고서 두 번째 질문을 하기로 했습니다. 이윽고 그는 이렇게 물었습니다. '청동 잔의 지니야, 너의 주인인 내가 질문하겠다. 이 섬을 탈출해서 아무런 해를 입지 않고 고향까지 돌아가는 방법을 알고 싶구나.' 그러자 지니는 사악하게 웃고 나서 아지브에게 절을 했습니다. 그리고 산을 향해 턱짓을 하며 말했습니다. '철석산의 봉우리에는 놋쇠로 만든 배가 있습니다. 그걸 해안으로 끌고 간 다음 밤하늘에서 세 번째로 밝은 별을 따라 항해하십시오. 스무 날 밤낮이 지나면 주인님은 고국에 도착하게 되실 겁니다.' 아지브는 조심스러운 눈초리로 재촉했습니다. '내 질문에는 여행 기간 동안 아무런 해를 입지 않아야 한다는 말이 있었다. 하지만 지금 네가 한 대답은 음식과 물을 어떻게 준비할지 알려주지 않았다.' 그러자 지니는 다시 낄낄 웃었습니다. '주인님께서는 다른 사람들보다 이해가 빠르시군요. 섬 서쪽 끝에 숨겨진 샘이 있으니 안내해 드리겠습니다. 그리고 음식에 대해 조언을 드리자면, 여행하는 동안 드시도록 생선을 잡아 말려두십시오.'"

이 대목에서 할리드가 끼어들었다.

“그게 낫겠군. 지니는 믿지 못할 존재니.”

“제가 보기에도 지니는 믿을 수가 없는 존재 같습니다, 세이이디.”

셰에라자드는 방긋 웃으며 이야기를 이어갔다.

“그 후로 며칠간 아지브는 지니의 말을 따랐습니다. 배를 해안으로 가져간 다음 여행에 필요한 물자를 채웠지요. 셋째 날 밤이 되어 보름달이 비치자, 그는 항해를 시작했습니다. 청동 잔은 발치에 둔 주머니에 안전하게 넣어둔 채로요. 배를 타고 열흘 동안은 무탈하게 지났습니다. 그래서 앞으로도 순조롭게 항해할 거라는 생각이 들기 시작했습니다……. 행운은 결국 내 편이었다고 믿었던 겁니다. 희망을 버리지 않은 아지브는 이제 지니에게 마지막으로 무엇을 물어볼지 꿈꾸기 시작했습니다. 어떡하면 이 세상에서 가장 부자가 될 수 있을지 물어볼까? 어떡하면 바그다드에서 가장 아름다운 여자의 사랑을 얻을 수 있을지 물어볼까?”

셰에라자드는 잠시 말을 멈추어 분위기를 고조시켰다.

“그러던 순간, 갑자기 배가 삐거덕대기 시작했습니다. 짠 바닷물이 배 틈으로 스며들었지요. 심하게 겁먹은 아지브는 배 가장자리의 이음매가 갈라진 걸 찾아냈습니다. 사이로 바닷물이 들어온 겁니다. 그는 공포에 질려 맨손으로 물을 퍼내려고 했습니다. 하지만 그래봤자 소용없다는 걸 깨닫고, 잔을 들어 표면을 문질렀지요. 지니가 나타나더니 뱃머리에 차분하게 앉았습니다. 아지브는 지니에게 소리쳤습니다. ‘가라앉고 있잖아! 여행하는 동안 내가 아무런 해를 입지 않을 거라고 약속하지 않았느냐?’ 하지만 지니는 이 상황에 아무런 관심이 없다는 듯 아지브를 쳐다보며 대꾸했습니다. ‘제게 질문을 하시면 됩니다, 주인님.’ 아지브는 미친 듯이 주위를 둘러보았습니다. 과연 지금이 너무나 소중한 마지막 질문을 사용해야 할 때일까? 그런데 바로 그때, 수평선 위로 어떤 배의 돛대가 보였습니다. 지금 탄 배보다 훨씬 더 큰 배였지요. 아지브는 일어서서 두 손을 흔들며 이쪽을 봐달라고 외쳤습니다. 이윽고 배가 방향을 돌려 이쪽으로 다가오자, 아지브는 환호성을 질렀고 지니는 히죽 웃으며 잔 속으로 사라졌습니다. 아지브는 고마운 마음에 부들부들 떨며 그 배에 올라탔습니다. 옷은 다 찢기고 햇볕에 그을은 얼굴에는 덥수룩한 수염이 난 상태였지요. 하지만 이게 웬일입니까…….”

갑자기 분위기가 변하자 할리드는 눈썹을 치켜떴다.

“배의 주인이 갑판으로 올라오자 아지브는 소스라치게 놀라고 말았습니다. 그는 다름 아니라, 군사를 풀어 그를 추격해 바그다드에서 쫓아내고 이 비참한 항해를 시작하게 만들었던 바로 그 에미르였기 때문입니다. 그를 본 순간 아지브는 바닷속에 뛰어들까 생각했지만, 놀랍게도 에미르는 따스한 미소를 지으며 그를 맞이해 주었지요. 그때 아지브는 깨달았습니다. 거지꼴이 된 모습 때문에 자신의 정체가 탄로 나지 않았다는 것을요. 그래서 그는 에미르가 누구인지 전혀 모르는 척하면서 같은 식탁에 앉아 빵을 먹고 음식과 술을 나누었습니다. 나이 지긋한 에미르는 손님을 극진하게 대접했습니다. 아지브의 잔이 빌 때마다 직접 술을 따라주고 자신이 겪었던 항해의 모험담을 들려주었죠. 밤이 깊어갈 무렵, 아지브는 에미르가 신비한 산이 솟은 섬을 찾기 위해 몇 주 전에 항해를 시작했다는 말을 들었습니다. 그 섬에는 과거, 현재, 미래의 모든 질문에 대해 답을 해주는 신비한 힘을 지닌 잔이 숨겨져 있다는 이야기였습니다."

할리드는 팔꿈치로 몸을 지탱한 채 따스한 눈빛으로 이쪽을 바라보았다.

"그 말을 들은 아지브는 입을 꾹 다물었습니다. 에미르가 이야기하는 그 잔이 바로 아지브의 주머니 속에 들어있었기 때문이죠. 아지브는 아무것도 모르는 척하면서 물었습니다. 인생의 황혼기를 맞이한 노인이 이토록 위험한 모험을 떠나게 된 이유가 무엇이냐고요. 그러자 에미르는 슬픈 눈빛을 지었습니다. 그러면서 검은 산과 거기에 숨겨진 잔을 찾으려고 바다로 나가야 했던 이유란 단 하나뿐이라고 말했습니다. 그는 몇 주 전 아주 소중한 것을 도둑맞았다고 했습니다. 바로 세상을 떠난 아내가 갖고 있던 반지였지요. 아내와의 추억이 깃든 건 그 반지뿐이라서, 에미르에겐 가장 소중한 물건이었습니다. 그런데 바그다드 거리에서 대단히 솜씨 좋은 도둑 하나가 에미르의 반지를 훔쳐 사람들 속으로 홀연히 사라졌다고 했습니다. 그날부터 에미르의 아내는 밤마다 유령의 모습으로 나타났고, 그래서 에미르는 무슨 일이 있어도 반지를 찾아야 한다는 사실을 깨달았습니다. 그래서 잔을 찾아 그 반지가 어디 있냐고 물을 수 있다면, 아내의 마음도 달래고 사랑의 증표 역시 되찾을 수 있다고 생각한다는 것이었습니다."

"그러니까 모든 것을 아는 지니에게 묻겠다는 것이 고작 사랑의 증표인 반지의 행방이라고?"

할리드가 끼어들었다.

"고작 반지라고 하셨나요? 사랑은 그 자체로 힘이 있답니다, 세이이디. 사람들은 사랑 때문에 상상도 하지 못할 일을 마음먹는 걸요……. 그리고 실제로 불가능한 일을 해내기도 한답니다. 저라면 사랑의 힘을 비웃지 않겠어요."

할리드는 그녀를 똑바로 바라보았다.

"나는 사랑의 힘을 비웃는 게 아니야. 이 이야기에서 사랑이 맡은 역할이 안타깝다는 것이다."

"에미르의 삶에서 사랑이 그토록 중요했다는 게 슬프신가요?"

그는 잠시 뜸을 들이다 대답했다.

"우리 모두의 삶에서 사랑이 이토록 중요하다는 게 너무나 힘겹군."

셰에라자드는 입가에 슬픈 미소를 지었다.

"이해해요. 다는 이해 못 하더라도요."

그는 고개를 기울였다.

"다시 말하지만, 그대는 나와 겨우 이틀 밤을 보냈을 뿐인데도 많은 걸 안다고 생각하는군, 나의 왕비여."

셰에라자드는 시선을 돌리며 안고 있던 빨간 방석의 모서리를 만지작거렸다. 어느새 뺨이 붉게 달아올랐다.

'나의 왕비라고?'

그녀가 말이 없자, 남자는 불편한 듯 자세를 바꾸었다.

"맞는 말씀입니다. 제가 무엄한 말을 드렸습니다."

셰에라자드가 중얼거렸다. 그는 숨을 깊이 들이쉬었다.

묘한 정적이 온 방 안을 뒤덮은 것만 같았다.

"내가 괜히 말을 끊었군. 미안하다."

그의 속삭임이 들렸다.

셰에라자드는 베개의 주홍빛 술을 손가락으로 꽉 쥐었다.

"이야기를 계속하라."

들려온 말에 그녀는 남자를 올려다보며 고개를 끄덕였다.

"아지브는 이야기를 들으면 들을수록 점점 불편해졌습니다. 누가 봐도 그 도둑은 바로 그 자신이었으니까요. 문제의 반지는 에미르의 병사들을 피하려다가 당황한 나머지 버린 후였습니다. 하지만 그는 자신에게 남은 너무나 중요한 마지막 질문을 무엇으로 할지 정하기 전에는 잔을 넘길 마음이 전혀 없었습니다. 게다가 아지브가 잔을 가지고 있다는 사실이 탄로나면, 에미르는 그 잔을 얻기 위해 그를 죽이겠지요. 그보다 더 다급한 위험도 있었습니다. 에미르의 마음을 괴롭게 한 도둑이 바로 그 자신이라는 것을 누군가가 알아볼 수 있다는 점이었지요. 그래서 아지브는 남은 항해 기간 동안 에미르의 곁에 머물면서 가능한 모든 수단을 동원해 자신의 정체를 감추기로 결심했습니다."

테라스 입구에 쳐둔 창호문 가장자리로 빛이 새어들었다. 셰에라자드는 희미한 빛을 보자 조심스럽게 일어나 앉았다.

'그때가 다시 왔구나.'

"그 후 몇 달 동안 배는 철석산을 찾아 바다를 항해했습니다. 아지브는 안간힘을 써서 배가 그 섬을 찾지 못하도록 막았지요. 그러면서 아지브는 에미르에 대해 많은 걸 알게 되었습니다. 에미르의 수많은 경험은 물론, 궁극적으로 그의 삶에 대해서 알게 되자, 결국 에미르를 존경하게 되었습니다. 그리고 에미르 또한 아지브를 곁에 두고 보면서 그가 다방면으로 박식하고 용기 있는 똑똑한 젊은이임을 깨달았습니다. 아지브는 점점 유능한 선원이 되었습니다. 그러면서 깨달았지요. 이제껏 도둑으로만 존경을 받았는데, 이제는 누군가가 의지할 만한 명예로운 사람이 되어 존경을 받을 수도 있다는 사실을 말입니다. 아아, 그러나 슬프게도 시간은 그들의 편이 아니었습니다. 에미르는 나이 든 노인이라 병에 걸렸고, 결국 일행은 항구로 돌아가야 했습니다. 이윽고 에미르는 죽어가고 있다는 게 분명해졌습니다. 남은 하루하루가 그만큼 소중해졌지요. 아지브는 자신의 멘토이자 친구인 에미르가 눈앞에서 스러져 가는 모습을 두려운 마음으로 지켜보았습니다. 에미르를 살려줄 방법이 있는지 지니에게 물어볼까 생각도 해보았지만, 그건 지니의 능력을 벗어나는 부탁이라는 것 또한 알고 있었습니다."

새벽이 유령처럼 창백한 빛의 모습으로 창호문 위를 슬그머니 기어올랐다.

"배가 항구에 정박하자마자 아지브는 앞으로 해야 할 일을 깨달았습니다. 그래서 잔 하나를 달랑 들고 배에서 도망쳤지요. 부두에서 벗어난 아지브는 잔을 문질러 지니에게 물었습니다. 어디 가면 반지를 찾을 수 있느냐고요. 아지브가 마지막 기회를 이런 질문으로 날려버리는 걸 듣자 지니는 왁자하게 웃었지만 어쨌든 반지의 위치를 알려주었습니다. 바그다드에서 가장 악명 높은 용병이 반지를 새끼손가락에 끼고 있다는 말이었습니다. 아지브는 곧바로 그 용병을 찾아갔습니다. 반지를 걸고 피비린내 가득한 잔인한 결투가 벌어졌지요. 아지브는 그가 이제껏 훔친 장물을 모두 포기하면서 용병의 소굴을 무사히 빠져나왔습니다. 그리하여 눈에, 온몸에 멍을 잔뜩 새긴 채로, 손에 반지 하나만을 달랑 가지고 배로 돌아왔습니다."

백금빛 찬란함을 뽐내며 새벽이 밝아왔다.

셰에라자드는 확신했다. 할리드 역시 날이 밝았다는 걸 알고 있을 것이다.

그녀는 앞을 바라보며 거침없이 이야기를 이어갔다.

"배에는 에미르가 숨을 헐떡이며 누워있었습니다. 아지브를 본 그가 손을 내밀었습니다. 아지브는 그가 누운 자리에 무릎을 꿇고 반지를 그의 손가락에 끼워주었습니다. 에미르는 충혈된 눈을 들어 아지브의 얼굴에 난 멍 자국을 보았습니다. '아들아, 고맙다. 진심으로 고맙다.' 그는 숨을 헐떡이며 말했고, 아지브는 울기 시작했습니다. 그리고 자신의 정체를 고백하기 시작했지만 에미르는 그의 말을 막았습니다. '네가 배에 올랐던 순간부터 난 네 정체를 알고 있었다. 이제 약속해 다오. 앞으로 두 번 다시 이웃의 물건을 훔치지 않겠다고. 그리고 네 주변 사람들의 삶을 더 좋게 만드는 일에 동참해 다오.' 아지브는 고개를 끄덕이면서 더 크게 울었습니다. 이윽고 에미르는 아지브의 손을 잡은 채 평화로운 미소를 지으며 숨을 거두었습니다. 그 후, 아지브는 에미르가 전 재산을 그에게 물려주겠다고 유언했음을 알게 되었습니다. 게다가 마치 친아들이기라도 한 듯 에미르의 지위까지 물려주었지요. 아지브는 곧 아내를 맞이했고, 새로운 에미르의 결혼식이 열렸습니다. 바그다드에서 오랫동안 보지 못했던 성대한 축제였지요."

셰에라자드는 이야기를 멈추고서 테라스에서 비쳐드는 햇빛에 눈을 깜빡였다.

"끝났나?"

할리드가 조용히 물었다. 그녀는 고개를 저었다.

"새로운 에미르의 결혼식에는 먼 나라에서 온 손님이 있었습니다. 아프리카에서 온 마법사였지요. 그는 마술 램프를 찾고 있다 했지만, 사실 그의 진짜 목적은 램프가 아니었지요. 그가 찾고 있는 건 알라딘이라는 이름의 소년이었습니다."

할리드의 턱 근육이 움찔거렸다.

"이건 새로운 이야기가 아닌가."

"아닙니다. 같은 이야기가 이어지는 것입니다."

그때, 누군가가 문을 두드렸다.

셰에라자드는 침대에서 일어서서 샤라를 잡았다. 그리고 떨리는 손으로 옷을 허리에 둘렀다.

"셰에라자드."

"한데 알라딘은 뛰어난 도박꾼이었습니다……. 대단한 사기꾼 집안 출신이었지요. 그의 아버지는……."

"셰에라자드."

"이건 새로운 이야기가 아닙니다, 세이이디."

그녀는 차분하게, 조용하게 말했다. 하지만 사실이 아닌 말을 하면서 주먹이 꼭 쥐어지는 바람에 옷자락 아래로 손을 숨겨야 했다.

다시금 문을 두드리는 소리에 남자는 일어섰다. 이번 두드림은 아까보다 고집스러웠다.

"들어오라."

할리드가 명령했다.

레이의 샤르반이 네 명의 병사와 함께 침실로 들어왔다. 셰에라자드는 발밑이 흔들리는 것만 같았다. 하지만 약한 모습을 드러낼 수는 없었기에 무릎을 힘주어 붙이고 똑바로 섰다.

'왜 잘랄의 아버지가 왔지?'

"알-호리 장군. 무슨 일이오?"

할리드가 물었다. 샤르반은 한 손을 이마에 대고 왕에게 절했다.

"아무 일도 아닙니다, 세이이디."

샤르반은 잠시 주저하다 말했다.

"하지만…… 아침이 되었습니다."

그의 눈길이 셰에라자드 쪽을 슬쩍 쏘아보았다. 창백한 얼굴의 장군은 이쪽과 눈을 마주치지 않으려 했다.

'설마…… 그럴 리가…… 나를 죽이려는 거야? 저 사람이 왜 나를 죽이고 싶어 하지?'

할리드가 그를 막으려 하지 않자, 샤르반은 병사들에게 고갯짓을 했다.

병사들이 셰에라자드의 곁으로 다가왔다.

그녀의 심장이…… 철렁하더니 목이 콱 막혀왔다.

'안 돼!'

병사 하나가 그녀에게 손을 뻗었다. 그 손이 셰에라자드의 허리를 감자, 할리드의 얼굴에 떠오른 긴장감이 보였다. 그녀는 살갗에 너무 가까이 일렁이는 불꽃을 쳐내듯 병사의 손아귀를 뿌리쳤다.

"내게 손대지 마라!"

셰에라자드가 소리쳤다. 어깨를 잡으려는 또 다른 병사의 손 역시 찰싹 쳐냈다.

"말이 들리지 않느냐? 감히 나를 건드리다니? 내가 누군지 모르느냐?"

이젠 목소리에 공포가 깃들었다.

셰에라자드는 어찌할 줄 모른 채 자신의 원수를 바라보았다.

호랑이 같은 그의 눈은…… 두 갈래의 상반된 빛을 드러내었다.

하나는 경계심이었다.

그렇다면 다른 하나는?

차분함이었다.

"알-호리 장군."

"예, 세이이디."

"당신에게 철석산을 소개해 주고 싶소."

샤르반은 할리드와 셰에라자드를 번갈아 빤히 바라보았다.

"하지만, 세이이디…… 이해가 안 됩니다. 이러시면 안 됩니다……."

할리드는 얼굴을 홱 돌려 샤르반을 마주 보았다.

"장군의 말이 옳소. 당신은 이해하지 못하오. 그리고 앞으로도 이해할 수 없겠지. 어쨌든 철석산을 소개해 주고 싶군……."

할리드는 셰에라자드를 슬쩍 바라보았다. 그의 입가에 찰나의 미소가 스쳤다.

"바로 나의 왕비요."

시작은 끝이다

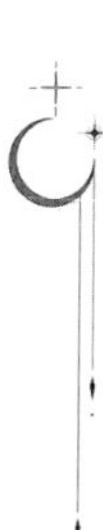

타리크의 리다에 두껍게 먼지가 앉았다. 드러난 피부에는 죄다 모래가 달라붙었다. 암갈색 종마의 몸은 땀으로 번들거렸고, 입에 물린 재갈에는 하얀 거품이 일기 시작했다.

라힘의 불평은 갈수록 커졌다.

하지만 타리크의 눈에는 지평선에 어른거리는 레이의 성문만 보일 뿐이었다.

그래서 멈추지 않고 계속 달렸다.

"제발 부탁인데, 아주 잠깐이라도 천천히 달리면 안 되냐?"

라힘은 몇 분 지나지 않는 동안 똑같은 말을 다섯 번이나 외쳤다.

"맘대로 해. 천천히 가. 가다가 안장에서 굴러떨어져 버려. 네 녀석은 까마귀밥이 되어 마땅해."

타리크가 쏘아붙였다.

"이틀 내내 발에 불나도록 달려왔잖아!"

"그래서 거의 다 왔잖아."

라힘은 이마에 흐르는 땀을 훔치며 말의 속력을 늦추었다.

"오해하지 마. 나도 너만큼 샤지가 걱정된다고. 하지만 반쯤 굶고서 초주검이 된 상태로 가봤자 무슨 도움이 되겠냐?"

"레자 이모부 댁에 가면 향수에 둘러싸여 잘 수 있어. 어쨌든 레이에 가야 해. 난 그래야 한다고."

타리크는 그렇게 대꾸하며 말에 박차를 가했다.

"아무리 걱정해도 소용없을 거야. 이 상황을 극복할 수 있는 사람이 있다면 그건 샤지라고."

타리크는 자신이 탄 아라비아 말의 고삐를 당겨서 라힘과 보조를 맞추었다.

"걔는 그런 짓을 하지 말았어야 했어."

"그건 네 잘못이 아니야."

"죄책감 때문에 그랬을까?"

타리크가 폭발하듯 내뱉었다.

"모르지. 한 가지 확실한 건 네가 그 상황을 바꿀 책임이 있다고 느낀다는 거야. 그리고 나는 너에게 책임감을 느끼고. 샤지에게도."

"미안해. 난 너한테 소리 지를 자격이 없는데. 하지만 미리 알았더라면 이 상황을 막기 위해 뭐든 했을 거야. 그 애 생각만 해도……."

"그만해. 스스로를 너무 몰아붙이지 마."

두 남자는 몇 분간 말없이 달렸다.

"그래. 난 죄책감을 느껴."

타리크가 시인했다.

"알아."

"시바가 죽었을 때도 죄책감을 느꼈어."

"왜?"

"샤지의 가장 친한 친구가 죽은 상황인데 걔한테 뭐라고 말해야 할지 모르겠더라. 내 사촌이 죽은 것이기도 했는데. 누구에게 무슨 말을 해야 할지 알 수가 없었어. 우리 어머니는 완전히 무너지고 말았지. 이모가 돌아가셨을 땐……. 뭐, 결국 이모를 구할 방법은 그 누구에게도 없었겠지만. 그런데 샤지는…… 그때도 그저 아무 말 없었지."

"그 모습만으로도 너무 불안했어."

라힘은 안타까운 어조로 과거를 회상했다.

"그때 알았어야 했는데. 예상했어야 했다고."

타리크의 말에 라힘은 한숨을 쉬었다.

"네가 미래를 보는 선지자였다면 얼마나 좋았겠냐, 타리크 임란 알-지야드. 우리가 모두 선지자였다면 얼마나 좋았겠냐고. 아무 짝에도 쓸모 없는 셋째 아들보다는 차라리 부자로 태어날 걸 그랬네……. 그래서 몸매 좋고 늘씬한 예쁜 아내를 품고 지내면 좋았을 텐데."

"나 농담하는 거 아니야, 라힘. 샤지가 이러리라는 걸 예상했어야 했어."

라힘도 눈살을 찌푸렸다.

"나도 농담하는 거 아니야. 넌 미래를 예측할 수 없어. 과거에 일어난 일도 어쩔 수 없었고."

"그 말은 틀렸어. 과거의 경험으로 배울 수 있으니까……."

타리크는 말에 박차를 가했다. 말은 모래 위에 검은 얼룩을 드리우며 쏜살같이 달렸다.

"그리고 다시는 이런 일이 벌어지지 않도록 할 수 있어!"

타리크와 라힘은 레이의 깊숙한 곳에 자리 잡은 레자 빈-라티프의 우아한 저택 안으로 들어와 말에서 내렸다. 정원 한가운데에는 짙은 남빛 유약을 칠한 타일 모자이크 장식 타원형 분수대가 우아하게 빛나고 있었다. 주변은 육각형으로 정교하게 깎은 적갈색 돌로 장식했고, 아치형 기둥마다 푸른 넝쿨이 휘감아 올라갔다. 아치 기둥 바닥에는 제비꽃과 히아신스, 수선화와 백합이 꽃무더기를 이루었다. 벽은 청동과 쇠를 제련해서 만든 횃불 받침으로 장식되었는데, 밤이 되어 장엄한 분위기를 연출할 때를 기다리고 있었다.

그러나 이토록 아름다운 저택 곳곳에는 슬픈 기색이 감돌았다.

제아무리 화려한 장식으로도 채울 수 없는 어마어마한 상실감이었다.

타리크는 안뜰 구석에다 임시로 만든 새장에 조라야를 넣었다. 매는 새로운 환경과 불편한 횃대에 만족하지 못하고 꽥 소리를 쳤지만, 타리크가 먹이를 주자 곧바로 잠잠해졌다.

라힘이 팔짱을 끼자 몸 주위로 흙먼지가 뿜어져 나왔다.

"이 망할 놈의 새가 나보다 먼저 밥을 먹네? 세상천지에 이리 불공평한 일이 다 있냐?"

"아, 라힘-잔…… 몇 년 만에 보는데도 하나도 안 변했구나."

타리크는 익숙한 목소리가 들려오는 쪽으로 고개를 돌렸다.

근처에 있는 아치형 통로에는 커튼이 쳐져있었고 그 아래에 그의 이모부가 서있었다.

두 젊은이 모두 앞으로 나와 고개를 숙이며 손끝을 양미간에 대고 존경을 표했다.

레자 빈-라티프가 슬픈 미소를 지은 채 그늘에서 나왔다. 지난번에 봤을 때만 해도 짙었던 머리카락은 아주 희끗희끗해졌다. 단정하게 다듬은 콧수염에도 흰 가닥이 그득했다. 타리크가 볼 때마다 즐거운 기색이 흘렀던 이모부의 눈가와 입가에는 아무리 봐도 어울리지 않는 표정이 드리워져 있었다.

그건 유령에게 시달리는 영혼의 미소였다.

열일곱 살 난 사랑스러운 딸이 하루아침에 세상을 떠나고…… 사흘 뒤에는 아내마저 딸의 길을 따르게 되어 슬픔에 잠긴 남자가 지을 수 있는 표정은 이뿐이리라.

그의 아내는 외동딸 없는 세상을 견디지 못했다.

"이모부님."

타리크가 손을 내밀었다. 레자는 따스한 손으로 조카의 손을 잡았다.

"정말 빨리 왔구나, 타리크-잔. 내일이나 돼야 올 줄 알았다."

"샤지는 어떻게 됐습니까? 그 앤…… 살아있나요?"

레자는 고개를 끄덕였다.

"그렇다면……."

레자의 슬픈 미소에 희미하게 자부심이 어렸다.

"지금 온 도시가 우리 셰에라자드에 대해 알고 있지……."

라힘이 가까이 다가왔다. 타리크는 늘어뜨린 빈손을 꽉 쥐었다.

“하룻밤이 아니라 이틀 밤이나 궁전에서 살아남은 유일한 어린 왕비가 되었다.”

레자의 말에 라힘이 대꾸했다.

“그럴 줄 알았습니다. 샤지라면 가능한 일이죠.”

이틀 만에 타리크는 어깨에서 힘을 뺐다.

“어떻게 된 겁니까?”

레자가 대답했다.

“아무도 모른다. 온 도시에 추측만 무성할 뿐이야. 다들 칼리프가 새로 맞이한 신부를 사랑하게 되었다는 이야기를 하더구나. 하지만 난 그렇게 생각하지 않는다. 그런 살인자가 사랑 같은 걸 할 리가…….”

레자는 갑자기 격분한 나머지 차마 말을 잇지 못했다. 타리크는 이모부의 손을 꽉 잡고 몸을 숙이며 말했다.

“샤지를 거기서 데려와야 합니다. 도와주시겠습니까?”

레자는 아름다운 조카를 응시했다. 타리크는 굳건한 기색이 어린 표정으로 턱을 단호하게 굳혔다.

“어떻게 할 계획이냐?”

“그자의 심장을 찢어버릴 겁니다.”

레자는 타리크의 손을 아플 정도로 세게 움켜쥐었다.

“네가 제안한 계획은…… 반역이다.”

“알고 있습니다.”

“반역에 성공하려면 궁전에 침입하거나…… 전쟁을 일으켜야 한다.”

"그렇지요."

"너 혼자선 할 수 없어, 타리크-잔."

타리크는 말없이 레자를 응시했다. 레자가 부드러운 어조로 물었다.

"그 애를 위해서 전쟁을 일으킬 준비가 되었느냐? 그 애가 살아남든 말든 상관없이?"

타리크는 얼굴을 찌푸렸다.

"그자가 우리 가족에게 저지른 죄를 생각하면 죽어 마땅합니다. 그리고 제게서 더는 아무것도 빼앗게 놔둘 수 없습니다……. 또 다른 누구에게서도요. 이젠 우리가 그자에게서 빼앗아야 할 때가 왔습니다. 이 왕국을 점령하는 한이 있더라도……."

타리크는 심호흡을 했다.

"도와주시겠습니까, 이모부?"

레자 빈-라티프는 아름다운 정원을 둘러보았다. 구석마다 유령들이 그를 괴롭혔다. 딸애의 웃음소리가 하늘로 날아올랐다. 손가락에 쥔 모래처럼 아내의 손이 스르르 빠져나갔다.

그들을 어찌 떠나보낼 수 있을까. 제아무리 희미하고 부서져 간다 해도, 그에게 남은 건 기억뿐이었다. 맞서 싸울 가치가 있는 유일한 것들이었다.

레자는 에미르 나시르 알-지야드의 아들을 슬쩍 바라보았다. 호라산에서 네 번째로 큰 요새의 후계자. 왕족의 혈통을 이은 자.

타리크 임란 알-지야드. 잘못된 것을 바로잡을 기회였다.

그리고 자신의 기억을 다시금 온전하게 만들 기회였다.

"함께 가자."

샴시르

"일어나요."

셰에라자드는 대답하지 않았다. 다만 못마땅한 소리를 내면서 얼굴 위로 베개를 끌어당겼을 뿐.

"일어나라니까요. 어서."

"저리 가요."

셰에라자드가 투덜댔다.

그 순간, 잡고 있던 베개가 사정없이 휙 들리더니 얼굴을 세차게 때렸다. 불시에 얻어맞은 셰에라자드는 깜짝 놀랐다.

그녀는 벌떡 일어나 앉았다. 분노가 확 치솟는 바람에 피곤함이 싹 가셨다.

"미쳤어요?"

고함치는 소리에 데스피나는 아무렇지 않게 대꾸했다.

"일어나라고 했잖아요."

이럴 땐 어떻게 해야 하는 걸까. 셰에라자드는 데스피나의 머리에 하릴없이 베개를 던졌다. 데스피나는 웃으며 베개를 잡았다.

"일어나요, 셰에라자드. 호라산의 건방진 칼리파(calipha, 칼리프의 아내를 뜻하는 말로 '왕비'와 동의어다), 왕비 중의 왕비시여. 아침 내내 일어나시길 기다렸단 말이에요. 우린 갈 데가 있다고요."

셰에라자드는 마침내 침대에서 일어났다. 이윽고 데스피나가 치렁치렁한 옷을 완벽하게 차려입은 모습이 눈에 들어왔다. 테라스에서 비쳐 드는 햇빛을 머금은 새하얀 피부 곳곳이 솜씨 좋게 반짝이며 윤기가 흘렀다. 셰에라자드는 마지못해 감탄하며 물었다.

"그런 건 어디서 배웠어요?"

데스피나는 허리에 손을 얹고서 무슨 말이냐는 듯 눈썹을 치켜떴다.

"그 옷맵시며 머리단장 하며, 그런 거요."

셰에라자드는 헝클어진 자기 머리카락을 손가락으로 빗질하며 말했다.

"제 고향 테베시에서 배웠어요. 어머니가 가르쳐 주셨죠. 우리 어머니는 카드미아 성 제일가는 미인이셨어요. 어쩌면 그리스 섬 지역에서 제일 아름다웠을 수도 있고요."

"아아."

셰에라자드는 데스피나의 윤기 흐르는 곱슬머리를 빤히 바라보다가 자신의 헝클어진 머리카락을 다시 두 손으로 빗기 시작했다.

"그러셔도 전 안 넘어갈 거예요."

"뭐가요?"

"저한테 은근슬쩍 칭찬을 듣고 싶으신 거죠? 어림없어요. 전 마마 칭찬은 안 해줄 거라고요."

"뭐라고요?"

셰에라자드는 기가 막혀 쏘아붙였다.

"전에도 마마 같은 부류를 많이 만났어요. 아무런 노력 없이도 그저 사랑스러운 여자들 있잖아요. 세상 싱그러운 요정 같은 여자 말이에요. 딱히 매력을 뽐낼 생각은 없이 사방팔방 설치고 다니다가도 결국엔 남들처럼 사랑받고 싶은 욕망에 시달리는 부류죠. 마마에게는 타고난 매력이 넘쳐요. 그걸 최대한 활용하는 방법을 모른다고 해서 그 매력이 안 보이는 건 아니랍니다. 아시겠어요, 셰에라자드? 하지만 원한다면 가르쳐 드리죠. 제가 도와드릴 필요는 없는 것 같지만요."

데스피나는 눈을 찡긋하더니 이렇게 덧붙였다.

"딱 봐도 칼리프께서는 마마의 있는 그대로의 매력을 알아보시는 것 같으니."

"글쎄요. 칼리프께서 딱히 그러시는 것 같진 않은데요. 지난 석 달간 그분 아내가 몇 명이나 됐죠? 예순 명? 일흔다섯 명?"

셰에라자드가 쏘아붙이자 데스피나는 입을 삐죽였다.

"하지만 칼리프께서는 밤에 아내를 찾아간 적이 없었어요."

"네?"

"이제까진 아무나 아내로 맞아들였죠. 그리고 결혼한 다음엔…… 뭐, 다음 날 아침에 어떻게 됐는지는 아시잖아요?"

"거짓말하지 말아요, 데스피나."

"거짓말 아녜요. 마마는 결혼식을 치른 다음 칼리프께서 찾으신 첫 번째 신부랍니다."

'저 말, 못 믿겠어.'

“혹시나 궁금해하실까 봐, 이제껏 말하지 않을 작정이었는데.”

데스피나는 순순히 인정했다.

“그런데 왜 말한 거죠?”

데스피나는 어깨를 으쓱였다.

“모르겠어요. 마마가 절 좋아해 주기를 바라서 그랬는지도 모르죠.”

셰에라자드는 딱딱한 눈초리로 데스피나를 오랫동안 바라보았다.

“내가 좋아해 주기를 바란다면, 내가 어떤 옷을 입어야 하는지 좀 도와줘요. 그리고 음식은 어디 있죠? 배고파 죽을 것 같아요.”

데스피나는 방긋 웃었다.

“이미 기다란 카미스와 맞는 바지를 골라두었어요. 옷을 입으세요. 그리고 나가죠.”

“하지만 아직 목욕도 못 했어요! 어디로 갈 건데요?”

“일일이 다 미리 설명해 드려야 해요?”

셰에라자드는 다그쳐 물었다.

“어디로 가는 건데요? 어서 말해요.”

데스피나는 한숨을 쉬었다.

“알았어요! 옷을 입는 동안 말씀드릴게요.”

그녀는 셰에라자드에게 옷을 덥석 쥐여준 다음 병풍 뒤로 밀어 넣고 설명을 시작했다.

“자, 지난겨울 칼리프께서는 아시리아의 말리크(malik, 아시리아의 통치자로 ‘왕’을 뜻하는 말)를 만나러 다마스쿠스에 가셨어요. 거기 머무시는 동안 말리크 가문의 새로운 목욕탕을 보셨죠……. 특수한 온돌로 지어서 물을 따뜻하게 유지하는 거대한 욕탕이 있었거든요. 수증기를 쐬면 피부가 기적처럼 고와진답니다. 어쨌든 칼리프께선 바로 이 궁전에 똑같은 욕탕을 만드셨어요! 방금 다 완성되었고요!"

"그래서요?"

"무슨 말인지 모르시겠어요? 거기에 마마를 데려가겠단 말이에요."

데스피나는 눈을 흘기며 대답했다.

"그러는 당신이야말로 무슨 말인지 모르겠어요? 목욕탕이 어쨌다고 이렇게 들떠야 하는지 이해가 안 간다고요."

"목욕탕이 어마어마하게 놀랍거든요. 게다가 신식 시설이고요. 그리고 마마가 그 목욕탕을 써보는 첫 번째 사람이 될 테니까요."

"그렇다면 칼리프께서는 날 삶아 죽이시려는 건가요?"

셰에라자드가 빈정대자 데스피나는 깔깔 웃었다.

"준비 끝났어요."

셰에라자드가 병풍 뒤에서 나왔다. 오늘의 차림은 간소한 옅은 녹색 리넨 옷이었다. 거기에다 어울리는 빛깔의 옥 귀걸이를 달고 끝이 뾰족한 금색 슬리퍼를 신었다. 머리카락은 한 가닥으로 땋아 등 뒤로 내린 모습으로 그녀는 방문으로 성큼성큼 걸어갔다.

하지만 라즈푸트는 어디에도 보이지 않았다. 셰에라자드가 물었다.

"라즈푸트는 어디 있나요?"

"아, 오늘은 같이 안 다닐 거예요."

"네? 왜요?"

"목욕탕에 갈 거라서요. 라즈푸트가 거기까지 우리와 동행할 수는 없잖아요?"

셰에라자드는 입을 꾹 다물었다.

"그렇죠. 하지만……."

셰에라자드는 문을 닫던 데스피나가 새빨갛게 칠한 아랫입술을 깨무는 걸 눈치챘다.

마치 뭔가를 숨기고 있는 듯한 표정이었다.

"데스피나. 라즈푸트는 어디 있죠?"

"말씀드렸잖아요. 오늘 안 온다고요."

"그래요. 하지만 여기 안 오는 대신 어딜 갔는데요?"

"그걸 제가 어떻게 알아요?"

"당신은 다 알잖아요."

"그건 몰라요, 셰에라자드."

'왜 나한테 거짓말을 할까? 라즈푸트 없이 난 아무 데도 못 가는 줄 알았는데. 대체 날 어디로 데려가려는 거지?'

"내 호위무사가 어디 있는지 말해주기 전까지는 아무 데도 안 갈 거예요."

"제우스 신에게 맹세코, 마마는 정말 성가셔요, 셰에라자드 알-하이주란!"

데스피나가 버럭 소리쳤다.

"안다니 다행이네요. 굳이 설명해 줄 필요가 없을 테니. 자, 어서 대답해요."

"싫어요."

"대답해, 짜증 나는 그리스인아!"

“싫다고! 이 멍청한 아가씨야!”

셰에라자드는 기가 막혀 입을 벌리고 말았다. 그리고 말했다.

“똑똑히 들어요. 궁전 복도에 서서 지금처럼 소리를 질러도 난 상관없어요. 아니면 지금부터 날 내버려 두고 그냥 신경 쓰지 말든가. 난 말이죠, 열두 살 때 제일 친한 친구와 함께 목걸이를 훔쳤다는 누명을 쓴 적이 있어요. 가게 주인의 열네 살 먹은 아들이 그때 이런 제안을 하더군요. 우리가 자기에게 키스해 주면 보내주겠다고요. 그래서 난 그 애의 코뼈를 부러뜨렸고, 내 친구는 걔를 물통에 밀어버렸어요. 그 애 아버지가 우리를 찾아왔을 때, 우린 그런 일은 없었다고 딱 잡아뗐죠. 나는 그날 밤 내내 집에서 쫓겨나 문밖에 앉아있어야 했어요. 하지만 내 인생 최고의 꿀잠을 잤답니다.”

“그래서 요점이 뭔가요?”

“난 절대로 굽히고 들어가지 않는다는 거예요. 피를 보는 것도 두렵지 않아요.”

데스피나는 그녀를 노려보았다.

“알았어요! 라즈푸트는 오늘 시합에 나갈 거예요. 오늘 오후에 남자들이 검술 시합을 하거든요.”

셰에라자드의 헤이즐넛 눈동자에 계산적인 빛이 번뜩였다. 데스피나가 못마땅한 듯 소리를 질렀다.

“이것 봐요! 이래서 말씀 안 드렸던 건데! 하지만 마마는 거기 가시면 안 돼요. 칼리프께서 마마를 보시면…….”

“칼리프께서도 참가하시나요?”

“당연하죠.”

'그렇다면 절대로 나를 못 가게 막을 수 없어.'

"그분이 나에게 뭐라 하진 않으실 거예요."

셰에라자드는 이렇게 말했지만 목소리에는 불확실한 기색이 드러났다.

"저한테도 과연 뭐라 하지 않으실까요. 그건 모르겠네요."

데스피나가 쏘아붙였다.

"알았어요. 그렇다면 우리가 거기 있는 걸 아무도 모르게 할 방법이 있을까요?"

"그냥 목욕탕에 가시면 안 될까요?"

데스피나가 애원했다.

"물론 갈 거예요. 시합이 끝나고요."

"아아, 헤라 여신이여. 마마 시녀를 계속하다가는 제 목숨이 남아나지 않을 것 같네요."

"제가 6년간 궁전에서 살면서 했던 짓 중에서 제일 나쁜 짓을 하고 있네요."

셰에라자드와 황갈색 돌담 뒤에 웅크리고 앉은 채 데스피나는 조용히 말했다. 돌담 꼭대기에 격자무늬로 뚫린 구멍 덕택에 여기 있으면 저 아래 모래밭을 잘 볼 수 있었다.

"내가 시켰다고 해요."

셰에라자드가 나직하게 말했다.

"아, 그렇게 말할 거예요. 정말로요."

"전에도 이 시합을 본 적 있나요?"

"아뇨. 관중을 두지 않고 하는 시합이에요."

"왜 그렇죠?"

"모르겠어요. 어쩌면 그 이유는……."

데스피나는 말을 잇다가 숨을 헉 몰아쉬었다. 첫 번째 병사가 모래밭 위로 올라오고 있었다. 버건디색 티카 띠를 두른 그는 서월에 맨발 차림이었다. 위에 카미스도 리다도 걸치지 않은 맨몸이었다. 뜨거운 오후의 햇볕을 받은 맨가슴이 땀으로 번들거렸다. 병사는 말없이 왼쪽 허리춤에 찬 커다란 시미타(scimitar, 휘어진 형태의 외날 검)를 빼 들었다. 휘어진 칼날을 보니, 칼자루 부분은 좁았지만 위로 갈수록 넓어졌다가 끝으로 갈수록 다시 좁고 뾰족해졌다.

병사는 시미타를 높이 치켜들었다.

"상대는 어디 있죠?"

셰에라자드가 물었다.

"그걸 제가 어떻게 알겠어요?"

병사는 허공에 계속 칼을 휘두르며 칼 솜씨를 선보였다. 모래밭을 춤추듯 누비는 걸음마다 은빛 검이 새파란 하늘을 배경으로 호를 그어대었다.

그가 검술 시범을 마치자, 옆에서 환호성과 휘파람 소리가 울려 퍼졌다.

"시합하기 전에 먼저 연습을 하고 시작하나 봐요."

"그렇군요. 그리스인도 똑똑한 말을 할 때가 다 있네요."

"제가 여기서 마마를 밀어버리면 왕비답게 우아하게 굴러떨어지진 않을 테니 조심하세요."

몇 명의 병사가 제각기 연습한 기술을 선보였다. 이윽고 거대한 몸집의 한 남자가 모래밭 위로 일어섰다. 떡 벌어진 어깨에 구릿빛 피부 아래로 팽팽한 근육을 드러낸 라즈푸트였다.

"세상에, 저 남자는 한 손으로도 내 머리뼈를 부술 수 있겠어요."

데스피나가 또 한 번 키득거렸다.

라즈푸트는 탈와를 하늘로 치켜들더니 그대로 멈췄다. 머리 위로 번뜩이는 칼날이 순간 섬뜩한 기운을 흘렸다.

'레이 최고의 검객 칼 솜씨가 어떤지 볼까.'

그러나 라즈푸트가 칼날을 휘두르기 시작한 순간부터 검무가 끝날 때까지, 셰에라자드는 칼을 제대로 볼 수가 없었다. 라즈푸트가 팔을 펴며 모래밭으로 달려들자, 탈와는 산들바람을 가르며 주인의 손에서 구부러지듯 휙휙 움직였다.

이윽고 시범이 끝나갈 무렵 라즈푸트가 칼을 들지 않은 손을 입에 가져다대더니……

손바닥 위로 숨을 훅 불었다.

칼날로 불길이 확 일었다.

탈와가 화르륵 타올랐다.

라즈푸트는 불타는 칼을 머리 위로 빙글 돌렸고, 칼날의 화염은 비명을 지르는 용처럼 아래로 떨어졌다. 그는 마지막으로 칼날을 모래밭에 내리꽂으며 불꽃을 꺼뜨렸다.

옆에 있던 병사들은 귀청이 떨어질 정도로 환호성을 질렀다.

셰에라자드와 데스피나는 얼이 빠진 채로 서로를 멍하니 바라보았다.

"와, 이거 정말……."

셰에라자드가 더듬더듬 입을 열자, 데스피나는 고개를 끄덕였다.

“네, 저도 그렇게 생각해요.”

두 여자는 말없이 대화를 나누느라 한참 지나서야 다음으로 모래밭에 나온 인물을 알아보았다. 아래를 내려다본 셰에라자드는 순간 가슴이 확 조여드는 긴장감을 느꼈고, 그래서 당황하고 말았다. 그녀는 이맛살을 찌푸리고 입을 꾹 다물었다.

할리드의 황갈색 어깨는 탄탄했다. 햇빛을 받아 빛나는 날렵한 상반신의 마디마디마다 근육이 아름답고 균형 있게 자리 잡았다. 데스피나가 한숨을 쉬었다.

“이러니저러니 해도, 칼리프를 뵐 때마다 정말 잘생기셨다는 건 인정할 수밖에 없네요. 아까워라.”

그 말을 들은 셰에라자드의 속에서 다시금 이상한 느낌이 확 치솟았다. 그녀가 말을 툭 던졌다.

“그래요. 참 아깝겠어요.”

“제가 칼리프를 동경한다고 해서 언짢아하지는 마세요. 제가 저분께 마음을 둘 일은 절대로 없을 테니까. 제 목숨을 걸고 장난칠 마음은 조금도 없다고요.”

“화내는 거 아니에요! 당신이 칼리프를 동경하든 말든 난 상관없어요!”

셰에라자드가 발끈하자 데스피나는 재미있다는 듯 눈을 굴렸다.

이윽고 할리드가 검을 뽑았다.

그의 검은 특이했다. 시미타처럼 날의 폭이 넓지도, 날카롭게 휘어지지도 않았다. 가느다란 칼날의 끝부분은 셰에라자드가 이제껏 본 그 어떤 검보다도 좁고 뾰족했다.

“저 검은 어떤 종류인지 알아요?”

"샴시르(shamshir, 날이 좁고 끝부분이 크게 휘어진 검)라고 해요."

할리드가 시범을 보이기 시작하자, 셰에라자드는 저도 모르게 더 잘 보이는 지점을 찾으려고 벽 꼭대기를 움켜쥐고 말았다.

라즈푸트가 그랬듯 할리드 역시 칼을 아주 빠르게 휘둘렀기 때문에 칼날이 어디에 있는지 잘 보이지 않았다. 하지만 라즈푸트가 강력한 힘을 이용해 근육 하나 움직이지 않으면서도 위협적인 기세를 발산한 반면, 할리드는 훨씬 민첩한 몸집을 이용해 미묘한 우아함을 뚜렷이 보여주었다. 그의 동작 하나하나에서 교활한 본능이 드러났다.

시범 중간쯤 할리드가 두 손으로 샴시르의 칼자루를 잡더니 반으로 갈랐다.

그러자 검이 두 갈래로 쪼개졌다. 그는 양손에 검을 하나씩 들고 휘두르기 시작했다. 두 개의 칼이 마치 사막의 모래 악마처럼 허공을 갈랐다.

셰에라자드는 데스피나가 숨을 고르는 소리를 들었다.

시범 마지막 순간 할리드는 샴시르 두 자루를 맞부딪혔다. 맞닿은 쌍둥이 칼날에서 불꽃이 화르르 일었다. 이윽고 한 손에 칼 한 자루를 든 모습으로 시범이 끝났다.

모인 병사들이 다시금 거대한 함성을 질렀다. 할리드에 대해 어떻게 생각하든, 그가 뛰어난 검사란 점은 부인할 수 없었다.

그는 다른 사람의 보호 없이도 제 몸을 지킬 수 있는 왕이었다.

죽이기 결코 만만한 상대가 아니었다.

'그렇다면 이건 대단히 힘든 임무라는 뜻이야.'

"자, 이제 궁금증이 좀 풀리셨나요?"

데스피나가 물었다.

"저도 묻고 싶습니다, 마마. 궁금증이 풀리셨습니까?"

뒤편에서 걸걸한 목소리가 들려왔다.

두 여자는 휘청거리며 일어섰다. 그러면서도 저 아래 있는 병사들에게는 들키지 않으려고 애썼다.

셰에라자드의 얼굴에서 핏기가 싹 가셨다.

앞에 보이는 건 레이의 샤르반이었다. 얼굴에는 애써 평정심 가득한 표정을 짓고 있지만, 그 눈에는…… 좌절감이 가득했다.

"알-호리 장군."

셰에라자드가 손과 옷에 묻은 먼지를 털며 말했다.

장군은 그녀를 찬찬히 바라보았다. 그 두 눈에서는 호전적인 분노가 끓어올랐다.

두 눈빛의 전투가 끝났을 때, 패배한 쪽은 분명 셰에라자드였다.

"여기서 뭘 하고 계셨습니까, 마마?"

"나는…… 궁금했어요."

"알겠습니다. 그렇다면 여기 들어오셔도 된다는 허락은 누구에게 받으셨는지요, 마마?"

이 말을 들은 셰에라자드의 속에서 분노가 일었다. 물론 상대는 레이의 샤르반이고, 그녀보다 나이가 훨씬 많았다. 하지만 자신이 무엇을 했기에 이런 무례함을 참아야 하나? 어쨌든 그녀는 이 나라의 왕비였다. 잘못했을 때 야단맞아 마땅한 어린아이가 아니었다.

셰에라자드는 앞으로 한 걸음 나섰다.

"아무에게도 허락받지 않았습니다, 알-호리 장군. 앞으로도 그 누구의 허락을 받아야 할 일은 없을 겁니다. 어떤 일이 있더라도요."

장군은 조심스럽게 숨을 들이쉬었다. 잘랄의 눈과 비슷하면서도 무척 다른 그의 갈색 눈이 본능적으로 가늘어졌다.

"죄송합니다만 저희는 마마께서 이렇게 행동하시도록 둘 수가 없습니다. 아시겠지만, 왕과 이 왕국을 지키는 것이 제 임무이기 때문입니다. 그리고 마마께서는 제 일을 방해하고 계십니다. 죄송합니다. 계속 이러시게 둘 수는 없습니다."

'설마, 장군이 알고 있나?'

"어쨌든 고마워요, 알-호리 장군."

"무엇이 고마우시다는 겁니까, 마마?"

"난 이제껏 나한테 이래라저래라 하는 사람들을 신경 쓴 적 없어요. 그런 사람들보다는, 실제로 내 앞길을 막을 사람이 누구일지 아는 게 더 중요했으니까. 이제 보니 내 앞을 막아설 만한 사람은 바로 장군이었군요. 그 점을 알려주어 고맙네요."

장군은 잠시 뒤로 주춤거리더니, 자그마한 두 손을 허리에 얹은 채 헤이즐넛 눈빛을 번뜩이는 건방진 여자를 내려다보았다.

"죄송합니다, 마마. 진심으로 죄송하게 생각합니다. 하지만 칼리프를 위협하는 요소는 없어져야 합니다."

"나는 위협이 아니에요, 알-호리 장군."

"예. 저도 마마가 칼리프께 위협이 되지 않도록 확실하게 노력할 겁니다."

'세상에, 어떻게 아는 거지?'

비단 끈과 일출

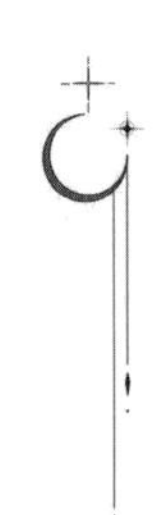

'레이의 샤르반이 의심하고 있어. 내가 왕을 해칠지도 모른다고.'

셰에라자드는 데스피나의 끊임없는 수다를 들으며 오후 내내 궁전에 새로 지은 온탕에서 쉬면서 이 온탕이 어디에 좋고 어디에는 좋지 않은지 농담을 해댔다.

하지만 머릿속은 한순간도 쉴 수가 없었다.

'만약 장군이 할리드에게 무슨 말이라도 하면 어떡하지?'

'장군은 어디까지 알고 있을까? 어떻게 알아냈지?'

그리하여 몇 시간 후, 셰에라자드는 어둑한 방 안에 홀로 앉아 있었다…….

다시 첫날밤으로 돌아온 것만 같았다.

문을 빤히 쳐다보며 마음속에 몰려드는 악마 같은 생각을 애써 몰아내던 그날 밤으로.

오늘 밤엔 넓은 비단 바지에 어깨끈이 달리고 몸에 딱 달라붙는 진보랏빛 상의를 입었다. 목걸이와 허리에 두른 얇은 사슬에는 자그마한 연분홍 다이아몬드로 둘러싼 자수정이 달렸다. 귀와 이마에도 금으로 장식한 보랏빛 물방울 보석을 달았다. 허리까지 내려오는 머리카락은 등 뒤로 구불구불 흘러내렸다.

셰에라자드는 흔들림 없는 눈빛으로 문을 바라보며 열리기를 간절히 바랐다. 하지만 언제나처럼 고요한 침묵만이 흐르자 그녀는 침대에서 일어서서 서성이기 시작했다.

'지금쯤이면 와야 하는데.'

하지만 자신의 운명을 남의 손에 맡기고 싶지 않은 마음에 그녀는 문으로 다가가 슬쩍 열어보았다.

라즈푸트가 선 자리에서 고개를 돌렸다. 한 손을 탈와 자루에 댄 채였다.

셰에라자드의 가슴속에 공포심이 번졌다……. 이제 그 공포심이 눈초리와 입가를 바짝 당기는 것 같았다.

"저기, 혹시 말이죠……."

그녀는 애써 입을 열다가 이를 악물었다.

"칼리프께서 오실까요?"

간신히 묻는 말에도 라즈푸트는 그저 이쪽을 빤히 내려다볼 뿐이다. 그는 마치 근육으로 만든 무시무시하고 위협적인 조각상 같았다.

"칼리프께서 어디 계신지 말해줄 수 있나요?"

묻는 목소리는 낭랑했다. 점점 사그라지는 용기를 어떻게든 되살려 보려는 마음을 오히려 역력하게 드러내었다.

그 순간, 셰에라자드는 칠흑처럼 어두운 라즈푸트의 시선에서 아주 자그맣게 스치는 기색을 보았다.

'동정인가? 나를…… 동정한 거야?'

그녀는 문을 쾅 닫은 다음 기댔다. 가슴에 숨이 마구 차올랐다.

'아니야.'

흐느낌이 새어 나왔지만 애써 억눌렀다.

'그만해. 그만하라고.'

셰에라자드는 똑바로 서서 고개를 꼿꼿이 들고 침대로 걸어갔다. 그리고 비단 방석 위에 털썩 주저앉은 채 계속 문을 바라보았다.

"올 거야."

어둠을 향해 나직하게 말했다.

'올 거란 걸 알아.'

애써 일말의 희망에 매달리는 가운데, 머릿속에서 두 단어가 계속 되살아나며 그녀를 조롱했다……. 이해하지 말아야 할 의미가 자꾸만 마음을 괴롭혔다.

너무나 무가치한 남자가 건넨 그 두 단어.

그렇지만 마음을 어지럽히는 악마들을 물리치려는 힘을 주는 그 두 단어.

나의 왕비란, 그 말.

끼익, 문이 열리는 소리에 제대로 자지도 못하던 셰에라자드는 잠에서 깼다.

나무 창호문 너머로 흘러드는 선연한 새벽빛을 보자 그녀는 자리에서 벌떡 일어났다.

문 앞에는 네 명의 병사가 서있었다.

셰에라자드는 구겨진 옷자락을 정리하고 목을 가다듬었다.

"문을 두드리고 들어와야 하지 않느냐?"

병사들은 아무 대답 없이 그녀를 무시했다. 그들의 눈빛은 음산할 정도로 무심한 기색을 띠었다.

셰에라자드는 두 손을 등 뒤로 맞잡고 어떻게든 똑바로 몸을 세웠다.

"여기서 뭣들 하는 거냐?"

맨 앞에 있던 병사가 아무런 말 없이 방으로 들어와 셰에라자드에게 다가왔다. 여전히 그 눈빛은 이쪽을 바라보지 않았다…….

마치 여기에 아무도 없는 것처럼.

심장이 미칠 듯이 뛰었다.

"내가 묻지 않느냐!"

병사가 그녀의 어깨를 잡았다. 셰에라자드가 손을 들어 병사의 손을 치자 그는 이제 손목을 꽉 움켜쥐었다.

"감히! 이거 놔!"

병사가 뒤따라온 부하들에게 고갯짓을 했다. 그러자 또 다른 병사가 그녀의 팔을 잡았다.

온몸의 피가 요동쳤다. 공포와 분노가 뒤섞여 혈관을 타고 흘렀다.

"이러지 마!"

그들은 방에서 셰에라자드를 끌어내기 시작했다.

셰에라자드가 몸을 비틀며 발버둥 치자, 병사들은 마치 포획한 사냥감을 다루듯 그녀를 바닥에서 번쩍 들어 올렸다.

"칼리프는 어디 계시지?"

그녀는 마구 외쳤다.

'그만해! 애원하지 마.'

"칼리프와 이야기하고 싶다!"

하지만 그 누구도 눈길 한 번 주지 않았다. 그녀는 비명을 질렀다.

"내 말 들어! 제발!"

그들은 몸부림치는 셰에라자드를 반쯤은 들고, 또 반쯤은 끌다시피 하며 궁전의 대리석 복도를 지났다.

옆으로 지나가는 시종들은 모두 눈길을 피했다.

모두들 알고 있었다. 병사들이 무엇을 하려는지.

알아볼 필요도 없는 일이었다.

이제야 셰에라자드는 피할 수 없는 진실을 깨달았다.

나는 아무것도 아니로구나. 아무런 의미도 없는 존재였구나.

병사들에게도, 시종들에게도.

셰에라자드는 저항을 그만두었다. 그리고 고개를 들었다.

이어서 입술을 꾹 다물었다.

아빠, 이르사.

시바……, 타리크.

셰에라자드는 그들에게 의미 있는 존재였다. 그러니 여기서 소란을 피워서 소중한 이들이 기억하는 그녀의 모습을 수치스럽게 만들지 않으리라.

목적 달성에 실패한 것만으로도 이미 수치스러우니까.

병사들은 문을 열고 바깥으로 나갔다. 셰에라자드는 죽음이 목전에 왔다는 걸 알았다. 그 순간, 머릿속으로 물밀듯 밀려오며 마지막 힘을 준 생각이 있었다.

'시바.'

눈물이 멋대로 얼굴 위로 줄줄 흘렀다.

"이거 놓아라. 난 도망치지 않을 것이다."

그녀는 거칠게 내뱉었다.

세 명의 병사는 그들의 상사를 바라보았다. 잠시 무언의 대화가 오간 후, 그들은 셰에라자드가 바닥에 맨발로 서게 해주었다.

발밑 회색 화강암 바닥이 시원하게 느껴졌다. 따스한 햇살이 거칠거칠한 표면을 아직 데우지 못한 시각이었다. 돌판 사이로 새파랗게 돋은 풀들이 이른 새벽의 은빛 햇살을 받아 반짝였다.

순간, 셰에라자드는 허리를 굽혀 그 풀들을 쓸어볼까 생각했다.

마지막으로, 단 한 번.

병사들은 커튼이 드리워진 벽감으로 줄지어 다가갔다. 그곳에는 또 다른 병사 하나와 나이 든 여자가 서서 기다리고 있었다. 여자가 손에 든 길고 하얀 리넨 천이 보였다. 천은 거의 느껴지지도 않는 산들바람에 살랑거렸다.

시신을 덮는 천이로구나.

그리고 병사가 손에 든 건…….

비단 끈 한 자락이었다.

눈물이 마지막으로 계속 흘러내리는 가운데서도 셰에라자드는 고집스레 울음소리를 내지 않았다. 그녀는 병사를 향해 걸어갔다. 병사의 팔은 두껍고 건장했다.

'빨리 끝났으면 좋겠어.'

그녀는 말없이 돌아섰다.

"죄송합니다."

병사가 바람결에 들리는 소리처럼 너무나 작은 목소리로 속삭였다.

그의 친절한 목소리에 어찌나 놀랐던지, 그녀는 하마터면 자기를 죽일 이의 얼굴을 돌아볼 뻔했다.

"고맙구나."

병사에게는 사면과도 같은 말이었다.

병사는 그녀의 머리카락을 부드럽게 올린 다음 얼굴 앞으로 드리웠다. 검은색 곱슬 머리카락이 마치 베일처럼 이름 모를 목격자들로부터 셰에라자드의 얼굴을 가렸다.

그녀의 모습을 보기 거부했던 자들로부터.

비단 끈은 너무나 부드러운 감촉으로 목덜미를 감쌌다. 참으로 우아한 죽음이 아닌가.

'시바도 이렇게 죽었구나.'

아무것도 보지 않으려던 사람들에게 둘러싸여 시바도 같은 식으로 죽었다고 생각하니 눈물이 더욱 거세게 쏟아졌다. 셰에라자드가 숨을 헐떡이자, 이윽고 끈이 팽팽해졌다.

"아빠."

그녀는 나직하게 속삭였다.

끈이 더 세게 조여왔다. 하릴없이 두 손으로 목을 부여잡을 수밖에 없었다.

'이르사. 정말 미안해. 날 용서해 줘.'

자존심을 거역하고 손가락이 끈을 잡아 뜯었다. 병사가 끈을 위로 당기자, 그녀의 몸뚱이도 바닥에서 딸려 올라갔다.

“타리크.”

목멘 소리가 흘러나왔다.

가슴이 저절로 내려앉았다. 시야 주변으로 은빛 별들이 맴돌았다.

가슴의 고통이 더욱 커졌다. 이제는 은빛 별들의 가장자리가 까맣게 물들었다.

목에서 불길이 타오르는 것만 같았다.

‘시바.’

눈물과 고통 때문에 눈이 멀 것만 같았지만 억지로 한 번 더 눈을 떴다. 눈앞에 드리워진 검은 머리카락이 보였다. 마치 이 삶의 마지막 페이지에 엎질러진 잉크 자국 같았다.

‘아니야. 나는 의미 없는 존재가 아니야. 사랑받았으니까.’

그 순간, 머릿속 아득히 소란스러운 소리가 들려왔다…….

이윽고 목을 조르던 끈이 풀렸다.

셰에라자드는 바닥으로 쓰러졌다. 몸뚱이가 화강암 바닥에 세차게 부딪혔다.

숨을 쉴 때마다 불타는 듯한 고통이 느껴졌지만, 순전히 의지의 힘을 발휘하여 억지로 숨을 들이켰다.

누군가가 그녀의 어깨를 부여잡더니 품에 안았다.

흐려진 시야를 애써 연 찰나, 그녀의 눈앞에 가까이 보인 것은 철천지원수의 호박색 눈동자였다.

순간, 그녀는 마지막 남은 힘을 죄다 끌어모아……

그의 얼굴을 때렸다.

다른 남자의 손이 그녀의 팔을 움켜쥐더니 뼈마디를 빼버릴 듯

한 힘으로 확 잡아당겼다.

셰에라자드는 비명을 질렀다. 거칠고 고통스러운 외침이었다.

처음으로 할리드의 높아진 목소리가 들렸다.

이어서 주먹이 사람의 피부를 치는 소리가 들려왔다.

"셰에라자드."

잘랄이 셰에라자드를 잡더니 품에 끌어안았다. 그녀는 잘랄의 품 안으로 쓰러졌다. 두 눈은 눈물로 부었고, 팔뚝과 목을 태우는 듯한 고통은 이루 말할 수 없었다.

"잘랄."

그녀는 숨을 몰아쉬었다.

"델람(delam, '나의 심장'이라는 뜻으로, 상대를 부르는 애칭)."

잘랄은 그녀의 눈가에서 머리카락을 쓸어내며 위로해 주었다. 이 손길이 그녀를 아무것도 아닌 존재로 여기던 공간에서 끌어내 주었다.

이윽고 잘랄이 뒤를 슬쩍 바라보았다. 어수선한 소리가 들리는 곳이었다.

훌쩍임과 분노가 뒤섞인 채 소란이 일고 있었다.

"그만해, 할리드! 이제 끝났어. 셰에라자드를 안으로 데려가야 해."

잘랄이 소리쳤다.

"할리드라고요?"

셰에라자드가 중얼거리자 잘랄은 씁쓸하게 웃었다.

"델람, 그를 너무 미워하지 말아요……."

셰에라자드는 잘랄의 품에 얼굴을 묻은 채 그가 이끄는 대로 바닥에서 일어섰다.

"결국 모든 일엔 다 이유가 있으니까요."

몇 시간 후, 셰에라자드는 데스피나와 함께 침대 끝에 앉아있었다.

목둘레로 자줏빛 멍이 선을 그렸다. 빠졌던 팔은 제자리로 돌아왔다. 탈골된 뼈를 끼워 맞출 때 들렸던 끔찍한 소리를 떠올리면 온몸이 움츠러들었다. 그 후 데스피나의 도움을 받아 조심스럽게 목욕을 마치고 편안한 옷으로 갈아입었다.

그러는 동안 셰에라자드는 단 한 번도 입을 열지 않았다.

데스피나는 상아 빗으로 아직도 축축한 셰에라자드의 머리카락을 빗어주었다.

"뭐라고 말씀 좀 해보세요."

셰에라자드는 눈을 감았다.

"그때 제가 방에 있지 않아서 죄송해요."

데스피나는 입구 옆에 있는 자그마한 문을 슬쩍 바라보며 말했다. 그 문은 데스피나의 방으로 통했다.

"죄송해요. 그자들이 마마를 데리러 오는지…… 전 몰랐어요. 물론 제 말을 안 믿으시는 게 당연하겠지만, 그래도 뭐라고 말씀 좀 해주세요."

"할 말 없어요."

"아뇨, 할 말이 왜 없겠어요. 일단 이야기를 하시면 기분이 나아지실 거예요."

"그럴 리 없어요."

“해보지도 않으시고 어떻게 아세요.”

‘그럴 리 없다는 거 난 알아.’

셰에라자드는 데스피나와 대화하고 싶지 않았다. 마음을 달래주는 여동생의 목소리를 듣고 싶었고, 아버지가 가진 시집들을 읽고 싶었다. 시바의 밝은 미소와 들으면 따라 웃게 되는 웃음소리를 마주하고 싶었다.

밤에는 자신의 방 침대에서 새벽이 오는 것을 두려워하지 않으며 잠들고 싶었다.

그리고 타리크가 보고 싶었다. 그의 품에 안긴 채로, 듣기에는 아주 올바른 말이지만 따지고 보면 아주 그릇된 말을 그녀가 할 때마다 타리크의 웃음이 만들어 내는 가슴의 진동을 느끼고 싶었다. 약한 모습으로 보일 수도 있겠지만, 잠시나마 어깨를 짓누르는 압박감을 떨쳐줄 이가 간절히 필요했다. 셰에라자드의 어머니가 돌아가신 날, 집 뒤에 있는 장미 정원에 홀로 앉은 그녀를 찾아온 타리크가 무거운 마음을 달래주었던 것처럼.

그날, 타리크는 아무 말 없이 그녀의 두 손을 잡아주었다. 아주 단순한 손길이었지만, 그것만으로도 고통이 사라지기에 충분했다.

타리크라면 이 마음을 달래줄 것이다. 기꺼이 그래줄 것이다.

나를 위해서.

데스피나는 낯선 이였다. 그녀를 죽이려 했던 세상에 속한, 믿을 수 없는 낯선 사람이었다.

“난 이야기하고 싶지 않아요, 데스피나.”

데스피나는 천천히 고개를 끄덕이며 셰에라자드의 머리카락을 빗겼다. 빗질하는 손길에 목이 긴장되어 아팠지만, 셰에라자드는 아무 말도 하지 않았다.

그 순간, 누군가가 문을 두드렸다.

"열어도 될까요?"

데스피나가 물었다.

셰에라자드는 무심하게 어깨를 으쓱였다. 데스피나는 셰에라자드의 무릎에 빗을 두고 문으로 다가갔다.

'이젠 저들이 내게 무슨 짓을 할까?'

그러나 무심코 문을 바라보자, 그만 가슴이 철렁하고 말았다.

호라산의 칼리프가 모습을 드러냈다.

데스피나는 말없이 방을 빠져나가며 문을 닫았다.

셰에라자드는 침대 끝에 앉아서 무릎에 놓인 빗을 만지작거리며 왕을 노려보았다.

그가 가까이 다가서자 그의 얼굴 위로 셰에라자드가 때린 자국이 눈에 들어왔다. 멍 자국은 짙은 청동빛으로 물들었고, 턱뼈를 따라 자줏빛 피멍도 살짝 보였다. 움푹 들어간 두 눈은 오랫동안 자지 못한 것처럼 피곤한 기색이었다. 주먹 쥔 오른손 손가락 관절은 피부가 벗겨지고 빨갰다.

남자도 셰에라자드를 응시하며, 목의 멍 자국과 푹 꺼진 두 눈, 경계심으로 굳은 등허리를 샅샅이 살폈다.

"팔은 괜찮은가?"

그의 목소리는 높낮이가 없고 그답게 무척 낮았다.

"아픕니다."

"많이 아픈가?"

"죽을 만큼 아프지는 않습니다."

가시 돋친 말이었다. 셰에라자드는 이 말이 그를 뒤흔드는 것을 보았다. 조심스러웠던 남자의 표정이 순간 흐트러졌다. 그는 침대로 성큼성큼 걸어와 그녀 옆에 앉았다. 셰에라자드는 가까이 다가온 남자를 불편해하며 몸을 돌렸다.

"셰에라자드……."

"뭘 원하시나요?"

그는 잠시 침묵하다 입을 열었다.

"내가 저지른 짓을 보상하고 싶다."

셰에라자드는 코웃음을 치며 그를 똑바로 바라보았다.

"칼리프께서 저지른 짓은 절대로 보상하실 수 없습니다."

그는 이쪽을 찬찬히 탐색했다.

"그대가 지금 나에게 처음으로 진실을 말한 것인지도 모르겠군."

셰에라자드는 씁쓸히 웃었다.

"말씀드렸다시피 칼리프께서는 사람을 읽는 데 재능이 없어요. 저는 이제껏 살면서 한두 번 거짓말한 적은 있을지 몰라도 칼리프께 거짓을 고한 적은 없어요."

그건 사실이었다.

그는 가만히 숨을 쉬면서 계속 생각에 잠겼다가 이윽고 손을 뻗어 셰에라자드의 머리카락을 쓸었다. 그리고 더할 나위 없이 조심스러운 손짓으로 그녀의 미끈한 목덜미에 손을 댔다.

그 표정에는 누가 봐도 걱정이 가득했다. 당황한 셰에라자드는 몸을 움츠렸다.

"거기도 아픈데요."

그녀는 남자의 손을 밀어냈다.

어찌할 바를 모른 채 셰에라자드는 무릎에 놓인 빗을 홱 들고 엉킨 머리카락을 빗으려 했다.

하지만 이내 고통에 얼굴을 찡그리고 말았다.

팔이 아팠다.

“도움이 필요한가?”

“아뇨. 필요 없어요.”

그는 한숨을 쉬었다.

“내가…….”

“도움이 필요하다면 데스피나가 올 때까지 기다릴 거예요. 어떤 경우라도 칼리프께 도움받지는 않을 겁니다.”

셰에라자드가 자리에서 일어서려던 순간, 남자는 그녀의 허리를 잡고 등에 손을 얹어 품으로 끌어당겼다.

“부탁이다, 셰에라자드. 내가 보상하도록 허락하라.”

그가 아직도 젖은 머리칼에 대고 속삭였다. 다른 팔로 그녀의 몸을 두르고 더 가까이 끌어안는 남자의 손길에 셰에라자드의 가슴이 심하게 뛰었다.

‘이러지 마.’

“오늘 아침에 있었던 일에 대해서는 변명의 여지가 없다. 다만 그대가…….”

“어디 계셨던 건가요?”

셰에라자드는 목소리를 떨지 않으려고 애썼다.

“내가 있어야 할 곳은 거기가 아니었어.”

“어젯밤부터 오늘 아침까지 어디에 계셨나요.”

그는 셰에라자드에게로 몸을 구부렸다. 그녀의 귓가로 남자의 숨결이 번졌다.

"오늘 아침에, 나는 있어야 할 곳에 없었다. 어젯밤에, 나는 가고 싶은 곳에 가지 못했다."

고개를 든 셰에라자드는 눈앞에 펼쳐진 광경에 눈을 둥그렇게 떴다.

그의 두 손이 그녀의 허리를 꽉 붙들었다. 그는 고개를 숙이고 그녀의 이마에 맞댔다. 그 손길은 속삭임처럼 부드럽고 정중했다.

"나의 철석산."

저도 모르게 남자에게 몸을 기대고, 그의 애무에 고개를 숙이고 말았다. 그에게서 백단유와 햇살의 향이 풍겨왔다. 이제껏 맡아본 적 없는 이상한 향이었다. 속으로는 그와 거리를 두고 싶은 마음이 분명한데도, 그토록 단순하고도 뚜렷한 향기를 맡아본 적이 없어서 몸을 뗄 수가 없었다.

그래서 숨을 들이마셨다. 그 깨끗한 향취를 맡자 머릿속이 맑아졌다.

그의 손바닥이 얼굴을 감싸오자, 셰에라자드는 끔찍한 사실을 깨달았다.

이 남자에게 키스하고 싶다는 생각이 들다니.

'안 돼.'

그가 먼저 하는 키스에 응하는 것과는 달랐다. 남자가 먼저 시작하는 입맞춤에는 응할 준비가 되어있었다. 하지만 그녀가 그에게 키스하고 싶어 하는 건 완전히 다른 문제다……. 그의 애정을 갈구하는 것 아닌가. 역경이 시작되는 조짐이 보이자마자, 시바를 죽인 살인자의 품속에 빠지다니.

'나약해져선 안 돼.'

셰에라자드는 혐오감을 느끼며 몸을 일으켰다. 그러자 단숨에 분위기가 싸늘해졌다.

"제게 보상하고 싶으시다면, 방법을 생각해 보겠어요."

'그 보상에는 나에게 손대지 말라는 사항도 포함될 거야.'

그는 손을 거두었다.

"좋아."

"혹시 보상에 규칙이 있나요?"

"모든 게 다 게임처럼 진행되어야 하나?"

그가 들릴 듯 말 듯한 소리로 속삭였다.

"규칙이 있냐고 여쭈었습니다, 세이이디."

"규칙이 있다면 한 가지뿐이다. 내가 들어줄 수 있어야 한다."

"호라산의 칼리프이신 분이면서. 왕 중의 왕이시잖아요. 칼리프께서 들어주실 수 없는 것도 있나요?"

그의 낯빛이 어두워졌다.

"난 일개 남자일 뿐이다, 셰에라자드."

그녀는 일어서서 그를 마주 보았다.

"그렇다면 보상을 하는 남자가 되세요. 칼리프께서는 오늘 아침 저를 죽이려고 하셨지요. 그러니 제가 칼리프를 죽이지 않으려는 것을 다행으로 생각하세요."

'아직까지는 말이야.'

자리에서 일어선 할리드는 셰에라자드보다 머리 하나가 훌쩍 컸다. 남자의 냉정한 분위기가 다시 돌아왔다. 둘 사이의 골은 평소처럼 깊기만 했다.

"미안하다."

"참으로 가련한 사과군요. 어쨌든 사과를 시작하셨으니 다행입니다만."

호랑이 같은 남자의 눈매가 아주 살짝 부드러워졌다. 그는 고개를 숙였다. 그리고 문으로 향하다 그녀를 불렀다.

"셰에라자드."

"예, 세이이디."

"나는 오늘 오후 아마르다로 떠난다."

셰에라자드는 이어질 말을 기다렸다.

"일주일 동안 자리를 비울 것이다. 아무도 그대를 귀찮게 하지 않을 거고. 잘랄이 그대의 경호를 맡을 것이다. 필요한 게 있다면 잘랄에게 문의하라."

그녀는 고개를 끄덕였다. 그는 다시 걸음을 멈추고서 말했다.

"내가 그대를 알-호리 장군에게 소개하며 했던 말은 진심이었다."

'나를 자신의 왕비라고 불렀던 그날.'

"왕비를 소개하는 장면치고는 정말로 이상했지요."

그는 다시 말을 멈췄다.

"다시는 그런 일이 없을 것이다."

"두고 보겠어요."

"나의 왕비여, 그럼 이만."

그는 미간에 손을 대고 고개 숙여 인사하고는 방에서 나갔다.

문이 닫히자마자, 셰에라자드는 침대에 털썩 쓰러져 눈을 질끈 감았다.

'시바, 나 이제 어떡해?'

정의로운 불꽃과
쉴 새 없는 영혼

레이의 하늘에 뜬 반달이 희뿌연 구름에 둘러싸여 유백색으로 빛났다.

레자 빈-라티프의 저택 우아한 안뜰의 담벼락을 따라 쭉 횃불이 걸렸다. 불꽃이 황갈색 벽에 제멋대로 너울대는 모습이 꼭 춤추는 것 같았다. 연기의 사향과 용연향이 공기 중에 자욱했다.

"이제야 인간답게 사는 느낌이 드네요."

안뜰을 걸어와 낮은 탁자에 앉은 라힘이 말했다.

레자는 따스하게 웃었다.

"라힘-잔, 아주 푹 쉰 모양이로구나."

"향수에 둘러싸여 자게 해주겠다는 말을 들었거든요. 그 약속이 제대로 지켜졌네요, 레자-에펜디(effendi, 사람 이름에 붙이는 경칭)."

잠시 후 타리크가 바깥 회랑에서 나와 라힘의 맞은편에 앉았다.

곧 그들 앞에 음식 접시가 놓였다. 밝은 주황색 사프란을 한가운데 얹은 버터 바스마티 밥에서 김이 모락모락 났다. 가장자리에는 짭조름한 대추야자 소스로 요리한 양고기 스튜와 바싹 볶은 양파, 톡 쏘는 맛의 매자나무 열매, 구운 토마토를 곁들여 양념한 닭꼬치가 놓였다. 곁들임 음식으로는 오이와 함께 차갑게 낸 요구르트, 신선한 허브, 라바시 빵이 나왔고, 윤기 나는 나무 쟁반 위에 놓인 염소젖 치즈와 잘게 썬 붉은 무는 화려한 색깔을 뽐냈다.

음식 냄새가 향초의 향기와 어우러지면서 콧속을 찔렀다.

“이 음식을 보니 지난 사흘간 고생했던 기억이 싹 사라지네요. 다는 아니라도 거의요.”

라힘이 말했다. 레자가 타리크에게 물었다.

“타리크-잔, 잘 잤니?”

“생각했던 만큼은 잤어요, 이모부.”

“그렇게 답답한 소리 좀 하지 마. 넌 샤지의 편지를 받은 후로 한시도 쉬지 않았잖아. 네가 천하무적이라고 생각하냐? 넌 뭐 아침 이슬만 먹고 마음속 분노만 태우면서 살 수 있어?”

타리크는 친구를 노려보다가 닭꼬치를 하나 집었다.

“라힘 말이 옳다. 어서 빨리 계획을 세우고 싶어 하는 네 마음은 잘 알겠다만, 자기 몸부터 먼저 챙기는 게 중요하단다.”

레자는 뒤를 슬쩍 돌아보고서 시종들에게 명령했다.

“다들 고맙다. 이제 물러가라.”

시종들이 떠나자, 레자는 직접 바스마티 밥과 양고기 스튜를 떠주었다. 그리고 나직한 목소리로 입을 열었다.

“오늘 오후 너희가 쉬는 동안 내가 몇 가지 알아보았다. 우선, 난 여기 가진 모든 걸 팔 생각이다. 돈과 이동 수단이 필요할 테니까. 다음으로, 돈과 이동 수단을 갖춘 이들의 도움을 더 받아야 한다. 내가 알기로 네 아버지께선 우리와 생각이 같지 않은 듯한데, 맞느냐?"

타리크는 체념한 채 대답했다.

"아버지께서는 이 일에 참여하기를 원치 않으실 겁니다. 만약 나중에 질문을 받으신대도 전혀 개입하지 않았다고 말씀하시겠지요."

레자는 당황한 기색 없이 고개를 끄덕였다.

"그렇다면 이 또한 문제로구나. 네 아버지가 우리의 노력에 엮이고 싶어 하지 않으신다면, 너는 가문의 이름을 마음껏 이용할 수가 없다. 자칫 너희 가족의 생명은 물론이고, 셰에라자드 가족의 목숨까지 위험해질 수 있으니. 너도 마찬가지다, 라힘. 알-딘 왈라드는 유서 깊은 가문 아니냐. 네 형님들은 네가 가족을 위험하게 만드는 걸 두고 보지 않을 거다. 그러니 너희는 신분을 숨겨야 한다."

타리크는 그 말을 곰곰이 생각하고서 대답했다.

"맞는 말씀이에요, 이모부."

그때 라힘이 끼어들었다.

"저도 같은 생각입니다만, 그렇다면 우리의 정체를 밝히지 않은 상황에서 어떻게 지원을 받을 수 있습니까? 어떻게 우리의 생각을 따르게 만들죠?"

레자가 대답했다.

"그건 내게 맡겨라. 나는 수십 년간 레이 최고의 상인이었다. 상품이란 게 뭔지 잘 이해하고 있지. 자고로 상품으로 보일만한 것은 희귀하고 탐스러워야 하는 법이다."

"무슨 말씀이신지 잘 모르겠습니다, 이모부."

타리크가 말하자, 레자의 눈동자가 횃불 빛을 받아 번뜩였다.

"그들이 보고 싶어 하는 모습으로 너희를 만들어 주겠다. 너희는 지금 있는 그대로의 모습이면 된다. 강하고 재능 있는 젊은 전사면 충분해."

타리크는 아직도 이해가 안 된다는 눈빛으로 이맛살을 찌푸렸다.

"하지만 그렇다고 납득이 되는 건 아닙니다. 어떻게 우리가 지도자 없는 대의를 따르도록 사람들을 설득할 수 있단 말입니까?"

"지도자가 왜 없느냐. 네가 지도자가 될 거다, 타리크-잔. 너는 이 대의에 목소리를 부여할 것이다. 도심에서 몇 번이고 폭동이 일어나지만 계속해서 진압되는 이유가 뭔지 아느냐? 제대로 된 목소리가 없기 때문이야. 네가 내는 목소리는 틀림없이 영향력이 있을 거다. 우리 왕국의 심장부인 곳에서 무슨 일이 일어나는지 보라고 요구하는 목소리가 될 거란 말이다. 어린 왕은 호라산을 다스릴 자격이 없다고, 그러니 무슨 일이 있어도 없애야 한다고 주장해라."

라힘이 손바닥으로 식탁을 내려치며 찬성의 뜻을 드러냈다.

"그렇다면 군대를 조직해서 도시를 휩쓸자는 거죠? 제가 바라는 게 바로 그겁니다. 하지만 과연 그런 게 가능할까요?"

타리크가 묻자, 레자는 포도주를 한 모금 들이켜고서 말했다.

"만약 우리가 믿음을 바탕으로 그걸 현실로 만든다면 효과가 있을 거다. 너의 희망은 우리의 부싯돌이 되고, 나의 정의는 우리의 불길이 될 것이다."

타리크는 다시 이모부를 바라보았다.

"그럼 어디서부터 시작할까요?"

레자는 접시를 옆으로 밀었다.

"집으로 돌아가거라. 내가 레이에서 사업을 정리하고 누가 우리의 대의에 동참할지 결정하려면 시간이 좀 걸린다. 카라지의 에미르는 어떻게든 도와줄 가능성이 있으니……. 에미르의 부인의 사촌이 몇 주 전 시바와 똑같은 운명을 겪었거든. 내가 일단 자리를 잡으면 너에게 연락하마."

"그러면 샤지는 어떡하고요? 저는 레이를 떠나지 않을 겁니다……."

"칼리프는 오늘 오후 아마르다시로 떠났다. 그놈은……."

레자의 입가에 숨겨왔던 분노가 드러났다.

"그놈은 레이에 없을 땐 신부를 살해하지 않는다. 아마도 여자를 죽이는 걸 직접 봐야 성에 차는 모양이지. 그러니 셰에라자드는 적어도 일주일은 안전할 거다."

타리크는 잠시 말이 없다가 고개를 끄덕였다.

"그러면 우리는 이르사와 자한다르-에펜디에게 떠날 채비를 시킨 다음 다 함께 집으로 돌아가서 이모부님의 연락을 기다리겠습니다."

"자한다르와 이르사라니? 너희는 몰랐느냐? 두 사람은 결혼식 날 밤에 레이를 떠났다. 그 후론 그 둘을 본 사람도, 소식을 들은 사람도 없어."

"떠났다고요? 하지만 떠났다면 어디로……."

"너희 집에 갔다고 생각했다, 타리크-잔. 그들에게 편지를 받지 못했니?"

"샤지의 편지를 받았잖아. 거기 가족 얘기는 없었어?"

라힘이 물었다.

"몰라. 난 끝까지 읽지도 않았으니까."

"하, 참 잘했네."

라힘은 못마땅한 듯 헛기침을 했다.

레자는 의미심장한 눈빛으로 조카를 바라보았다.

"앞으로는 좀 더 신중하게 행동하거라. 시간을 충분히 두고 결정을 내리도록 해라. 그러는 게 많은 도움이 될 거다."

타리크는 입을 꾹 다물고 숨을 들이켰다.

"네, 앞으로는 잘하겠습니다, 이모부."

"넌 이제껏 아주 잘해왔다, 타리크-잔. 그래서 난 우리가 성공하리라고 생각한다."

"감사합니다. 이 과업을 기꺼이 맡아주셔서요."

"나야말로 너희 둘에게 감사해야겠지. 참 오랜만에 내 속에서 희망의 불씨가 느껴지는구나."

세 사람은 식탁에서 일어나 안뜰로 들어갔다. 조라야는 임시로 만든 새장 속에서 참을성 있게 타리크를 기다리고 있었다. 타리크는 만칼라를 걸친 팔을 뻗어 매를 향해 휘파람을 불었다. 조라야는 주인의 부름에 열정적으로 날개를 확 펼치고 날아올랐다. 잠시 후, 타리크는 오른손을 휙 저어 조라야가 사냥을 하도록 하늘로 날려 보냈다. 매는 안뜰 가득 울리는 울음을 한 번 지르고서 흐릿한 어둠 속으로 날아올랐다.

타리크의 얼굴 위로 하늘을 나는 매 그림자가 스치며 잠시 횃불

빛을 가렸다.

레자는 슬그머니 미소 지었다.

이제 그에게 싸울 명분이 생겼다.

그리고 이용할 것들도.

다음 날 아침 라힘은 열린 창문 바깥으로 금속이 쾅쾅 부딪치는 소리가 시끄럽게 울리는 바람에 잠에서 깼다. 그는 침대에서 몸을 굴려 일어나 창턱으로 느릿느릿 다가갔다.

"대체 뭐 하는 거야?"

그가 타리크에게 투덜댔다.

"뭐 하는 것 같은데? 우리는 떠나야 해."

타리크가 리커브 활을 들어 화살을 메겼다.

라힘은 하늘을 올려다보았다. 아직 해가 지평선 위로 뜨지도 않았다. 레이의 동쪽 하늘에 지붕을 따라 들쭉날쭉 빛이 펼쳐져 있었다.

"너 잠을 자긴 했냐?"

라힘이 하품을 했다. 타리크는 화살을 쐈다. 화살은 라힘 머리 옆에 있는 나무 기둥에 박혔다. 라힘은 전혀 놀라는 기색이 없었다.

"꼭 이럴 필요가 있어?"

"어서 짐 챙겨. 이모부가 와서 같이 식사하자고 하시기 전에."

"어디 가셨는데?"

"몰라. 아직 날이 밝기도 전에 떠나셨어."

타리크는 활에 다시 화살을 메긴 다음 조준했다.

“왜 우리가 한밤중에 쏘다니는 도둑처럼 집을 떠나야 하는데?”

라힘의 말에 타리크는 돌이라도 뚫어버릴 듯한 눈빛으로 친구를 바라보았다.

“우리가 뭘 하려는지 이모부에게 알리고 싶지 않으니까.”

“뭐? 우리가 뭘 할 건데?”

“그놈의 질문 좀 그만 퍼부어!”

타리크는 다시 활시위를 놓았다. 화살은 촘촘한 나선형으로 회전하며 날아가 나무에 박혔다. 이제껏 쏜 일곱 발의 화살은 모두 같은 자리에 명중해서, 일곱 개의 화살 깃이 보기 좋게 무리를 이루었다.

“참 잘하셨습니다, 탈레칸의 에미르, 나시르의 아드님. 축하드립니다. 활 좀 쏘실 줄 아는군요.”

라힘이 시큰둥한 어조로 말했다. 타리크는 나직하게 욕설을 지껄이고는 창문으로 다가갔다.

“아, 정말. 너 같은 걸 데려오지 않는 건데.”

“알았어, 진정해. 짐 챙길 테니까. 하지만 왜 이토록 비밀스럽게 움직이는지 말해주면 안 되냐?”

라힘이 머리를 긁으며 물었다. 타리크는 열린 창문 가까이 서서 숨을 죽였다. 라힘이 말을 이었다.

“너 때문에 슬슬 걱정된다고. 네가 샤지에게 마음 쓰는 건 알겠어. 하지만 레자-에펜디가 그러셨잖아. 일단 기다렸다가…….”

“아니. 난 안 기다릴 거야. 못 기다리겠어.”

라힘은 콧등을 긁적였다.

“그럼 앞으로 어떡할 건데?”

"어떻게든 해봐야지. 뭐라도."

"아직 아무런 계획이 없는 거네. 어쨌든 레자-에펜디가 기다리라고 하셨잖아. 그럼 기다려야 해."

타리크는 황갈색 돌담에 어깨를 기댔다.

"지금 생각 중이야."

라힘은 한숨을 쉬었다.

"그럼 계획이 생기면 말해. 내 본능은 현명하게도 네 말을 듣지 말라고 하지만, 들어줄 테니."

"호라산과 파르티아의 국경 지대에 사는 바다위 부족은…… 양쪽 왕국 어디에도 충성을 바치지 않기로 악명이 높지. 만약 우리가 그들이 입장을 바꿀만한 명분을 준다면 어떨까?"

"무슨 명분?"

"싸울 명분 말이야. 대의를 주는 거지."

그러자 라힘이 응수했다.

"좀 허황한 미사여구처럼 들리는데. 그보다는 더 구체적인 걸 제시해야지."

"토지를 준다고 하자. 땅의 소유권을 말이야. 소유권을 주장하려면 조직을 만들어야 할 테지."

라힘은 한쪽 입가에 비뚜름히 힘을 주고 잠시 생각에 잠겼다.

"재미있네. 하지만 그들은 천성적으로 유목민이야. 왜 토지를 갖고 싶어 하겠어?"

"그들 중에 토지를 바라지 않는 사람도 있긴 하겠지. 그런데 그들은 수백 년 동안 서로 싸웠고, 금을 모아왔어. 토지를 갖는 것이야말로 권력과 영향력을 가장 빨리 모을 수 있는 방법이야. 그러니 그들의 지도자 중에 우리와 함께 싸우고 싶어 하는 자가 있을지 몰라. 물론 악랄하고 무자비한 자들이지만, 이제껏 본 병사 중 최고의 기병이거든. 내가 보기에는 우리에게든 그들에게든 똑같이 이득이야."

하지만 라힘은 동조하지 않았다.

"너무 위험한 계획 같은데."

"한번 말해볼 가치는 있어. 최악의 경우라 해도 거절밖에 더 당하겠냐."

"아니, 최악의 경우는 그놈들이 네 목을 잘라버리는 거겠지."

이 말을 듣자 타리크의 미간에 주름이 잡혔다.

"응. 그건 그래. 하지만 아직 계획을 세우는 과정인데 굳이 그 자들을 나쁘게만 생각할 필요는 없잖아."

"뭐, 너는 그놈들한테 목이 잘리지 않고서도 이야기를 이끌어 낼 수 있는 녀석이긴 해."

"그렇게 생각해 주다니 고맙다, 라힘. 항상 그랬지만, 네가 날 끝까지 믿어주었기 때문에 불확실한 상황에서도 난 가능성을 찾아낼 수 있었어."

라힘은 씩 웃으며 그 말을 반박했다.

"아니지. 목이 잘릴만한 상황에서도 이야기를 이끌어 내는 진정한 인물은 바로 샤지야. 내가 보기엔 고맙게도 걔의 카리스마가 너한테 좀 옮은 게 아닌가 싶다."

"그 애가 가진 건 카리스마가 아냐. 누구보다도 뛰어난 배짱이지."

타리크는 즐거운 듯 추억에 잠겨 말했다.

"네 말이 맞긴 해. 샤지라면 아마 코브라랑 싸워도 먼저 때리려고 덤벼들걸. 자기 독으로 뱀을 먼저 죽이겠다면서 말이야."

타리크는 씩 웃었다.

"그리고 정말로 샤지가 뱀을 이기겠지."

"당연하지. 사실, 난 샤지 때문에 호라산의 전능하신 칼리프께서 덜덜 떨고 있을 거라 확신하거든? 아마 칼리프는 구석에 웅크린 새끼고양이처럼 야옹대며 울고 있을 거야. 누가 알겠어? 정작 우리가 권좌에서 끌어내려야 하는 인간은 칼리프가 아니라 샤지일지도 몰라."

라힘이 왕을 들먹이자 타리크의 표정이 곧바로 어두워졌다.

"아니야. 그자는 쉽게 권력을 포기할 인간이 아니야."

"네가 그걸 어떻게 알아?"

라힘의 말에 타리크는 친구에게 쏘아붙이듯 말했다.

"안 봐도 알아. 그놈은 내 사촌을 죽였어. 그리고 이젠 셰에라자드를 손에 넣었지. 핏속에 악만 흐르는 놈이야. 할리드 이븐 알-라시드에 대해 생각할 건 딱 하나뿐이야. 내가 이 두 손으로 그놈을 수십 번이라도 죽이고 싶다는 거지. 그놈 목숨이 하나밖에 없다는 게 참으로 애석할 따름이야."

"나도 그자를 경멸해. 이글거리는 태양을 천 개 모아놓은 듯한 분노의 마음으로 그자가 밉다고. 하지만 적에 대해 잘 알아보는 건 언제나 좋은 전략이야, 타리크."

"내가 분노에 사로잡혀 무턱대고 멍청하게 굴 거라는 생각은 하지 마. 그자에 대해 할 수 있는 한 모두 알아볼 작정이니까. 하지만 우리 가문의 요새에 갇혀있으면 절대로 그럴 수 없어. 그 점을 염두에 둔 채로 사막의 바다위 부족을 찾아갈 거야."

타리크는 굳게 결심한 얼굴로 이어서 덧붙였다.

"그리고 거긴 혼자 갈 거야."

"혼자?"

"그래. 혼자. 이모부가 소식을 보낼 경우에 대비해서 너는 탈레칸으로 가주었으면 해. 내가 이틀에 한 번씩 조라야를 보내서 내 위치를 알려줄게."

"나를 네 부모님 집에 보내겠다는 거야?"

"언제든 집으로 돌아가도 상관없어."

그러자 라힘은 코웃음을 쳤다.

"우리 형들한테 가라고? 소리나 꽥꽥 질러대는 조카들이 있는 집으로? 사촌 친구의 못생긴 여동생이랑 결혼하라고 계속 등 떠밀어 대는 집으로? 아니, 안 갈 거야. 게다가 몇 년간 너랑 친구하면서 내가 신세를 졌잖아. 샤지에게는 더 많이 졌고."

타리크는 부드럽게 웃었다.

"고마워, 라힘-잔. 고맙다는 말을 진작 했어야 했는데, 이제껏 많이 못 했다."

"됐다, 이 이기적인 자식아. 어쨌든 이 비밀 작당 덕분에 간절히 바라는 게 하나 생겼다."

"뭔데?"

"하룻밤 푹 자는 거…… 잠 좀 잔다고 화살에 맞는 일 없이."

셰에라자드는 새벽이 왔는데도 두려워하지 않고 잠에서 깨어났다. 이런 적은 처음이라 기분이 묘했다.

환한 빛에 반사적으로 몸을 움츠렸지만, 데스피나가 방 안을 부산하게 움직이는 소리를 듣자 긴장이 풀렸다. 셰에라자드는 숨을 깊이 들이쉬고 베개에 다시 머리를 뉘었다. 새로이 주어진 편안함을 한껏 즐겨볼 마음이었다.

"칼리프께서 계속 아마르다에 머무르시면 좋겠네."

셰에라자드가 홀로 중얼거린 말에 데스피나가 대답했다.

"마마를 막 깨우려던 참이었어요. 차려놓은 음식이 식겠어요."

셰에라자드는 잠시 고민했다. 그리고 결정을 내렸다.

'식초보다 꿀이 파리를 더 많이 잡는 법이지.'

"이번에는 생각이란 걸 하고 행동해서 고맙네요. 평소처럼 무례한 행동으로 날 깨우지 않아줘서."

셰에라자드가 놀리듯 말했다.

"무례하다고요? 아침부터 듣기에는 별로 좋은 말씀이 아니네요."

셰에라자드는 싱긋 웃으며 자리에서 일어섰다. 그리고 침대를 둘러싼 얇은 비단 커튼을 옆으로 밀고서 탁자로 성큼성큼 다가갔다. 그곳에는 언제나처럼 음식 쟁반이 놓여있었다. 그런데 데스피나를 슬쩍 바라본 셰에라자드는 놀라고 말았다. 평소처럼 반짝반짝 빛날 만큼 완벽한 화장을 한 모습이 아니었기 때문이다. 피부는 칙칙했고, 이마에는 긴장감이 서렸다.

"무슨 문제라도 있나요?"

셰에라자드가 물었지만, 데스피나는 고개를 저었다.

"전 괜찮아요. 그냥 좀 짜증이 나서요."

"짜증이 났다고요? 그보다는 아파 보이는데요."

"아뇨, 저는 아프지 않아요."

"좀 쉴래요?"

“저는 괜찮아요, 셰에라자드. 정말이에요.”

데스피나는 수프 그릇의 뚜껑을 열고, 장식을 새긴 작은 유리잔 안에 돌설탕을 넣었다. 그리고 납작한 초 위에 데워두었던 화려한 은제 찻주전자를 들었다. 찻주전자를 높이 들어 유리잔에 차를 따르는 손이 덜덜 떨리는 바람에, 김이 오르는 찻물이 잔 안에서 튀어 올라 주전자에 부딪혔다.

“죄송해요.”

데스피나가 중얼거렸다. 셰에라자드는 장난스레 미소 지었다.

“실수해도 괜찮아요. 가끔은요.”

“마마 곁에 있어보니 아니던데요.”

데스피나가 낮은 목소리로 쏘아붙였다.

“내가 언제 실수를 용납하지 않았나요? 내가 그런 터무니없는 짓을 했다고요?”

그러자 데스피나는 이마를 더욱 찌푸렸다.

“데스피나, 무슨 일 있어요?”

“아무것도 아니에요!”

‘또 거짓말을 하네.’

셰에라자드는 눈을 가늘게 뜨고 라바시 빵을 반으로 갈랐다. 데스피나는 차 따르기를 마쳤다.

“죄송해요. 아까 아마르다 이야기를 하지 않으셨던가요?”

“칼리프께서 최근에 거기 가셨다는 이야기를 했었죠. 거기 왜 가셨는지 아나요?”

“파르티아의 술탄을 만나러 가셨을 거예요. 숙부님이시거든요.”

“그렇군요. 거기 자주 가시나요?”

셰에라자드는 수프를 먹기 시작했다. 데스피나는 고개를 저었다.

"아뇨. 그다지…… 친한 사이는 아니에요. 칼리프와 피가 이어진 숙부님이 아니라서요. 그분은 전대 칼리프의 첫 번째 아내의 오빠거든요. 그리고 우리 칼리프의 어머니를 싫어했어요."

'재미있네.'

"어째서요?"

데스피나는 어깨를 으쓱이며 대답했다.

"그야 논리적으로 설명 가능하죠. 죽은 여동생의 자리에 들어온 여자니 싫어하는 게 당연하잖아요. 게다가 우리 칼리프의 어머니는 아름답고 똑똑하고 활기찬 분이었어요. 그에 비해 첫 번째 아내는…… 누가 봐도 아니었죠."

"그런데 왜 칼리프께서 술탄을 방문하나요?"

"모르겠어요. 제가 보기엔 외교적인 이유 때문인 것 같아요. 칼리프께서 돌아오시면 여쭈어 보세요."

"나한텐 대답하지 않으실 거예요."

그러자 데스피나는 어설픈 미소를 지었다.

"마마께서 다시 제게 말을 걸어주시니 좋네요."

"입 다물고 있는 건 나 같은 사람에게 좋은 일이 아니라서요."

"현명한 결정이세요. 마마 같은 분이 입 다물고 있는 건 좋지 않죠."

"방금 내가 그렇다고 말했잖아요."

"그러게요."

셰에라자드는 코웃음을 치며 찻잔에 손을 뻗었다. 그 순간, 이상하게도 은주전자 옆면에 작고 어두운 점이 흩어져 있는 게 보였다. 셰에라자드는 주전자 손잡이를 잡고 몸체를 가까이 들여다보았다. 그리고 눈썹을 치켜뜬 채 리넨 천을 들어 변색된 곳을 문질렀다.

검은 점은 지워지지 않았다.

셰에라자드는 입을 꾹 다물었다.

찻잔을 들어 주전자 위에 찻물을 한 방울 부었다. 찻물이 빛나는 표면에 닿자마자 은주전자의 색이 변했다.

새카맣게.

죽음처럼.

"데스피나."

셰에라자드는 평온한 어조로 입을 열었다.

"네?"

"내 차에 문제가 있는 것 같아요."

너의 심장이 그리워하는 곳

누군가가 날 죽이려 했어.

처음에 셰에라자드는 찻물에 독을 탄 거라 의심했지만, 차에는 독이 없었다.

독은 설탕에 있었다.

잘랄은 격하게 분노했다.

그는 셰에라자드의 음식에 접근한 사람들을 모두 대면조사 했다. 그들은 모두 단호하게 자신의 결백을 주장했다. 왕족에게 음식을 올릴 때의 관례대로 요리사는 셰에라자드의 쟁반에 올라간 음식을 모두 맛보아 검사했고, 옆에 있던 수많은 사람들도 그 사실을 증언했다.

하지만 아무도 설탕을 맛보아야 한다는 생각은 하지 못했다.

아침 이후로 당연히 셰에라자드는 그날 아무것도 먹지 않았다.

그리고 지금은 셰에라자드의 방에 들어가는 음식 쟁반마다 어린 하녀 하나가 붙었다. 그 애의 존재 목적은 오로지 하나뿐이었다. 왕비의 입에 들어가기 직전 음식과 음료를 맛보는 것이었다.

저 하녀도 누군가에게는 소중한 사람일 텐데.

그 생각에 셰에라자드는 치가 떨렸다.

지금은 어둠의 망령처럼 그녀의 주위를 떠돌며 언제라도 덮치려 하는 최후의 순간이 몸을 짓눌러 오는 기분을 느끼지 않고 지낼 수 있는 짧은 한때였다. 그런데 그 시간을 누려보기도 전에, 신변이 안전하다는 믿음마저 빼앗겨 버리다니.

하지만 그중에서도 가장 최악인 건 따로 있었다. 이제는 의심의 여지 없이, 자신의 시녀를 믿을 수가 없게 되었다.

결국 데스피나야말로 셰에라자드의 음식 쟁반에 마지막으로 손댔던 사람이었다.

그리고 독이 든 차를 준비했던 사람이었다.

왜 그런지 몰라도 셰에라자드는 그게 가장 실망스러웠다. 원래도 데스피나를 신뢰하지는 않았지만, 마음 한구석으로는 믿고 싶었다. 비록 상황이 이렇더라도 언젠가는 그녀와 진정한 친구가 될 수 있기를 바랐다.

그런데 그 희망이 산산이 부서졌다.

그래서 셰에라자드는 화가 났다.

사흘 밤을 방해받지 않고 자도 분노는 사그라지지 않았다.

오늘 오후, 셰에라자드는 테라스 정원 한 군데를 거닐며 완벽한 모양을 갖춘 장미를 찾고 있었다. 하지만 참으로 따분한 일이라서, 그렇지 않아도 짜증스러운 마음에 자신이 쓸모없는 존재란 생각마저 들었다.

셰에라자드는 따가운 햇빛에 눈을 가늘게 뜨고 새로운 꽃 더미를 바라보았다. 좌절감으로 이마에 주름이 졌다.

"뭘 찾으시는지 알려주시면 제가 찾아드릴게요."

데스피나가 말했다.

"아뇨. 못 찾을 거예요."

"어머, 기분이 좋지 않으시군요."

"정말로 못 찾을 거란 뜻이에요. 완벽한 장미를 고르는 건 기술이 필요한 일이에요. 장미를 고를 때는 향과 색깔, 꽃잎 배열까지 다 봐야 해요. 우리 아버지는 꽃잎이 너무 많이 달리면 장미가 망가진다고 주장하셨죠……. 잘 자라는 걸 방해한다고요."

"그렇다면 제일 예쁜 꽃은 살짝 불완전해 보이는 꽃이라고 말하면 되잖아요."

"그 말을 들으니 당신은 분명 예쁜 꽃을 못 찾겠군요."

셰에라자드는 투덜대듯 말했다. 그런데 그 순간, 옆에 선 데스피나의 몸이 바짝 굳었다.

"왜 그래요?"

"알, 알-호리 대장님이 내려오고 계세요."

데스피나는 목덜미부터 이마까지 새빨개졌다.

"그래서요? 왜 긴장을 하죠?"

그녀의 물음에 데스피나는 주저하다가 대답했다.

"차 사건 이후로, 근위대장님 옆에 있으면 불편해요."

"알겠어요."

셰에라자드는 입을 다물었다. 사실은 가시 돋친 말을 하고 싶었지만 꾹 참았다.

잘랄이 보이자 데스피나는 아주 고통스러운 기색으로 라즈푸트

뒤로 허둥지둥 숨었다. 잘랄은 데스피나 쪽을 심드렁히 바라보고는 셰에라자드 쪽으로 시선을 돌렸다.

"오늘 오후엔 기분이 좀 어떻습니까, 셰에라자드?"

그는 금으로 가장자리를 마무리한 망토를 한쪽 어깨로 넘기고 시미타 자루에 손을 얹은 채 태평하게 웃으며 고개를 숙였다.

"일단 목숨은 붙어있어요."

그 대답에 잘랄은 고개를 젖히며 웃었다.

"목숨이 붙어계셔서 기쁩니다. 중요한 일을 하고 계셨습니까?"

"그럼요. 반역을 일으키려고 모의 중이에요. 그런 다음 새로운 무역 사업을 해볼까 계획 중이고요. 바다에서 수영하는 코끼리랑 비단으로 만든 돛을 거래하려고요. 저랑 같이 하시겠어요?"

잘랄은 씩 웃었다.

"제게 물으신다면, 반역에는 기꺼이 동참하겠습니다. 하지만 나머지는 좀 흔한 사업 같군요."

셰에라자드는 웃음을 터뜨렸다.

"아뇨. 사실 중요한 일 같은 건 안 하고 있었어요. 따분한 일에 둘러싸여 벗어나질 못하겠네요. 제발 날 좀 구해줘요."

"사실은 말입니다, 혹시 저를 위해서…… 왕비다운 일을 좀 해주실 수 있나 부탁드리려고 왔습니다."

"왕비다운 일이라뇨? 그게 무슨 말이죠?"

"예상하지 못했던 손님이 찾아오셨거든요. 칼리프께서 자리에 없으시니, 대신 왕비 전하께서 손님을 맞이하시면 어떨까 싶습니다."

"누가 오셨는데요?"

"그분은, 말하자면 학자십니다. 할리드의 첫 번째 가정교사였고, 할리드의 어머니를 평생 가르치셨던 분입니다. 할리드가 어렸을 때 궁을 떠난 뒤로는 보지 못했죠. 할리드의 어머니에게 아주 중요한 분이셨던 걸로 압니다. 그래서 예를 갖추어 대접하지 못한 채 손님을 돌려보내게 된다면, 저는 마음이 무척 안 좋을 겁니다."

잘랄이 눈을 찡긋하자, 셰에라자드는 어쩔 수 없이 웃고 말았다.

"게다가 마마께서 이분을 맞이하시면서…… 뭔가 궁금한 점이 있다면 알게 될 수도 있을 것 같고요."

잘랄은 다 안다는 듯 미소 지었다.

"어머, 알-호리 대장의 말씀을 들으니 아주…… 흥미가 생기네요."

잘랄이 웃었다.

"그럼 가주시겠습니까, 셰에라자드?"

셰에라자드는 헤이즐넛 눈빛을 반짝이며 고개를 끄덕였다.

"하지만 미리 경고해 드려야겠군요. 그분은 뭐랄까, 묘한 분입니다."

내려왔던 계단을 이제는 셰에라자드와 함께 오르며 잘랄이 말했다. 뒤에는 수행원들이 따랐다.

"얼마나 묘한데요?"

"지난날의 유물 같은 분이죠. 고대 예술에 심취한 분입니다. 하지만 마마는 그분을 좋아할 거라고 생각합니다. 그분도 마마를 만나서 무척 즐거워하실 테고요."

"그분 성함이 뭔가요?"

"무사 사라고사입니다."

"정말 특이한 이름이네요."

셰에라자드가 말했다.

"그분은 무어인입니다."

"아, 그렇군요. 음, 어쨌든 손님 접대에 최선을 다할게요."

"그러시리라 기대합니다."

그들은 계속 수많은 계단을 올랐다. 이윽고 시원한 대리석 복도로 일행을 안내한 잘랄은 사람 키의 다섯 배는 될 정도로 높다랗고 커다란 돔형 천장이 있는 방으로 일행을 데리고 들어갔다. 타일로 덮인 벽에는 아주 정교한 부조가 새겨져 있었다. 부조는 지금은 모두 이름이 잊힌 고대의 전사들이 무기를 휘두르며 적을 물리치는 전투 장면을 묘사했다.

방 한쪽에 키가 매우 큰 남자가 온갖 선명한 색색의 천으로 지은 옷을 걸치고 서있었다. 짙푸른 리다는 바닥까지 닿았고, 머리를 감싼 두건 위로는 가죽과 금으로 만든 원형 머리띠를 썼다. 양쪽 손목에 두꺼운 만칼라를 찼으며, 검은 피부는 아름답게 빛났다. 그 빛깔은 마치 최상급 대추야자 열매 같았다.

셰에라자드를 돌아본 그가 활짝 웃었다. 새하얗게 빛나는 치열이 흑단 속에 박은 진주 같았다.

잘랄과 데스피나는 문가에 셰에라자드를 두고 사라졌다. 라즈푸트는 안으로 들어와 근처에 서서 언제든 칼을 뽑을 준비를 했다.

셰에라자드도 미소를 지으며 손님에게 다가갔다.

'뭐라고 말해야 하지?'

"환영합니다! 전, 셰에라자드라고 합니다."

남자도 화려하고 풍성한 옷자락을 나풀거리며 이쪽으로 다가와 손을 뻗었다.

“저는 무사라고 합니다. 만나 뵙게 되어 더없이 영광입니다.”

그의 목소리는 꿀처럼, 또 연기(煙氣)처럼 강렬했다.

셰에라자드는 손을 내밀었다. 가까이에서 보자 그가 겉보기보다 훨씬 더 나이 들었다는 걸 알 수 있었다. 눈썹은 희끗희끗했고, 얼굴에는 주름이 보였다. 섬세하게 팬 주름들은 그가 생각이 무척 깊으면서도 재미있는 것을 꽤 좋아한다는 점을 드러냈다. 그의 손을 잡는 순간 셰에라자드는 손님의 짙은 갈색 눈동자에서 무언가를 느꼈지만 그 기색은 순식간에 사라졌다.

“정말 감사드립니다, 무사-에펜디. 그런데 참 죄송하게도, 제…… 그러니까 칼리프께서 여기 계시지 않아 손님맞이를 못 하시게 되었네요.”

그는 고개를 저었다.

“예고 없이 불쑥 찾아온 저의 잘못이지요. 지나는 길에 잠시 들러 그분을 뵐까 싶었습니다만, 슬프게도 칼리프를 뵙는 건 다음으로 미뤄야 할 듯합니다.”

“앉으시지요.”

셰에라자드는 오른편에 놓인 낮은 탁자를 가리켰다. 그들은 방석으로 둘러싸인 탁자에 마주 앉았다.

“무엇을 좀 드시겠어요?”

“아니, 아닙니다. 저는 오래 있을 수 없습니다. 원래도 잠깐 얼굴만 비추려던 참이었습니다. 아무에게도 부담을 드리고 싶지 않습니다.”

“어떤 식으로든 부담이 되지는 않습니다. 귀한 손님이 굶주리신 채 궁전을 떠나시도록 둘 수는 없지요."

셰에라자드는 빙긋 웃었다. 무사 역시 따라 웃었다. 그의 웃음소리가 벽에 부딪혀 튀어 오르는 것처럼 울렸다.

"제가 귀한 손님이라고 누가 그러던가요? 아무도 진실을 알려주지 않았단 말입니까?"

무사의 입가에 비뚜름히 장난기가 묻었다.

"무슨 진실 말씀인가요, 무사-에펜디?"

"제가 이 궁전을 떠났던 날 몸만 간신히 가린 채 맨발로 쫓겨났거든요."

셰에라자드는 표정을 관리했다. 그런 다음 심호흡을 하고서 두 손을 무릎에 포갠 채 대답했다.

"그렇다면 더더욱 식사 한 끼 대접해 드려야겠군요, 선생님."

무사는 다시금 웃음을 터뜨렸다. 웃음소리는 아까보다 좀 더 대담했다.

"하늘도 참 고마우셔라, 사랑스러운 분이로군요. 우리 불쌍한 할리드에게 한 줄기 빛이 되어주시는 분이 틀림없겠는데요."

'한 줄기 빛이라고? 맞는 말은 아니지만.'

그녀는 대답 대신 작게 미소 지었다. 무사가 부드러운 어조로 말했다.

"걱정했던 것처럼, 두 분의 결합은 화목하게 이루어지지 않았지요. 혹시 그럴 희망은 안 보입니까?"

"솔직히 말씀드리자면 아직 뭐라 말하기에는 너무 이릅니다. 우리는 결혼한 지 얼마 되지 않았거든요. 칼리프와의 결혼 생활은 뭐랄까요, 좀 힘드네요."

“저도 들었습니다. 그렇다면 왕비 전하께서는 할리드와 화목한 결혼 생활을 하길 원하십니까?”

답을 안다는 듯 무사의 목소리는 슬픈 기색을 띠었다.

셰에라자드는 앉은 자리에서 불편한 듯 몸을 움직였다. 왜 그런지는 몰라도, 이상한 옷을 차려입고 풍성한 목소리로 웃으면서 탐색하는 눈초리로 이쪽을 바라보는 저 사람에게 거짓말을 하는 건…… 어쩐지 옳지 않게 느껴졌다.

“저는 사랑과 상호 존중을 토대로 한 결혼 생활을 꿈꾼답니다, 무사-에펜디. 하지만 칼리프를 남편으로 두고 그게 과연 가능할지는 두고 봐야겠지요.”

“아, 정말 솔직하시군요. 할리드는 무엇보다도 그런 솔직함을 중요하게 여깁니다. 간절히 바라지요. 어린아이였을 때부터도 할리드는 다른 사람에게서는 좀처럼 찾아볼 수 없는 열정을 품고 진실을 추구했으니까요. 할리드의 이야기를 알고 계십니까?”

“저는 과거에 대해서는 거의 모릅니다.”

무사는 고개를 끄덕였다.

“그렇다면 말씀해 주시지요. 소문으로 들은 것 말고, 실제로 본 레일라의 아드님은 어떤 사람이 되었습니까?”

셰에라자드는 잠시 말을 멈추고 마주 앉은 낯선 이의 상냥한 얼굴을 빤히 바라보았다.

‘내가 대답한다면, 이분도 내가 묻는 말에 대답해 줄까?’

“조용한 분입니다. 똑똑하시고요.”

“그건 레이의 거리에서도 들을 수 있는 거지요. 저는 왕비 전하께서 아시는 것을 알고 싶습니다. 똑똑한 마마께서 이 짧은 시간

동안이나마 추론하신 것들은 무엇입니까?"

셰에라자드는 잠시 아랫입술을 깨물었다가 말했다.

"기쁨이 없는 분이죠. 계산적이고, 격렬한 성품에다……."

그녀는 속삭이듯 말했다. 머릿속에 할리드의 꽉 움켜쥔 새빨간 주먹과 격한 분노가 떠올랐다.

"화를 잘 내는 분이에요."

무사는 한숨을 쉬었다.

"전에는 그렇지만도 않았습니다. 참 상냥한 소년이었죠."

"저도 그 얘기는 들었어요. 하지만 믿기 힘드네요."

"그 말씀도 이해가 됩니다."

무사는 잠시 말을 멈추었다가 다시 입을 열었다.

"사랑스러우신 셰에라자드. 이야기를 하나 들려드려도 되겠습니까? 제가 맨발로 쫓겨났던 날의 이야기 말입니다."

"물론이죠, 무사-에펜디."

"슬픈 이야기입니다만."

"맨발로 쫓겨나셨다니 당연히 슬픈 이야기겠지요."

무사는 자리에 등을 대고 앉아 잠시 기억을 더듬었다가 이야기를 시작했다.

"저는 할리드의 어머니인 레일라의 가정교사였습니다. 레일라는 즐거움을 한 몸에 품은 여성이었지요. 아름답고, 재능도 뛰어났습니다. 책과 시를 좋아하던 분이었죠. 그분이 할리드의 아버지와 결혼하여 두 번째 부인이 되었을 때의 나이는 불과 열다섯 살이었습니다. 레일라는 저를 데리고 가겠다고 고집을 부렸고, 그래서 저도 함께 레이로 왔습니다. 그분은 아주 고집이 셌지요.

안타깝게도, 결혼 생활은 순조롭지 않았습니다. 남편이었던 칼리프는 레일라보다 나이가 훨씬 많았고, 첫 번째 부인을 무척 사랑했던 게 분명했습니다. 레일라는 전 부인과 항상 비교당하는 걸 달가워하지 않았지요. 저는 어린 왕비가 절망하여 성질을 부리고 소란을 피우는 걸 말리려고 무척 애를 썼습니다만, 부부의 나이 차와 관심사의 간극이 너무나 컸기 때문에 그 틈을 좁히기가 참으로 힘들 때가 많았습니다. 사실 그건 어느 누구의 잘못도 아니었지요. 할리드의 아버지는 자신의 방식이 아주 확고한 분이었습니다. 그리고 레일라는 발랄하고 생기 넘치는 아가씨였고요."

무사는 말을 잠시 멈추었다. 그의 표정이 점점 슬픔으로 물들기 시작했다.

"그 후 할리드가 태어나자 저는 상황이 바뀌리란 희망을 품었습니다. 그토록 헌신적인 어머니는 본 적이 없었으니까요. 레일라는 아기의 발에 입을 맞추고 노래를 불러주었습니다. 할리드가 좀 더 자란 후에는 자기 전에 항상 이야기를 들려주었습니다. 할리드는 세상 그 무엇보다도 어머니를 사랑했습니다."

무사는 잠시 눈을 감았다. 셰에라자드는 조심스럽게 숨을 들이쉬었다.

'어릴 적 어머니가 밤마다 이야기를 들려주셨구나.'

"할리드의 아버지가 레일라의 불륜을 알아차렸던 그날 밤, 저도 그곳에 있었습니다……. 선대 칼리프가 궁전 근위병과 밀회를 하는 레일라를 발견했지요."

낭랑했던 무사의 목소리는 점점 낮고 무거워졌다.

"칼리프는 레일라의 머리채를 잡고 궁전 복도로 끌어냈습니다.

레일라는 비명을 지르며 끔찍한 욕설을 퍼부었지요. 저는 레일라를 도와주고 싶었지만, 칼리프의 병사들이 앞을 막아섰습니다. 안마당에 다다른 칼리프는 아들인 할리드를 불렀지요. 레일라는 할리드에게 모든 게 괜찮아질 거라고 계속 이야기했습니다. 사랑한다고, 네가 나의 전부라고 말했습니다."

셰에라자드는 주먹을 꽉 쥐었다.

"그곳에서, 여섯 살 난 아들이 보는 앞에서, 할리드의 아버지는 레일라의 목을 베었습니다. 할리드가 울기 시작하자 그의 아버지는 소리를 질렀습니다. 저는 그 말을 영원히 잊지 못할 겁니다. '여자란 정절을 지켜야 한다. 그렇지 않으면 죽는 거다. 둘 중 하나뿐이야.' 그 후 저는 옷만 간신히 걸친 채 궁전 밖으로 쫓겨났습니다. 그때 레일라를 위해서, 할리드를 위해서 더 열심히 저항해야 했는데 그러지 못했습니다. 나약했으니까요. 두려웠고요. 그 후 소문으로 레일라의 아들이 어떻게 되었는지 들었습니다. 저는 항상 후회했지요. 영혼 저 깊숙한 곳에서부터 후회했습니다."

셰에라자드는 말을 하고 싶었지만 가슴속에서 무언가 울컥 솟아올라 말문이 막히고 말았다. 그녀는 애써 마른침을 삼켰다. 그리고 어쩔 줄 모른 채 탁자 위로 손을 뻗어 무사의 손을 잡았다. 그는 셰에라자드의 자그마한 두 손을 자신의 손으로 감쌌고, 둘은 말없이 가만히 그 순간을 흘려보냈다.

이윽고 셰에라자드가 조심스럽게 예를 갖추어 입을 열었다.

"무사-에펜디……, 선생님께서는 그날 밤이나 그 이후에 일어난 일에 대해서 스스로 책임을 느끼실 필요가 절대로 없다고 생각합니다. 저는 아직 어린 사람이라 세상을 잘 안다고 이야기할 수 없겠지만 인간이 타인의 행동을 통제할 수 없다는 점만큼은 확실히 알고 있습니다. 인간이 통제할 수 있는 건 그 후에 취할 자신의 행동밖에 없지 않습니까."

무사는 다시금 힘주어 그녀의 손을 잡았다.

"참으로 현명하신 말씀입니다. 사랑스러운 별빛 같은 분이시여, 할리드도 왕비마마께서 얼마나 보배로운 분인지 알고 있습니까?"

셰에라자드는 미소를 지을 수 없었지만 그 눈빛에는 웃음기가 떠올랐다. 무사는 고개를 저었다.

"할리드는 엄청난 고통을 겪었습니다. 그 결과 이제 다른 이들을 괴롭히고 있다는 걸 알게 되어 저는 몹시 괴롭습니다. 제가 알던 소년이 할만한 행동이 아니기에 괴롭습니다. 하지만 왕비마마는 젊으시고, 저는 나이가 들었지요. 제 나이쯤 되면 타고난 지혜보다는 경험에서 나오는 지혜가 더 큽니다. 제가 살아오며 가장 크게 배운 한 가지가 있다면, 인간은 타인의 사랑 없이는 자신의 잠재력을 최고로 발휘할 수가 없다는 것입니다. 우리는 홀로 존재할 수 없도록 지어졌습니다, 셰에라자드. 타인을 배척하는 사람일수록 사실은 그 누구보다 사랑을 절실하게 필요로 하는 존재라는 게 분명합니다."

'어떻게 그런 남자를 사랑하겠어……. 그런 괴물을.'

셰에라자드는 무사에게서 손을 빼내려 했다.

하지만 그는 손을 꽉 쥐더니 힘주어 말했다.

"말씀해 주십시오. 이 재능을 언제부터 갖고 계셨습니까?"

당황한 셰에라자드는 헤이즐넛 눈동자에 멍한 기색을 띠고 무사를 빤히 바라보았다.

무사는 따스한 눈빛으로 그녀를 탐색하듯 응시했다.

"모르고 계시는군요. 핏속에 잠복해 있는 재능을요."

그는 혼잣말처럼 중얼거렸다.

"무슨 말씀이신가요?"

그녀가 묻자 무사는 말을 이었다.

"혹시 부모님이 물려준 재능일까요? 어머님이나 아버님께 뭔가…… 독특한 능력이 있지 않습니까?"

셰에라자드는 문득 깨달았다.

"아버지가 갖고 계세요. 능력이 있기는 하세요. 아주 사소한 능력이죠. 하지만 그 힘을 잘 제어하진 못하세요."

무사는 고개를 끄덕였다.

"혹시 능력을 개발하고 싶다면 언제든지 제게 소식을 전해주십시오. 기꺼이 저의 지식을 나누어 드리지요. 아주 능숙하지는 않습니다만, 그래도…… 제어 능력은 배웠으니까요."

그는 천천히 웃었다. 그가 말하는 동안 셰에라자드는 근처 등불에서 너울거리던 불꽃이 깜빡거리며 꺼졌다가 놀랍게도 다시 살아나는 광경을 보았다.

"제가 이런 걸 배울 수 있다는 말씀이신가요?"

셰에라자드가 속삭이듯 물었다.

"솔직히 말씀드리면 저는 모릅니다. 개인의 능력이 얼마나 되는지 가늠하기란 불가능하기 때문입니다. 제가 처음 왕비마마의 손을 잡은 순간, 제가 마마와 공통적인 끈을 갖고 있다는 것만 알았지요. 지금 그 끈은 단순한 운명의 꼬임 너머로까지 이어지고 있습니다. 저의 별이시여, 원컨대…… 이 어둠을 넘어서서 보소서. 제가 알던 그 소년에게는 무한한 선함의 잠재력이 있습니다. 왕비마마께서 지금 보시는 남자는 그림자일 뿐, 그 아래에는 다른 것이 있습니다. 만약 원하신다면 그에게 사랑을 베푸시어 스스로 그 모습을 직접 볼 수 있게 해주십시오. 갈 길을 잃은 영혼에게 사랑이라는 보물은 황금만큼이나, 꿈만큼이나 귀한 것입니다."

무사는 이렇게 말하며 꼭 맞잡은 손 위로 고개를 숙였다. 환한 미소를 지은 얼굴은 밝아졌다.

"고맙습니다, 무사-에펜디. 지혜를 나눠주시고, 이야기도 들려주시고, 많은 것을 알려주셔서요."

"저야말로 고맙습니다, 별님 같은 분이시여."

무사는 셰에라자드의 손을 놓더니 탁자에서 일어섰다.

"식사하고 가지 않으시겠어요?"

셰에라자드가 다시 권했지만 무사는 고개를 저었다.

"지금 가봐야겠습니다. 하지만 곧 다시 뵈러 오겠다고 약속드리지요. 이번엔 너무나 많은 세월이 흐르게 둘 수 없으니까요. 그리고 다음번에 왔을 때는 왕비마마 곁에 할리드도 함께 있기를 간절히 바라겠습니다. 더 좋아진 모습의 할리드가 곁에 서있기를 기대하겠습니다."

셰에라자드는 묘한 죄책감이 마음을 찌르는 것만 같았다.

무사는 구석에 둔 소지품 가방으로 다가가 가방을 바닥에서 들어 올린 다음 생각에 잠긴 듯 잠시 동작을 멈추었다. 그러더니 가방 안에서 낡아빠지고 좀먹은 양탄자를 꺼냈다. 삼베 끈으로 단단히 둘둘 말아둔 양탄자였다.

"더없이 사랑스러운 셰에라자드 님께 바칩니다."

“감사합니다, 무사-에펜디.”

‘정말 이상한 선물이네.’

“항상 지니고 다니시기 바랍니다. 아주 특별한 양탄자입니다. 길을 잃었을 때, 다시금 길을 찾을 수 있도록 도와주는 것이지요.”

그는 다 안다는 듯 눈을 반짝이며 말했다.

셰에라자드는 양탄자 꾸러미를 받아 품에 끌어안았다.

무사는 손을 뻗어 그녀의 뺨에 손바닥을 대었다.

“그 양탄자가 마음이 있는 곳으로 데려다줄 겁니다.”

노인과
우물

불길 같은 열기를 내뿜는 사막의 햇빛이 타리크에게 사정없이 내리쬐었다. 모래언덕에서 하늘 위로 피어오른 아지랑이가 시야를 왜곡시켰다.

타리크는 리다에 달린 두건으로 얼굴을 단단히 감싸고 이마 위로 가죽 머리띠를 꽉 동여맸다. 종마의 다리 위로 모래가 파도치듯 솟구쳤다. 육중한 말발굽이 오르락내리락할 때마다 반짝이는 아지랑이가 따라붙었다.

시간이 지날수록 조라야는 더욱 크게 울부짖으며 하늘을 선회했다.

해가 지기 시작할 무렵, 타리크와 조라야는 호라산과 파르티아의 국경 지대에 다다랐다. 타리크는 쉴 곳을 찾기 시작했다. 근처에 바다위 부족이 있다는 건 알았지만, 나흘 전 레이를 떠난 뒤로 잠을 제대로 못 잤기 때문에 먼저 하룻밤 푹 쉬고 싶었다. 피곤한 상태로 그들 영토를 침범하는 건 위험한 짓이었기 때문이다. 아침이 오면 지역 주민과 이야기를 나누면서 이곳 정세를 파악해 볼 마음이었다.

저 멀리 작은 정착지가 보였다. 낡은 돌우물 주위로 햇볕에 찌든 건물이 옹기종기 모여있었다. 외벽에 금이 간 진흙 집에는 위에 지붕을 드리운 말편자 모양 입구가 있었는데, 겉으로 보기에는 아무도 살지 않는 듯했다. 우물가에는 남자 노인 하나가 서서 늙은 낙타 두 마리의 등에 실린 가죽 부대를 내리고 있었다.

타리크는 타고 있는 암갈색 아라비아 종마를 앞으로 몰면서, 다시금 하얀 리다의 두건으로 얼굴을 가렸다.

우물가에 가까이 다가가자 노인이 뒤를 슬쩍 돌아보았다.

그러더니 타리크를 보며 빙그레 웃었다.

노인은 갈색 리넨 천으로 지은 소박한 옷을 입었다. 수염은 은빛 털로 희끗희끗했다. 앞니 사이는 두드러지게 벌어졌고, 매부리코의 콧날은 부러진 듯했다. 옹이투성이 손은 나이 들고 고되게 일한 흔적을 보여주었다.

"좋은 말이로군요."

노인이 여전히 웃는 얼굴로 고개를 끄덕이며 말했다. 타리크도 마주 고개를 끄덕여 주었다.

노인은 떨리는 손으로 우물 위의 두레박을 잡으려다가……

공교롭게도 그걸 쳐서 떨어뜨리고 말았다.

두레박은 우물 진흙 벽에 부딪힐 때마다 튕겼고, 결국 이쪽을 비웃듯 첨벙 소리를 내며 물에 떨어졌다.

타리크는 숨을 훅 내쉬었다.

노인은 못마땅한 소리를 내며 머리에서 리다를 확 걷고는 발로 바닥을 쿵쿵 굴렀다. 그리고 손을 마구 비틀면서 당황한 기색을 역력히 드러냈다.

타리크는 노인의 가련한 몸짓을 잠자코 지켜보았지만 결국 참지 못했다. 그가 땅이 꺼질 듯 한숨을 쉬면서 말에서 내렸다.

"밧줄이 있습니까?"

타리크가 얼굴에서 두건을 벗으며 노인에게 물었다.

"예, 사히브."

노인은 거듭 고개를 숙였다.

"이러실 필요 없습니다. 사히브라 부르지 마세요."

"좋은 말을 갖고 계시잖습니까. 검도 좋은 것이고요. 누가 봐도 사히브이십니다."

타리크는 또 한 차례 한숨을 쉬었다.

"밧줄을 주세요. 그럼 제가 내려가서 두레박을 건져오겠습니다."

"아, 고맙습니다, 사히브. 정말 친절하시군요."

"친절해서가 아니에요. 제가 목이 말라서 그렇습니다."

타리크는 쓴웃음을 지었다. 그리고 노인에게 밧줄을 건네받아 우물 위 기둥에 단단히 묶었다. 이윽고 그는 잠시 생각에 잠겼다가 말을 이었다.

"제 말을 훔칠 생각은 하지 마세요. 이 녀석은 변덕이 심해서 빼앗아 타도 멀리 못 갈 겁니다."

노인이 어찌나 격렬하게 고개를 흔들던지, 타리크는 이러다 그가 다치겠다 싶었다.

"절대로 그런 짓 안 합니다, 사히브!"

강하게 부정하는 모습이 오히려 더 의심스러웠다.

타리크는 노인을 찬찬히 살펴보다가 왼팔을 하늘로 뻗고 휘파람을 불었다. 구름 속에 들어갔던 조라야가 깃털과 무시무시한 발톱을 뽐내며 쏜살같이 내려왔다. 노인은 덜덜 떨리는 팔을 들어 매의 무시무시한 위협에 몸을 가렸다.

“얘는 사냥감의 눈부터 먹는 걸 좋아하지요.”

타리크가 아무렇지 않은 어조로 말했다. 조라야는 그의 가죽 만칼라 위에서 날개를 쫙 편 채 노인을 노려보았다.

“부끄러운 짓은 하지 않을 겁니다, 사히브!”

“좋아요. 이 근처에 사십니까?”

“바다위족 오마르라고 합니다.”

타리크는 다시금 노인을 찬찬히 살폈다.

“바다위족의 오마르 님. 당신과 거래를 하나 하고 싶습니다.”

“거래라 하셨습니까, 사히브?”

“네. 제가 우물에서 두레박을 꺼내 가죽 부대에 물을 채우시도록 도와드리겠습니다. 그 대가로, 당신 부족과 셰이크(바다위족의 지도자)에 대해 알려주시면 좋겠습니다.”

오마르는 턱수염을 긁적였다.

“이름 모를 사히브께서는 왜 우리 부족에 대해 알고 싶어 하십니까?”

“걱정하지 마십시오. 해를 끼치려는 게 아니니까요. 바다위 부족을 매우 존경하고 있습니다. 몇 년 전 제 아버지께서는 바다위 부족민에게 이 말을 사셨지요. 아버지는 이 세상에서 가장 뛰어난 기마병 중 하나가 바로 사막의 바다위 유목민들이라고 하셨습니다.”

그러자 오마르가 활짝 웃었다.

"뛰어난 기마병 중 하나라고요? 아닙니다, 우리는 그중에서도 최고입니다, 사히브. 의심할 여지가 없지요."

타리크는 은근슬쩍 미소 지어 보였다.

"그럼 거래하기로 하신 겁니다?"

"그런 것 같군요, 사히브. 하지만 그전에, 질문 하나만 드려도 되겠습니까?"

타리크는 고개를 끄덕였다.

"바다위족을 찾아오신 진짜 이유는 무엇입니까?"

타리크는 잠시 생각했다. 이 노인은 기껏해야 하인일 것이다. 비록 늙었지만 그래도 아직 쓸만하다는 걸 보여주기 위해 매일 물을 길러 나오는 노인일 가능성이 컸다. 그러니 조금은 솔직하게 말해도 해가 될 일은 별로 없을 것이다.

"사업차 제안할 게 있어서요."

오마르가 키득키득 웃었다.

"사업이라고요? 바다위족과 말입니까? 부유하고 젊은 사히브께서 어째서 사막 유목민의 도움을 바라십니까?"

"저는 대답해 드렸습니다. 그렇다면 거래가 성립했다고 봐도 될까요?"

오마르의 검은 눈빛이 반짝였다.

"예, 그렇습니다. 사히브. 거래는 성립했습니다."

타리크는 조라야를 우물 꼭대기의 기둥에 앉힌 다음, 말에게로 다시 가 리커브 활을 집어 들었다. 그런 다음 화살통을 등에 메고 활줄을 가슴에 둘렀다. 무기를 두고 가는 건 어리석은 행동이었으니까. 마지막으로 그는 몸을 의지할 수 있을 만큼 밧줄이 단단히 묶였는지 확인하고서 돌과 회반죽으로 만든 우물 가장자리에 올랐다.

우물은 사람 하나가 넉넉히 들어갈 만큼 폭이 넓고 깊이는 그의 키의 두 배쯤 되었기 때문에, 내려가서 물 위에 뜬 나무 두레박을 잡는 건 그다지 어려운 일이 아니었다. 일을 재빨리 마친 타리크는 우물의 돌벽을 올라 주홍빛 노을 지는 황혼 녘의 사막으로 다시 나왔다.

그가 오마르에게 두레박을 건넸다.

"앞으로는 손잡이에 밧줄을 묶어두는 게 어떨까요. 그럼 일하기 쉬우시겠지요."

오마르는 웃었다.

"현명하신 말씀입니다!"

두 사람은 가죽 부대에 물을 채운 다음 근처에서 기다리는 낙타의 등에 싣기 시작했다.

"자, 그래서 노인장께서는 바다위 어느 부족 출신이십니까?"

타리크가 입을 열자, 오마르는 씩 웃었다.

"나는 알-사디크 가문 사람입니다."

"저도 그 가문에 대해 들어본 적 있습니다."

"훌륭한 가문이라고들 하지요. 강력한 사막의 유목민들 중에서도 유서 깊은 가문입니다."

"당신의 셰이크는 누구십니까?"

"알-사디크의 육대손입니다. 좀 이상한 사람이라는 말이 있습니다. 한동안 다마스쿠스에서 수학했다가 사막으로 돌아와 살고 있지요."

"그분이 다마스쿠스에서 뭘 공부하셨죠?"

"검 제조법을 공부했습니다. 철과 강철 제련법을 터득하고 왔다고 하더군요, 사히브."

"무슨 생각으로 그런 기술을 공부하셨을까요?"

이 말에 오마르는 어깨를 으쓱였다.

"그분은 제련 기술을 알아야 적보다 우위에 설 수 있다고 생각하셨습니다."

타리크는 생각에 잠긴 표정으로 고개를 끄덕였다.

"재미있는 분 같군요."

"당신도 마찬가지입니다, 사히브. 그나저나 정말 궁금한 게 있습니다. 바다위 부족과 거래하시려는 의도가 무엇입니까?"

타리크는 얼버무려 대답했다.

"개인적인 이유입니다."

오마르가 웃었다.

"개인적인 일이라고요? 그렇다면 가족을 자리에서 끌어내리려는 것이겠군요……. 아니면 여자의 마음을 얻는다든가."

"뭐라고요?"

"그게 아니라면 젊고 부유하신 사히브께서 뭐 하러 바다위 부족과 개인적인 거래를 하겠습니까? 자, 어느 쪽이십니까? 사히브의 아버님께서는 혹시 옛이야기에 나올법한 비열한 폭군입니까? 그래서 사히브께서는 백성의 지지를 받는 영웅이신 겁니까?"

타리크는 오마르를 노려보았다.

"아! 사히브께서는 아름다운 아가씨의 마음을 얻으려는 것이로군요."

타리크는 말 쪽으로 돌아섰다. 오마르는 생각에 잠겨 혼잣말을 늘어놓았다.

"그 아가씨는 아주 아름다우시겠지요. 잘생긴 사히브가 매를 데리고 좋은 혈통의 알-함사 말을 타고서 모래 바다 한가운데까지 오신 걸 보면 말입니다."

타리크가 투덜댔다.

"노인장과는 상관없는 이야기입니다."

"그 아가씨가 아름답지 않나 봅니다?"

타리크는 홱 돌아섰다.

"그 애가 아름다운 게 무슨 상관입니까?"

"아, 여자 문제가 **맞네요!**"

오마르가 큰 소리로 떠들어 댔다. 타리크는 눈을 희번덕거리며 종마의 고삐를 잡고 안장에 휙 올라탔다.

"이 늙은 오마르에게 화내지 마십시오, 사히브! 부담스럽게 들먹일 마음은 아니었습니다. 정말로 궁금했을 뿐입니다. 내가 또 사랑 이야기를 무척 좋아하거든요. 부탁합니다! 날 따라오시면 기꺼이 셰이크를 소개해 드리겠습니다."

"뭐 하러 이렇게까지 하십니까?"

"내가 궁금한 걸 못 참기 때문입니다."

오마르는 우스꽝스러워 보이는 미소를 지었다. 비뚤어진 이 사이로 검은 틈이 도드라져 보였다.

타리크는 잠시 멈춰서 곰곰이 생각했다. 저 늙은 하인이 거짓말을 하는 걸지도 모르지. 하지만 바다위 부족 사이에서 가장 유명한 셰이크를 만날 수 있는 좋은 기회일지도 모른다.

그렇다면 위험을 무릅쓸 가치가 있지.

"머무시는 곳까지 따라가지요."

타리크는 다시금 화살통을 등으로 돌려 멨다. 오마르가 리다를 펴며 고개를 끄덕였다.

"오늘 우물에서 도와주신 일은 셰이크에게 꼭 전해드리겠습니다."

"고맙습니다."

"아닙니다, 사히브! 나는 명예 빼면 시체인 것을요."

오마르는 두 마리의 낙타를 사막 쪽으로 몰았다. 타리크는 조심스럽게 거리를 두고 오마르를 따라갔다. 오마르는 작은 낙타에 올라타 일정한 속도로 달리면서 가끔 타리크를 돌아보며 안심하라는 듯 미소를 지었다.

하늘은 이제 검푸르게 물들었다. 더없이 환한 별들이 하늘 끝에서 눈짓하듯 하얗게 깜빡였다. 30분쯤 이동하자, 우뚝 솟아오른 모래언덕 사이로 횃불을 둥그렇게 둘러놓은 커다란 천막 마을이 나타났다.

오마르는 낙타를 마을 한가운데로 직접 이끌며 홀로 즐거이 휘파람을 불었다. 그가 지나는 옆으로 여러 사람이 걸음을 멈추고서 고개를 끄덕여 인사하자, 오마르는 이마에 손을 대고 허리를 굽혔다. 이윽고 오마르는 마을 한가운데 있는 천막 앞에서 내렸다. 천 조각을 이어 붙여 만든 천막이었다. 그의 발이 땅에 닿자마자 옆쪽 그늘에서 발소리들이 들려왔다.

반짝이는 자그마한 팔들이 그의 다리를 덥석 잡고 서로 안기겠다며 싸웠다.

"아지즈 할아버지! 왜 이렇게 늦었어요?"

아이들이 마구 떠들며 한목소리로 외쳤다. 타리크는 눈을 가늘게 떴다.

이윽고 천막 문이 젖혀지더니, 구릿빛 머리카락을 곱게 땋은 노부인이 달빛 아래로 걸어왔다.

"오마르-잔, 어디 있었어요? 당신 손녀들이 배고프다잖아요. 그래서 딸들이 짜증 내고 있다고요."

오마르는 너그러운 표정으로 웃었다.

"손님을 데려왔소. 자리를 하나 더 만들 수 있겠소?"

노부인은 하늘로 눈을 홉뜨더니 타리크를 바라보았다.

"젊은이는 누구신가?"

"이분은 이름 모를 사히브요. 나는 이분 이야기가 궁금했다오. 좋은 이야기일 거요, 아이샤. 사랑과 역경에 대한 얘기니까."

오마르가 눈을 찡긋하며 대답했다. 아이샤는 고개를 절레절레 저었다.

"뭐, 그럼 안으로 데리고 와요."

타리크는 오마르를 계속해서 바라보았다. 의혹은 빠르게 논리적인 결론에 도달했다. 그는 말에서 내렸다.

"노인장은 하인이 아니셨군요."

타리크의 말에 오마르가 돌아섰다. 비바람에 상한 얼굴로 활짝 웃음을 짓자, 벌어진 앞니 사이가 다시금 도드라졌다.

"내가 언제 하인이라고 한 적 있습니까?"

타리크는 오마르를 빤히 바라보았다. 어리석은 노인의 겉모습은 너울대는 횃불 사이로 사라지고, 그 자리에는 지혜와 환희를 드러낸 사람이 있었다.

교활한 지성을 갖춘 자의 표정이었다.

"오해하게 했다면 미안합니다."

오마르가 말하자, 타리크는 믿을 수 없다는 듯 코웃음을 쳤다.

"오해는 없었습니다. 저는 노인장께서 보여주길 바라셨던 모습만을 보았을 뿐이니까요."

오마르는 큰 소리로 웃었다.

"아니, 그대가 보고 싶어 했던 모습만을 본 것일지도 모르지요."

타리크는 리다를 확 젖히고 앞으로 다가갔다.

"제 이름은 타리크입니다."

오마르의 짙은 눈썹이 끄덕이듯 올라갔다.

"내 이름은 오마르 알-사디크입니다. 우리 가문의 여섯 번째 세이크지요……."

그가 주름진 손바닥을 내밀었고 타리크는 그 손을 잡았다.

"우리 집에 온 것을 환영합니다."

내일의 약속

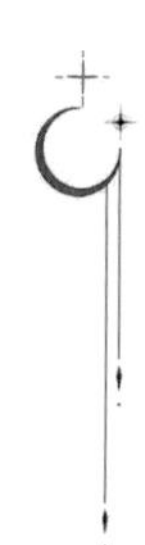

칼리프가 아마르다에서 돌아온 지 이틀이 지났다. 셰에라자드는 계획을 실행에 옮기기로 했다.

더는 기다릴 수 없었다.

무사-에펜디가 비극적인 과거를 슬쩍 들려주었다 해도, 중요하지 않았다.

이 세상이 생각했던 것만큼 단순한 게 결코 아니라 해도, 중요하지 않았다.

그리고 자신의 마음이…… 자꾸만 잘못된 길로 가려 해도, 그 역시 중요하지 않았다.

이 궁전엔 명확한 목적을 품고 들어왔다.

호라산의 칼리프는 죽어 마땅하다.

어떻게 하면 되는지, 셰에라자드는 알고 있었다.

그날 밤, 셰에라자드는 방에 찾아온 할리드와 마주 앉았다. 그가 포도주를 마시는 동안, 그녀는 포도를 먹고 있었다.

타격할 순간을 기다리면서.

"그대는 아주 조용하군."

그가 말했다.

"그러는 칼리프께서는 아주 피곤해 보이십니다."

"아마르다에서 오는 길이 쉽지 않았다."

그녀는 식탁 맞은편에 보이는 그의 호랑이 같은 눈을 빤히 바라보았다. 눈두덩이 움푹 패있었고, 피로한 기색 탓에 조각 같은 이목구비는 더욱 날카로워 보였다.

"하지만 칼리프께서는 이틀 전에 돌아오지 않으셨나요."

"돌아온 뒤로 제대로 잠을 자지 못했다."

"그럼 알라딘의 이야기를 하지 말까요? 좀 주무셔야겠어요."

셰에라자드가 권했다.

"아니. 그러고 싶지 않다. 전혀."

그녀는 남자의 날카로운 시선을 견딜 수가 없어서 고개를 돌렸다.

"제가 뭐 하나 여쭈어 봐도 될까요, 세이이디?"

"원하는 대로 하라. 나 역시 그럴 테니."

"아마르다엔 왜 가셨나요?"

할리드는 눈썹을 지그시 모았다.

"잘랄이 손을 써서 그대와 무사 사라고사가 만났다지. 그렇다면 분명 그가 궁전에 있었을 적 내 어린 시절 이야기를 들었겠군. 흥미로운 사실을 말이야. 이젠 내 어머니 이야기도 알고 있겠지?"

"예, 그분이 이야기해 주셨어요."

"파르티아의 술탄과 나는 암묵적인 합의를 했다. 여섯 달쯤마다 나는 그자에게 가서 은밀하게 협박을 하지. 공작새처럼 무력을 과시하면서, 내가 호라산 칼리프국의 정당한 후계자가 아니라고 주장하는 것을 단념시키는 거다."

"뭐?"

셰에라자드는 깜짝 놀라 격의 없이 말을 내뱉었다. 할리드가 말을 이어갔다.

"그건 여러모로 논리적인 행동이다. 그자는 공공연하게 내 어머니를 창녀라고 부르지. 그렇게 되면 사람들은 나의 혈통을 의심하게 되고. 그러면 그자는 지지 세력을 모아 칼리프국을 빼앗으려는 전쟁을 벌일 수 있게 된다. 지금은 다만 버티기에 힘과 지지 세력이 부족할 뿐이야. 나는 그 상황을 계속 유지시킬 생각이고."

"술탄이 어머님을 창녀라고 부른다고요?"

"그리 놀랄 일은 아니다. 나의 아버지도 같은 말을 내게 하셨으니까. 자주 그러셨지."

셰에라자드는 조심스럽게 숨을 들이쉬었다.

"그러면 전대 칼리프께서도 친아들의 혈통을 의심하셨나요?"

할리드는 포도주잔을 들고 오랫동안 마셨다.

"그 역시 놀랄 일이 아니다."

지금 이 말, 잘못 들은 거였다면 얼마나 좋을까. 셰에라자드는 이런 생각마저 들었다.

대체 그럼 얼마나 사랑받지 못한 어린 시절을 보냈던 걸까?

"이런 상황이 아무렇지 않으신가요?"

할리드는 탁자에 잔을 내려놓았다.

"아무렇지 않다는 말이 정확히 무슨 뜻인지 모르겠군."

"제가 동정하기를 바라시나요, 세이이디?"

"나를 동정하고 싶은가, 셰에라자드?"

"아뇨. 동정하고 싶지 않습니다."

"그렇다면 하지 마라."

어찌할 바를 몰라 답답한 마음에 그녀는 할리드의 잔을 들고서 남은 술을 마셨다.

할리드의 입가가 아주 살짝 올라갔다.

포도주가 목에서 불길처럼 타올랐다. 셰에라자드는 목을 가다듬고 잔을 앞에 내려놓았다.

"어쨌든, 칼리프께서 제게 어떻게 보상하시면 좋을지 정했답니다. 물론 보상하실 마음이 여전히 있으시다면요."

그는 방석에 몸을 기대고 이어질 말을 기다렸다.

셰에라자드는 조용히 숨을 들이쉬며 덫을 칠 준비를 했다.

"지난 밤, 알라딘이 변장한 채로 도시의 거리를 배회하는 공주를 봤다는 이야기를 들려드렸지요?"

할리드는 고개를 끄덕였다.

"칼리프께서는 공주가 어깨에 왕족의 맨틀을 걸치지 않은 채로 도시를 돌아다니며 누려봤던 자유가 부럽다고 하셨지요. 저 역시 그런 자유를 원한답니다. 둘이 함께요."

셰에라자드가 말을 끝맺자, 할리드는 가만히 움직이지 않은 채 그녀의 얼굴을 찬찬히 살폈다.

"호위무사 없이 나와 레이로 나가고 싶다는 건가?"

"네."

"단둘이서?"

"네."

그는 잠시 후 다시 입을 열었다.

"언제?"

"내일 밤에요."

"왜지?"

'단호하게 거절하지 않는구나.'

"모험을 해보고 싶어서요."

셰에라자드가 자극하자, 남자는 눈을 가늘게 떴다.

무언가를 계산하고 있다.

"저에게 보상을 해주신다면서요."

셰에라자드가 그를 다그쳤다.

'제발. 이런 기회를 없애지 말아줘.'

"좋아. 그대에게 보상을 해야 하니. 승낙하겠다."

셰에라자드는 환하게 웃었다.

그녀의 환한 미소를 본 할리드의 눈이 커졌다.

그리고 정말 놀랍게도, 그도 함께 환하게 미소 지었다.

평소 차갑게 굳어있던 얼굴 위로 떠오른 그 미소는 무척 낯설었다.

낯설지만, 놀랍도록 인상적인 미소.

셰에라자드의 가슴이 죄어들었다. 하지만…… 이런 감정은 반드시 무시해야 한다.

어떤 수를 써서라도.

그들은 자그마한 시장 입구 옆 좁은 골목에 섰다. 땅거미가 질 무렵이라 하늘은 보랏빛으로 물들었다. 향신료 냄새와 땀 내음, 가축의 체취가 뒤섞인 봄 공기는 강렬한 생명의 향취를 듬뿍 풍겼다.

셰에라자드는 짙은 회색 망토를 몸에 단단히 둘렀다. 주머니에는 몰래 훔쳐낸 독 설탕이 들었다. 그 생각을 할 때마다 설탕에서 불꽃이 확 피어오르는 것만 같았다.

할리드의 날카로운 호박색 눈동자가 주변을 찬찬히 둘러보았다. 눈썹까지 눌러쓴 검은 리다 두건은 그의 날카로운 얼굴선과 어울리는 날렵한 머리띠로 고정해 놓았다.

셰에라자드가 속삭이듯 물었다.

"레이의 시장에 와보신 적 있나요?"

"없다."

"그럼 제 곁에 꼭 붙으세요. 여긴 그야말로 미로 같거든요. 매년 규모가 점점 커지죠. 길이 뜬금없는 곳에서 구불구불 뻗어간답니다."

"그래서 난 여기에 그대를 놔두고 나 혼자서 시장을 탐험할까 생각했지."

그가 중얼거렸다.

"지금 농담하신 건가요, 세이이디?"

할리드는 이맛살을 찌푸렸다.

"여기선 그런 호칭을 써서는 안 된다, 셰에라자드."

좋은 지적이었다. 도심에서 칼리프를 몰아내자 부르짖는 폭동이 일어난다는 점을 감안하면 특히 조심해야 했다.

"그 말이 옳아요……, 할리드."

그는 숨을 훅 내뱉었다.

"그럼 난 그대를 뭐라 부르지?"

"네?"

"친구들은 그대를 뭐라 부르나?"

셰에라자드는 머뭇거렸다.

'샤지. 내가 열 살 때 라힘이 지어준 별명 있잖아. 바보 같은 별명이 뭐 그리 소중하다고 알려주고 싶지 않다는 생각이 드는 거지?'

"샤지입니다."

할리드의 입가에 미소 비슷한 것이 떠올랐다.

"샤지. 어울리는 이름이군."

그녀는 눈을 흡떴다.

"이제 가시죠."

이렇게 말한 셰에라자드는 안전한 그늘 속에서 벗어나 레이에서 가장 활기찬 시장으로, 야단법석을 떨어대는 인파로 휙 들어갔다. 호라산의 칼리프는 그녀 뒤를 바짝 따라붙었고, 두 사람은 아치형 통로를 지나 사람과 물건이 가득 찬 후덥지근한 미로 속으로 발걸음을 옮겼다.

오른편에는 음식물을 파는 상인들이 있었다. 설탕에 절인 대추야자와 말린 과일, 물 얼룩이 진 나무통에 담긴 각종 견과류, 화려한 빛깔을 뽐내며 높다랗게 쌓인 향신료 더미가 보였다. 왼편에는 부드러운 산들바람에 나부끼는 천을 파는 상인들이 있었다. 비단과 화려한 직물들, 실타래들은 마치 하늘에서 잘라낸 무지개 조각 같았다. 상인들은 두 사람의 앞을 막아서며 피스타치오를 맛보라거나 맛있는 말린 살구 조각을 드셔보시라는 둥 호객을 했다. 처음에 할리드는 사람들이 달려들 때마다 긴장했지만, 이내 느긋하게 걸으며 봄날의 시장에 나온 평범한 사람처럼 행동했다.

그러다 웬 젊은 남자 하나가 기둥 뒤에서 불쑥 나오더니 밝은 주홍색 비단 한 필로 셰에라자드를 휙 감쌌다. 젊은이가 감탄하듯 말했다.

"정말 아름다우시네요! 이걸 꼭 사셔야 해요. 엄청 잘 어울리네."

"제가 보기엔 아닌 것 같아요."

셰에라자드는 고개를 저으며 그의 손을 밀어냈다. 하지만 젊은이는 그녀를 자기 몸 쪽으로 더 가까이 끌어당겼다.

"아가씨, 우리 전에도 봤던 것 같은데? 이런 미인을 잊어버릴 리 없거든요."

"아니. 넌 본 적이 없을 거다."

할리드가 낮은 목소리로 대꾸했다. 젊은 남자는 히죽 웃으며 쏘아붙였다.

"그쪽한테 얘기하는 거 아니거든요? 오랜만에 만난 예쁜 아가씨랑 이야기하는 중이니 방해 마쇼."

"아니. 네가 말을 걸고 있는 건 내 아내다. 한 마디만 더 하면 그 자리에서 목숨이 없어질 줄 알아라."

할리드의 목소리는 비수처럼 차가웠다. 셰에라자드는 젊은 남자를 노려보았다.

"나한테 비단을 팔고 싶으면 이따위로 굴지 말고 정정당당하게 해요."

그녀는 그자의 가슴을 확 밀쳤다. 그러자 남자가 욕설을 지껄였다.

"꼭 창녀의 딸년같이 생긴 주제에."

그 말에 할리드는 순간 굳었다. 그의 주먹 쥔 손마디가 무시무시할 만큼 하얘졌다.

셰에라자드는 할리드의 팔을 잡고 그 자리에서 끌어냈다. 그의 턱을 따라 움찔대는 근육이 선명하게 보였다.

"아, 정말 성미가 불같으시네요."

어느 정도 멀리 떨어진 곳에 가서야 그녀는 입을 열었다. 그는 아무 말도 없었다.

"할리드. 왜 아무 말이 없어요?"

"저런 식의 무례한 행동이…… 그대는 아무렇지 않나?"

셰에라자드는 어깨를 폈다.

"왜 아무렇지 않겠어요. 하지만 예상 못 할 일도 아니죠. 여자로 태어난 건 저주나 마찬가지예요."

그녀는 침울한 말투로 농담을 던졌다.

"참으로 외설적인 언사였다. 그자는 채찍질을 당해 마땅해."

'매일 아침 신부를 살해하는 왕이 할 소리는 아니지.'

그들은 시장을 계속 거닐었다. 그런데 놀랍게도, 할리드는 이제 셰에라자드의 뒤쪽에 바짝 붙어 걸으며 손으로 허리를 감싸고 있었다. 평소에도 경계심이 강했던 남자의 눈빛은 지금 훨씬 더 조심스러워졌다.

셰에라자드는 조용히 한숨을 쉬었다.

'사방을 경계하고 있네. 그렇다면 생각보다 일이 훨씬 더 어려워지겠어.'

셰에라자드는 할리드를 이끌고 미로 같은 골목길을 지나갔다.

기름과 수입산 식초, 양탄자와 고급 등불, 향수와 화장품을 파는 가게들이 눈에 보였다. 이윽고 그녀는 음식과 음료수를 파는 상점이 한데 모인 노천으로 그를 안내했다. 그리고 사람이 가득한 소규모의 야외 좌석을 가리켰다.

"여기서 뭘 할 거지?"

셰에라자드가 가게 앞에 있는 빈자리로 그를 밀자 할리드가 조용히 물었다.

"여기 잠깐 계세요."

그녀는 짜증을 내는 남자에게 웃어 보이고는 인파를 헤치고 어디론가 향했다.

잠시 후, 셰에라자드가 잔 두 개와 포도주 한 병을 들고 돌아왔다. 바짝 올라붙었던 할리드의 눈초리가 풀렸다.

"여기 포도주가 달콤하기로 유명하거든요."

셰에라자드가 설명했다. 할리드는 팔짱을 꼈다.

"저를 못 믿으시는군요?"

셰에라자드가 다 안다는 듯 싱긋 웃으며 말했다. 그녀는 술을 잔에 따른 다음 먼저 마시고는 남자에게 잔을 건넸다.

"돈은 어디서 났지?"

그가 잔을 받아 들며 물었다. 셰에라자드는 눈을 흘겼다.

"훔쳤어요. 파르티아의 음흉한 술탄한테서요."

잔을 들어 입에 가져간 할리드의 얼굴에 미소가 슬쩍 비쳤다.

"마음에 드시나요?"

그는 생각에 잠긴 듯 고개를 갸우뚱 기울였다.

"평소 마시던 것과 다르군."

그러더니 술병을 들어 셰에라자드의 잔을 채웠다.

두 사람은 한동안 편안한 침묵에 빠져들었다. 시장의 풍경과 소음을 만끽하면서 포도주를 마시며, 곁에 앉은 다양한 계층의 사람들이 펼치는 떠들썩한 대화를 즐겁게 들었다. 그러다 셰에라자드가 넌지시 물었다.

"근데, 왜 요즘 잠을 못 주무시나요?"

그녀의 질문에 할리드는 허를 찔린 듯이 반응했다.

그는 들고 있던 잔 너머로 셰에라자드를 가만히 바라보았다.

"악몽을 꾸나요?"

그녀가 탐색하듯 던진 질문에 그는 조심스럽게 숨을 들이켰다.

"아니."

"마지막으로 꾼 꿈이 뭐였나요?"

"기억이 나지 않는다."

"어떻게 기억이 안 날 수가 있죠?"

"그대는 마지막으로 꾼 꿈이 뭔지 기억하나?"

셰에라자드는 생각에 잠긴 채 입술을 한쪽으로 쭉 내밀었다.

"네."

"무슨 꿈이었나."

"좀 이상한 꿈이었어요."

"꿈이란 게 그렇지."

"저는 풀밭에 있었어요……. 친한 친구와 함께요. 우리는 두 손을 맞잡고 빙글빙글 맴을 돌았죠. 처음에는 천천히, 나중에는 점점 빨리요. 너무 빨리 도는 바람에 마치 우리 몸이 날아갈 것 같았어요. 하지만 위험한 상황은 전혀 아니었어요. 지금 생각해 보니 왜 위험하게 느껴지지 않았을까 신기한데, 꿈이었으니까 그랬겠죠. 친구의 웃음소리가 아직도 똑똑히 기억나요. 그 애는 웃을 때가 제일 아름다웠어요. 아침에 지저귀는 종달새 소리 같았죠."

셰에라자드는 기억을 떠올리며 웃었다. 할리드는 잠시 말이 없었다.

"그대의 웃음도 아름답다. 내일의 약속처럼."

한참 생각에 잠겼던 그가 조용히 말했다.

그 말을 들은 셰에라자드의 심장이 마구 뛰었다. 저 말을 새겨들으라며 소리쳐 대듯.

'시바, 마구 나대는 이 심장 따위는 맹세코 반드시 무시하겠어.'

그녀는 할리드를 마주 보지 않은 채 잔을 들어 술을 마셨다. 처음에는 아무렇지 않은 척하는 스스로의 강인한 모습을 드러내어 자랑스러웠다. 그런데 순간 온몸이 싹 굳어버리고 말았다.

샌들 신은 누군가의 발이 옆에 있던 빈자리에 우뚝 멈췄다.

"아니, 이거 아까 봤던 예쁜 아가씨네? 입 험했던 그 아가씨 맞지?"

머리 위에서 목소리가 지껄여 댔다. 고개를 든 셰에라자드는 혐오감에 눈을 가늘게 떴다.

"여긴 누가 봐도 너무 인기 있는 장소로군."

할리드가 이목구비에 긴장감을 팽팽히 드러내며 말했다.

"늙은 왕들도, 개새끼들도 모두 좋아하는 곳이죠."

셰에라자드가 나지막하게 쏘아붙였다.

"뭐라고?"

젊은 남자가 느릿느릿 말했다. 포도주에 취해서 말을 잘 못 알아듣는 모양이었다.

"아무것도 아네요. 그쪽이야말로 뭐죠?"

셰에라자드가 짜증을 내며 말했다. 그자는 그녀를 짓궂게 내려다보았다.

"아깐 내가 좀 심했던 것도 같네. 그런데 지금 가만히 보니까 말이야, 이 녀석 못쓰겠던데?"

젊은 남자는 엄지손가락으로 할리드를 가리키며 말을 이었다.

"이 녀석, 아가씨처럼 예쁜 여자한테 너무 무뚝뚝한 것 같더라고. 아가씨한테는 더 매력적인 남자가 어울릴 텐데. 바로 나 같은."

그 말에 할리드는 일어서려 했다. 셰에라자드가 손바닥으로 그런 그의 가슴을 눌렀다. 그러면서 젊은 남자의 번들거리는 눈을 흔들림 없이 노려보았다.

"당신 벌써 잊은 것 같네. 정말 얼마 되지도 않았는데. 아까 우리 엄마를 창녀라고 욕하지 않았어? 이 남자가 무뚝뚝하든 말든, 내가 당신 같은 놈을 좋아할 것 같아?"

그러자 젊은 남자는 히죽 웃었다. 뒤에 있던 그자의 친구들은 셰에라자드의 성미에 혀를 찼다.

"너무 마음 쓰지 마, 예쁜 아가씨. 우리 엄마야말로 진짜로 창녀라면 어쩔 건데? 그럼 아가씨 마음이 좀 풀리려나? 어쨌든, 내가 또 창녀라면 사족을 못 쓰거든."

그러고는 셰에라자드에게 눈을 찡긋했다. 뒤편에서 웃음소리가 더 크게 들려왔다.

셰에라자드의 손바닥 너머로 할리드의 분노가 느껴졌다. 그녀는 있는 힘껏 의지력을 발휘해 할리드를 그 자리에 계속 앉혀놓았다. 그리고 젊은 남자 쪽으로 고개를 끄덕였다.

"그래, 딱 보니 그럴 것 같았어. 나는 어떤지 말해줄까? 너 같은 남자는 거들떠도 안 봐. 난…… 물건 작은 놈에게는 관심이 없거든."

이 말을 듣자 할리드는 고개를 홱 돌려 경악한 눈빛으로 셰에라자드를 바라보았다. 하지만 입가는 웃음기로 실룩거렸다.

일순간, 주변에 오싹할 정도로 싸늘한 침묵이 흘렀다.

이윽고 거친 웃음소리가 시끄럽게 울려 퍼졌다.

젊은 남자의 친구들은 자기 무릎이나 옆 사람의 등을 쳐가며 한 방 먹은 친구를 두고 마구 웃었다. 셰에라자드가 자기를 두고 한 말이 무슨 뜻인지 이해한 젊은 남자의 얼굴이 새빨개졌다.

"너, 이……!"

그자가 이쪽으로 달려들었다. 셰에라자드는 잽싸게 피했다.

할리드가 남자의 카미스 깃을 잡고 그 친구들에게 내던졌다.

"할리드!"

셰에라자드가 소리쳤다.

넘어졌던 젊은 남자가 가까스로 일어나자, 할리드는 뒤로 물러섰다가 그자의 턱을 가격했다. 세찬 힘으로 얻어맞은 남자는 비틀거리다가, 주사위 도박에 열중하던 험상궂은 남자들의 탁자로 엎어졌다. 하필이면 도박판의 분위기가 대단히 고조되던 때였다. 그자의 무게를 이기지 못한 탁자가 뒤집어지면서 동전과 아스트라갈리 주사위(astragali dice, 짐승의 뼈로 만든 주사위로, 원래는 점성술의 일종인 아스트라갈로맨시에서 쓰는 도구)가 바닥으로 떨어졌다.

도박꾼들이 분노의 고함을 지르면서 벌떡 일어섰다. 그들 주위는 난장판이 되었다.

소중한 도박판이 손쓸 수 없을 정도로 엎어지고 말았으니까.

모두의 시선이 할리드에게 향했다.

"헤라 여신이시여……."

셰에라자드는 신음을 흘렸다.

할리드는 침울한 얼굴로 체념한 채 샴시르를 뽑으려 했다. 셰에라자드는 숨을 헉 들이켰다.

"안 돼, 이 바보야! 도망쳐야지!"

그녀는 할리드의 손을 잡고 반대쪽으로 몸을 돌렸다. 온몸의 피가 펄떡펄떡 뛰는 듯했다.

"비켜요!"

셰에라자드는 버럭 소리치며 상인들의 수레를 피해 이리저리 달렸다. 샌들 신은 발 위로 흙이 마구 튀었다. 뒤쫓아 오는 사람들의 소리를 들으면 들을수록 발걸음이 더욱 빨라졌다. 시장의 좁은 길을 따라, 그녀는 할리드의 넓은 보폭에 맞춰 정신없이 앞으로 나아갔다.

그러다 할리드가 좁다란 옆 골목으로 확 잡아당기자, 그녀는 남자를 다시 끌어당겼다.

"어디로 가는지 알기는 해요?"

그녀가 대뜸 물었다.

"제발 부탁이니 가만히 내 말 들어."

"그게 무슨……!"

할리드는 오른팔로 그녀를 감싸고서 우묵하게 파인 벽의 그늘 사이로 몸을 밀어붙였다. 그리고 셰에라자드의 입술에 검지를 댔다.

둘을 뒤쫓는 자들이 골목을 빠르게 지나가는 소리가 들렸다. 여전히 술에 잔뜩 취해 흥분한 채로 그들은 소리소리 질러댔다. 소리가 멀어지자, 할리드는 손가락을 그 입술에서 떼었다.

하지만 이미 때는 늦었다.

셰에라자드는 그의 심장이 더 빠르게 뛰는 것을 느껴버렸다.

그녀 자신의 심장처럼.

"아까 무슨 말을 하다 말았지?"

할리드가 너무나 가까이 있었다. 그의 말이 숨결처럼 들려왔다.

"그게 무슨 소리예요, 라고 말하려다 못 했네요."

그의 눈빛이 재미있다는 듯 반짝였다.

"내가 뭐라 했기에? 이런 난장판을 만든 그대를 비난한 것도 아닌데?"

"내가 뭘 만들었다고요? 내 탓이 아니잖아요! 이건 당신 잘못인데!"

"나의 잘못이라?"

"할리드, 당신이 성질을 부렸잖아요!"

"아니. 그대의 입방정 때문이다, 샤지."

"아니라고, 이 답답한 인간아!"

"지금 그 말이 바로 입방정이다."

그는 손을 뻗어 엄지로 셰에라자드의 입술을 쓸었다.

"정말, 대단한 입이지."

그의 손길을 따라 심장이 제멋대로 뛰어댔다. 내리깐 속눈썹을 들어 그를 올려다보자, 등허리를 감싼 남자의 손이 그녀를 더욱 가까이 끌어당겼다.

'내게 키스하지 마, 할리드. 제발……. 이러지 마.'

"여기 있다! 찾았다!"

할리드가 그녀의 손을 잡았다. 그들은 다시 골목길을 내달렸다.

"계속 이렇게 달릴 수는 없다. 결국은 멈춰 서서 싸워야 할 거다."

그가 어깨 너머로 말했다.

"알아요."

그녀가 헐떡이며 대꾸했다.

'무기가 필요해. 활이 있어야 해.'

셰에라자드는 화살통을 멘 사람이 있는지, 아니면 건물 벽에 세워둔 활이라도 있는지 훑어보기 시작했다. 하지만 보이는 것이라고는 번쩍이는 칼 몇 자루뿐이었다. 저 멀리 커다랗고 곧은 활을 멘 건장한 남자가 보였다. 하지만 재빨리 그 남자에게 다가가 활을 얻어 올 수는 없다는 걸 알았다. 게다가 저토록 커다란 활을 자신이 쏠 수 있을 것 같지도 않았다.

가망이 없어 보이던 순간.

마침내 뒷골목에서 친구들과 놀고 있는 소년이 하나 보였다.

그 애는 대충 만든 활을 손에 들고 있었다. 어깨에는 정확히 세 대의 화살이 보였다.

셰에라자드는 할리드의 팔을 잡고서 골목으로 이끌었다. 그리고 소년 옆에 웅크려 앉아 쓰고 있던 두건을 벗었다.

"네 활과 화살 좀 줄래?"

그녀가 숨죽여 부탁했다.

"네?"

소년이 깜짝 놀라 되물었다.

"이거 받아."

셰에라자드는 망토에서 금화 다섯 디나르(dinar, 금덩이로 만든 화폐의 일종)를 꺼내 그 애에게 주었다. 소년은 입을 딱 벌렸다.

"아가씨, 이렇게 많은 돈을 주다니 제정신이에요?"

"활이랑 화살을 나한테 주면 안 되겠니?"

셰에라자드가 애원했다. 소년은 말없이 무기를 넘겨주었다. 그녀는 소년의 더러운 손에 돈을 쥐여주고는 어깨에 화살통을 휙 메었다.

할리드는 입을 꾹 다물고 눈을 가늘게 뜬 채, 이들이 물건을 주고받는 모습을 지켜보았다.

"저 사람들 아세요?"

소년이 셰에라자드 뒤쪽을 슬쩍 바라보았다.

할리드는 휙 돌아섰다. 그리고 날카로운 금속성을 내며 샴시르를 빼 들고는 이마를 덮었던 검은 리다를 단번에 벗었다.

"이 골목에서 어서 나가."

셰에라자드가 아이들에게 말했다. 소년은 고개를 끄덕이고는 자리를 떴다. 소년의 친구들도 허둥지둥 그 뒤를 따랐다.

셰에라자드와 할리드가 화나게 만든 건 단 한 명이었는데 지금은 일곱 명으로 불어났다. 일곱 명 중에서 셋은 누가 봐도 어딘가 다친 것 같았지만, 나머지 넷은 몸보다는 자존심을 다친 것 같았다. 거기다 돈도 잃었다.

돈을 잃었다는 게 제일 문제였다.

할리드가 검을 빼 든 모습을 본 그들도 저마다 별것 아닌 무기를 뽑아 들었다.

할리드는 말없이 앞으로 나섰다. 셰에라자드가 그런 그를 막아섰다.

"여러분! 이러시는 거, 조금 과한 것 같네요. 이 상황은 모두 오해에서 비롯되었어요. 우리 쪽 잘못은 진심으로 사과드릴게요. 받아주세요. 사실, 이건 저랑 그쪽…… 신사분 일이에요. 아까 저분이 좀 부적절한 행동을 했거든요."

"**내가** 뭘 어쨌다고? 이 썅년이!"

젊은 남자가 한 발짝 나섰다.

"그만, 됐어!"

할리드는 샴시르를 치켜들었다. 달빛을 받은 은색의 검날이 위협적으로 빛났다.

금방이라도 상대를 죽일 기세였다.

"그러지 마요!"

셰에라자드는 절망 어린 어조로 소리쳤다.

"내가 됐다고 하지 않았나, 샤지. 충분히 들었다."

할리드가 무시무시한 어조로 대답했다.

"그래, 저 새끼 맘대로 하게 둬봐, **샤지**. 7대1이잖아? 우리가 유리하다고."

젊은 남자가 참으로 멍청한 말을 지껄였다.

'네가 지금 무슨 말을 하는지 모르겠지. 레이에서 두 번째로 뛰어난 검객이 너희를 죽일 거야. 하나하나. 아무 주저 없이.'

이윽고 그 멍청한 젊은 녀석이 칼집에서 녹슨 시미타를 꺼냈다.

바로 그 순간, 셰에라자드는 활에 화살을 메긴 다음 쏘았다. 단 번에 빠르게 이루어진 동작이었다. 얼기설기 만든 화살 깃에 진흙까지 묻었지만, 그래도 화살은 완벽한 나선형을 그리며 날아갔다.

그리고 멍청이의 손목을 깔끔하게 꿰뚫었다.

그자가 괴로운 비명을 지르며 시미타를 떨어뜨렸다. 바닥에 칼이 쨍강 부딪히는 소리가 울렸다.

누군가 반응할 새도 없이 셰에라자드는 두 번째 화살을 메겼다. 그런데 활을 쭉 당기는 순간, 활시위가 풀리는 게 느껴졌다.

'아, 어떡하지.'

그렇지만 그녀는 목 옆에다 활을 단단히 고정한 채 할리드 옆으로 슬그머니 다가가 말했다.

"여러분은 심각하게 잘못 알고 있어요. 7대1이 아니라고요. 그러니 바라건대 일곱 분 모두 뒤돌아 집에 가시기를 권합니다. 누구든 무기를 뽑으면, 한 발짝만 앞으로 다가오면 이 화살로 눈을 꿰뚫어 드리지요. 그리고 제 친구는 저보다 훨씬 무자비하답니다."

왼편에서 누군가가 움직였다. 셰에라자드는 재빨리 몸을 돌리며 활을 꽉 쥐었다. 다시금 활시위가 귀 옆에서 풀리는 소리가 들렸다.

"날 시험하지 말아요. 그쪽은 나한테 아무 의미 없는 인간이니까."

무릎이 덜덜 떨렸지만 그녀의 목소리는 물속에 잠긴 돌처럼 차가웠다.

"이렇게까지 할 가치는 없어."

도박꾼 중 하나가 중얼거렸다. 그러고는 칼을 칼집에 넣고 골목을 떴다. 이윽고 다른 이들도 그를 따라 떠났다. 남은 사람은 처음에 시비를 걸었던 젊은 남자와 망나니 친구 셋이었다.

"이제 똑똑히 아셨겠지요, 여러분."

셰에라자드의 손가락은 여전히 활과 화살을 붙잡은 채였다.

남았던 세 친구가 골목에서 사라지는 동안, 젊은 남자는 화살이 박힌 손목을 붙잡고 있었다. 여러모로 남자의 자존심을 구겨버린 그자의 얼굴이 분노와 괴로움으로 일그러졌다. 너무 아픈 나머지 뺨 위로는 눈물이 줄줄 흘러내렸고, 팔뚝에는 새빨간 피가 묻었다. 그자가 이를 악물고 고통을 참으며 으르렁댔다.

"무뚝뚝한 녀석아, 너도 조심해라. 저년이 널 망치기 전에."

남자는 상처의 고통으로 신음을 흘리며 자리를 떴다.

셰에라자드는 골목에서 사람들이 완전히 사라질 때까지 활을 거두지 않았다.

그러다 드디어 돌아섰을 때, 할리드는 샴시르를 내린 채로 서 있었다.

얼굴은 그저 무표정했다.

"그날 안뜰에서는 과녁을 일부러 빗맞혔군."

그의 말에 셰에라자드는 숨을 깊이 들이마셨다.

"네. 그랬어요."

할리드는 고개를 끄덕였다.

그런 다음 칼집에 칼을 넣었다.

'지금이야. 무기를 거뒀잖아. 완벽한 기회야. 포도주에 독을 넣어서 마시게 하려던 원래 계획보다 훨씬 좋은 기회야.'

"샤지."

'어서 해. 시바의 원수를 정의의 이름으로 처단해. 이유도, 설명도 없이 무가치한 존재로 죽어간 모든 여자들의 복수를 해.'

"네."

'화살을 쏘라고.'

할리드가 한 걸음 앞으로 다가왔다. 그의 눈빛이 셰에라자드의 몸을 훑어 내렸다. 남자의 눈길이 닿는 곳마다 불길이 일었다.

'어서 끝내. 이 임무를 끝내고 아빠 곁으로 가. 이르사에게. 타리크에게.'

셰에라자드는 여전히 화살을 메겨놓은 활을 꽉 쥐었다. 그리고 숨을 들이쉬며 쏠 준비를 한 순간…… 묶어놓았던 활줄 한쪽이 풀려버리고 말았다.

'이런 쓸모없는 겁쟁이.'

"그대는, 참으로 대단했다. 그대가 얼마나 대단한지 매일 놀라게 될 것 같지만, 난 놀라지 않을 것이다. 그게 바로 그대의 본모습이니까. 알면 알수록 끝없이 놀라움을 주는 존재가 그대니까. 모든 점에서 무한한 존재가, 바로 그대다."

할리드의 말이 한마디씩 들려올 때마다 모든 장애물이 무너지고 벽이 부서졌다. 다가오는 그의 말과 싸우며 셰에라자드의 의지는 소리 없는 비명을 질렀다. 그러나 그녀의 심장은 새가 다가오는 아침을 반기며 지저귀듯 침입자를 기꺼이 맞이했다.

죽어가는 자들이 비로소 기도의 응답을 받으며 신의 은총을 찾듯이.

셰에라자드는 눈을 감았다. 이제는 쓸모없어진 활과 화살을 꽉 쥔 채로.

'시바.'

다시 눈을 떴을 때 할리드는 그녀 앞에 있었다.

"그대가 나를 친구라고 말했을 때, 마음에 들지 않았다."

할리드가 호박색 눈동자를 빛내며 말했다. 그리고 양손으로 그녀의 뺨을 감싸고 얼굴을 들어 올렸다.

"그렇다면 '폐하'라고 불러드릴까요? 아니면 '세이이디'가 좋으신가요?"

셰에라자드는 메마른 혐오감에 목이 메었다. 할리드가 앞으로 몸을 숙였다. 남자의 눈썹이 그녀의 이마를 스치는 것만 같았다.

"할리드, 라고 부르는 게 좋아."

셰에라자드는 숨을 들이켰다.

"전염병 같은 여자여, 나에게 무슨 짓을 하려는 거지?"

"내가 전염병이라면, 거리를 두셔야 하지 않나요? 죽고 싶지 않으시다면 말이에요."

여전히 무기를 손에 든 채로 그녀는 남자의 가슴을 확 밀었다.

"아니. 날 죽여라."

할리드의 손이 셰에라자드의 허리를 감쌌다. 활과 화살이 소리를 내며 바닥으로 떨어졌다. 그는 셰에라자드의 입술에 입을 맞추었다.

이제는 돌이킬 수가 없었다.

백단유 향과 햇살에 빠져 죽을 것만 같은 이 기분. 시간은 이제 허구의 관념으로밖에 느껴지지 않았다. 입술이 제 것처럼 느껴지다가도, 이내 할리드의 것이 되었다. 혀끝에 느껴지는 남자의 맛은 햇살을 머금은 꿀 같았다. 타는 듯 마르던 목으로 미끄러져 내리는 시원한 물줄기일까. 나에게 내일도, 또 다음 내일도 있다 말해주는 한 자락 한숨 속에 깃든 약속일까.

셰에라자드가 할리드의 머리카락 속으로 손가락을 파묻고 그녀의 몸을 기대어 왔을 때, 그는 숨을 죽였다. 순간 셰에라자드는 알아버렸다. 할리드 역시 알게 되었다.

이젠 길을 잃었구나. 영영 헤어 나오지 못하게 되었구나.

이 입맞춤 안에서, 영원히.

그들의 키스는 모든 걸 바꿔버릴 것이었다.

잘못된 맹세

이 손을 놓고 싶었다. 하지만 놓지 않았다.

그의 손길이 살갗을 뜨겁게 자극했다.

수치심. 배신감.

그리고 욕망.

'이토록 완벽한 기회를 어떻게 날려버릴 수가 있지? 난 왜 머뭇거렸지?'

자신의 잘못이 아니라는 건 안다. 활이 망가져 버려 어쩔 수 없었으니까. 그렇지만 스스로를 비난하는 걸 멈출 수가 없었다.

두 사람이 궁전 뜰에 들어선 순간, 셰에라자드는 잡힌 손을 빼려 했다.

그러나 할리드는 그저 손을 꼭 쥐어왔다.

이미 정렬한 근위대는 칼리프가 도착하기를 기다리고 있었다. 레이의 샤르반은 둘의 맞잡은 손을 빤히 바라보다가 셰에라자드

쪽으로 시선을 던졌다. 그의 갈색 눈동자가 고통스러운 비난을 내비쳤다.

그녀는 그저 반항적인 눈빛으로 응수했다.

"세이이디."

장군은 할리드에게 점잖게 허리를 숙였다.

"알-호리 장군. 늦은 시간에 무슨 일이오. 내일 아침에나 볼 줄 알았는데."

샤르반은 눈살을 찌푸렸다.

"왕께서 어디 계신지 알 수 없는 상황이라 그랬습니다. 이런 비상 상황에서는 새벽이 올 때까지 느긋하게 기다릴 수가 없습니다."

셰에라자드는 하마터면 웃을 뻔했다.

"장군의 신중함은 잘 알겠소."

할리드가 대꾸했다. 장군은 대답 대신 못마땅한 소리를 내며 다시 셰에라자드에게 시선을 던졌다.

"바깥에서 밤을 보내시느라 고되셨을 줄 압니다, 세이이디. 제가 왕비마마를 방까지 호위하겠습니다."

"그럴 필요 없소. 내가 직접 왕비를 데려가겠소. 그런 다음 응접실에서 이야기를 나누도록 하지."

샤르반은 고개를 끄덕였다.

"그럼 오시기를 기다리겠습니다, 세이이디."

할리드는 셰에라자드를 데리고 어두운 복도를 계속 걸어갔다. 근위병들도 두 사람을 둘러싸고 함께 걸었다. 대리석과 돌로 지은 궁전의 차가운 통로를 지나며 그녀는 할리드의 솔직했던 얼굴이 저 멀리 어디론가 사라져 가는 모습을 보았다. 그의 진짜 모습은 아무도 따라올 수 없는 곳으로 자취를 감췄다.

지금 그녀가 가진 유일한 증거, 그녀가 여전히 이 남자의 진짜 모습과 함께했다고 내비치는 증거는 맞잡은 이 손뿐이었다.

그녀는 맞잡은 손에 결코 신경 쓰지 않았다.

'이건 아무런 의미도 없어. 이 남자는 내게 아무런 의미가 없어야 해.'

그래서 다시, 손을 느슨하게 풀었다. 그러자 다시, 그는 맞잡은 손에 힘을 주었다.

라즈푸트는 그녀의 방 앞에서 기다리고 있었다. 근위병 하나가 방문을 여는 동안, 라즈푸트는 마치 친구를 대하듯 격의 없이 할리드에게 고개를 끄덕였다.

그들이 안으로 들어온 뒤 문이 닫히자, 할리드는 손을 놓았다.

셰에라자드는 확신 없는 마음으로 그를 바라보았다.

"알-호리 장군은 왜 날 싫어하나요?"

질문은 단도직입적이었다. 할리드의 시선이 그녀의 시선과 마주쳤다.

"그대를 위협이라 생각하니까."

"왜 날 위협이라 생각하는데요?"

"장군은 그대에 대해 모르니까."

"장군이 나에 대해 알 필요가 있나요? 나 역시 장군에 대해 모르는걸요."

할리드는 가만히 숨을 들이쉬었다.

"이제는 내 질문에 답해주겠나?"

물론이지. 나 역시 묻고 싶은 게 있으니까.

“어떤 질문인가요?”

“그대가 내 질문에 대답해 준다고 약속하면, 나도 그대의 질문에 답해주겠다.”

“할리드…….”

그는 고개를 숙이고 그녀의 이마에 입을 맞췄다.

“잘 자라, 샤지.”

남자의 손길이 허락을 구하듯 그녀의 허리를 스쳤다. 셰에라자드는 나지막한 숨을 들이쉬었다.

‘이건 미친 짓이야. 이 남자 때문에 자꾸만 약해져. 자꾸만 잊게 돼.’

밀어내야 돼.

하지만 그에게 너무나 안기고 싶었다. 꿀과 햇살 속에서 녹아내리고 싶었다. 모든 걸 다 잊고, 스스로가 직접 친 이 감질나는 덫에 걸려 온몸이 사로잡히는 기분을 오롯이 느끼고 싶었다.

“고맙다. 같이 모험을 해주어서.”

“별말씀을요.”

할리드는 장난스레 미소 지었다. 어서 다가오라는 신호였다.

그러나 셰에라자드는 배신을 해선 안 된다는 마음의 멍에를 짊어지고 있었다. 멍에는 고집스레 그녀의 모든 행동을 짓눌렀다. 남자의 팔에 안긴 순간을 떠올릴 때마다 수치심을 가하고, 다시는 변덕스러운 마음에 굴복하지 말라고 고집을 부렸다.

‘어떻게 이 남자를 원할 수 있어? 시바를 죽인 인간을? 그토록 수많은 여자를, 아무런 설명도 없이 죽인 괴물을?’

내가 왜 이렇게 된 거지?

셰에라자드는 고민이 역력한 표정으로 그를 응시했다. 그러자 할리드는 자신이 내밀었던 제안을 재빨리 거뒀다.

"그럼 잘 자도록. 셰에라자드."

그녀는 한숨을 내쉬었다. 이것이 안도의 한숨이라면, 그중 최악인 한숨이리라.

"안녕히 주무세요, 할리드."

셰에라자드는 그의 등 뒤로 닫히는 문을 바라보았다.

'또 이런 기회가 주어진다면, 난 활을 쏘게 될까? 해야 할 일을 해낼 수 있을까?'

하릴없이 주먹만 꽉 쥐었다.

대놓고 죽일 수는 없을지 몰라. 하지만 해야 할 일은 반드시 해낼 거야.

왜 신부들을 죽여야 했는지 알아낼 거야.

그리고 그에게 벌을 내릴 거야.

할리드는 그녀의 방문 앞에 섰다.

갈기갈기 찢어진 마음으로.

최근 들어 너무나 익숙해진 마음가짐이었다.

이러는 자신이 경멸스럽다.

알만하다는 표정으로 미소를 짓는 라즈푸트를 무시한 채 그는 자신의 방으로 향했다. 평소에도 그랬지만, 지금 라즈푸트의 유머 감각은 때를 못 맞출뿐더러 품위도 없었다.

할리드가 한 걸음 뗄 때마다 그림자 드리운 석조 복도에 발소리가 울렸다. 거대한 화강암과 푸른 줄무늬 마노로 지은 궁전은 유령의 비명이 가득 찬 피난처에 불과했다.

악몽을 꾸게 되는 피난처랄까…….

그런데 셰에라자드가 나타났다.

정말이지 전염병 같은 여자. 그럼에도 모든 의미에서 왕비인 여자.

그의 비(妃)인 여자.

할리드는 병사들을 응접실 문밖에 두고 안으로 들어갔다.

알-호리 장군은 검은 흑단 탁자에 앉아 그를 기다리고 있었다. 탁자 위로 두 개의 청동 등불이 황금색으로 일렁였고, 낮게 타오르는 화로 위에는 찻물을 담은 은주전자가 반짝였다. 응접실로 들어오는 할리드를 본 샤르반이 자리에서 일어섰다.

"세이이디."

"앉으시오."

할리드는 그의 맞은편 방석에 자리를 잡았다.

"시간을 내라 하여 미안하오. 하지만 장군과 상의할 중요한 문제가 있소. 이 문제는 단도직입적으로 이야기하겠소."

"물론입니다, 세이이디."

"왕비로 들일 여자들을 더는 뽑지 말라는 지시 말이오. 내가 지난주에 떠나기 전에 정확히 이야기하지 않았소?"

샤르반의 얼굴에 서렸던 곤란한 기색이 더욱 짙어졌다.

"세이이디……."

"그리고 앞으로 왕비를 죽이려는 시도는 하지 마시오."

"하지만, 세이이디—."

"안 되오. 더는 비겁한 술수를 쓰지 마시오. 설탕에 독을 넣는 일은 그만두시오. 앞으로 이 명령을 거부하고 계속 다른 시도를 한다면 나의 목숨을 위협하려는 시도로 간주할 것이오. 알겠소, 장군?"

"세이이디!"

"알겠느냐 묻지 않았소, 알-호리 장군."

샤르반은 순간 화를 벌컥 냈다.

"그 질문에는 대답할 수 없습니다."

"아레프 숙부님!"

할리드는 감정을 싣지 않은 고함을 내질렀다. 수많은 의미를 내포한 무언의 긴장감이 공간에 서렸다.

"그 애는 네 파멸의 씨앗이 될 거다."

"그 또한 나의 결정입니다."

"그러면 넌 이제까지 해온 일을 전부 망치려는 것이냐? 우리가 저지른 짓이 제아무리 비양심적이었다 해도, 이제는 거의 끝나가지 않느냐. 제발 부탁이다. 한 번만 다시 생각해 다오. 그저 여자애 하나가 아니냐. 그 애가 네게 무슨 의미가 있다고? 그 애를 믿어서는 안 된다, 할리드-잔. 그 애가 어째서 자원해 왕비가 되려 했는지 네게 이야기했느냐? 동기가 뭔지 말했느냐? 대체 그 애는 누구란 말이냐? 이렇게 애원하마. 넌 그 결과를 감당할 수 없어. 뻔뻔한 계집애 때문에 모든 걸 망쳐서는 안 된다."

할리드는 탁자 건너 마주 앉은 숙부를 응시했다.

"나는 결정했습니다."

샤르반의 얼굴이 파르르 떨렸다.

"제발 부탁이다. 아니, 혹시 그 애를 사랑하느냐? 그 애를 사랑하는 건 아니겠지? 설마, 할리드-잔?"

"사랑해서가 아닙니다."

"그럼 왜 이러느냐? 너는 이 일에 가담할 필요 없다. 한 발짝 물러나 있거라. 그날 밤처럼, 그 애와 접촉을 끊어라. 그러면 해가 뜰 때 내가 알아서 처리하마."

"아뇨. 나도 해보았습니다, 아레프 숙부님. 그날 아침……."

할리드는 기억을 떠올리며 얼굴을 찡그렸다. 샤르반은 눈을 가늘게 떴다.

"이런데도 그 애를 사랑하는 게 아니라고?"

"아니라고 이미 말씀드리지 않았습니까."

"그러면 그 건방진 애한테 뭘 바라는 거냐, 할리드-잔?"

"뭔가 더 바라는 게 있습니다."

"그러다 만약 또 비가 안 오면 어떡할 거냐?"

할리드는 잠시 말이 없다가 이내 입을 열었다.

"나는 레이의 백성을 위해 올바른 일을 할 겁니다."

샤르반은 세상 짐을 다 짊어진 듯 한숨을 쉬었다.

"넌 감당할 수 없을 거다. 지금도 이미 네가 얼마나 큰 피해를 입었는지 똑똑히 보인단 말이다."

"다시 말씀드리지만, 이게 내 결정입니다."

"네가 바깥은 물론 속에서부터 무너져 가는 걸 보면 네 원수들이 기뻐할 게야."

할리드는 몸을 숙이고 손바닥으로 이마를 받친 채 말했다.

"그렇다면 내가 제아무리 무너져도 나의 원수들이 그 모습을 보지 못하도록 숙부님께서 막아주십시오."

그는 고개를 숙인 채 말했다. 숙부에 대한 그의 신뢰가 그 말에 함축적으로 담겼다.

샤르반은 고개를 끄덕이고는 두 손을 바닥에 짚고서 일어섰다. 지친 왕의 모습을 돌아보는 샤르반의 얼굴에 다시금 슬픈 표정이 드리워졌다.

"세이이디. 마지막으로 하나만 더 여쭙겠습니다. 하지만 소신은 반드시 알아야겠습니다……. 왕비께서는 이런 위험을 무릅쓸 만큼 가치 있는 분입니까?"

할리드는 고개를 들었다. 일렁이는 등불 빛을 받은 그의 눈동자는 불타는 듯한 주황빛을 번뜩였다.

"사실은, 나도 모르겠소……."

샤르반의 어깨가 축 처졌다. 할리드가 조용한 목소리로 말을 맺었다.

"하지만 이것 하나는 확실하오. 이토록 무언가를 간절히 원해 본 건 이번이 처음인 것 같소."

그러고는 숙부에게 조심스러운 미소를 지었다. 그 미소에 마침내 샤르반은 납득하고 말았다. 조카의 얼굴에 진심을 담은 미소가 떠오른 것이 얼마 만이던가.

"할리드-잔. 너의 왕비를 지켜주마. 최선을 다해서."

"감사합니다."

"그럼, 물러가겠습니다. 세이이디."

샤르반이 막 절을 올리려 할 때였다.

"알-호리 장군."

"예."

“나간 다음 파키르(faqir, 마법을 연구하는 학자)를 들라 하시오.”

“알겠습니다, 세이이디.”

“그리고, 하나만 더 묻고 싶소…….”

“말씀하십시오.”

“왕비의 가족을 찾는 일에는 진전이 있소?”

“없습니다, 세이이디. 여전히 수색 중입니다.”

할리드는 검은 머리카락을 손으로 쓸어 올려 헝클어뜨렸다.

“계속 수색하시오. 만전을 기해서.”

“알겠습니다, 세이이디.”

샤르반은 이마에 손을 댄 다음 응접실을 나섰다.

할리드는 검은 리다를 벗어 무릎에 내려놓았다. 셰에라자드가 가족을 멀리 떠나보낸 걸까. 그게 아니라면, 무언가 대답 못 할 일이 있으니까 스스로 도망쳤겠지. 결혼과 상관없이 사라졌다고 보기에는 시기가 너무 절묘하게 맞아떨어지지 않나.

그녀의 가족을 찾으면, 그토록 알고 싶은 답을 찾을 수 있겠지.

하지만 그들을 수중에 넣는다면 과연 그 답을 듣고 싶어질까?

이미 너무나 많은 문제가 자신을 괴롭히고 있는데.

셰에라자드에게 물어볼 수는 있겠지.

가족을 어디에 보냈는지. 왜 가족을 숨기는 건지.

왜 계속해서 나를 괴롭히기만 하는지.

그러나 그녀가 거짓말을 했을지도 모른다고 생각하자 너무나 고통스러웠다. 한순간은 푸르렀다가 다시 보면 녹색으로 반짝이며 예측할 수 없이 온갖 색깔로 마음을 뒤흔드는 그 눈빛이 애써 진실을 숨기려 들다니. 나의 세상을 그저 환한 금빛으로 물들이는 밝은 웃음을 짓는 그 목소리가 거짓을 말하다니. 애써 납득하려 해도 감당할 수가 없었다.

자신이 그녀에게 거짓말을 한 건 단 한 번뿐인데.

할리드는 먼지투성이 망토 끝자락을 잡고 구석으로 치웠다. 눈꺼풀이 무거워지고, 시야가 흐려지기 시작했다. 이제는 사물을 바라볼수록 집중하기가 더욱 힘들었다. 이마가 갈수록 심하게 욱신대었다.

그때, 응접실 문을 두드리는 소리가 들려왔다. 할리드는 멍한 상념에서 깨어났다.

"들어오라."

유령 같은 형체가 어둠을 뚫고 등불 빛 안으로 들어왔다. 턱수염을 가슴까지 길게 늘어뜨린 사람이었다.

"세이이디."

할리드는 한숨을 쉬었다.

"더 안 좋아지셨습니까?"

파키르가 할리드의 초췌한 안색을 가만히 바라보며 물었다.

"예전과 동일하오."

"더 안 좋아지신 것 같습니다, 세이이디."

"그러니 그대가 여기 있는 것이오. 다행이지."

할리드의 눈빛이 경고조로 번뜩였다. 파키르는 천천히 숨을 내쉬었다.

"말씀드렸잖습니까. 제가 그 효력을 영원히 막을 수는 없습니다. 그저 그 마법 때문에 죽지는 않으실 거라고만 약속드릴 수 있습니다. 결국은 광기가 닥쳐올 겁니다, 세이이디. 그에 맞서 싸우실 수는 없습니다."

"알았소."

"세이이디, 제가 간절히 부탁드립니다. 아무리 혐오스러우시다 해도 이전의 방식으로 돌아가십시오. 지금 선택하신 대안은…… 끝이 좋지 않을 겁니다."

"그대의 조언은 잘 들었소. 고맙소."

할리드가 나직한 목소리로 대답했다. 파키르는 고개를 끄덕였다.

할리드는 머리를 숙였다. 파키르는 손바닥을 할리드의 관자놀이 쪽으로 뻗었다. 그리고 머리와 손 사이에 비단 한 자락이 간신히 통과할 만한 공간을 둔 다음, 눈을 감았다. 이윽고 응접실의 공기가 가라앉았다. 등불의 불꽃이 가늘고 높다랗게 치솟았다. 파키르가 다시 눈을 뜨자 눈빛이 보름달처럼 밝게 빛났다. 그의 손 사이로 따스한 진주황빛 불길이 퍼지더니 할리드의 이마 전체를 둘렀다. 불길은 원을 그리며 노란색이 됐고 그다음 하얗게 변해 나선형을 그리며 위쪽으로 휘감아 올랐다. 잠시 후, 불길은 파키르의 곱은 손으로 되돌아왔다.

마법이 원래 왔던 곳으로 되돌아가자 파키르는 손을 거두었다.

할리드도 고개를 들었다. 욱신거리던 통증은 확연히 줄었고, 눈꺼풀도 예전만큼 무겁지 않았다.

"고맙소."

"제가 해드릴 수 있는 게 없는 때가 곧 올 겁니다. 그때가 되면 저는 감히 고맙다는 말씀을 듣지 못하게 되겠지요, 세이이디."

"무슨 일이 생기든, 그대에겐 언제나 고마울 것이오."

파키르는 좌절감에 얼굴을 구겼다.

“호라산의 백성들도 제가 알듯 칼리프께서 노력하시는 모습을 알게 되면 얼마나 좋겠습니까, 세이이디.”

“안다 해도 그들은 크게 감동하지 않을 것이오. 이 모든 건 내가 자초한 일 아니겠소? 그 결과 백성들은 상상할 수도 없는 일을 겪어야 했소.”

파키르는 이마에 손끝을 대고 절한 다음 문으로 다가갔다. 그러나 나가기 전, 돌아서서 이렇게 물었다.

“실수를 저지른 인간이 얼마나 오랫동안 대가를 치러야 한다고 보십니까, 세이이디?”

할리드는 주저 없이 대답했다.

“실수한 걸 전부 갚을 때까지요.”

배신의 영예

다음 날 아침 셰에라자드는 잠에서 깼다. 접어놓은 창호문 사이로 비쳐든 햇살이 테라스를 밝혔다. 침대 옆에 놓인 자그마한 걸상에는 감귤꽃 다발이 새로 장식되어 있었다.

침대 옆 하얀 꽃을 본 셰에라자드는 곧바로 할리드를 떠올렸다. 죄책감이 들었지만 애써 무시한 채 그녀는 기지개를 켰다.

"마음에 드세요? 좋아하시리라 생각했어요."

데스피나가 묻자, 셰에라자드는 베개에서 고개를 들었다.

"뭐라고요?"

"마마는 유별나게 꽃을 좋아하시잖아요. 그래서 사람을 시켜서 방에 꽃을 두라고 했어요."

"아. 고마워요."

데스피나는 코웃음을 쳤다.

"억지로 고맙다고 하지 않으셔도 돼요. 실망하신 거 다 티 나요."

셰에라자드는 눈을 흘겼다. 그러고는 침대에서 일어나 샴라를 걸쳤다.

'모두 다 알아차리는 거, 정말 맘에 안 들어. 저 말이 맞다는 것도 마음에 안 들어. 둘 다 싫어.'

셰에라자드가 침대에서 내려오자 데스피나는 수프 단지의 뚜껑을 열었다.

그 순간, 데스피나가 급히 숨을 들이켜는 소리가 들렸다.

"왜 그래요?"

셰에라자드가 식탁 앞에 놓인 방석에 앉으며 물었다.

"아무것도 아니에요."

데스피나가 새된 소리로 대답했다. 셰에라자드는 자신의 시녀를 빤히 바라보았다. 그러다 가슴이 철렁해졌다.

데스피나의 눈썹에 땀이 송송 맺혔다. 평소에는 흠 없고 곱기만 하던 상앗빛 피부와 발그레한 산호빛 홍조는 사라지고, 지금은 얼굴이 노랗게 뜨다 못해 새파랬다. 긴장감이 서린 얼굴엔 주름살이 진하게 도드라졌다. 아름답게 장식한 연보랏빛 리넨 드레스 자락 너머로 우아한 손가락이 바들바들 떨렸다.

셰에라자드의 차에 독이 들어갔을 때와 똑같이 행동하고 있었다.

"내 음식을 기미한 하녀는 어디 있죠?"

질문을 던지는 셰에라자드의 목소리가 결국 떨렸다.

"방금 나갔어요."

억지로 대답하는 듯 짧은 대꾸였다. 셰에라자드는 고개를 끄덕였다.

"알았어요. 그러면 하나 더 물어볼게요, 데스피나. 대체 왜 그래요?"

데스피나는 식탁에서 물러서며 고개를 저었다.

"아무것도 아녜요. 잘못된 건 없어요, 셰에라자드."

셰에라자드는 일어섰다. 그러다 쟁반 끄트머리가 걸려 흔들렸다.

"내가 꼭 이래야겠어요?"

"뭘요?"

"왜 겁먹은 표정이 됐죠?"

"겁먹지 않았어요!"

"이리 와요."

데스피나는 주저하다가 다시 식탁으로 다가갔다. 하지만 셰에라자드와 나란히 서자, 온몸을 더욱 심하게 덜덜 떨다가 결국 분홍빛 입술을 꾹 다물고 말았다. 셰에라자드의 가슴이 다시 철렁 내려앉았다.

"앉아요."

"네?"

데스피나는 이를 악물고 겨우 대답했다.

"앉으라고요, 데스피나!"

"저는…… 싫어요."

"싫다고?"

"저는…… 못해요, 셰에라자드!"

데스피나는 손으로 입을 막으며 식탁에서 물러섰다.

"어떻게 나한테 이럴 수가 있어요?"

셰에라자드가 속삭이자 데스피나는 숨을 헉 몰아쉬었다.

"뭐가요?"

“나한테 거짓말 말아요! 왜 이러는 거예요?”

셰에라자드가 손목을 잡아끌었다. 데스피나는 아래 놓인 음식 쟁반을 슬쩍 보았다. 여전히 손으로 입을 가린 채였다.

“대답해요! 어떻게 이럴 수 있는지!”

셰에라자드가 버럭 소리쳤다. 하지만 데스피나는 이마에서 땀방울을 뚝뚝 흘리며 고개를 젓기만 했다.

“데스피나!”

순간 구역질하는 소리가 나더니 데스피나가 수프 대접 뚜껑을 확 열어젖힌 후 그 안에 토하기 시작했다.

셰에라자드는 심한 충격에 휩싸였다. 그녀는 멍하니 선 채 눈을 휘둥그레 뜨고 자신의 시녀가 비참한 몰골로 바닥에 주저앉는 모습을 바라보았다. 데스피나의 두 손이 대접의 은제 뚜껑을 꽉 움켜쥐었다.

이윽고 구토가 잦아들자 데스피나는 눈물이 가득한 눈초리로 셰에라자드를 노려보았다.

“셰에라자드 알-하이주란. 당신 정말 못돼 처먹었어.”

데스피나가 목멘 소리로 말했다. 처음에는 어찌나 머릿속이 어지럽던지 일관된 반응이 나오지 않았다.

“나는, 그게, 데스피나, 당신 혹시…….”

셰에라자드는 말꼬리를 흐렸다. 그러다 다시 목을 가다듬고 말했다.

“그러니까, 지금 내가 생각하는 게 맞아요?”

데스피나는 무릎을 꿇고 몸을 일으켜 두 팔로 얼굴을 가렸다. 그리고 졌다는 듯 한숨을 쉬었다.

“지금은 마마가 정말 싫어요.”

“날 싫어하든 말든 다 좋은데, 일단 내가 묻는 말에 대답해 봐요.”

데스피나는 고통스러운 숨을 내쉬었다.

“맞아요.”

셰에라자드는 믿을 수 없는 기분으로 다시 방석에 몸을 기댔다.

“아아, 헤라 여신이시여.”

데스피나가 쉰 목소리로 웃었다.

“마마께서 가식적이더라도 친구처럼 굴어주니 정말 마음이 따뜻해지는 것 같네요. 게다가 지금 제가 마마를 독살하려 했다고 생각하셨으면서도 말이죠.”

“그럼 내가 달리 뭐라고 생각했겠어요? 특히 지난주에 차 사건이 있었잖아요. 그때도 내가 어디 아픈 거 아니냐고 하지 않았나요?”

데스피나는 다시 한숨을 쉬었다. 셰에라자드가 또 물었다.

“데스피나, 아이 아버지가 누구예요?”

“저기, 그 질문에는 답하지 않겠어요.”

“뭐라고요? 왜요?”

“마마께서 호라산의 칼리프와 한 침대를 쓰시기 때문이죠.”

그러자 셰에라자드가 쏘아붙였다.

“아, 왜 맨날 이렇게 비밀이 늘어만 가는 거죠? 칼리프가 아이 아버지인가요?”

“아니에요!”

“그럼 왜 말을 못 해요?”

데스피나는 무릎을 꿇고 앉았다.

"마마가 칼리프께 말하지 않는다는 보장이 없으니까요."

"뭐라고요? 난 칼리프께 아무 말도 안 해요."

"둘러대실 필요 없어요. 마마는 이 방을 나설 때마다 칼리프가 어디 계실까 두리번대시잖아요."

"아니야!"

셰에라자드가 소리를 질렀다. 데스피나는 양손으로 귀를 막았다.

"어우, 제우스 신이시여, 귀 따가워라. 소리 좀 지르지 마세요. 제발요."

"할리드에게 말 안 할게요. 맹세해요."

데스피나는 입가에 비웃음을 지었다.

"할리드라고 부르는 사이가 되었으면서 저더러 그 말을 믿으라고요? 노력은 가상하시네요, 버릇없는 칼리파님. 하지만 이번만큼은 어림없어요. 제아무리 절 설득하셔 봤자 소용없을 테니 실망만 하시게 될 거라고요."

셰에라자드는 눈살을 찌푸렸다.

"우리 왕 중의 왕께서는 마마께 홀딱 넘어가셨을지 몰라도 저는 아니거든요?"

셰에라자드가 얼굴을 붉혔다.

"그만해요! 어서 누구인지 말해요."

"셰에라자드, 정말 미안하지만 저는 말 안 할 거예요. 도저히 할 수가 없어요."

셰에라자드는 그 말을 곰곰이 생각했다.

"할 수가 **없다고요**? 그렇다면 꽤 중요한 인물이란 얘긴데."

"제발 몰아붙이지 마세요."

데스피나의 목소리에 힘이 서렸다. 셰에라자드는 데스피나가 경고하듯 지은 표정을 무시하고 손가락으로 턱을 톡톡 두드리며 말을 이었다.

"누굴까……? 라즈푸트나 궁전 근위대는 아닐 테고. 당신처럼 대범한 사람이 굳이 숨길 자들은 아니니까요."

"셰에라자드……."

"그렇다면, 레이의 샤르반인가요……. 아니, 그건 너무 터무니없나? 아니면……."

갑자기 든 깨달음에 셰에라자드의 얼굴이 누그러졌다.

"잘랄이군요."

데스피나가 웃음을 터뜨렸다.

"근위대장님 말인가요? 아무리 저라도 그토록 대범하지는 않아요. 어떻게 그런 생각을……."

"솔직히 말하자면, 당신은 그만큼 대범하긴 해요. 그리고 근위대장이 가까이 있을 때마다 이상하게 행동했던 이유도 이제야 알겠네요."

셰에라자드는 음식 쟁반을 밀고는 나지막한 식탁의 비스듬한 가장자리에 팔꿈치를 얹었다.

"말도 안 되는 소리 하지 마세요."

데스피나가 다시 웃었다. 아까보다 한층 떨리는 높은 목소리였다. 눈동자도 새파랗게 빛났다. 셰에라자드는 천천히 웃음 지었다.

"내 말이 맞잖아요."

데스피나는 시무룩한 침묵을 지으며 그녀를 노려보았다. 셰에라자드는 손바닥으로 턱을 괴었다.

“걱정하지 말아요. 비밀은 안전하게 지켜줄게요. 날 믿어도 좋아요.”

“마마께서 비밀을 안전하게 지켜준다는 말을 믿으라고요? 차라리 체에다 가루를 안전하게 보관한다는 말을 믿겠네요.”

데스피나가 투덜댔다.

“그게 무슨…… 평가가 너무 박한 거 아닌가요.”

“그래요? 하지만 마마도 절 못 믿으시면서.”

“그야 당연히 못 믿죠. 본인 입으로 첩자라고 시인했잖아요. 게다가 난 당신이 보는 앞에서 두 번이나 죽을 뻔했어요.”

셰에라자드는 데스피나를 날카롭게 응시했다. 데스피나는 멍하니 눈을 깜빡였다.

“말씀이 너무 심하신 거 아닌가요?”

“심하다고요? 차 사건을 벌써 잊었나요?”

“아직도 범인이 **저라고** 생각하세요?”

이 말에 셰에라자드가 되물었다.

“그럼 누군데요? 당신을 믿어주길 바란다면 누가 범인인지도 말해줘야죠.”

“칼리프는 아니셨어요. 이유를 물으신다면, 그분은…… 차 사건을 아시고서 무척 화를 내셨거든요.”

“그럼 샤르반이었나요?”

데스피나는 아무 말도 하지 않았지만 움찔하는 기색을 감추지 못했다. 셰에라자드가 말을 이어갔다.

“놀랄 일은 아니네요. 그럴 줄 알았거든요.”

“그러셨어요? 이제 보니 첩자는 **마마께서** 하시고 제가 칼리파가 되는 게 낫겠네요."

데스피나의 말에 셰에라자드가 장난스레 대꾸했다.

"그럴지도 모르죠. 하지만 다른 남자의 아이를 가졌으니 칼리파가 되기는 힘들 것 같은데. 어쨌든 잘랄은 아기가 생긴 걸 아나요? 그렇다면 당신과 결혼해야 해요. 못 하겠다면 나의 분노를 받게 될 거고요. 선택은 잘랄의 몫으로 하죠."

데스피나는 자리에서 일어나 치맛자락을 폈다.

"그분은 아기의 존재를 몰라요. 그리고 저는 이야기할 마음이 없고요. 그분이 알아야 한다고 생각하지 않거든요."

"아니, 그 무슨 말도 안 되는 소리인가요."

데스피나는 금갈색 머리카락을 귀 뒤로 넘겼다.

"말도 안 되는 소리일 수도 있겠죠. 하지만 지금은 말이 되는 소리라고 생각할래요."

데스피나가 아무 일도 없었다는 듯 지저분한 자리를 치웠다. 방금 만사가 엉망진창이 되어버렸건만 그건 사실이 아니라는 듯한 태도였다. 셰에라자드는 고통스레 침묵을 지키며 자신의 시녀를 바라보았다.

마치 황금 새장 속 카나리아처럼, 데스피나는 무척 아름답고 탄력적인 모습으로 분주히 돌아다녔다.

저 모습, 마치 덫에 걸린 것 같아.

"당신은 쉬어야 해요."

셰에라자드가 명령하듯 말하자, 데스피나는 걷다 말고 그 자리에서 주춤거렸다.

"네?"

“임신했잖아요. 나한테 더는 숨길 필요 없어요. 앉아서 쉬어요.”

데스피나의 눈이 잠깐 글썽였다가 이내 다시 새파랗게 반짝였다.

“그럴 필요 없어요.”

“내가 쉬라고 하잖아요.”

“정말이지, 그럴 필요가…….”

“오늘 아침엔 쉬어요. 나는 라즈푸트와 함께 훈련장에 활쏘기 연습을 하러 갈 거예요. 몸이 좀 나아지면 그곳으로 와요.”

셰에라자드가 차를 준비하기 시작하며 물었다.

“차를 마시면 속이 좀 낫겠어요?”

“제가 차 준비 할 수 있어요.”

데스피나가 속삭이듯 말했다.

“나도 할 수 있거든요.”

데스피나는 잠시 멈추어 섰다. 그런 다음, 자고 일어나 헝클어진 긴 머리카락을 늘어뜨린 자그마한 여자를 내려다보았다.

“셰에라자드.”

“왜요?”

“정말 당신은 알 수 없는 분이시군요.”

“그거 칭찬인가요?”

셰에라자드는 뒤돌아보며 빙긋 웃었다.

“당연히 칭찬이죠. 그런 점 때문에 아직 살아계시는 거란 생각이 들어요.”

“그렇다면 고맙게 받아들일게요.”

“저도 그래요. 정말 감사드려요.”

데스피나가 미소 지었다.

안뜰 저편에서 화살이 턱 소리를 내며 차양을 때리자, 양옆에서 왁자지껄한 환호성이 울려 퍼졌다. 병사들의 고함이 이내 합창 같은 웃음으로 변해 구름 가득한 하늘로 솟았다.

하늘은 곧 비가 내릴 것 같은 향기로 물들었다.

셰에라자드는 잘랄에게 미소 지었다.

그의 어깨가 소리 없는 즐거움에 겨워 떨렸다. 잘랄은 갈색 곱슬머리를 쓸어 올리며 자신의 부하들에게 어깨를 으쓱였다.

"여기엔 이의를 제기할 수 없겠죠, 알-호리 대장."

셰에라자드가 당당히 말했다. 잘랄은 손끝을 이마에 대고 절했다.

"그럼요. 이의를 제기할 수 없지요, 마마. 마마가 쏘신 활은 명중했습니다. 제 것은…… 못 했고요. 자, 소원을 말씀해 보시지요."

셰에라자드는 잠시 생각에 잠겼다. 가치 있는 질문을 던져야 했다. 이제껏 숨겨왔던 활 솜씨를 기꺼이 드러내도 좋을 만큼의 질문이어야 했다. 그리고 아주 신중하게 말해야 했다. 잘랄은 진실을 회피하고 아무것도 아닌 말을 그럴듯하게 늘어놓는 재주가 있으니까.

"어째서 대장은 칼리프를 이름으로 부를 수 있나요?"

잘랄은 들고 있던 큰 활을 양손으로 번갈아 옮겼다. 아주 조심스럽고도 더없이 계산적으로 대답을 고르고 있다.

"할리드는 제 사촌입니다. 제 아버지는 선대 칼리프의 여자 형제와 혼인하셨지요."

셰에라자드는 반응을 드러내지 않으려고 무척 애썼다. 오늘 오전 내내 얻은 것 중 가장 큰 정보였다.

잘랄은 빙그레 웃었다. 옅은 갈색 눈동자가 위험하게 번뜩였다.

“다음 과녁을 고르시지요, 셰에라자드.”

그녀는 안뜰을 샅샅이 살펴보았다.

“저 나무의 가장 높은 가지로 하죠. 오른편으로 지붕 위까지 뻗은 가지 말이에요.”

잘랄은 눈썹을 실룩이면서 목표 지점을 가늠한 다음 화살통에서 화살을 꺼내 활시위에 메겼다. 긴 활은 시위를 당겼을 때도 끝부분이 거의 휘어지지 않았다.

잘랄은 뛰어난 궁수였다. 타리크만큼 재능이 있지는 않았지만, 잘랄의 움직임은 정확하고 예리했다. 이윽고 시위를 떠난 화살이 나선형을 그리며 지붕 위로 날아가 가장 높은 나뭇가지를 맞혔다. 그 충격에 나무 전체가 우수수 흔들렸다.

남자들이 잘했다며 환호성을 지르기 시작했다.

셰에라자드는 리커브 활에 화살을 놓은 다음 활을 메우며 눈을 감았다. 그리고 숨을 내쉬며 활줄을 당겼다.

이윽고 눈을 뜬 그녀는 활을 쏘았다. 화살은 공중으로 솟구치며 가지 너머로 쌩 날아갔지만…….

의도한 과녁 바로 아래 박히고 말았다.

셰에라자드는 얼굴을 찌푸렸다.

병사들이 다시금 승리의 함성을 질렀다. 잘랄은 이번엔 양손을 쭉 편 채로 절했다.

“아, 잘난 척하지 말아요. 아주 무례한 짓 아닌가요.”

“잘난 척한 게 아닙니다. 그런 건 평생 해본 적이 없죠.”

“그걸 믿으라고 하는 소리인가요.”

“잘난 척은 약한 인간이나 하는 겁니다.”

“그리고 바보처럼 웃지도 말아요.”

잘랄이 두 손을 하늘로 들어 올리며 웃었다.

“하지만 곧 비가 올 겁니다, 셰에라자드. 저는 비만 보면 너무 좋아 바보가 되지요.”

“이겼으니 소원을 말해보세요, 알-호리 대장.”

셰에라자드는 투덜거리며 팔짱을 꼈다. 팔에 건 리커브 활이 발치에서 흔들거렸다.

“너무 언짢아하지 말아주십시오. 전 이제껏 그다지 무리하지 않은 질문만을 해왔으니까요.”

잘랄의 말에 셰에라자드는 눈을 흘겼다.

“솔직하게 말하자면, 이번 건 오늘 처음으로 무리하는 질문이 되겠군요.”

그 말을 듣자 셰에라자드의 표정보다도 몸이 먼저 긴장했다.

잘랄이 어깨에 긴 활을 메며 한 걸음 앞으로 나오더니 낮은 목소리로 물었다.

“마마의 가족분들은 어디 계십니까?”

‘우리 가족을 찾고 있어……. 예상대로야.’

셰에라자드는 그를 보며 미소 지었다.

“안전한 곳에요.”

“그건 대답이 아닙니다만.”

“모래와 돌이 있는 곳에 있어요.”

"그것 역시 대답이 아닙니다. 모래와 돌이 없는 곳이 어디 있습니까."

"이보다 더 좋은 대답을 하라고 강요하지 말아요, 잘랄. 줄 수 있는 대답은 이것뿐이니까. 내 대답이 맘에 안 들면 우리의 게임은 여기서 끝내기로 하죠."

잘랄이 묘한 눈빛으로 그녀의 얼굴을 훑었다. 언제든 발휘할 수 있는 분별력과, 장난이나 쳐볼까 싶은 기색이 뒤섞인 눈빛이었다. 하지만 그 순간 셰에라자드는 이제껏 보아왔던 잘랄이 아니라 그의 아버지 알-호리 장군의 분위기를 더욱 진하게 느꼈다. 그리고 그 이유를 이해했다.

단순히 그가 근위대장이기 때문이 아니었다. 잘랄 알-호리는 그의 가족을 보호하고 있었다. 그에게는 항상 가족이 우선이었다.

그리고 셰에라자드는 그의 가족이 아니었다.

"아뇨. 게임은 그만두지 않겠습니다. 하지만 이것 말고 다른 질문을 드리고 싶습니다. 마마의 대답이 매우 만족스럽지 못했기 때문에 다른 질문을 할 권리가 있다고 생각합니다."

"뭐라고요?"

"마마가 이기셨을 때도 이런 상황이 온다면, 다시 질문할 권리를 꼭 드리지요."

"잘랄……."

"왜 조준을 하기 전에 항상 눈을 감으시는 겁니까?"

"그건…… 그러니까……."

셰에라자드는 머뭇거렸다.

'말해서 손해 볼 게 뭐 있겠어?'

"나는 태양이 너무 강하게 내리쬐어서 정신이 흐려지는 곳에서 활쏘기를 배웠어요. 시력에만 의지해서는 목표물을 잘 조준할 수 없는 곳이었죠. 그래서 눈 깜짝할 사이에만 빛을 보고서도 잘 쏠 수 있을 때까지 연습해야 했어요."

잘랄은 주목(朱木)으로 만든 긴 활을 양손으로 꽉 쥐었다. 이윽고 햇볕을 흠뻑 받은 그의 얼굴에 느릿느릿 미소가 퍼졌다.

그 표정을 본 셰에라자드는 불안해졌다. 어쩐지 그를 자극하고 싶을 정도였다.

"훨씬 나은 대답이군요. 아시다시피, 모든 게 그토록 어려워야 한다는 법은 없으니까요, 셰에라자드."

잘랄이 큰 소리로 말했다.

"그게 무슨 말이죠?"

"말 그대로입니다. 다음번에는 그냥 질문에 답을 하세요."

"두고 보죠. 다음 과녁을 정해요, 잘랄."

그의 웃음이 더욱 커졌다.

"그러죠, 마마."

잘랄은 안뜰을 찬찬히 살폈다. 그리고 옆쪽 타바진 도끼가 박힌 가느다란 기둥을 가리켰다.

"저 도끼날에 가장 가까이 화살을 맞히는 사람이 이기는 것으로 하죠."

그건 이제껏 쏜 곳보다 훨씬 더 맞히기 어려운 과녁이었다. 날 옆으로 달린 타바진의 나무 손잡이는 아주 가늘었고, 기둥에 이상한 각도로 박혀있어서 시야를 가렸다. 게다가 곧 다가올 폭풍 때문에 바람까지 불어와 제아무리 뛰어난 궁수라도 제대로 쏘기가 힘든 상황이었다.

아까 이겼던 잘랄이 먼저 쏘기로 했다. 그는 돌풍이 최대한 잠잠해지기를 기다렸다가 화살을 시위에 메겨 날렸다. 화살은 나선을 그리며 타바진을 향해 날아가 간신히 손잡이를 쳤다.

대단한 솜씨였다.

셰에라자드는 등에 멘 화살통에서 화살을 뽑았다. 화살을 시위에 놓고 단단히 잡았다. 그녀는 눈을 감은 채 얼굴에 스치는 바람을 느끼며 궤적을 계산했다. 그녀의 손가락이 하얀 화살 깃이 달린 화살을 감쌌다.

눈을 뜬 셰에라자드는 반짝이는 도끼날 앞에 보이는 작은 나무 틈을 정확히 주시했다.

그리고 화살을 쐈다.

화살은 바람을 가르고, 모래 위를 날아서…… 손잡이에 박혀 들었다. 칼날과는 머리카락 굵기만큼밖에 떨어지지 않았다.

병사들이 한목소리로 믿을 수 없다는 듯 소리를 질렀다. 잘랄은 웃음을 터뜨렸다.

"이럴 수가. 저는 이제 활쏘기를 그만두어야 할 것 같네요."

셰에라자드는 아까 잘랄이 했던 대로 두 팔을 벌린 채 절했다. 그의 웃음소리가 더욱 커졌다.

"자, 그럼 다음 질문을 해보시지요, 마마. 어디 한번 세상 최악의 질문을 해보시라고요."

'그래. 그럴 거야. 이제는 진실을 알 때가 됐어.'

그녀는 앞으로 성큼성큼 나섰다.

"할리드의 신부가 죽어야 하는 진짜 이유가 뭐죠?"

유령이 속삭이는 듯 나지막한 질문이었다. 잘랄만이 그 질문을 들을 수 있었다.

하지만 질문의 효과는 마치 옥상에서 크게 소리치기라도 한 것처럼 나타났다.

잘랄에게서 장난기가 싹 사라지더니, 전에는 한 번도 본 적 없는 긴박한 무거움이 내려앉았다.

"게임은 끝났습니다."

셰에라자드는 입을 비쭉 내밀었다.

"왜 매번 당신이 규칙을 정하는 거죠?"

"끝났다고 말씀드렸습니다, 셰에라자드."

잘랄이 그녀의 손에서 리커브 활을 빼앗았다.

"그럼 다른 질문을 할 수 있게 해줘요."

"안 됩니다."

"그러기로 했잖아요!"

"죄송합니다만, 그 약속은 지킬 수가 없겠습니다."

"뭐라고요?"

"죄송합니다."

잘랄은 무기를 보관한 곳으로 슬그머니 다가가 긴 활과 리커브 활을 제자리에 놓았다.

셰에라자드는 그의 뒤를 따라 달렸다.

"잘랄! 이럴 수는……!"

잘랄이 라즈푸트에게 고개를 끄덕였다. 라즈푸트는 이미 셰에라자드에게 다가오는 중이었다.

화가 난 셰에라자드는 옆에 있던 무기 보관대에서 시미타를 확

집어 들었다.

“잘랄 알-호리!”

하지만 그가 들은 척도 하지 않자 셰에라자드는 두 손으로 칼을 번쩍 들었고, 라즈푸트는 더 가까이 다가왔다.

“감히 나를 무시하다니! 이 말똥 같은 자식아!”

그녀가 소리를 질렀다. 그 말을 들은 잘랄이 걸음을 휘청이며 돌아섰다. 셰에라자드가 엉성한 호를 그리며 묵직한 칼날을 휘둘렀다. 자신의 말을 진지하게 받아들이라는 의미였다.

잘랄은 그녀의 공격을 피하면서 반사적으로 허리에 찬 시미타에 손을 뻗었다.

“대체 무슨 짓입니까, 셰에라자드?”

“나를 이런 식으로 대하고 그냥 갈 수 있다고 생각했어요?”

“칼을 내려놓으십시오.”

잘랄이 그답지 않게 엄숙한 목소리로 말했다.

“싫어요.”

“마마는 그런 칼을 다뤄서는 안 됩니다. 내려놓으십시오.”

“싫다고!”

그녀가 다시 아무렇게나 칼을 휘두르자, 잘랄은 어쩔 수 없이 자신의 칼로 공격을 막아낼 수밖에 없었다. 라즈푸트가 크게 투덜대면서 탈와를 뽑아 들더니 손바닥으로 잘랄을 확 밀어서 셰에라자드에게서 떼어냈다.

“비켜요! 당신 도움은 필요 없어요.”

셰에라자드가 라즈푸트에게 말했다. 하지만 라즈푸트는 누가 봐도 경멸하는 태도로 그녀를 비웃었다.

"아니, 당신…… 지금 이 사람이 날 비웃은 건가요?"

셰에라자드가 믿을 수 없다는 듯 물었다. 그러자 잘랄이 대꾸했다.

"그런 것 같은데요."

"믿을 수가 없네요. 뭐가 그리 웃겨서요?"

"형편없는 자세로 칼을 휘두르는 모습도 웃기고, 그러면서도 도움이 필요 없다는 말도 웃긴 것 같습니다."

셰에라자드는 라즈푸트를 돌아보았다.

"저기요, 선생님. 나를 돕는 게 정녕 당신 일이라면, 못하는 걸 비웃지만 말고 뭐라도 좀 해봐요!"

하지만 라즈푸트는 계속 코웃음 치기만 했다. 잘랄이 어느새 거만한 표정을 되찾은 얼굴로 대꾸했다.

"그는 마마를 돕지 않을 겁니다, 셰에라자드. 감히 한 말씀 드리자면, 이곳에 있는 병사 중에서 저를 제외하면 감히 마마에게 가까이 가려는 위험을 무릅쓰는 자는 없을 겁니다."

"그건 왜죠?"

"음, 레이에 있는 모든 병사는 이제 감히 왕비께 손을 댄 근위병이 어떻게 됐는지 알고 있으니까요. 그러니 저라면, 라즈푸트를 꼬드겨서 검술을 배우는 건 포기하겠습니다. 제아무리 마마가 친절하게 부탁해도 안 될 겁니다."

잘랄은 심드렁하게 농담을 던졌다. 셰에라자드는 얼굴을 찌푸렸다.

"그럼…… 그 근위병은 어떻게 됐나요?"

잘랄은 어깨를 으쓱였다.

"뼈가 잔뜩 부러졌죠. 마마의 남편은 너그러운 사람이 아닙니다."

'아주 좋아. 알아둘 만한 게 또 나왔어.'

"그러니 칼을 내려놓고 궁전으로 돌아가십시오, 마마."

잘랄이 단호하게 말을 맺었다.

"감히 내게 오라 가라 하지 말아요, 잘랄 알……."

셰에라자드는 고함을 채 지르기도 전에 그만 입을 다물었다.

본능적으로, 그가 여기 왔다는 걸 알 수 있었다. 논리적으로 설명할 수는 없었지만, 마치 계절의 미묘한 변화를 느끼듯 그의 존재가 뒤에서 느껴졌다. 바람이 변한 걸 느끼는 것 같다고나 할까. 꼭 반가운 변화라고 볼 수는 없었다. 그 남자가 반갑다는 망상 따위에 고통받지는 않을 것이었다. 아직은.

그러나 가지에서 이파리가 떨어지는 때라도 그 나름의 아름다움은 엄연히 존재한다. 비록 찰나에 불과해도, 그 순간이 영화로울 수 있다.

그렇다면 이 변화는 어떨까? 그가 나타나서 생긴 변화 때문에 셰에라자드는 어깨가 굳고 속이 뒤틀렸다.

그 느낌은 진짜였고…… 무시무시했다.

"참으로 때를 딱 맞춰 등장하는군."

잘랄이 왼편을 슬쩍 보며 중얼거렸다. 셰에라자드는 여전히 돌아보지 않았다. 그저 두 손으로 시미타를 꽉 쥐었을 뿐이다. 라즈푸트가 더욱 가까이 다가섰다. 그의 탈와가 말없는 경고를 보내듯 번뜩였다.

"제우스시여, 맙소사, 셰에라자드! 잠시 혼자 내버려 두었더니 이런 짓을 저지르나요? 하다 하다 이젠 근위대장님과 칼싸움까지

벌여요?"

데스피나가 소리쳤다. 셰에라자드는 고개를 오른쪽으로 돌렸다.

데스피나가 예쁜 얼굴에 걱정과 실망을 함께 드러낸 채로 할리드와 함께 서있었다.

할리드는 언제나처럼 알 수 없는 표정이었다.

언제나처럼, 차가운 저 모습.

셰에라자드는 칼 따위는 던져버리고 상황을 끝내고 싶었다. 그래서 할리드의 어깨를 그러안고 저 얼어붙은 얼굴에 생기를 불어넣고 싶었다.

하지만 셰에라자드는 안 그런 척 계속 칼을 쥐었다. 남들의 눈에 안 그런 척, 그리고 자기 자신에게도 안 그런 척, 안간힘을 썼다.

"뭐라고 말 좀 해보세요!"

데스피나가 말했다. 할리드는 옆에 선 시녀를 바라보았다.

"죄송합니다, 세이이디. 왕비마마께 예의를 갖추지 않고 말할 의도는 아니었습니다."

데스피나가 급히 손을 미간에 대고 절했다.

"사과할 필요 없어요, 데스피나. 난 잘랄과 칼싸움을 벌이던 게 아니었어요. 우리는 그냥…… 검술 교습 중이었어요. 보니까 난 검술에는 소질이 별로 없더라고요. 솔직히 말하면 내가 다른 건 다 잘하는데 검술은 한계가 있네요."

셰에라자드는 장난스럽게 말했다.

"참으로 고마우신 일이네요."

데스피나가 중얼거렸다.

"괴롭게도 우리 인간에겐 모두 저마다의 한계가 있지요, 셰에라자드. 너무 마음 쓰지 마십시오."

잘랄은 이 상황을 아무렇지 않게 무마할 기회를 덥석 잡았다. 셰에라자드는 콧잔등을 찡그려 보이며 시미타를 땅에 툭 던졌다.

"어떤 한계가 있지?"

할리드가 조용히 물었다.

그의 목소리가 등을 타고 흘러내리자, 셰에라자드의 머릿속에 시원한 물과 따스한 햇살을 머금은 꿀이 떠올랐다. 그녀는 이를 악물었다.

"일단, 칼을 휘두를 수가 없어요. 그게 검술의 기초인 것 같은데요."

할리드는 그녀가 말하는 모습을 지켜보더니 명령을 내렸다.

"칼을 들어라."

셰에라자드가 그를 바라보았다. 할리드는 한결 부드러워진 얼굴로 눈을 깜빡였다. 그녀가 양손으로 시미타를 들었다. 그러자 놀랍게도, 할리드는 물러서서 그의 샴시르를 뽑았다.

"날 공격해 봐라."

"진심이세요?"

그는 말없이 참을성 있게 기다렸다.

셰에라자드는 어설프게 칼을 휘둘렀다.

할리드는 힘들이지 않고 공격을 살짝 피한 다음 그녀의 손목을 잡았다.

"정말 못하는군."

그는 그렇게 말하며 셰에라자드를 품에 안았다.

"다시."

“어떻게 하면 되는지 알려주시겠어요?”

“보폭을 넓게 해라. 움직일 때 온몸을 던지지 마라. 상체만 움직이는 거다.”

셰에라자드는 짜증스러운 심정으로 눈썹을 지그시 모으며 낮은 자세를 취했다. 그리고 다시 그를 향해 시미타를 휘둘렀다. 할리드가 칼을 막더니, 이번에는 그녀의 허리를 잡고 목덜미에 샴시르를 댔다. 그리고 셰에라자드의 귓가에 속삭였다.

“이것보다 더 잘해야 한다, 샤지. 나의 왕비에게 한계란 없으니까. 그대는 끝없는 능력을 지닌 사람이 아닌가. 저들에게 보여줘라.”

셰에라자드는 그 품에서 물러나 시미타를 들었다. 할리드가 계속 지시했다.

“좀 더 동작을 작게. 더 빠르게. 가볍게. 나에게 움직임을 읽히지 마라.”

셰에라자드는 칼을 맹렬하게 휘둘렀다. 할리드는 그 일격을 받아넘겼다.

라즈푸트는 거대한 팔을 팔짱 낀 채 그저 투덜댔다.

셰에라자드가 몇 번 더 할리드 방향으로 시미타를 휘둘렀을 때였다. 갑자기 라즈푸트가 앞으로 나오더니 그녀의 뒤꿈치를 발로 슬쩍 차서 자세를 바로잡아 주었다. 그러더니 수염 난 턱을 홱 들어 올렸다.

‘지금…… 나더러 고개를 들라는 건가?’

할리드는 옆에서 그 모습을 지켜보았다.

“이렇게…… 하라고요?”

셰에라자드가 라즈푸트에게 물었다. 라즈푸트는 목을 가다듬고 뒤로 물러섰다.

셰에라자드는 다시 할리드를 바라봤다. 그의 눈빛이 빛나고 있었다. 그녀는 그 눈동자에 서린 감정이 무엇인지 알아보았다.

바로 자부심이었다.

그 순간이 어찌나 끔찍할 정도로 생생한지, 그 감정을 파괴하겠다는 생각만으로도 온몸에서 공기가 빠져나가지 못하게 만드는 것만 같았다.

마치 그녀의 목에 걸렸던 비단 끈처럼.

어두운 상처를
안기려고

셰에라자드는 향기 나는 장미수 병을 들고 유리 마개를 열었다. 달콤하고 자극적인 향수였다. 천천히 녹고 있는 설탕통 옆에 문드러진 꽃다발을 두면 이런 향기가 날까. 취할 것만 같은 신비로운 내음이었다.

어쩌면 과할지도 모르겠어.

이건 자신답지 않은 향기였다.

셰에라자드는 한숨을 쉬며 향수병을 내려놓았다.

예상치 못했던 검술 수업을 받은 다음, 셰에라자드는 저녁을 들려고 데스피나와 함께 방으로 돌아왔다. 그 후 데스피나는 구석에 있는 거울 근처에 화장품 몇 개를 실수로 놔두고 그녀의 자그마한 방으로 돌아갔다. 셰에라자드는 이제껏 몇 번이고 이 화장품 곁을 기웃거렸다.

무엇을 쓸까 고민하면서.

향수병 옆에는 윤기 나고 자그마한 상아색 항아리가 있었다.

뚜껑을 돌려 열자, 안에는 카민(carmine, 연지벌레에서 추출된 원료로 만든 붉은색 염료—옮긴이)과 밀랍을 섞어 만든 연지가 있었다. 반짝이는 혼합물을 검지로 찍어 아랫입술에 발라보았다. 피부에 와닿는 끈적한 느낌은 이상했지만, 어쨌든 언제나 감탄스러운 데스피나의 고혹적인 입술과 비슷해질까 싶은 마음에서였다.

'우스꽝스러워 보여.'

셰에라자드는 끈적끈적한 연지를 손바닥으로 닦아냈다. 손이 분홍빛으로 물들었다.

'나 지금 뭐 하는 거야?'

그녀는 높이 솟은 침대로 발걸음을 옮겼다.

이런 건 하나같이 옳지 않았다.

외모 따위를 고민하며 시간을 보내려고 여기 온 것이 아니다. 그런 유치함은 그녀와 맞지 않았다. 궁전에 온 목적은 단 하나였다. 바로 원수의 약점을 찾아내고 이용해 그를 파괴하는 것뿐이었다.

그런데 어떻게 입맞춤 한 번 했다고 그 모든 걸 망각할 수 있지? 어두운 시장 골목에서 단 한 순간 나누었던 키스가 대체 뭐라고.

하지만 그 순간은 놀랄 만큼 빈번하게 머릿속에 떠올랐다.

셰에라자드는 숨을 들이쉬며 샴라의 은색 끈을 조였다. 목적을 그르칠 순 없었다. 그르치지 **않을** 것이었다.

어쩌다 이런 일이 일어났을까?

'그 사람이 내가 생각했던 괴물이 아니었기 때문이야.'

그 겉모습 안에는 훨씬 많은 것이 있었다. 자신은 그 모든 것의 근원이 뭔지 알아야 했다.

왜 알-호리 장군은 나를 죽이려는 걸까?

시바는 **왜** 죽어야 했을까?

셰에라자드는 레이의 거리에 퍼지는 소문을 더는 믿지 않았다. 할리드 이븐 알-라시드는 미친 자가 아니었다. 무모하고 분별없이 잔인한 짓을 일삼는 자가 아니었다는 말이다.

그는 비밀을 품은 남자였다.

그 비밀을 셰에라자드는 알아야 했다. 이제는 그의 곁에 서서 얼음과 돌의 춤을 추는 것처럼 장단 맞춰주기만 할 수는 없었다. 할리드가 저 멀리 희미하게 사라지면서 아무에게도 허락되지 않은 금지된 방에 들어가는 모습을 보고만 있을 수는 없었다.

그 문을 부술 것이다. 그리고 그의 비밀을 모두 훔쳐낼 것이다.

셰에라자드는 침대 위에 놓인 방석 더미로 가서 그 가운데 몸을 구부리고 앉았다.

적어도 그를 기다리지 않는 척은 할 수 있었으니까.

그편이 더 할만한 가치가 있는 일이었다.

나는 정말로 그 남자를 좋아하는 걸까? 그걸 인정한다면, 너무나 위험한 깨달음을 더욱 굳히는 것밖에 되지 않는데…….

그를 좋아하는 거라면, 그는 나에게 진짜로 힘을 발휘하게 된다. 내 마음을 지배하게 된다는 뜻이다.

셰에라자드는 한숨을 내쉬었다. 숨 쉴 때마다 계속 약해지는 마음이 너무 싫었다. 시장에서 계획했던 임무를 그토록 처참하게 실패한 건 그렇다 치자. 적어도 실패한 뒤에 마음이 이토록 복잡해지지는 말아야 할 것 아닌가. 얼마 전까지만 해도 스스로 세워두었던 단호하고 강철 같은 마음의 빗장은 대체 어디로 간 걸까?

머릿속 생각이 돌고 돌다 병사들이 시바를 데리러 온 전날 밤으로 돌아갔다.

둘은 함께 밤을 지새웠다. 단둘이 짙푸른 어둠 속에서 촛불 한 자루를 켜놓고 다정히 앉았다. 시바는 앞으로의 미래가 사라진 걸 두고 통곡하거나 다가올 운명을 한탄하는 대신, 여전히 누리고 있는 행복을 두고 웃어야 한다고 고집을 부렸다. 그래서 두 소녀는 안뜰에 앉아 은은한 달빛을 받으며 지난 몇 년간의 추억을 떠올리고 깔깔 웃었다.

그것이 셰에라자드가 시바를 위해서 해준 일이었다.

또한 시바가 셰에라자드를 위해서 해준 일이기도 했다.

그날 아침, 시바가 마지막 날을 가족과 함께 보낼 수 있도록 셰에라자드는 그곳을 떠났다. 시바는 셰에라자드를 향해 미소 지으며 말했다.

"언젠가 우리는 다시 만나게 될 거야, 내가 가장 사랑하는 친구야. 그때 우리는 다시 미소 짓고 웃음을 터뜨릴 거야."

그토록 강인한 내 친구를……

이렇게 배신하다니.

셰에라자드는 베개를 움켜쥔 채 손 안에서 하릴없이 비단을 구겼다.

'시바. 어떡하지? 난, 더 이상 그 사람을 미워할 수가 없어. 그 사람을 미워할 수 있도록 도와줘. 하지만 그 사람의 얼굴을 보면…… 그 사람의 목소리를 들으면 그럴 수가 없어. 내가 어쩜 너한테 이럴 수가 있을까? 너를 그토록 사랑했는데, 어떻게…….'

그 순간, 방문이 삐거덕대며 열렸다. 셰에라자드는 일어나 앉았다. 늘 그렇듯 하인들이 밤중에 필요한 물건을 가지고 온 것이겠지.

그런데 문 앞에는 할리드가 서있었다.

그는 혼자였다.

"자고 있었나?"

"아뇨."

할리드는 안으로 들어와서 문을 닫았다.

"피곤한가?"

"아뇨."

셰에라자드의 손가락이 비단 자락을 꽉 쥐었다. 그는 여전히 문 앞에 서있었다.

그녀는 방석에서 일어나 샤라 자락을 폈다. 침대 아래로 드리운 고서머(gossamer) 비단 자락을 걷어내는 발걸음 아래로 치맛자락이 빙글 돌았다.

"알라딘 이야기를 마저 해드릴까요?"

"아니."

할리드가 문 앞에서 성큼성큼 걸어와 앞에 섰다. 그는…… 지쳐 보였다.

"잠을 못 주무셨나요? 주무셔야 해요."

"그래야겠지."

둘 사이에 무언의 긴장이 강렬하게 요동쳤다.

"할리드……."

"오늘 비가 왔다."

"네. 잠깐 왔지요."

그는 고개를 끄덕였다. 활활 타오르는 호박색 눈이 생각에 잠겼다. 셰에라자드는 눈을 깜빡였다.

"칼리프께서도 비만 보면 너무 좋아 바보가 되시나요? 잘랄은 그렇다던데요."

"아니. 난…… 항상 바보다."

'왜? 왜 그런지 말해봐.'

셰에라자드는 오른손을 천천히 그의 얼굴에 대었다.

할리드는 눈을 감았다.

다시 눈을 뜬 할리드가 두 손바닥으로 그녀의 목덜미를 감쌌다.

그는 얼음과 돌로 만든 것 같은 겉모습에 비밀을 한가득 품은 남자였다. 그런데 어떻게 손길 한 번만으로 내 몸을 달아오르게 할 수 있는 걸까.

할리드의 오른손이 셰에라자드의 머리카락을 쓰다듬으며 점점 내려왔다. 그 손길은 어깨를 거쳐 등까지 쭉 미끄러졌다. 왼손 엄지가 그녀의 목을 매만지며 오목한 목덜미 아래를 쓸었다.

'나, 나는 싸움을 그만두지 않을 거야, 시바. 난 반드시 비밀을 밝히고 너의 원수를 갚아줄 거야.'

그녀는 할리드를 빤히 바라보았다. 그리고 기다렸다.

"지금 뭐 하시는 건가요?"

"자제심을 연습하고 있다."

"어째서요?"

"시장에서는 자제심을 발휘하지 못했으니까."

"그게 중요한가요?"

"그래, 중요하다. 그대는 함께 밤을 보내길 원하나?"

할리드가 조용히 물었다. 셰에라자드는 잠시 생각하다 말했다.

"전에도 보낸 적 있는걸요."

"그때와는 다르다. 앞으로도 다를 것이다."

그 말에 불붙은 온몸의 피가 솟구쳤다.

할리드의 입술이 그녀의 귓가를 눌렀다. 그의 혀가 잠시 살갗에 머물렀다.

"함께 밤을 보내길 원하나?"

남자의 말이 다시금 귓가에 들려왔다. 셰에라자드는 떨리기 시작하는 팔다리에 맞서 온몸에 힘을 주었다.

"내가 왜 여기 있다고 생각하나요, 바보 같은 분."

이윽고 그녀는 남자의 턱을 두 손으로 감싸고 그의 입술에 자신의 입술을 슬며시 대었다.

장난스럽게 시작된 입맞춤은 곧바로 진한 무언가로 변했다. 둘의 키스는 몇 분 전까지 공간을 가득 채웠던 농밀한 생각들과 보조를 맞추어 갔다.

셰에라자드의 손가락이 할리드의 부드러운 머리카락을 파고들었다. 할리드의 입술이 셰에라자드의 입술 위로 이리저리 휘며 맞닿았다. 그는 셰에라자드를 안아 올렸다. 그녀의 맨발이 대리석 위로 들렸다. 둘의 몸이 침대 위로 떨어지면서 둘러놓은 비단 휘장을 매단 밧줄이 끊어지고 말았다. 하지만 고서머 비단 따위는 아무래도 상관없었다.

셰에라자드의 손이 할리드의 카미스 자락을 끌어 올렸다. 그녀의 손길을 받은 남자의 상반신 근육이 꿈틀댔고, 방 안 공기는 숨막힐 듯 점점 짙어져만 갔다. 할리드의 입술이 그녀의 목덜미를 쓸고 손바닥이 허리를 거쳐 샤라 끈을 어루만지자 셰에라자드는 비로소 깨달았다. 그의 말이 옳다는 사실을.

이 밤은 다를 것이다.

다듬어지지 않은 욕구가 있었으니까. 몸은 물줄기처럼 제멋대로 흘렀고, 영혼은 재가 되었다.

샤라 끈이 풀렸다. 여기서 더 나간다면 뭔가를 생각해야겠다고 마음먹는 것조차 무의미해지겠지. 그러니 지금 물어야 했다. 욕망의 불길이 자신을 집어삼키기 전에.

"묻고 싶은 게 있어요."

셰에라자드는 숨을 몰아쉬며 남자의 어깨를 움켜쥐었다.

"뭐든지 물어봐."

그녀의 심장이 빠르게 뛰었다. 죄책감이 심장을 옥죄어들었다.

"왜 여자들이 죽어야 했나요?"

그 순간, 그녀의 품속에서 할리드의 몸이 싹 굳었다.

이윽고 할리드는 몸을 일으키고는 셰에라자드를 내려다보았다. 그의 얼굴은 공포로 굳어있었다.

그는 셰에라자드의 눈에서 갈등을 보았다.

그녀는 할리드의 눈에서 극심한 공포를 보았다.

할리드는 말없이 침대에서 일어나 문으로 다가갔다.

그리고 문손잡이를 쥔 채로 잠시 멈추더니 이렇게 말했다.

"다시는 내게 이러지 마라."

낮고 거친 목소리였다. 그 안에는 아물지 않은 상처의 고통이 가득했다.

할리드는 방문을 쾅 닫고 나갔다.

그가 떠나고 난 자리의 박탈감이 선연했다. 그러나 마음속 어딘가에서는 환호성이 일었다. 이건 모두 그가 느낀 엄청난 고통의 결과였으니까. 하지만 또 다른 마음으로는 할리드의 뒤를 따라가고 싶었다. 그러면 저 남자를 정복할 수 있다는 걸 알았으니까.

셰에라자드는 베개에 얼굴을 묻고 흐느껴 울기 시작했다.

마침내 저 남자의 진짜 약점을 발견했구나.

바로 나야.

'그렇다면 이용해야겠지. 시바가 왜 죽었는지 알아내고 말겠어. 내가 죽는 한이 있더라도.'

탈레칸의 복도는 무덤처럼 고요했다.

어둠은 더없이 사악한 의도를 품은 것만 같았다.

자한다르는 왼쪽 옆구리에 짐을 단단히 낀 채로 계단을 올랐다. 조심스럽게 한 발짝씩 뗄 때마다 오른손에 든 횃불이 일렁이며 울퉁불퉁한 돌벽에 그림자를 드리웠다.

그는 자신이 묵는 방의 나무문을 열고 들어갔다. 그리고 심장이 쿵쿵 뛰어대는 몸을 문에 기댔다. 파르르 떨리며 닫힌 나무문에서 들리는 턱 소리가 허공을 울렸다.

아무도 그가 온 소리를 듣지 못했다는 확신이 들자, 자한다르는 안도의 한숨을 쉬고서 책상 위에 짐을 올려놓고 문을 잠갔다.

그런 다음 외투에서 단검을 꺼냈다.

단순한 날붙이였다. 언뜻 보기에는 대수롭지 않은 칼이었고, 나무 손잡이에 새겨진 조각도 평범했다. 검은색 철을 벼려 만든 칼날은 살짝 휘어있었다.

단검은 아무리 봐도 특별해 보이지 않았다.

자한다르는 눈을 감고 단검을 손바닥으로 꽉 쥐었다.

때가 됐다. 2주가 넘는 고된 연구와 지루한 번역을 마친 끝에 드디어 이 순간이 다가온 것이다.

오늘 밤, 과연 이 책이 자신을 선택했는지 알게 되리라.

오늘 밤, 과연 자신이 이 힘을 얻을만한 가치가 있는 존재인지 알게 되리라.

다시금 그는 책상에 둔 짐으로 다가갔다. 그리고 감싼 천을 풀었다.

천 가운데엔 부드러운 황갈색 털의 산토끼가 잠들어 있었다.

첫 번째 시험 대상이었다.

자한다르는 마른침을 삼켰다.

이 불쌍한 동물에게 고통을 주고 싶지 않았다. 이토록 무력한 존재의 목숨을 이토록 소름 끼치는 방식으로 빼앗으려 하다니, 아무리 봐도 올바르지 않은 일인 것 같았다.

그러나 어쩔 수 없었다.

필요한 일이라면 해야 했다. 딸들을 위해, 또 자신을 위해.

자한다르는 오른손에 든 단검으로 왼손바닥 위를 단번에 그었다. 칼날이 긋고 간 자리에 한 줄기 피가 배어 나왔다. 그는 새빨간 피를 검은 칼날 위로 떨어뜨렸다.

그의 피가 단검 날의 가장자리를 감싸자 날붙이가 새파란 빛으로 타오르기 시작했다.

자한다르의 눈이 빛났다.

이제는 마법진을 그려야 할 때였다.

그는 숨을 들이쉬고는 잠든 토끼에게 조용히 용서를 빌었다. 그런 다음 빛나는 날로 짐승의 목을 그었다.

자그마한 생명체의 선명한 피가 단검에 뚝뚝 떨어지는 광경을 자한다르는 지켜보았다. 이제 칼날은 새파란 빛이 아니라 이글거리는 붉은빛이었다.

칼날에서 나온 마법의 힘이 허공으로 솟아올라 섬뜩한 붉은빛으로 방 안을 빛냈다.

마침내 그는 손바닥에 단검을 대었다.

손바닥의 상처로 정제되지 않은 무시무시한 마법이 흘러들어갔다. 그의 몸으로 스며든 힘에 뼈까지 뜨겁게 달아올랐다. 자한다르의 눈이 번쩍이자, 검은색 단검이 바닥으로 떨어졌다.

시야가 밝아지자 사방이 전보다 더욱 날카롭게 인식되었다. 조금 전까지 느꼈던 피로는 아득하게 사라졌다. 꼿꼿이 선 몸이 더욱 커지고, 호흡은 더욱 깊어졌다.

온몸에 무적의 힘이 느껴졌다.

자한다르는 바닥으로 허리를 굽혀 단검을 집었다. 그리고 이제는 움직임 없는 작은 토끼 곁에 둔 리넨 천에 날을 닦았다.

잠시 생각에 잠겼다.

이윽고 그는 피투성이 짐승 시체 위에 손을 휘둘렀다.

그러자 차가운 빛이 폭발하며 토끼의 몸뚱이가 사라졌다.

잔혹한 진실

셰에라자드는 그날 밤 제대로 잠들지 못했다.

꿈을 꾸면 시바의 미소 띤 얼굴과 공허한 어둠 속에서 문이 쾅 닫히는 소리가 한가득 어른거리기만 했다. 배신의 고통이 어린 목소리가 귓가에 울렸다.

다음 날 아침 햇살에 눈을 뜬 셰에라자드는 고개를 돌려 베개에 얼굴을 파묻었다. 양어깨 사이로 자리 잡은 쓰라린 피로가 느껴졌다.

주위를 맴도는 데스피나의 명랑한 웃음소리가 맑은 종소리처럼 울렸지만, 그 역시 짜증스러웠다.

셰에라자드가 못마땅한 소리를 흘렸다.

"더 주무시고 싶으세요?"

"아뇨. 그래봤자 소용없을 것 같아요."

셰에라자드는 베개에 얼굴을 댄 채 웅얼거렸다.

"정말요? 제가 보기에 마마는…… 어젯밤 쉴 수 없으셨던 것 같은데요."

"뭐라고요?"

셰에라자드는 어리둥절한 기색으로 비단 베개에서 고개를 들었다.

데스피나는 무척 재밌다는 눈빛으로 밧줄에서 떨어진 고서머 휘장을 바라보았다. 비단 천이 침대 옆에 무더기로 쌓여있었다.

셰에라자드의 뺨에 홍조가 일었다.

"잘하셨어요."

데스피나가 놀려댔다.

"보는 거랑 달라요. 그런 거 아니에요."

"정말이세요? 그럼 마마의 침대 위에 있는 카미스가 다른 남자 거예요? 그렇다면 지금보다 상황이 훨씬 더 재미있어지는데요?"

"그만해요, 데스피나."

셰에라자드가 목소리에 날을 세워 경고했다. 데스피나는 양손으로 허리를 짚고서 눈썹을 치켜떴다.

"어떻게 된 거예요?"

"아무 일도 없었어요."

"죄송한데요, 이 상황에 그런 대답은 어울리지 않아요."

데스피나는 한 손으로 치맛자락을 쥐고서 침대가 놓인 단상으로 올라와 침대 끝에 털썩 앉았다.

"뭐가 문제예요? 말해보세요."

셰에라자드는 끈질기게 달라붙는 시녀의 집요함에 한숨을 쉬었다.

"전부 다 문제예요."

"좀 자세하게 말씀해 주시겠어요? 비밀이란 건 말이죠, 누군가에게 이야기할 때 훨씬 쓸모 있어지거든요."

데스피나가 놀리듯 말하자, 셰에라자드는 투덜댔다.

"할리드에게도 같은 말을 해봐요. 당신은 칼리프의 첩자라면서요. 할리드라면 당신 말을 들어줄지도 모르죠."

데스피나의 표정이 이해한다는 기색으로 부드러워졌다.

"호라산의 칼리프께서는 아주 오래전부터 그 누구의 말도 듣지 않으시잖아요."

"앞으로도 그럴 것 같지 않네요. 어젯밤 이후로는요."

데스피나가 샌들을 벗어 던지고 침대에 책상다리로 앉았다.

"우리 여자들이란 참 슬픈 존재 아닌가요?"

"무슨 뜻이죠?"

"맨손으로 세상을 지배할 만큼 강하지만, 또 웃기지도 않은 남자들 때문에 어쩔 수 없이 바보가 되고 마니까요."

"난 바보가 아니에요."

그 말에 데스피나는 빙긋 웃었다.

"네, 아니시죠. 아직까지는요. 하지만 어쩔 수 없이 바보가 되시고 말 거예요. 전에는 한 번도 웃지 않으셨던 분이 누군가를 만나서 웃게 되고, 전에는 한 번도 울지 않으셨으면서 울게 되니까요……. 속절없이 빠져드는 수밖에요."

"난……."

셰에라자드는 입술을 깨물었다.

"터놓고 말씀해 보세요, 셰에라자드. 아무에게도 이야기하지 않을게요."

하지만 셰에라자드는 침묵을 지켰다. 데스피나가 가까이 다가왔다.

"어릴 적 테베에 살았을 때 어머니한테 물어본 적이 있어요. 천국이 뭐냐고요. 어머니는 대답했죠. '사랑이 깃든 마음이야.' 그래서 제가 또 물었죠. 지옥은 뭐냐고요. 어머니는 제 눈을 똑바로 보면서 말했어요. '사랑이 사라진 마음이야'라고."

데스피나는 이렇게 말하며 셰에라자드를 가만히 바라보았다. 셰에라자드는 데스피나의 집요한 눈초리에 맞서 샴라의 은빛 끈을 만지작댔다.

"당신 어머니께서는 아주 현명하신 분 같네요."

"이미 돌아가신 분이죠."

셰에라자드는 조심스럽게 대답을 골랐다.

"혹시 어떻게 세상을 떠나셨는지 말해줄 수 있나요?"

"엉뚱한 남자와 사랑에 빠졌어요. 온 세상을 다 준다고 약속해 놓고, 배 속에 아기만을 남겨둔 채 여자를 버리고 간 남자랑요."

"정말 마음이 아프네요, 데스피나."

"저는 안 아파요. 어머니는 젊은 날에 세상을 떠났지만, 행복하게 가셨거든요. 그리고 그런 남자는 여자를 행복하게 해줄 능력이 없어요. 부자들은 사랑을 위해 희생할 줄을 모르거든요. 그럴 필요가 없으니까요."

데스피나의 마지막 말은 그야말로 신랄했다. 셰에라자드가 부드럽게 물었다.

"그런가요? 그러면 잘랄도 그럴까 봐 걱정되나요?"

"모르겠어요. 그분은 가족에게 변함없이 충성하죠. 하지만 그분에게 마음을 빼앗긴 수많은 여자에게도 그런 충성심을 보여주는 모습은 아직 보지 못했어요."

데스피나는 파란 눈망울 끝에 힘을 주며 말을 이어갔다.

"전 말이죠, 남자를 판단할 땐 그 행동을 봐야지 남들이 하는 말만 들어선 안 된다고 언제나 생각해 왔어요. 하지만 잘랄 알-호리는 남들이 말하는 그대로의 남자예요."

"그건 집안 내력인가 보네요."

"네, 맞아요."

"난 정말이지……."

셰에라자드는 마음을 다잡은 다음 애원하는 눈빛으로 데스피나를 바라보았다.

"데스피나, 당신은 알고 있나요? 그렇다면 제발 말해줘요. 왜 할리드는 신부를 모두 죽였나요?"

데스피나는 침대 옆에 떨어진 얇은 비단 천 뭉치 쪽으로 눈을 내리깔았다.

"전 몰라요."

"그래도 아는 게 조금이라도 있을 거 아녜요? 제발 말해줘요."

"저는 이 궁전에서 6년을 살았어요. 그리고 할리드 이븐 알-라시드는 매우 냉담한 분이시지만 또 묘하게 존경받는다는 사실을 언제나 알았죠. 이 몇 달간 있었던 신부 처형 사건 전까지는, 그분의 성품을 이상하다고 생각해 본 적이 한 번도 없었어요."

"그러면 당신은 아무 이유도 없이 젊은 여자를 죽이는 왕을 어떻게 계속 섬기나요?"

이 말에 데스피나가 고저 없는 목소리로 쏘아붙였다.

"저는 이 왕국에 노예로 왔어요. 주인을 고를 선택권 따위는 없었다고요. 호라산의 칼리프께서는 괴물일지도 모르죠. 문제가 많을지도 모르고요. 하지만 적어도 제게는 언제나 선의를 지니신 왕이었어요."

셰에라자드가 거칠게 말을 뱉었다.

"**선의라고요?** 그 왕이 살해한 젊은 여자들의 가족에게도 그렇게 말해봐요. 죽어간 여자들을 사랑했던 사람들에게도 그렇게 말해보라고요."

데스피나는 움찔 놀랐다. 셰에라자드는 시선을 돌리고 고통스러운 기색을 감추려 침대에서 급히 일어섰다.

"셰에라자드……."

"혼자 있고 싶어요."

데스피나가 그녀의 손목을 잡았다.

"그분을 마음에 두셨다면……."

"아녜요."

"거짓말하지 말아요, 이 불쌍하고 건방진 아가씨야."

셰에라자드는 팔을 뿌리치고서 데스피나를 노려보다가, 윤기 나는 머리카락을 휘날리며 뒤돌아 걸어갔다.

"마마는 그분을 마음에 두셨잖아요. 비밀이 그토록 중요해서 말할 수 없다면, 제 쪽에서 비밀을 하나 말씀드릴게요."

셰에라자드는 걸음을 멈췄다.

"셰에라자드 알-하이주란, 마마는 이제 안전하세요. 아무 일도 없을 거예요. 고위 정보통에 따르면, 마마를 해치는 자는 곧 우리 칼리프의 생명을 해치려는 자로 간주하기로 했대요."

셰에라자드의 속이 뒤틀렸다. 데스피나가 말했다.

"이제 아시겠어요? 건방진 칼리파님?"

셰에라자드는 그녀를 슬쩍 뒤돌아보면서도 여전히 침묵을 지켰다. 데스피나가 한숨을 지었다.

"마마를 건드리면 사형이에요……. 마마는 칼리프의 생명만큼이나 중요한 존재가 되었다고요."

라일락과 맹렬한 모래폭풍

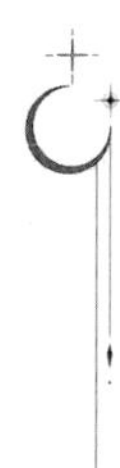

잘랄은 보고서를 탁자 저편으로 밀고 얼룩진 탁자 끝을 손가락으로 두드렸다.

"어디 가야 할 곳 없나, 알-호리 대장?"

할리드가 문서에서 눈을 떼지 않은 채 물었다.

"아뇨. 지금은 없습니다."

잘랄은 할리드의 얼굴을 빤히 바라보면서 오른손으로 끊임없이 마호가니 조각목 탁자를 두드렸다.

"내가 보기엔……."

"어서 비밀을 털어놓았으면 좋겠는데, 할리드."

할리드의 시선이 잘랄에게 향했다. 하지만 그 눈빛은 아무것도 알려주지 않았다.

"갑자기 이토록 친한 척을 하는 건 무엇 때문이지?"

"어젠 비가 왔잖아. 머릿속으로 온갖 생각을 다 했을 것 같아서."

할리드는 신중하고 침착한 표정으로 잘랄을 바라보았다.

“내가 머릿속으로 온갖 생각을 다 하는 게 하루 이틀이던가.”

“그래서, 비가 온 걸 어떻게 생각해?”

할리드는 손에 든 두루마리를 내려놓으며 대답했다.

“비는 폭풍이 불면 따라오는 것이지. 보통 앞으로 올 것들의 조짐이 되고.”

“넌 언제나 똑같네. 암울함 그 자체야.”

“그러는 형도 언제나 똑같아. 무의미함 그 자체야.”

잘랄은 천천히 미소 지었다.

“셰에라자드 말인데…….”

“난 형이랑 셰에라자드 얘기를 할 마음 없어.”

냉정한 얼굴 위로 나타난 호랑이의 눈빛이 상대를 슬쩍 쏘아보았다.

“어젯밤 너를 괴롭혔을 게 뻔해. 복수심을 품고 말이야. 우리 마마, 참 잘하셨지.”

“그만해, 잘랄.”

“너무 화내지 마라, 사촌. 어제는 비가 왔잖냐. 무엇보다도 말이야, 더는 죄책감을 느낄 필요 없다고. 레이 사람들은 너 때문에 불필요하게 고통받고 있는 게 아니라고. 정확히 말하자면, 셰에라자드 때문이 아니라고.”

“그만해!”

그 순간, 잘랄의 우쭐한 표정이 싹 사라졌다. 깜짝 놀란 기색이 이맛살의 주름으로 나타났다.

“봤지? 그러니까 나한테 털어놓았으면 좋겠어. 넌 분명히 문제가 있어. 어쩌면 두려운 건지도 모르고. 공포에 사로잡혀 살지 마, 할리드-잔. 그렇게 사는 건 제대로 사는 게 아니야."

"난 두려운 게 아니야. 지친 거야. 그리고 형은 주제넘게 굴고 있어. 그건 아주 상당한 차이지."

할리드는 앞에 놓인 두루마리 더미를 다시 바라보며 말했다.

"시내 광장에서 일어난 폭동은 완전히 끝났어?"

"물론 끝났지. 우린 이제 아무런 설명도 없이 시민의 딸들을 잡아다 죽이지 않으니까."

잘랄이 아무렇게나 중얼대었다. 아무런 대꾸도 들려오지 않자, 잘랄은 할리드를 슬쩍 바라보다가 멈칫했다. 할리드는 왼손 마디가 하얗게 될 정도로 주먹을 꽉 쥔 채 잘랄을 노려보고 있었다.

"용서하지 못할 개새끼처럼 굴어야만 속이 시원해?"

할리드가 섬뜩한 목소리로 속삭였다.

"말이야 바로 하자. 난 필요할 때만 개새끼처럼 굴어. 사과해야 할 때는 제대로 사과하는 놈이라고."

"사과해야 할 때가 언제인지 전혀 모르는 것 같은데."

"너만 이 일로 고통받는 거 아니다. 물론 타격을 견디는 건 너지만, 너 혼자가 아니라고. 그리고 너는 필요 이상으로 훨씬 많은 걸 떠맡았어. 내가 도와줄게. 기꺼이 네 짐을 같이 지겠다고. 내가 이제껏 하고픈 말이 이거였어."

할리드는 두루마리 더미를 옆으로 밀고서 오른편에 난 창가로 성큼성큼 다가갔다. 대리석 아치 창문 밖으로 한낮의 하늘이 펼쳐져 있었다. 아래 보이는 정원엔 라일락이 만발했다. 상쾌한 꽃향기가 산들바람에 실려 들어왔다가 벽감에 부딪쳐 책상 위에 흩어진 종이를 바스락 휘날렸다.

마치 그를 놀리는 듯했다.

할리드는 눈을 감았다. 하지만 감은 눈 안에서 보석 장식한 비단 위에 드리워진 빛나는 검은 머릿결과 반쯤 감은 헤이즐넛 눈빛이 어른거렸다. 할리드는 애써 그 모습을 지웠지만, 참 유감스럽게도 연보랏빛 라일락 꽃향기는 여전했다.

잘랄은 할리드의 짜증스러운 기색을 눈치챘다.

"이젠 햇빛과 꽃향기가 싫어졌냐?"

"저 꽃이 싫은 거야."

"저 꽃이 너한테 뭘 어쨌기에?"

할리드는 단호하게 침묵했다. 잘랄은 알겠다는 듯 눈을 둥그렇게 떴다.

"정원사한테 치우라고 해."

잠시 후, 방석에 등을 기댄 채 잘랄이 제안했다.

"아니."

잘랄은 슬그머니 미소 지으며 손가락으로 배를 긁적였다. 그리고 위쪽 모자이크 벽감을 멍하니 응시하며 말을 걸었다.

"할리드."

"아직도 안 가고 뭐 해?"

"네가 비밀을 털어놓기를 기다리는 중이야."

할리드는 잘랄 쪽으로 고개를 홱 돌리고서 답답하다는 듯 한숨을 내쉬었다.

"난 여기서 하루 종일 기다릴 수도 있어. 너도 알다시피 참으로 기쁘게도, 도시의 폭동이 그쳤잖아……. 당분간은 말이야."

잘랄이 책상다리를 하며 말했다.

"맘대로 해. 내가 나갈 테니."

할리드는 문으로 다가가 미닫이문을 밀었다. 잘랄이 꿍꿍이를 품은 그림자처럼 그의 뒤를 따라갔다. 푸른 줄무늬 마노로 만든 돔 천장 아래 이르자 잘랄은 급기야 휘파람을 불기 시작했고, 할리드는 턱 근육을 꿈틀대고 말았다.

"우리는 같은 혈통을 타고났지요, 세이이디. 제 고집은 칼리프와 비교해도 절대로 뒤지지 않습니다. 그러니 머지않아 제게 비밀을 털어놓으셔야 할 겁니다. 짜증을 견딜 수 없을 때까지 제가 열심히 귀찮게 해드릴 테니까요."

윤이 나는 복도를 몇 걸음 더 걷다가, 할리드는 잘랄을 슬쩍 바라보았다.

"살림이…… 2주 후에 아마르다로 돌아가는 길에 레이를 방문하고 싶어 하더군."

잘랄이 발걸음을 우뚝 멈추더니 욕설을 뱉었다.

"그 자케시(jahkesh, 포주 또는 호색한을 뜻하는 비속어) 녀석이? 왜?"

"이유야 뻔하지."

"너한테나 뻔하지. 자세하게 설명 좀 해줄래?"

"셰에라자드 때문이야."

잘랄은 다시 말이 없다가 누가 봐도 조롱조로 웃기 시작했다.

"아, 그러시겠지. 파르티아의 자케시 녀석은 호라산의 새로운 칼리파를 만나고 싶겠지."

"그리고 틀림없이 야스민을 데려올 거야."

잘랄은 곧 찾아올 반갑지 않은 손님에게 경고하듯 검지로 목을 긋는 시늉을 했다.

“마그-바(marg-bahr, 상대의 죽음이나 파괴를 바라는 말) 살림 알리 엘-샤리프. 그래서 넌 어떡할 거야?”

“숙부님은 살림이 여기 머무는 동안 내가 셰에라자드를 다른 곳으로 보내야 한다고 하더군.”

그 말을 들은 잘랄이 코웃음을 쳤다. 할리드는 그에게 물었다.

“그 말에 반대해?”

“응. 결사반대야.”

“왜?”

할리드가 걸음을 멈추고 물었다. 잘랄은 몸을 돌려 그를 바라보았다.

“일단 그 자케시 놈이 호라산의 미래를 보고 싶어 한다면, 네가 셰에라자드 알-하이주란과 함께 있는 모습을 보여주는 게 제일 좋다고 생각하니까. 셰에라자드가 너에게 불어넣은 힘이 얼마나 큰데. 더할 나위 없는 정당성을 보여줄 기회라고.”

할리드는 잘랄의 맹렬한 표정을 찬찬히 살펴보았다.

“확신이 대단해 보이네.”

“그렇습니다. 이미 잘 알고 계시지 않습니까, 세이이디? 내 말을 믿어. 이걸 믿어보라고.”

“더없는 정당성이라고 했지?”

할리드의 얼굴에 신랄하고도 즐거운 표정이 떠올랐다.

“그래. 셰에라자드와 너를 믿어봐.”

“둘 다 믿을 수 없다는 거 알잖아, 잘랄.”

“난 그렇게 생각 안 해. 셰에라자드는 굉장히 믿을만한 여자야.

뻔뻔하고 예측 불가능한 건 사실이지만, 확고한 신념이 있잖아. 네가 좀 부담스럽고 암울한 인간인 것도 사실이지만, 넌 이제껏 항상 믿을만한 사람이었고."

잘랄은 빙긋 웃었다.

"그래서 결론은, 나더러 샤지를 늑대에게 던지라는 건가?"

할리드의 말에 잘랄은 더 크게 웃었다.

"오, 샤지라고 부르는 사이가 됐어? 어쨌든 솔직히 말하자면, 난 셰에라자드를 만날 늑대가 더 불쌍할 것 같아."

"지금은 좀 진지해져 봐."

"나 지금 진지한데? 솔직히 말해서 나라면 여기서 한술 더 뜰 거야. 모든 에미르를 레이에 초대해. 하나도 빼놓지 말고. 그래서 너는 네 아버지와 다르다는 걸 보여주라고. 최근에 너를 괴롭히던 소문과는 다른 모습을 보여주란 말이야. 에미르들의 충성을 받을만한 왕이라는 걸…… 성질이 아주 대단하고 미래가 창창한 왕비를 맞이한 어엿한 왕임을 과시해 봐."

아주 미미하긴 했지만 할리드의 입꼬리가 살짝 올라갔다.

"세상에. 할리드-잔, 너 지금 웃었냐?"

잘랄이 믿을 수 없다는 목소리로 그를 놀렸다.

"그런 것 같군."

두 사람은 복도를 계속 걸어가 더 큰 통로로 들어간 다음, 그곳에 있던 할리드의 근위대와 합류했다. 이윽고 탁 트인 야외 회랑으로 들어간 할리드는 발걸음을 우뚝 멈췄다. 앞에 펼쳐진 광경을 본 그의 안색이 어두워졌다.

정원으로 통하는 이중문 쪽으로 다가오는 셰에라자드가 보였기 때문이었다. 옆에는 데스피나가, 뒤에는 라즈푸트가 보였다.

할리드를 본 셰에라자드는 잠시 멈추더니 그 자리에서 빙글 돌아 우아하게 이쪽으로 다가왔다.

언제나처럼 그녀의 무방비한 미모와 겉치레 없는 우아함이 할리드를 사로잡았다. 은은히 빛나는 흑단 같은 머리카락은 등 뒤로 물결쳤고, 뾰족한 턱은 쏟아지는 햇살을 받으며 꼿꼿하게 섰다. 옅은 금빛 맨틀 아래로 진한 에메랄드빛 옷자락이 보였다. 온갖 빛깔이 어우러진 셰에라자드의 눈동자는 예전처럼 할리드에게 침묵과 반항이 뒤섞인 기색을 보였다.

하지만 지금은 그것 말고도 무언가가 더 있었다. 무어라 특정할 수 없는 새로운 감정이었다.

라즈푸트의 거대한 기척을 느끼자 그녀는 콧잔등을 찌푸렸다. 이 단순한 몸짓이 발산하는 강력한 힘에 이끌린 할리드는 그녀의 곁으로 다가갔다. 달콤한 와인 같은, 밝은 웃음소리 같은 셰에라자드에게로.

그녀가 가까워지던 찰나, 어젯밤의 기억이 그에게 확 닥쳐왔다.

팔 안에 느껴지던 그 감촉. 머리카락에서 풍기던 라일락 향기.

자신의 입술이 그녀의 입술에 닿자 그 외의 모든 것이 그저 허무해졌던 느낌.

의지가 산산이…… 부서지던 순간.

'묻고 싶은 게 있어요.'

'뭐든지 물어봐.'

셰에라자드가 입을 열어 무언가 말했다. 그러자 사랑스러웠던 이목구비가 이상하게 일그러져 보였고……

할리드는 그녀에게 눈길 한 번 주지 않은 채 곁을 휙 지나쳤다.

잘랄은 말도 못 하고 그 뒤를 따라갔다. 이윽고 목소리가 들리지 않을 만큼 거리가 멀어지자 잘랄은 사촌동생의 어깨를 잡았다.

"지금 뭐 하는 거야?"

할리드는 그의 손을 쳐냈다.

"할리드!"

할리드는 반항적인 눈빛을 보이며 복도를 성큼성큼 걸어갔다. 잘랄이 고집스레 물었다.

"너 바보냐? 셰에라자드 얼굴 못 봤어? 상처받은 표정이었다고!"

할리드는 휙 돌아서서 잘랄의 카미스 깃을 잡았다.

"내가 말하지 않았나, 알-호리 대장. 그대와 셰에라자드 얘기를 할 마음 없다고."

"정말 지긋지긋하군요, 세이이디! 자꾸 이런 식으로 나오면, 너랑은 뭔 말도 못 하겠다. 그 고생을 하고도 아직도 모르겠냐, 사촌?"

잘랄은 차가운 분노를 가득 담은 갈색 눈동자로 할리드를 쏘아보며 고개를 숙였다. 그리고 잔인한 목소리로 속삭였다.

"에이바가 그렇게 되고도 모르겠어?"

순간, 할리드는 잘랄의 멱살을 확 밀치고는 주먹으로 그의 턱을 가격했다. 대리석 바닥으로 쓰러진 잘랄은 피투성이가 된 아랫입술을 닦으며 자신이 섬기는 칼리프를 향해 코웃음 쳤다. 할리드의 곁으로 근위대가 우르르 몰려들었다.

"내 눈앞에서 꺼져, 잘랄."

할리드가 분노 어린 목소리로 말했다.

"어떻게 보면 그저 늙은이 같은데, 또 어떻게 보면 철부지 애가 따로 없군."

"나에 대해 아무것도 모르면서."

"아는 건 별로 없긴 하지. 그래도 너보다는 내가 많이 알아, 할리드-잔. 사랑이란 연약한 것이거든. 그리고 너 같은 사람을 사랑하는 건 불가능에 가깝지. 사나운 모래바람 속에서 산산조각 난 걸 들고 있는 것 같거든. 그 애가 널 사랑해 주기를 바란다면, 그 모래바람에서 보호해 주란 말이야……."

잘랄은 일어서서 근위대 휘장을 고쳐 매고는 이렇게 덧붙였다.

"그리고 네가 절대로 그 모래바람이 되지 않도록 해."

푸른 수염 메흐르다드

그날 밤, 셰에라자드는 침대 앞을 서성였다. 차갑고 하얀 대리석 바닥 위로 발걸음이 머문 흔적이 남았다. 한 발짝 디딜 때마다 분노와 원한, 고통과 짜증이 서로 싸워댔다.

그 자리에서 무시당한 것에 대한 지독한 상처, 그리고 그 상황이 너무나 큰 의미로 다가와서 느끼게 된 순전한 분노가 번갈아 마음을 뒤흔들었다.

'어떻게 나한테 그럴 수가 있어?'

셰에라자드는 한쪽 어깨로 늘어뜨린 머리카락을 배배 꼬면서 걸음을 넓게 디뎠다. 낮에 입었던 옷을 갈아입을 마음조차 들지 않았다. 다마스크 맨틀은 바닥에 뭉쳐진 채로 널브러졌다. 에메랄드빛 서월과 윗도리는 잠옷이나 샤라처럼 편하지 않았지만, 지금은 아무래도 상관없었다. 셰에라자드는 이마에 드리운 찬란한 녹색 보석 머리장식을 홱 떼어내 방에 던져버렸다. 그러다 보석과 함께 머리카락 몇 가닥이 뽑히고 말았다. 멍청한 짓을 저질러 아프기만 하자 욕설이 절로 나왔다. 그녀는 대리석 바닥에 주저앉아 성나고 비참한 마음으로 몸을 움츠렸다.

'왜 나를 그렇게 대한 거야? 상처 줄 필요까진 없잖아.'

'난, 상처 주려던 게 아니었는데.'

종일 이런 생각뿐이었지만 데스피나에겐 내색하지 않았다. 이런 걱정을 겉으로 전혀 드러내지 않았다. 하지만 황량한 회색빛 침실에 홀로 남겨진 지금, 스스로에게까지 이런 마음을 숨길 수는 없었다. 모든 사람이 보는 앞에서 자신을 그토록 냉정하게 무시한 것에 대한 우려 때문만은 아니었다. 할리드가 그랬던 건 사실은 배신감을 느꼈기 때문이라는 죄책감이 마음을 괴롭혀서다. 전날 밤 그녀의 행동으로 그가 상처받았기 때문이다.

이쪽에서는 이 상황을 어떻게 돌이킬 수 있을지 몰랐다. 할리드가 먼저 손 내밀어 주어야 했다.

그래서 오늘 노력했다. 셰에라자드는 사과하고 싶었다. 그 상황을 이용하려던 게 아니라고 말하고 싶었다. 하지만 나중에야 비로소 깨달았다. 의도했던 것보다 나쁘게 보였겠구나.

내가 주도권을 쥐었다고, 할리드는 생각했겠구나.

셰에라자드는 홀로 쓴웃음을 지으며 초록색 비단을 걸친 무릎을 모은 다음 이마를 얹었다.

'주도권?'

생각하는 것만으로도 어처구니가 없었다. 어떻게 그토록 모를 수가 있지? 그래서 이제 그는 셰에라자드를 벌하는 중이었다. 장난감을 빼앗겨 화가 난 어린애처럼.

'어떻게 내게 이럴 수가 있어?'

데스피나가 보는 앞에서. 잘랄이 보는 앞에서. 나를 민망하게 만들다니.

마치 내가 아무것도 아닌 것처럼 대하다니.

새벽이 되면 비단 끈에 목이 졸려 죽어도 상관없을 것처럼.

그 기억에 목구멍이 조여왔다.

'시바.'

"어떻게 이럴 수가 있어!"

그녀는 어둠에 대고 소리쳤다.

이 게임은 혼자 하는 게 아니었다. 그녀 역시 사탕을 뺏긴 어린 애처럼 할리드에게 화를 낼 수 있었다. 그렇게 하면, 아마도 오늘 내내 그랬던 것처럼 이토록 비참하고 외로운 기분을 느끼지는 않을 텐데. 세상이 무너져 버린 것 같지는 않을 텐데.

지금처럼 그를 잃어버린 기분은 안 들 텐데.

셰에라자드는 일어서서 허리에 두른 가느다란 금 사슬을 조정했다. 왼손에 찬 팔찌, 목에 건 목걸이와 똑같이 사슬 한가운데 에메랄드와 다이아몬드가 쭉 달려있었다. 그녀는 머리카락을 흔들고는 방 한쪽에 있는 낮은 탁자로 다가갔다.

그리고 쟁반 덮개를 열고 주얼드 라이스(jeweled rice, 페르시아의 요리로, 바스마티 쌀에 사프란과 당근, 견과류 등을 넣고 짓는다—옮긴이)와 사프란을 넣은 닭 요리를 먹기 시작했다. 신선한 허브와 차가운 요구르트를 먹는 중간중간 차를 마시고 꿀을 넣은 피스타치오 케이크를 먹었다. 음식은 죄다 차가웠고, 맛을 음미하기보단 습관적으로 씹었다. 하지만 아무리 화가 나도 배고픈 채로 잠들면 나중에 후회한다는 걸 알고 있었다.

건성으로 식사를 하는 도중이었다. 침실 문이 열렸다.

셰에라자드는 먹기를 멈췄지만, 고개를 돌리지는 않았다. 오히려 식사를 계속했다. 태연함을 가장하며 손에 힘을 주고 미지근한 차를 한 잔 더 따랐다.

다시금 뒤에서 그의 존재가 느껴졌다. 그때와 똑같은 바람의 변화.

그때처럼, 미칠 듯이 영화로운 순간.

셰에라자드는 더없는 정확함으로 납작한 빵을 반으로 찢었다.

“셰에라자드.”

그녀는 남자의 부름을 무시했다. 하지만 심장이 일순간 마구 뛰었다.

할리드는 탁자 맞은편으로 성큼성큼 다가가 소리 없이 우아한 자세로 방석에 앉았다.

하지만 셰에라자드는 그저 쟁반만 쳐다보고 있었다. 이제는 납작한 빵 조각을 잘게 찢어 앞에 무더기로 쌓기 시작했다.

“샤지.”

“그러지 말아요.”

할리드는 말이 없었다. 그녀가 무엇을 하지 말라는 것인지 설명하기를 기다렸을 뿐이다.

“아무렇지 않은 척하지 말아요.”

“그런 척하는 게 아니다.”

할리드는 조용히 대답했다. 셰에라자드는 납작한 빵을 마저 찢고 나서 경계심 어린 매서운 눈빛으로 그의 시선을 마주했다. 남자의 눈가에는 피로한 기색이 그득했다. 턱에는 힘이 들어갔고, 자세 또한 굳었다.

'내게 상처를 줘놓고 미안하지도 않은가 봐.'

셰에라자드의 가슴 저 깊은 곳이 저미듯 아팠다.

'하지만 미안해하게 될 거야.'

"셰에라자드."

"언젠가 나한테 말하셨죠. 내 이야기 속 인물들이 사랑을 그토록 중요하게 생각하는 게 안타깝다고요."

할리드는 그녀를 말없이 쏘아보았다.

"왜 그렇게 생각하세요? 사랑이란 감정에 대해 어떤 거부감을 품으셨나요?"

할리드의 두 눈이 그녀의 얼굴을 슬쩍 스쳤다.

"거부감이 들지는 않는다. 그 감정을 지켜보고 생각을 이야기했을 뿐. 사랑이란 단어는 나의 취향에 맞지 않게 너무 남발되곤 한다. 그래서 난 사랑이란 게 사람이 아니라 사물에서 비롯된다고 생각하지."

"그게 무슨 말이죠?"

할리드는 조심스럽게 숨을 내쉬었다.

"사람들은 해가 뜨고 지는 것과도 사랑에 빠졌다가 헤어나지 않던가. 어느 날은 초록색을 좋아하다가도, 다음 날에는 정말로 좋아하는 색이 파란색이라는 걸 깨닫는 소년같이 말이야."

셰에라자드는 웃었다. 자신의 웃음소리가 아픈 상처를 헤집는 것 같았다.

"그래서 평생 아무도 사랑하지 않을 마음이신가요? 그저……

사물만을 사랑하실 건가요?"

"아니. 난 그보다 더한 무언가를 찾고 있다."

"사랑보다 더한 무언가요?"

"그래."

"사랑보다 더한 것을 받을 자격이 있다고 생각하다니 너무 오만하신 것 아닌가요, 할리드 이븐 알-라시드?"

"바람과 함께 사라지지 않을 것을 원하는 게 그토록 오만하단 말인가? 역경이 다가올 기미만 보여도 무너져 버릴 것이 아닌, 다른 걸 바라면 안 되나?"

"세상에 존재하지 않는 걸 원하시니까요. 그런 건 상상에만 존재한답니다."

"아니. 나는 내면을 볼 줄 아는 이를 원한다. 균형을 맞추는 사람 말이다. 평등하게."

"그토록 찾기 힘든 존재를, 그렇다면 어떻게 알아보실 건가요?"

셰에라자드가 쏘아붙였다.

"그이는 공기 같을 거라 생각한다. 그러니 숨 쉬는 법을 자연스레 아는 것처럼 알게 되겠지."

할리드가 고요히 나는 매처럼 그녀를 바라보며 말했다. 셰에라자드의 목이 바짝 말라왔다.

"시적이시군요. 현실적이지 않고요."

그녀가 속삭였다.

"내 어머니는 시를 이해하지 못하는 자는 영혼이 결여된 사람이라 말씀하셨지."

"그 말씀은 옳은 것도 같아요."

“내 아버지를 가리켜 말씀하신 거다. 만약 영혼이 없는 사람이 있다면, 그건 바로 아버지라고 하셨지. 나는 그분을 무척 닮았다는 말을 많이 듣는다.”

할리드가 억양 없이 말했다. 셰에라자드는 앞에 쌓아둔 빵조각 더미를 하릴없이 바라보았다.

‘난 널 불쌍하게 여기지 않을 거야. 넌 내 동정을 받을 자격이 없어.’

점점 고조되며 몰아치는 감정을 애써 누르면서 셰에라자드는 고개를 들고 단호하게 다음 행동으로 넘어갔다.

“난…….”

“내가 오늘 그대의 마음을 아프게 했지.”

그가 조용히 말했다. 달군 강철 위를 부드럽게 식히는 물결 같은 목소리였다.

“괜찮아요.”

그녀의 뺨이 붉게 물들었다.

“내가 괜찮지 않아.”

셰에라자드는 가볍게 비웃음을 흘렸다.

“그렇다면 그러지 마셨어야죠.”

“그래.”

셰에라자드는 아름답게 깎아 세공한 유리 같은 그의 옆모습을 지그시 바라보았다. 이 순간마저 남자의 얼굴은 아름다웠다. 그러나 그녀의 고통에 어떤 영향을 받았는지는 전혀 드러나지 않았다.

얼음과 돌로 만든 것 같은 남자…….

그녀의 마음을 자갈 가득한 해변에 던져버리고 눈길 한 번 주지 않은 채 떠나버린 남자.

'이 남자가 이기게 놔두지 않을 거야. 시바를 위해서. 나를 위해서. 난 진실을 알아내고야 말겠어. 이 남자를 파괴하는 한이 있더라도.'

"하실 말씀은 그것뿐인가요?"

그녀가 나직하게 묻자 할리드는 잠시 말이 없다가 대답했다.

"그래."

"그럼 이야기를 들려드릴게요."

"새로운 이야기인가?"

셰에라자드는 고개를 끄덕였다.

"듣고 싶으신가요?"

할리드는 조심스럽게 숨을 들이쉬더니 방석에 팔꿈치를 기댔다.

셰에라자드는 카다멈 차를 한 모금 마시고 옆에 있던 화려한 비단 무더기에 몸을 기댔다.

"옛날 옛적, 탈라라는 소녀가 살았습니다. 탈라의 아버지는 한때 부유했지만, 형편없는 결정을 내리는 바람에 사업에 실패하고 모든 것을 잃었지요. 게다가 더없이 사랑했던 아내마저 비극적으로 세상을 떠나고 말았습니다. 슬픔에 겨웠던 탈라의 아버지는 음악과 예술에서 위안을 찾았습니다. 그래서 한 손에는 붓을 들고, 다른 손에는 자신이 가장 좋아하는 산투르(santur, 양금이라고도 불리는 페르시아의 현악기로, 작은 망치로 두드려 소리를 낸다)를 든 채 시간을 보내곤 했습니다."

셰에라자드는 얼굴에 흘러내린 머리카락을 살며시 쓸어 넘겼다.

"처음에 탈라는 많은 것을 잃어버린 아버지가 다른 일에 몰두하는 모습을 이해해 보려고 했습니다. 하지만 그 때문에 남은 가족에게, 그리고 탈라 자신에게도 벌어지는 어려움을 모른 척하기가 점점 힘들어졌지요. 그녀는 아버지를 무척 사랑했고 아버지가 선한 분이라는 걸 믿었지만, 지금 모습으로는 가족을 부양하지 못한다는 것 또한 알았으니까요. 아버지가 탈라와 어린 남동생을 위해 살아갈 거란 생각이 더는 들지 않았습니다."

셰에라자드의 우울한 표정을 본 할리드가 이맛살을 찌푸렸다.

"그래서 탈라는 남편감을 찾기 시작했습니다. 가족의 불운한 환경을 감안하면 좋은 짝을 찾을 수 없다는 건 알고 있었죠. 그런데 곧바로 어떤 부유한 상인이 신붓감을 찾는다는 소문을 들었습니다. 그 상인은 나이가 많고 전에도 몇 번 결혼한 적이 있었지만, 전처들이 어떻게 되었는지 아는 사람은 아무도 없었지요. 그래서 아가씨들은 그와 결혼하기를 주저했습니다. 게다가 그는 푸른빛이 도는 검은 수염을 아주 길게 길렀습니다. 수염의 빛깔이 어찌나 검던지, 빛을 비추면 무시무시한 푸른 빛깔이 돌았지요. 그래서 상인에겐 다소 불운한 별명이 붙었습니다. 푸른 수염 메흐르다드라는 이름이었습니다."

셰에라자드는 일어나 앉아 에메랄드 목걸이를 풀어서 은제 찻주전자 옆에 놓았다. 할리드는 말없이 그녀를 지켜보았다.

"이런 의심에도 불구하고, 탈라는 메흐르다드와 결혼하기로 결심했습니다. 그녀는 열여섯 살이었고 예쁘장했지요. 총명하고 활달했습니다. 메흐르다드는 탈라가 지참금을 전혀 가져오지 못했는데도 그녀를 좋아했습니다. 그녀가 내건 유일한 조건은 메흐르다드가 친정 가족을 돌보아 주는 것이었지요. 그는 서슴없이 승

낙했고, 두 사람은 곧 결혼했습니다. 탈라는 살던 집을 떠나 도시 반대편에 있는 남편의 집으로 이사했습니다. 담벼락으로 둘러싸인 으리으리한 저택이었지요. 처음에는 모든 게 정상적이었습니다. 어쩌면 이상적인 결혼 생활이라고도 할 수 있었지요. 메흐르다드는 남편으로서 존경할 만한 좋은 사람이었습니다. 그리고 탈라를 꽤 마음에 들어했습니다. 그는 아내에게 저택에 있는 수많은 방에 출입할 권한을 주었고, 새 옷가지와 보석, 향수와 미술품을 아낌없이 선물했습니다. 탈라가 꿈에서만 그려보았지 가질 수는 없으리라 생각했던 아름다운 물품들이었습니다."

셰에라자드는 할리드와 눈을 마주치며 두 손으로 섬세한 비단 바지를 움켜쥐었다.

"얼마 후, 메흐르다드는 사업차 여행을 떠나기로 했습니다. 그는 탈라에게 집 열쇠들을 주면서 자신이 없는 동안 집을 관리해 달라고 했습니다. 매일 있는 업무를 맡기고, 자신의 재산에 마음껏 접근할 수 있는 권한을 주었습니다. 그런데 단 하나, 조건이 있었습니다. 메흐르다드는 열쇠고리에 달린 가장 작은 열쇠를 들고 그녀에게 보여주었습니다. 그리고 이것이 지하실 방 열쇠인데, 어떤 이유로든 그 방에 들어가서는 안 된다는 것이었습니다. 그는 탈라에게 이 지시를 어기면 죽음을 각오해야 할 거라고, 자신의 말을 따를 것을 맹세하게 했습니다. 탈라는 지하실에 들어가지 않겠다고 약속했고, 이 상황이 얼마나 엄중한지 분명히 알았다고 확실하게 말했습니다. 그러자 메흐르다드는 그녀에게 열쇠를 주고서 한 달 후에 돌아오겠다 약속하고 길을 떠났습니다."

셰에라자드는 장식을 아로새긴 유리잔 바닥에 남았던 차가운 차를 마저 마셨다. 돌 설탕이 섞인 찌꺼기가 너무 달았다. 쓴맛 도는 카다멈과 미처 녹지 않은 설탕의 혼합물이 입안에서 맴돌았다.

자그마한 컵을 내려놓자 불안감에 손이 덜덜 떨렸다.

"한동안 탈라는 이 멋진 집을 자유롭게 누릴 기회를 만끽했습니다. 하인들은 그녀를 예의 바르게 대했습니다. 그녀는 친구들과 가족을 불러서 별빛 가득한 야외에서 세심하게 준비한 근사한 식사를 대접했습니다. 남편의 저택에 있는 방 하나하나마다 매혹적이었습니다. 메흐르다드가 여행을 하면서 모았던 아름답고 놀라운 물건을 보며, 탈라는 새로운 세상은 어떨까 상상하게 되었습니다. 하지만 하루가 지날수록 지하실 방에 대한 생각으로…… 그녀는 마음이 괴로워졌습니다. 자꾸만 그 생각이 머릿속을 좀먹었지요. 그 방은 어서 이리로 와보라 손짓했습니다."

할리드는 자세를 고쳐 앉았다. 그의 얼굴이 굳어갔다.

"어느 날, 이러면 안 된다는 걸 알면서도 탈라는 지하실로 성큼성큼 다가갔습니다. 그 안에서 분명히 누군가가 울부짖는 소리를 들은 것 같았지요. 처음에는 무시하려 했습니다. 하지만 그 소리는 계속 외쳤습니다. '탈라!' 탈라의 심장이 마구 뛰었습니다. 공포에 사로잡힌 그녀는 열쇠고리를 집으려고 손을 뻗었다가 메흐르다드의 지시를 떠올리고 계단을 뛰어올라 도망쳤습니다. 하지만 그날 밤, 잠을 이룰 수가 없었지요. 다음 날, 탈라는 다시 지하실로 내려갔습니다. 그러자 다시 그 방 안에서 애원하는 소리가 들렸습니다. '탈라, 제발 부탁이야!' 외치는 소리를 들은 탈라는 의심의 여지 없이 그 소리의 정체를 깨달았습니다. 어린 소녀의 목소리였지요. 탈라는 그 외침을 무시할 수가 없었습니다. 허리춤에 찬 열쇠를 더듬다가, 그만 열쇠고리를 바닥을 떨어뜨렸습니다. 마침내 지하실 열쇠를 간신히 집어 들었지만 손이 어찌나 심하게 떨리는지 구멍에 꽂는 데도 애를 먹었습니다."

셰에라자드는 마른침을 삼켰다. 목이 아프도록 타올랐다. 할리드는 그녀를 빤히 쳐다보고 있었다. 그의 온 근육이 경각심을 곤두세운 채 바짝 긴장했다.

'마마의 남편은 너그러운 사람이 아닙니다.'

맥박이 두근두근 뛰었지만, 셰에라자드는 흔들림 없이 이야기를 이어나갔다.

'넌 나를 이렇게 대하지 않을 거야. 넌 내 마음을 다시 해안에 내팽개치지 않을 거야. 넌 두 번 다시 날 외면하지 않을 거라고.'

"자물통이 철컥 돌아가는 소리에 탈라는 화들짝 놀랐습니다……. 이윽고 문이 열리자 그녀는 더없이 캄캄한 어둠 속으로 들어갔지요. 처음으로 알아차린 건 냄새였습니다. 녹슨 칼에서 나는 것처럼 철과 오래된 금속 냄새가 났습니다. 지하실은 따뜻하고 눅눅했습니다. 그러다 탈라의 발에 무언가가 닿는가 싶더니, 부패하고 썩은 냄새가 확 덮쳐왔습니다."

"셰에라자드."

할리드가 낮은 목소리로 경고했다. 하지만 셰에라자드는 아랑곳하지 않고 이야기를 계속했다.

"어둠에 눈이 익자 탈라는 아래를 내려다보았습니다. 발밑에는 굳은 핏덩이가 보였습니다. 그녀 주위로…… 온통 시체들이 보였습니다. 젊은 여자의 시체였지요. 그들은 메흐르다드의……."

"셰에라자드!"

셰에라자드의 귓가가 심장처럼 두근두근 뛰었다. 할리드는 벌떡 일어났다. 얼굴에는 괴로운 분노가 가면처럼 드러났다. 그는 숨을 몰아쉬며 셰에라자드를 내려다보다가, 잠시 후 문 쪽으로 돌아섰다.

'안 돼!'

셰에라자드는 마구 뛰어서 남자의 성난 발걸음을 겨우 따라잡았다. 할리드가 손잡이를 잡았을 때, 그녀는 몸을 던져 두 팔로 그의 허리를 끌어안았다.

"부탁이에요!"

셰에라자드가 울부짖었다. 하지만 그는 대꾸하지 않았다.

남자의 등에 파묻은 얼굴에서 눈물이 흐르기 시작했다. 예상치 못했던 민망한 눈물이었다. 그녀는 숨을 헐떡이며 속삭였다.

"내게 열쇠를 주세요. 문 안에 뭐가 있는지 보게 해주세요. 당신은 메흐르다드가 아니잖아요. 나에게 알려줘요."

할리드가 그녀의 손목을 잡고서 몸을 떼어내려 했지만, 셰에라자드는 그럴수록 남자의 몸을 단단히 잡고 놓지 않았다.

"나에게 열쇠를 줘요, 할리드-잔."

셰에라자드의 목소리가 갈라져 나왔다.

다정하게 부르는 이름을 듣자 남자의 몸에서 긴장이 풀렸다. 몽롱한 침묵이 얼마나 흘렀을까. 이윽고 할리드는 숨을 내쉬며 졌다는 듯 어깨를 축 늘어뜨렸다.

셰에라자드는 손가락으로 그의 가슴을 더듬었다. 그는 조용히 말했다.

"그대는 어제 내 마음을 아프게 했다."

"알아요."

"아주 많이."

그녀는 남자의 카미스 리넨 천 위로 고개를 끄덕였다. 할리드가 말을 이었다.

"그런데도 그대는 사과 한 마디 하지 않았다."

"사과하고 싶었어요. 정말로요. 하지만 그땐 당신이 너무 미웠어요."

"무언가를 하려고 한 것과 실제로 하는 것 사이에는 아주 큰 차이가 있다."

셰에라자드는 다시 고개를 끄덕였다.

할리드는 한숨을 쉬고서 안긴 몸을 돌려 그녀를 마주 보았다.

"그대 말이 맞아. 그대는 내가 미웠겠지."

그는 손을 들어 셰에라자드의 얼굴에 흐른 눈물을 닦아주었다.

"당신의 마음을 아프게 해서 미안해요."

셰에라자드가 빛나는 눈동자를 들어 말했다.

할리드는 한 손으로 그녀의 목덜미를 어루만지며 자신의 턱을 그녀의 머리 위에 얹고서 속삭였다.

"나도 미안하구나, 주남(joonam, '내 모든 것'이란 뜻의 애칭). 정말로, 너무나 미안하다."

주사위는
던져졌다

자한다르는 탈레칸의 대리석 현관 그늘에 서있었다. 구겨진 티카 띠 사이로 엄지를 구부려 넣은 채였다. 그는 라힘 알-딘 왈라드가 윤기 나는 아할-테케종(Akhal-Teke, 광택 나는 털빛으로 유명한 품종마) 말에서 내리는 모습을 지켜보았다. 라힘은 곡식 자루를 부엌으로 나르는 짐꾼들에게 고갯짓을 했다. 일꾼들은 미소를 지으며 젊은 귀족과 반갑게 몇 마디를 나눈 다음 이내 사라졌다.

라힘이 방향을 바꾸어 이쪽으로 걸어오자, 자한다르는 매끄러운 돌기둥 뒤에서 급히 나와 라힘에게 다가갔다. 자한다르는 헛기침을 하고 숨을 들이켜 목소리를 가다듬었다.

"라힘-잔!"

라힘이 깜짝 놀라 뒤로 물러섰다.

"자한다르-에펜디. 이렇게 뵈어 반갑습니다."

자한다르는 라힘에게 억지로 웃어 보이려 했지만 잘 되지 않았다.

"하지만 네 속마음은 아닌 것 같구나. 어쨌든 예의를 차려주어 고맙다."

라힘도 억지로 입을 움직여 미소 비슷한 것을 지었다.

"많이 힘드시지요."

"쉽지 않았지. 하지만 지금은 훨씬 나아졌어."

라힘은 고개를 끄덕였다.

"나아지셨다니 다행입니다. 이르사도 분명히 곧 행복해질 겁니다."

자한다르는 목을 다시 가다듬고는 눈길을 떨구었다. 라힘의 눈빛이 문득 질책하듯 냉정해졌다.

"레이에서 온 이후로 이르사는 매일 구석에 있는 분수대에 앉아서 그림을 그리거나 책을 읽습니다. 아저씨가 주신 책인 것 같은데요."

"그래. 차에 대한 책이지."

자한다르는 멍하니 대꾸했다. 라힘은 퉁명스럽게 고개를 까딱였다. 그리고 다시 현관으로 들어가려 했는데, 자한다르가 두 손바닥을 들고서 그를 막아섰다.

"어쩌다 손을 데셨어요?"

자한다르의 손가락에 잡힌 물집을 본 라힘이 깜짝 놀라 물었다. 자한다르는 고개를 저었다. 라힘이 내비치는 걱정이 마치 귀찮은 날벌레라도 되는 양 털어버리려는 것 같았다.

"책을 해석하다가 등불에 손을 데었다. 걱정하지 마라, 라힘-잔. 이미 연고도 방에 갔다놓았다."

라힘은 눈살을 찌푸렸다.

“부디 몸조심하세요, 자한다르-에펜디. 아저씨와 이르사가 탈레칸에 머무는 동안 무슨 일이라도 생긴다면 샤지가 저를 괴롭힐 거라고요. 그리고 셰에라자드가 행복하지 못하면 타리크가 무척 화를 내겠죠. 저는 그 둘이 지독히도 말을 안 들으며 난리치는 꼴을 보고 싶지 않거든요. 걔들 성질머리는 전갈이랑 모래 함정 저리 가라니까요.”

자한다르는 애처롭게 한숨을 쉬며 발을 끌었다.

“내가 아비로서 아주 한심해 보이겠구나. 그렇지?”

“아저씨는 딸들을 사랑하시죠. 그건 분명해요. 하지만 그렇다고 좋은 아버지이신지는 잘 모르겠어요.”

“넌 언제나 참 좋은 아이였다, 라힘-잔. 타리크에게도 그렇고, 우리 셰에라자드에게도 아주 훌륭한 친구가 되어주었어.”

자한다르는 평소와는 다르게 강렬한 시선으로 라힘을 찬찬히 바라보았다. 라힘은 얼굴을 굳혔다. 얼굴 주름 사이로 불편한 기색이 그득했다.

“칭찬해 주셔서 고맙습니다.”

어색한 침묵이 두 사람 사이에 내려앉았다.

이윽고 자한다르는 행동에 나서야 할 때라는 걸 깨달았다. 새로운 종류의 시험이 목전에 다가왔기 때문이었다. 어릴 적부터 언제나 두려워하던 시험이었다. 속으로는 어서 뒤로 물러서서 안전한 그늘에 숨고 싶은 마음이 자꾸 들었지만, 그는 억지로 그 마음을 눌렀다. 저 고고한 한구석에서는 아직도 약한 모습이 남아서 웅얼거렸다. 자신은 맞서 싸우는 전사가 아니라고.

책이나 읽는 늙은이라고.

자한다르는 성긴 수염 아래로 턱에 힘을 주었다.

"라힘 알-딘 왈라드. 이런 걸 물어볼 권리는 전혀 없다는 걸 알고 있다. 하지만 아버지로서 달리 어쩔 수가 없구나."

라힘은 조심스럽게 숨을 들이쉬며 이어질 말을 기다렸다. 자한다르가 입을 열었다.

"타리크가 셰에라자드 때문에 탈레칸에서 떠났다는 걸 알고 있다. 그 애가 무슨 계획을 세웠는지 나로서는 알 길이 없지만, 그렇다고 다른 사람이 내 딸을 구하는데 나는 방구석에 우두커니 앉아있지는 않을 거다. 난 처음엔 아버지라면 응당 해야 할 일을 하지 못했어. 그 애를 막지 못했으니까. 하지만 이젠 필요한 일이 있다면 뭐든지 할 수 있을 것 같구나. 난 너희처럼 싸울 수는 없다. 용맹하고 강한 사람이 아니니까. 난 타리크 같지는 않지. 하지만 셰에라자드의 아비로서, 딸을 위해 뭐든지 할 거다. 그러니 제발 나를 빼놓지 말아다오. 너희의 계획에 나도 동참하게 해주길 바란다. 나에게도 뭔가 할 일을 다오."

라힘은 조용히 생각에 잠겨서 자한다르의 말을 들었다.

"죄송하지만 결정을 내리는 건 제가 아니라서요, 자한다르-에펜디."

"그, 그래. 알았다."

"하지만 때가 되면 아저씨를 타리크에게 데려다 드릴게요."

자한다르는 고개를 끄덕였다. 묘하게도 호전적인 느낌이 그의 눈빛에 섞여들었다.

"고맙다, 고마워, 라힘-잔."

이제 라힘은 진심 어린 미소를 지었다. 그는 자한다르의 어깨에 손을 얹었다. 그리고 고개를 숙인 다음 이마에 손끝을 댔다.

자한다르는 아치형 현관에 가만히 서서 자신의 성공을 자축했다. 이 시험을 통과했으니까.

그러고는 손바닥을 내려다보았다. 가장 최근에 생긴 물집은 지난번 입었던 상처 위에 났다. 물집을 조금만 건드려도 따가웠다. 화끈거리는 기색에 이어 고통이 찾아왔다. 그의 피부는 딱딱했고 손톱 아래는 온통 갈라졌다. 게다가 남은 옷소매를 더 이상은 태워먹을 수가 없었다.

이젠 때가 되었다.

자한다르는 안뜰 저쪽에 있는 주방 입구를 가만히 바라보았다.

토끼 한 마리로는 안 된다. 이번만큼은.

더 많은 것이 필요했다.

언제나 더 많은 것이 있어야 하리라.

매와
호랑이

셰에라자드는 발코니 대리석 난간에 서서 연못을 내려다보고 있었다. 한낮의 햇살로 반짝이는 수면 위로, 산들바람이 지날 때마다 잔물결이 일었다.

하지만 셰에라자드는 연못에 별 관심이 없었다.

다가오는 손님들이 훨씬 더 매혹적이었으니까.

지금 이곳은 아주 특이한 동물들을 모아놓은 동물원 같았다.

불안한 표정의 젊은이 하나가 수행원 일행을 데리고 안뜰로 들어왔다. 수행원들은 각자 젊은이의 의복 각 부분을 벗기려고 준비 중이었다. 첫 번째 수행원은 가죽 만칼라를 벗겼다. 다음으로는 리다를 벗기더니, 그다음에는 부츠를 벗기고서 재빨리 깨끗한 샌들을 신겼다. 젊은이가 한 걸음 내딛기 전에 하인들은 저마다 맡은 의복을 착착 치웠다.

또 다른 남자가 들어왔다. 몸집이 남자 셋을 합친 것처럼 커다란 남자는 코끼리를 타고 있었다. 구부러진 상아를 보란 듯이 드러낸 코끼리는 육중한 발을 거친 화강암 바닥에 질질 끌고 있었다. 이 남자의 기름 바른 콧수염 끝은 조금만 움직여도 이리저리 실룩였고, 열 손가락에는 서로 다른 보석이 박힌 거대한 반지가 태양빛을 받아 제멋대로 번뜩였다.

셰에라자드는 손바닥에 턱을 괸 채 숨죽여 웃었다.

또 다른 귀족이 무언가를 타고 입구로 들어왔다. 그가 탄 짐승은 셰에라자드가 한 번도 본 적 없는 것으로, 생긴 것과 크기는 말과 비슷했지만 신기하게도 털이 하얗고 검은 줄무늬를 하고 있었다. 그 짐승이 말굽을 구르며 콧김을 뿜더니 목을 이리저리 흔들어 댔다. 셰에라자드는 그 모습을 보자마자 깜짝 놀라 데스피나를 곁으로 불렀다.

데스피나는 셰에라자드 옆에 서서 고개를 저었다.

“마마는 정말이지 여기 계시면 안 돼요.”

셰에라자드는 천연덕스럽게 손을 내저었다.

“왜 안 돼요? 아주 안전한데요. 무기는 다 궁전 입구에서 반납해야 하잖아요.”

“제가 마마를 이해시켜 드릴 수 있다면 얼마나 좋을까요. 마마는 종달새를 타고 저 하늘에서 재미있는 전시물을 감상하듯 여기서 어슬렁거리시면 안 된다는 뜻이에요. 저들이 섬기는 왕비시잖아요.”

하지만 셰에라자드는 난간 위로 몸을 더욱 구부리며 대꾸했다.

“저들이 온 건 나 때문이 아니잖아요. 파르티아에서 온 그 끔찍한 술탄 때문이지. 데스피나, 저기 저 낙타 타고 온 바보 같은 사람 봤나요? 놋쇠 방울을 달고 콧구멍에 손가락 넣은 사람 말이에요.”

데스피나의 눈이 흐려졌다.

셰에라자드는 데스피나가 이맛살을 찌푸렸어도 모른 척했다.

사실은 한숨 돌릴 시간이 필요했기 때문이었다. 잠깐이라도 바보처럼 굴고 싶었다. 그럴 때만큼은 반짝이는 대리석 궁전에서 번뜩이는 보석을 목에 걸고 발밑에 은은히 빛나는 물웅덩이를 밟으며 살아야 하는 현실을 잊을 수가 있으니까.

긴장감이 계속 쌓여가는 결혼 생활의 현실을…….

그녀를 건드리려 하지 않는 남편과, 그녀에게 감히 가까이 다가오지도 않고, 그 자신의 비밀은 더더욱 드러내려 하지 않는 남편과 사는 현실을.

셰에라자드는 이를 악물었다.

2주 전 그날 밤, 탈라와 메흐르다드의 이야기를 들려준 후로 할리드는 매일 저녁 그녀를 방문해 저녁 식사를 하고 새로운 이야기를 들었다. 그는 멀찍이 떨어져서 이야기를 들었고, 부자연스러우리만큼 격식을 차려서 대화를 나누었으며, 하루 종일 무엇을 보았는지 간단한 의견을 나누었다.

그 자리가 끝나면 할리드는 떠났고, 셰에라자드는 다음 날 밤이 되도록 그를 보지 못했다.

'마마의 남편은 너그러운 사람이 아닙니다.'

셰에라자드는 손끝에서 핏기가 가실 만큼 돌난간을 두 손으로 꽉 움켜쥐었다.

"그건 그렇고, 저 바보 같은 사람들은 다 누군가요?"

셰에라자드는 데스피나를 보며 억지 미소를 지었다. 그러자 데스피나의 입술이 뾰로통해졌다.

“대부분 칼리프 휘하의 영주들이에요. 호라산의 에미르들에게 모두 초대장을 보냈거든요.”

그 순간, 셰에라자드의 숨이 턱 막혔다. 그녀는 난간에서 몸을 돌려 데스피나를 바라보았다.

“뭐라고요?”

그녀가 속삭여 묻자, 데스피나는 고개를 한쪽으로 기울이며 대답했다.

“이미 말씀드렸잖아요. 제 말을 제대로 들으시는 법이 없네요. 영주들은 파르티아의 술탄만을 위해 모인 것만이 아니에요. 칼리프께서는 마마를 왕비로 소개하고 싶어 하세요. 그래서 왕국의 귀족을 모두 초대해 자리를 마련한 거죠. 바로 마마를 알현할 자리를요.”

셰에라자드의 속이 공포로 뒤틀리기 시작했다.

‘타리크는 안 올 거야. 귀족이긴 해도, 에미르가 아니잖아. 아직은 아니잖아. 감히 이 자리에 올 리 없어.’

데스피나의 연설이 계속 이어졌지만, 셰에라자드의 귀에는 그저 의미 없는 소음으로 들릴 뿐이었다.

그러자 저 위에서 익숙한 울음소리가 울렸다.

셰에라자드는 주먹을 꽉 쥐고 난간으로 다시 돌아서며 하늘에 대고 간절히 빌었지만……

‘안 돼.’

암적색 알-함사 말을 타고 화강암 바닥을 덜그럭거리며 걸어오는 남자는 바로 그녀의 첫사랑이었다.

타리크 임란 알-지야드.

“어머, 어머, 어쩜.”

데스피나가 나지막이 호들갑을 떨었다.

타리크가 종마의 고삐를 잡고서 하늘을 향해 휘파람을 부는 모습은 모두의 관심을 끌었다. 휘파람이 아니더라도 여전히 눈길을 끌만한 모습임은 당연했다. 먼지를 뒤집어쓴 헝클어진 옷차림에도 불구하고 타리크는 당당한 조각 같았다. 넓은 어깨에 사막과 같은 빛깔의 피부, 은빛과 잿빛이 섞인 눈동자를 지닌 남자는 누구든 저도 모르게 고개가 돌아갈 만큼 매력적이었다. 턱 위로 머리카락 그림자가 희미하게 드리웠지만, 오히려 그 덕분에 조각의 대가가 손으로 빚어낸 듯한 이목구비가 더욱 돋보였다.

조라야가 구름 사이에서 아래로 쏜살같이 내려와 팔에 두른 만칼라 위에 내려앉자 타리크는 고개를 들었다.

그리고 셰에라자드를 보았다.

그의 눈길은 마치 손길이 닿는 것만 같았다.

셰에라자드의 가슴이 쿵쿵 뛰기 시작했다. 두려움이 점점 피어올라 단단히 자리를 잡았다.

하지만 그 두려움은 그녀를 사로잡은 또 다른 공포에 비하면 아무것도 아니었다. 곧이어 앞에 펼쳐진 광경을 본 그녀는 소리 없는 비명을 지르고 말았으니…….

할리드가 아라비아산 흑마를 타고서 안뜰로 들어왔기 때문이었다.

그녀의 첫사랑과 불과 얼마 떨어지지 않은 곳으로.

셰에라자드는 발코니에서 사라졌다.

그편이 오히려 나았다.

타리크는 그녀의 모습을 한껏 만끽하고 싶은 마음이 간절했지만, 지금은 정신을 딴 데다 팔 수가 없었다. 제아무리 그녀가 반갑더라도 말이다.

자신의 목표물이 다가왔으니까.

할리드 이븐 알-라시드.

시바를 죽인 자. 셰에라자드의 남편.

타리크는 빈손으로 말고삐를 꽉 쥐었다.

괴물 같은 칼리프는 거대한 아라비아산 흑마를 타고 타리크 곁을 지나갔다. 곁을 지나며 짙은 빛깔 리다를 휘날렸다. 타리크의 가슴에 본능적인 증오심이 똬리를 틀었다. 이윽고 그 괴물이 안뜰 한가운데 멈춰 서서 망토에 달린 두건을 젖히자, 타리크의 분노는 주먹까지 뻗었다.

저 괴물의 싸늘한 제왕적 풍모를 이 두 주먹으로 마구 두들기면 어떨까. 피와 뼈만 남을 때까지 주먹을 휘둘러 보면 어떨까. 타리크는 그 광경을 상상해 보았다.

괴물 칼리프의 오른편에는 오만한 미소를 짓고 있는 젊은이가 있었다. 갈색 곱슬머리 젊은이가 입은 갑옷의 흉갑에는 왕실 근위대 문양이 새겨져 있었다. 왼편에는 레이의 샤르반을 상징하는 금빛 그리핀이 수놓인 망토를 입은 중년 남자가 섰다.

안뜰이 조용해지자, 괴물이 입을 열었다.

"레이에 온 것을 환영하오."

그의 목소리는 의외로 겸손했다.

"여기까지 다들 안전하고 무탈하게 오셨으리라 생각하오. 이

자리에 여러분을 초대하게 되어 영광이오. 또한 모두에게 주목 받는 위대한 호라산을 이루기 위해 여러분이 불철주야 노력해 왔고, 현재도 노력하고 있으며, 앞으로도 노력하리라는 점에 감사드리오."

안뜰 저 끝에서부터 정중한 환호성이 일었다.

"다시 한번 나의 고향에 오신 것을 환영하오. 여러분이 이곳을 떠날 때쯤에는 내가 레이를 사랑하는 것만큼이나 여러분도 이곳을 사랑하게 되기를 간절히 바라겠소. 이곳은 내가 어린 시절을 보낸 곳이니."

괴물은 잠시 말을 멈추었다가 가만히 이었다.

"그리고 이제는 나의 왕비가 사는 곳이 되었소."

이 말에, 동조하는 함성이 점점 커지면서 호기심 어린 남자들의 목소리가 또렷이 들렸다. 칼리프의 오른편에 선 오만한 젊은이는 감탄하듯 히죽 웃었지만, 왼편에 선 샤르반은 체념한 듯 한숨을 쉬었다.

타리크는 온 힘을 다해 고개를 돌렸다. 눈에 띄는 행동을 해서는 안 되었기 때문이다. 자신의 증오심이 너무 뚜렷하게 드러났으니까. 속에서 끓어오르는 분노 때문에 온몸에 살의가 일었다.

저 괴물에겐 죽음조차 너무 가벼운 형벌이리라.

감히 셰에라자드를 자신이 획득한 상품처럼 과시하다니?

주인의 분노를 알아챈 듯 조라야가 타리크의 만칼라에 앉아 날개를 퍼덕였다. 타리크는 한 손으로 매를 달래면서, 안뜰을 빠져나가는 칼리프를 지켜보았다. 금빛 갑옷을 차려입은 수행원들이 요란한 소리를 내며 왕의 뒤를 따라갔다.

타리크는 과시하는 겉모습에 별 감흥을 받지 않았다.

라힘이야말로 저 칼리프보다 말을 훨씬 잘 탔다. 호라산의 칼리프는 기껏해야 평균 이상의 솜씨였다. 그야말로 음산하고 엄숙한 표정을 짓는다는 이야기나 검술이 뛰어나다는 은밀한 소문, 냉혹하고 잔인하다는 평가를 들은 것에 비하면 지금 칼리프는 만인의 두려움을 살만한 존재 같아 보이지 않았다. 오히려 인생을 지루하게 여기고, 따분한 나머지 낮잠을 자고 싶어 하는 사람 같았다.

타리크는 조용히 비웃음을 지었다. 속에 품고 있던 혐오감에 새로이 증오가 뒤섞였다.

괴물이라고? 어딜 봐서? 그저 애송이 왕에 불과하잖아.

그리고 곧 있으면 죽을 인간이지.

겹쳐진 검
두 자루

한편 같은 시각, 셰에라자드는 비명을 지르고만 싶었다.

저 바깥 어딘가에는 한 무모한 남자가 매를 데려왔고, 같은 자리에 성질 급한 왕이 칼 두 자루를 차고 있다. 그런데 자신은 방 안에 앉아서 빈둥거리고 있다니.

"가만 좀 계세요!"

데스피나가 명령을 내렸다. 그녀는 왼손으로 셰에라자드의 턱을 쥐더니, 이윽고 아주 작은 붓을 들고 다시금 셰에라자드의 눈꺼풀을 칠했다.

셰에라자드는 이를 악물었다.

"마마는 정말이지 말을 너무 안 들으시네요."

투덜대며 일을 마친 데스피나는 한 발 물러서서 자신의 작품을 뿌듯하게 바라보며 고개를 끄덕였다.

"이제 나가도 되나요?"

셰에라자드는 얼굴에 드리워진 윤기 나는 검은 머리카락을 후 불어 날렸다.

"정말 뻔뻔한 분이로군요. 제가 이토록 노력했는데, 최소한 고마운 척이라도 해주면 안 되나요? 그런 예의도 없으세요?"

데스피나는 셰에라자드의 손목을 잡더니 방 저쪽에 있는 거울로 끌고 갔다.

"데스피나, 나 이러다 늦겠어요!"

"그냥 보기만 하시라고요, 셰에라자드 알-하이주란."

셰에라자드는 반질반질한 은빛 거울을 슬쩍 바라보았다. 그 순간, 헤이즐넛 빛깔 눈동자가 휘둥그레 커지고 말았다.

거울 속 자신의 모습은 아무리 봐도 평범하지 않았으니까.

데스피나는 아주 전통적인 단장법을 채택했다. 그녀는 셰에라자드에게 반짝반짝 빛나는 검은 비단 재질의 서월 바지와 딱 맞는 상의를 입혔다. 하지만 여기에 전형적으로 걸치던 금사나 은사 맨틀은 고르지 않았다. 오늘밤 셰에라자드가 걸친 소매 없는 맨틀은 데스피나의 눈동자 색처럼 더없이 짙고 맑은 파란색이었다. 푸른 맨틀 빛깔에 맞추어, 귓가에 흔들리는 귀걸이는 반짝이는 사파이어였다. 데스피나는 셰에라자드의 이마에 보석을 드리우는 대신 미간에서부터 머리카락 속까지 이어지도록 자그마한 흑요석 구슬 목걸이를 늘어뜨렸다. 검은 구슬은 머리카락에 드리워진 빛을 받아 내재된 그림자처럼 반짝였다.

데스피나는 셰에라자드의 속눈썹 윗부분에 먹선을 굵게 그어 화장을 마무리했다. 양쪽 눈꼬리에 선을 쭉 빼어 마무리한 눈매가 마치 고양이 눈 같았다.

전체적인 효과를 굳이 이야기하자면…… 상대를 사로잡는 매력이 한껏 드러났다고나 할까.

"목걸이는…… 안 하나요?"

셰에라자드가 말을 더듬었다.

"안 해요. 마마가 좋아하지 않으시잖아요. 안 그런 척이라도 잘 하시면 모를까."

"팔에도 뭘 더 걸치지 않고요?"

"네."

셰에라자드는 반짝반짝 빛나는 푸른색 맨틀 천을 손가락으로 쓰다듬었다. 검은 다이아몬드 팔찌가 왼손에서 짤랑거렸다.

"오늘 밤엔 모두 마마를 바라보게 될 거예요. 저들이 마마를 똑똑히 기억하게 하세요. 절대로 잊지 못하게 만드세요. 마마는 호라산의 칼리파예요. 왕을 움직이는 인물이시라고요."

데스피나는 셰에라자드의 어깨에 손을 얹고는 거울에 비친 그들의 모습을 보며 빙긋 웃었다.

"그리고 가장 중요한 점을 잊지 마세요. 칼리프가 아니더라도, 마마는 그 자체만으로도 감히 바라보기 어려운 무시무시한 분이라는 사실을요."

셰에라자드는 미소를 지었지만, 그 미소는 예상치 못했던 절망에서 비롯되었다.

'일단, 당신 말은 여러모로 틀렸어요.'

그녀는 데스피나의 손을 잡았다.

"고마워요. 아까 발코니에서는 다른 데 정신을 팔고 있어서 미안해요. 난요, 그때까지는…… 이 모임의 중요성을 깨닫지 못했어요. 오후 내내 이토록 언짢은 기분으로 있었던 것에 대한 변명을 하는 건 아니지만, 그래도……."

데스피나가 웃었다. 그 웃음소리에 셰에라자드의 긴장했던 마음이 누그러졌다.

"그런 적이 어디 한두 번인가요. 오늘 밤, 어려우시겠지만 침착하게 대처해 보세요. 그럼 모두 용서해 드릴게요."

셰에라자드는 고개를 끄덕이고서 방문으로 걸어갔다. 라즈푸트는 문지방 너머에서 그녀를 기다리고 있었다. 지붕 덮인 복도 끝까지 호위하기 위해서였다. 셰에라자드를 바라보는 그의 눈이 순간적으로 줄어들었다. 그저 어둡기만 한 남자의 깊은 눈빛에서 언뜻 우정 같은 것이 보인 것도 같았다. 이윽고 라즈푸트는 그녀를 미로 같은 복도로 안내했다.

이윽고 마지막 모퉁이를 돌자, 셰에라자드는 걸음을 멈추었다.

금박을 입힌 거대한 이중문 앞에 할리드가 서있었다. 그의 키보다 세 배쯤 더 높은 문 양편에는 석상이 하나씩 지키고 서있었다. 황소의 몸통에 독수리의 날개를 달고 사람의 얼굴을 한 조각이었다.

발소리를 들은 할리드가 돌아섰다. 셰에라자드는 저도 모르게 숨을 헉 들이쉬었다.

그가 입은 크림색 카미스의 리넨 천이 어찌나 곱게 짜였던지 복도에 늘어선 횃불 빛을 희미하게 반사할 정도였다. 불꽃이 일렁이며 조각 같은 남자의 얼굴에 생기를 주었다. 허리에 두른 진홍빛 티카 띠에는 칼자루가 감겨있었다. 그가 입은 진갈색 맨틀 덕분에 호박색 눈빛이 돋보이며 훨씬 더 강렬하고 그렁그렁하게 보였다. 그 눈빛은 또 어찌나 환상적인지.

그 눈은 바로 그녀의 것이었다. 그가 돌아서서 그녀를 본 순간부터.

셰에라자드는 할리드에게 다가가며 발걸음을 늦추었다. 품었던 두려움이 사라지고 이제는 묘한 침착함이 남았다.

그녀는 애써 미소를 지었다.

그가 손을 내밀었다.

셰에라자드가 그 손을 잡자, 오른손 세 번째 손가락에 두껍고 광택 없는 금반지가 보였다. 표면에 겹쳐진 검 두 자루를 새겨놓은 반지였다. 셰에라자드는 엄지로 반지를 매만졌다.

할리드가 설명을 시작했다.

"나의 깃발 문양이다. 이건……."

"쌍둥이 샴시르 아닌가요."

"맞아."

그녀는 고개를 들었다. 자신이 그걸 어떻게 아는지 궁금해하지는 않을까 싶어서였다.

하지만 그는 당황한 기색이 없었다. 그녀는 태연하게 물었다.

"내가 시합을 봤다고 장군이 고하던가요?"

"당연히 고했지."

할리드의 입가가 슬쩍 움직였다. 셰에라자드는 가볍게 숨을 내쉬었다.

"당연히 그랬겠지요."

그가 셰에라자드의 손을 깍지 껴 잡았다.

"아름답군."

"당신도요."

"준비되었나?"

"당신은요?"

이 말에 할리드는 씩 웃었다. 그리고 셰에라자드의 손을 잡고 입 맞추었다.

"고맙다, 샤지. 내 옆에 서주어서."

그녀는 고개를 끄덕였지만 아무 말도 하지 못했다.

이윽고 할리드는 앞으로 당당히 나아갔다. 라즈푸트가 거대한 문 한쪽을 열었다. 할리드의 따스한 손을 잡은 셰에라자드는 계단 윗부분에 이르렀다. 거대한 계단은 마치 양팔을 벌린 듯 아래를 향해 두 갈래로 뻗어있었다. 혹시 여기서 각각 다른 계단으로 내려가야 하는 걸까 싶어 셰에라자드는 잠시 주저했지만, 할리드는 그녀의 손을 꽉 잡고서 나란히 계단을 내려가기 시작했다. 어깨 너머로 자신이 두른 파란 다마스크 천이 슬쩍 보였다. 맨틀은 마치 드넓은 대리석 바다 위로 부드럽게 밀려드는 파도 같았다.

잠시 후 계단 아래 도착해서 걸음을 멈춘 셰에라자드는 오늘 저녁 두 번째로 놀라서 숨을 헉 들이쉬었다.

레이 궁전의 알현실은 이제껏 봤던 방 중 단연 가장 컸다. 하얗고 검은 돌이 사선 무늬로 깔린 거대한 바닥이 끝도 보이지 않게 이어졌다. 벽을 아름답게 장식한 부조는 소의 머리를 한 인간이 전장으로 돌진하는 장면과 날개 단 여자들이 긴 머리를 휘날리며 바람을 타고 나는 모습을 묘사했다. 벽면 부조는 천장까지 쭉 뻗어있었다. 천장이 어찌나 높던지, 무거운 천장을 받친 조각 기둥의 윗부분을 보려고 셰에라자드는 목을 길게 늘여야 했다. 기둥

밑 부분에는 철제 사자 머리를 두 개씩 장식했는데, 입을 벌리고 포효하는 사자의 주둥이에서는 횃불이 일렁였다.

넓은 방 한가운데에는 세모꼴의 연단이 있었는데, 그 위로 낮은 탁자들이 줄지어 놓였다. 화려한 천과 호화롭게 장식한 방석들이 선명한 색상과 풍성한 질감을 뽐내며 연단을 장식했다. 비단과 술 달린 다마스크 천 위로 뿌려놓은 싱그러운 장미 꽃잎과 말린 재스민꽃의 향기가 근처를 지나는 이에게 향긋하고 몽롱한 향을 풍겼다.

손님들은 그 주변을 어슬렁거리면서 두 사람이 도착하기를 기다리는 중이었다.

'타리크.'

다시금 공포가 확 덮쳐왔다.

자신을 지켜보는 할리드의 눈빛이 느껴졌다. 그는 셰에라자드의 손을 꽉 쥐었다. 그 단순한 손짓만으로도 부드러운 안도감이 느껴졌다.

셰에라자드는 그를 슬쩍 바라보며 떨리는 미소를 지었다.

"존경하는 귀빈 여러분……."

저 위에서 낭랑한 목소리가 울려 퍼졌다. 방에 있던 이들이 모두 고개를 돌렸다.

"호라산의 칼리프, 할리드 이븐 알-라시드 님과…… 호라산의 칼리파, 셰에라자드 알-하이주란 님께서 오셨습니다."

모두의 시선이 그녀에게 향했다. 사람들은 몸을 돌리고 고개를 빼어가며 이쪽을 제대로 보려 했다. 시야의 저 끝에서, 마침내 번뜩이는 은빛 눈동자 한 쌍이 보였다. 그 눈빛은 셰에라자드의 얼굴에 닿았다가 화려한 몸매를 훑은 다음…… 다시 위로 돌아와 아직도 할리드의 따스한 온기와 얽혀든 그녀의 손에 머물렀다.

잠시 후, 은빛 눈동자는 군중 속으로 사라졌다.

떠난 자리에 두려움을 남기고서.

'제발 부탁이야. 여기선 안 돼. 아무것도 하지 마. 아무 말도 하지 마.'

셰에라자드는 몇 주 전 시장에서 벌어졌던 싸움을 잠시 떠올렸다.

술 취한 남자들이 아무렇게나 만든 무기를 들고……

변장한 칼리프는 치명적인 샴시르를 지니고 있던 그때를.

'네가 할리드를 위협한다면 그 사람은 널 죽일 거야, 타리크. 전혀 주저하지 않고.'

할리드는 연단으로 성큼성큼 걸어가 가운데 놓인 탁자에 자리 잡았다. 셰에라자드는 그의 손을 놓고 오른편에 앉았다. 머릿속은 온갖 생각으로 어지러웠다.

'타리크를 차마 볼 수가 없어. 난 아무것도 할 수가 없어. 자칫하단 상황이 악화될 뿐이야. 대체 타리크는 무슨 계획을 세운 걸까?'

"여기 앉아도 되겠습니까?"

잘랄이 선 채로 셰에라자드에게 싱긋 웃었다. 그녀는 멍하니 눈을 깜빡이며 그를 올려다보았다.

"그건 봐야 알겠지요. 이 자리가 당신을 위한 것인가요?"

잘랄은 대답하지 않고서 그녀의 곁에 앉았다.

"난 아직 허락하지……."

"안녕하십니까, 세이이디."

잘랄이 큰 소리로 그녀의 말을 끊었다. 셰에라자드는 잘랄에게 콧잔등을 찡그렸다.

"그러지 마십시오, 마마. 잘못하단 얼굴이 상하십니다."

그가 셰에라자드를 놀려댔다. 순간, 할리드가 나지막한 목소리로 쏘아붙였다.

"안녕한가, 잘랄. 그리고 난 그 자리를 허락하지 않았다."

그러자 잘랄은 진심으로 웃었다.

"그렇다면 죄송합니다. 그래도 이 말씀만은 드리게 해주시지요, 세이이디. 이 자리에 있는 남자들은 현재 왕비마마를 뵙고서 미인의 기준을 한층 높이고 있을 게 분명합니다."

'데스피나 말이 맞았어. 이 남자는 정말이지 더없는 바람둥이구나.'

"그만해요."

셰에라자드는 뺨을 붉히며 잘랄의 오만한 얼굴을 노려보았다.

"아니, 이 말이 어디가 어떻다고 그러십니까……. 누가 다치기라도 합니까?"

잘랄이 대꾸했다.

"살다 보니 우리가 같은 의견일 때도 있군."

할리드가 잘랄에게 말했다. 하지만 그의 눈빛은 셰에라자드에게 계속 머물렀다.

그러자 잘랄은 만족스러운 미소를 지으며 두 손을 배 위에 깍지 낀 채로 방석에 몸을 기댔다.

"존경하는 귀빈 여러분……."

연회를 진행하는 사회자의 목소리가 다시 들려왔다. 이번에도 모두의 고개가 두 갈래로 펼쳐진 계단으로 돌아갔다.

"파르티아의 술탄이신 살림 알리 엘-샤리프가 오셨습니다."

그러자 잘랄이 욕설을 지껄이며 자리에서 일어섰다. 셰에라자드 역시 따라 일어서려고 연단 바닥에 손바닥을 대었다.

하지만 할리드가 곧바로 손을 내밀어 그녀를 막았다.

셰에라자드가 시선을 마주하자, 할리드는 눈꼬리를 가늘게 접은 채 아주 살짝 고개를 저었다. 남자의 엄지가 그녀의 팔뚝 아래를 쓸자 셰에라자드의 속이 팽팽하게 긴장했다. 이윽고 할리드는 손을 놓았다. 다시금 표정이 싹 사라진 얼굴이었다.

이윽고 그들 앞의 인파가 갈라지자, 셰에라자드는 다가오는 남자를 처음으로 보게 되었다. 할리드가 왕의 핏줄을 잇지 못했다고 비난하며 그를 쓰러뜨리려는 자, 할리드의 어머니를 그토록 경멸했던 숙부의 모습을.

살림 알리 엘-샤리프는 매력적인 남자였다. 굳건한 턱선과 멋진 은발, 잘 다듬어진 콧수염이 보였다. 건강하고 늘씬한 몸매를 지녔고, 진갈색 눈동자는 깜짝 놀랄 만큼 따뜻해 보였다. 먹처럼 검은 맨틀의 옷깃과 단에는 섬세한 자수를 놓았고, 허리에 찬 시미타의 금장식 칼자루에는 어린아이 주먹만 한 에메랄드가 박혀 있었다.

그는 걱정 따위 전혀 없는 당당한 남자의 자신감을 드러내며 연단으로 성큼성큼 다가와 할리드 옆에 있는 빈자리에 앉았다.

살림이 도착하자 나머지 손님들도 탁자에 자리 잡기 시작했다. 셰에라자드는 마침내 떨리는 마음으로 눈을 들어 방 안을 훑어보다 그만 숨이 턱 막히고 말았다. 타리크가 너무나 가까운 자리에 앉아있었다. 이쪽의 이야기가 얼마든지 들릴 거리였다. 둘의 눈이 마주치자, 타리크의 조각같이 수려한 얼굴에 위험하리만큼 친근감이 서렸다. 몰래 서로를 껴안았던 기억을 역력히 드러내는 것만 같은 저 표정. 셰에라자드는 곧바로 시선을 돌렸다.

'그만해! 제발 이러지 마, 타리크. 할리드가 날 보는 네 눈빛을 알아차리면 어떡하려고…… 넌 모를 거야. 이 남자는 모든 걸 알아챘단 말이야. 넌 지금 목숨을 걸고 있다고.'

"할리드-잔! 네가 새로이 맞은 아내를 내게 소개시켜 주지 않겠느냐?"

파르티아의 술탄이 누가 들어도 꾸며낸 즐거운 목소리로 외쳤다. 늑대 같은 하얀 이가 활짝 드러났다. 살림이 말하는 동안, 샤르반이 그의 옆자리에 앉았다. 평소처럼 용의주도하게 갑옷을 차려 입은 모습이었다.

할리드의 날카로운 시선이 살림에게 향했다. 이윽고 그는 천천히 미소 지었다. 참으로 할리드다운 거짓 미소에는 산봉우리에서 불어오는 강풍 같은 냉기가 그득했다.

"물론입니다, 살림 숙부님. 숙부님에게 소개해 드리게 되어 영광입니다."

할리드는 옆으로 살짝 몸을 움직이고서 말했다.

"셰에라자드. 이분은 나의 외숙부이신 살림 알리 엘-샤리프시다. 살림 숙부님. 나의 아내, 셰에라자드입니다."

살림은 열렬한 친근감을 담아 그녀를 바라보았다. 셰에라자드는 저도 모르게 마음이 누그러졌다. 그는 대단한 카리스마를 드러내며 그녀에게 환하게 웃었다.

"만나 뵙게 되어 기쁩니다, 술탄이시여."

셰에라자드는 그에게 준비된 미소를 지었다. 그리고 고개를 숙인 채 이마에 손끝을 대었다.

"오, 신이시여, 할리드-잔. 왕비가 미의 화신이로군."

살림은 그녀를 쳐다보면서도 말은 할리드에게 하고 있었다. 마치 셰에라자드는 그저 조카의 집 벽에 걸린 장식용 양탄자에 지나지 않는다는 듯한 태도였다. 그녀는 화가 치밀었다.

셰에라자드는 미소를 꿋꿋이 유지하면서 말했다.

"미의 화신에게도 눈과 귀가 있답니다. 그러니 칭찬의 말씀은 제게 직접 해주시지요."

할리드는 계속 앞을 응시했지만, 그녀가 쏘아붙이는 말을 듣자 얼굴에 드리웠던 얼음장 같은 기세가 살짝 누그러졌다.

살림이 눈을 둥그렇게 떴다. 따스한 진갈색 웅덩이 같은 눈동자에서 잠시 뭔가가 번뜩였다. 그는 호탕하게 웃음을 터뜨렸다. 웃음소리 역시 목소리처럼 매력적이었으나, 과한 매력이었다.

"눈부시게 아름다운 데 더해 언변도 뛰어나군. 참으로 흥미로운 조합이야! 그대를 알아가려면 상당히 오랜 시간을 들여야 할 것 같소, 셰에라자드 마마."

"상당히 오랜 시간이 있어야 하겠지요. 그 시간을 고대하겠습니다, 술탄이시여."

셰에라자드도 그 말에 동의했다. 그러자 살림의 미소가 아주 살짝 흔들렸다. 하지만 그것만으로도 똑똑히 알 수 있었다. 살림은 그녀 때문에 짜증이 난 게 분명했다.

"나도 고대하겠소."

살림이 대답했다. 그가 내뱉는 단어 하나하나가 달콤한 물을 흠뻑 적신 창끝 같았다. 이윽고 사회자가 저 위에서 소리쳤다.

"존경하는 귀빈 여러분, 이제 저녁 식사가 시작되겠습니다!"

양편으로 갈라진 계단에서 하인들이 두 줄을 이루어 내려왔다. 모두 모락모락 김이 나는 쟁반을 머리에 이고 있었다. 연단까지 열 맞추어 행진한 하인들이 손님의 앞에 음식을 내려놓았다. 신선한 허브와 반으로 쪼갠 누에콩을 넣어 지은 향기로운 밥, 강황과 볶은 양파 소스로 끓인 양고기 스튜, 닭꼬치와 구운 토마토, 박하와 잘게 썬 파슬리로 양념한 신선한 채소, 맑은 기름에 절인 올리브, 둥근 염소 치즈와 함께 내온 라바시 빵과 끝없이 나오는 달콤한 절인 과일까지…….

셰에라자드는 이토록 많은 음식은 처음 보았다.

방 안은 향신료 내음과 왁자지껄한 대화 소리로 가득했다. 셰에라자드는 라바시 빵을 마르멜로 소스에 찍어 먹었다. 궁에 들어온 후부터 그녀가 가장 좋아하는 음식이었다. 식사를 시작한 셰에라자드는 무심코 방 안을 다시 훑어보았다. 타리크는 왼편에 앉은 나이 든 신사와 이야기를 하고 있었다. 그러다 자신을 보는 시선을 느낀 타리크가 고개를 돌렸고, 셰에라자드는 이번에도 어쩔 수 없이 시선을 돌렸다.

할리드는 포도주를 따른 뒤 방석에 몸을 기대었다. 앞에 놓인 음식에는 손도 대지 않았다. 살림이 할리드 쪽으로 눈썹을 치켜떴다.

"입맛이 없느냐, 조카야? 하긴, 입맛이란 건 묘하게도 갑자기 싹 사라질 때가 있지. 특히 마음속에 고민이 많을 때 그렇잖느냐."

살림이 미끼를 던졌지만 할리드는 그 말을 무시한 채 다시금 포도주를 한 모금 더 들이켤 뿐이었다.

"아니면…… 혹시 음식을 먹었다가 몸이 상할까 봐 걱정이 되느냐? 이유를 알 수 없는 범죄를 저지른 탓에, 누군가가 앙심을 품고 음식에 독이라도 탔을까 봐?"

살림은 자기가 한 우스갯소리에 혼자 웃으면서 셰에라자드에게 눈을 찡긋했다.

'밉살스러운 인간 같으니.'

셰에라자드는 손을 뻗어 할리드의 쟁반에 있던 올리브를 집었다. 그리고 살림을 똑바로 쳐다보면서 입에 올리브를 쏙 넣고 씹었다.

"칼리프의 음식은 제겐 문제없어 보입니다, 술탄이시여. 아까 말씀하셨던 이유를 알 수 없는 범죄가 무엇인지는 모르겠으나, 어쨌든 안심하시지요. 칼리프의 음식은 아주 안전하답니다. 숙부님의 음식이야말로 제가 맛보아 드려야 하려나요?"

셰에라자드도 이렇게 대꾸하며 눈을 찡긋했다. 그 말에 잘랄이 껄껄 웃기 시작했다. 심지어 샤르반조차도 웃음을 참지 못하고 희끗희끗한 턱을 숙였다.

할리드의 입가에 미소 비슷한 것이 걸렸다.

그런데 저쪽 탁자에서 누군가가 잔을 부자연스럽게 탁 내려놓았다.

'제발 부탁이야, 타리크. 소란 피우지 마. 아무 짓도 하지 마.'

살림은 셰에라자드를 향해 씩 웃었다.

"참으로 언변이 뛰어나시오, 셰에라자드 마마. 할리드-잔. 어디서 이런 여자를 얻었는지 묻고 싶지만…….”

할리드는 오른손을 꽉 쥐었다. 셰에라자드는 식기로 살림의 눈을 찌르고 싶은 욕망을 참았다.

“제가 어디서 났는지 어째서 궁금하신가요, 술탄이시여? 혹시 시장에라도 가보시려고요?”

셰에라자드가 태연하게 물었다. 그러자 살림의 갈색 눈이 번뜩였다.

“정말 시장에라도 가봐야 할 것 같소. 마마는 형제 관계가 어찌 되는지? 혹시 자매가 있소?”

‘나에게 여동생이 있다는 걸 아는구나. 그러면 지금…… 내 가족을 위협하는 거야?’

셰에라자드는 한쪽으로 고개를 기울였다. 한 줄기 걱정이 스쳤지만 애써 억눌렀다.

“네, 여동생이 있답니다. 술탄이시여.”

살림은 탁자에 팔꿈치를 얹고서 셰에라자드를 찬찬히 바라보았다. 재미있다는 기색이 번들거리는 포식자의 눈빛이었다.

이제 할리드의 눈길은 온통 파르티아의 술탄 쪽으로 쏠렸다. 그의 팔근육이 팽팽하게 휘었고, 손은 셰에라자드 쪽으로 움직였다. 공기 중에 긴장감이 감돌면서 이를 알아챈 주위 사람들은 대화를 그쳤다.

살림이 오싹하리만큼 의미심장한 어조로 물었다.

“셰에라자드, 나는 어떻소? 그대에게 위험한 남자로 보이지 않소? 혹시 내가 옛 여자들에게 너무 너그러워서 안 위험해 보이오? 나도 그냥 비빈을 다 죽여버릴 걸 그랬나?”

주위에서 놀라는 소리가 여럿 들려왔다. 경악한 사람들의 숨소리가 마치 광장에 퍼져가는 소문처럼 방 안에 물결쳤다. 잘랄은 분노를 억누르며 씩씩거리다 나지막이 욕설을 뱉었고, 샤르반은 아들에게 경고의 눈초리를 보냈다.

셰에라자드는 분노를 삼키고서 저 하늘의 태양처럼 환하게 미소 지었다.

"살림 숙부님께선 위험한 남자가 아닙니다. 너무 늙으셨잖아요."

방 안이 마치 무덤처럼 고요해졌다.

문득, 손가락에 주렁주렁 반지를 낀 덩치 큰 남자가 웃음을 터뜨렸다. 그는 기름 바른 콧수염을 마구 떨어대며 웃었다. 다음으로 흑백 줄무늬 말을 타고 온 귀족이 웃었다. 곧이어 하나둘씩 이어지는 웃음소리가 이내 온 공간에 즐거운 메아리를 울려댔다.

마지막으로 살림의 쩌렁쩌렁한 웃음소리가 그 위로 떠올랐다. 하지만 아주 가까이 앉은 사람들은 분명히 보았다. 그가 호라산의 젊은 칼리파를 향해 독기 어린 눈빛을 쏘아내는 모습을. 그리고 살림을 잘 아는 사람들은 분명히 알아챘다. 최근에 변한 상황 때문에 그가 이루 말할 수 없이 분노했다는 사실을.

끝으로, 예리한 관찰력을 가진 사람들은 분명히 보았다. 방석에 기대앉은 호라산의 칼리프가 아내의 팔에 걸린 팔찌를 장난스레 만지고 있는 광경을.

은빛 눈동자를 지닌 남자는 그 모습을 똑똑히 보았다.

발코니의 춤

식사가 끝나갈 무렵, 연단 한구석으로 악사 무리가 모여들었다. 수염이 덥수룩한 남자는 카만체(kamancheh, 바이올린과 비슷한 현악기) 위로 활을 켜고 상아색 줄감개를 조여가며 음을 맞추었다. 젊은 여자는 네이(ney, 플루트와 비슷한 관악기)의 구멍 위로 손을 놀리며 마지막 연습을 했다. 이윽고 남자 노인 하나는 톰박(tombak, 술잔 모양의 북으로, 페르시아의 악기—옮긴이) 아랫부분을 왼쪽 허리에 괴고서 북의 팽팽한 표면을 두드렸다. 처음에는 느리게 들리던 북소리가 점점 빨라졌다. 서서히 분위기를 고조시키는 리듬이 이어지자, 다음으로 산투르의 멜로디가 합류했다. 곧이어 네 명의 악사가 연주에 몰입했다. 그들은 박자 속에서 넋을 잃었다.

잠시 후, 연단 반대편에서 젊은 여자가 나타났다.

탁자에 앉은 사람들이 일제히 수군대기 시작했다. 하나같이 믿을 수 없다는 듯 숨을 들이켰다.

잘랄이 못마땅한 소리를 내었다. 할리드는 눈길을 피했다.

셰에라자드가 이제껏 본 중에서 단연 아름다운 여자였다.

그녀가 입은 윗도리는 불타는 듯한 빨간 비단 재질이었고, 상반신에 딱 달라붙어서 몸매를 그대로 드러내었다. 같은 색의 나풀거리는 치마는 끝단에 섬세하게 자수 장식을 했다. 허리까지 굽슬굽슬 내려오는 마호가니 빛깔 머리카락은 횃불 빛을 받을 때마다 밤색으로 언뜻 빛났다. 그리고 그녀의 얼굴은 세상 아름다운 것들을 그리는 화가라도 망연자실하게 무릎 꿇을 만큼 아름다웠다. 높이 솟은 광대뼈와 흠 없는 피부, 아름답게 굽이친 눈썹과 외설적일 만큼 커다란 눈망울 위로 길게 뻗은 짙은 속눈썹까지, 완벽한 미인이었다.

모두의 예상대로, 여자는 춤을 추기 시작했다.

그녀의 움직임은 마치 뱀 같았다. 음악이 점점 고조될수록 여자는 흑백의 돌바닥 위를 이리저리 누볐다. 몸매의 곡선은 달의 여신이 직접 빚은 것만 같았다. 손과 엉덩이의 움직임은 보는 이에게 손짓하며 애원하고…… 급기야는 정신을 홀려댔다. 그녀가 몸을 비틀며 움직이는 몸짓은 너무나 초현실적이었다.

그래서 셰에라자드를 너무나 초라하게 만들었다.

여자는 보는 이의 넋을 홀리며 탁자 한가운데로 다가왔다. 셰에라자드는 그 움직임을 알아차리고는 긴장했다.

'저 여자, 할리드를 위해 춤추고 있어.'

누가 봐도 분명했다. 여자의 눈길은 호라산의 칼리프에게서 떨어지지 않았다. 검은 홍채는 닿을 수 없는 이 자리의 주인에게 향했다. 천천히 몸을 돌릴 때마다 그녀의 풍성한 머리채가 어깨에 감겨들었고, 배에 달린 보석은 제멋대로 번뜩였다.

그녀가 할리드를 보며 평생의 비밀을 나눈 사이라는 듯 미소 짓자, 셰에라자드의 머릿속에 추악한 상상이 줄줄이 스쳐갔다. 시작부터 끝까지, 저 아름다운 여자의 마호가니 빛깔 곱슬머리를 뿌리째 뽑아버리는 상상이었다.

'나 어쩜 이렇게 유치하지? 저 여자는 그저 춤을 추는 거잖아. 그건 중요하지 않아. 이곳의 무엇 하나 중요하지 않다고.'

셰에라자드는 심호흡을 하고 눈길을 떨구었다. 잘랄이 웃기 시작하자 그녀는 그를 노려보았지만, 목이 그만 새빨개졌다.

뻔뻔한 여자는 연단에서 조금 떨어진 자리에서 춤을 끝냈다. 두 손을 머리 위로 들고서 끝없이 곱슬거리는 머리카락을 한쪽 어깨 위로 유혹하듯 모아 늘어뜨린 자세로.

'아주 멋진 춤이었어. 끝났으면 어서 여기서 나가.'

하지만 여자는 사뿐사뿐 이쪽으로 걸어왔다. 음악이 없는데도 걸음마다 날씬한 엉덩이가 살랑살랑 흔들렸다. 그리고 셰에라자드 바로 앞에 멈춰 섰다. 이윽고 여자가 미소 지었다.

"안녕, 할리드."

비단결 같은 목소리가 들렸다.

할리드는 조심스럽게 한숨을 쉬고 호랑이 같은 눈동자를 들었다.

"안녕, 야스민."

짜증이란 말로는 이 마음을 제대로 표현할 수가 없었다.

그럼 괴로움인가?

아니다. 그 역시 맞지 않다.

그럼 분노인가?

고개를 저은 셰에라자드는 앞에서 수다를 떠는 귀족에게 미소 지었다. 그리고 머리를 비우고 대화에 집중하려 애썼다.

'야스민 엘-샤리프. 저 밉살스러운 남자의 딸이라니.'

잘랄이 가르쳐 주어서야 비로소 셰에라자드는 저 아름다운 여자의 정체를 알게 되었다. 곧바로 그녀는 참을성 있게 미소를 지으며 자기소개 시간을 견뎠다. 서로를 평생 알고 지낸 할리드와 초현실적으로 아름다운 파르티아 공주를 옆에서 보고 있으려니 너무나도 고통스러웠다. 이윽고 셰에라자드는 자리에서 일어나 딱딱한 표정을 지으며 자리에 참석한 모든 귀족들에게 인사하기 시작했다.

할리드 없이, 혼자서.

그녀는 당분간 호라산의 칼리프를 곁에 두지 않은 채 다니기로 마음먹었다.

왕 중의 왕이라는 분 없이, 그 셀 수 없이 많은 비밀 없이 말이다.

그래서 지금은 혼자서 다니는 참이었다. 하지만 자꾸만…… 생각이 맴돌았다.

'내게 야스민 얘기를 미리 해주었어야지. 내가 얼마나 바보 같아 보였을까.'

"안녕, 셰에라자드. 이렇게 불러도 될까요?"

"네?"

셰에라자드는 상념에서 벗어나며 되물었다. 눈앞에서 야스민이 미소 지었다. 어찌나 완벽하리만큼 아름다운지, 셰에라자드는 그녀의 이에 검댕이라도 묻혀주고 싶었다.

"그럼요."

셰에라자드는 속으로 자신의 쩨쩨함을 억누르며 대답했다. 누군지 이름도 기억나지 않는 귀족이 야스민을 향해 환하게 웃었다. 그의 눈알은 눈두덩에서 튀어나올 것처럼 불거졌다.

"내가 잠시 칼리파와 이야기를 나누어도 될까요?"

야스민은 귀족 남자에게 속눈썹을 내리깔았다. 셰에라자드는 꿈에도 생각하지 못한 기술이었다.

귀족은 힘차게 고개를 끄덕이며, 대답도 제대로 못 하고 더듬거리며 입술로 침을 튀겼다. 야스민은 셰에라자드의 손을 잡고 거대한 돌기둥 그림자로 이끌었다.

"누군가 구해주길 바라는 모습이시더라고요."

"고마워요."

셰에라자드는 피어오르는 의심을 숨기며 따뜻하게 미소 지었다. 옆에 달린 사자 장식의 입에서 피어오르는 횃불 아래로 야스민은 셰에라자드를 찬찬히 살펴보더니 이렇게 말했다.

"당신이 너무 아름다워서 좌절감이 느껴져요."

"네?"

그 말을 들은 셰에라자드는 눈썹을 지그시 모았다.

"이토록 아름다운 분일 줄은 몰랐어요."

셰에라자드는 굳건하게 미소를 유지했다.

"음, 나야말로 공주님이 이토록 아름다운 분일 줄 몰랐답니다."

야스민은 대수롭지 않게 웃으며 뒷짐을 진 채로 윤기 나는 대리석 기둥에 몸을 기댔다.

"솔직하시네요. 이제야 알겠어요. 할리드는 솔직함을 매우 높이 평가하거든요."

"죄송해요. 하지만 말씀이 좀 난해하군요. 좀 더 구체적으로 설명해 주시겠어요?"

"왜 할리드가 당신을 선택했는지 알겠다고요."

야스민은 기다란 속눈썹 아래로 보이는 눈동자를 셰에라자드에게 고정했다.

'지금 날 놀리려는 건가?'

"그분이 날 선택한 게 아니라는 건 공주님도 분명히 아실 텐데요."

"틀렸어요. 할리드는 분명히 당신을 선택했어요. 그는 이토록 중요한 결정을 가볍게 내리는 남자가 아니에요."

야스민은 기둥에서 몸을 일으켜 셰에라자드 쪽으로 한 발짝 다가오더니 말을 이었다.

"특히 그를 사랑하기만을 간절히 바라는 여자를, 바로 나를 선택할 수 있었는데도 그러지 않았다고요."

아주 잠깐, 셰에라자드의 비열한 본능이 불쑥 튀어나와 야스민의 말을 되받아치려 했다. 하지만 그녀는 변덕스러운 남자를 두고 아름다운 여자와 말싸움을 벌이고 싶지 않았다.

특히 자신감을 버려가면서까지 비밀을 지키려는 남자를 두고서 싸우긴 싫었다.

"공주님께서 나를 지루한 대화에서 구해주신 점은 정말 감사드려요. 하지만 이제는 다시 손님들에게 가봐야겠어요."

셰에라자드가 돌아섰을 때였다.

"할리드를 사랑하시나요?"

그 질문에 셰에라자드는 가려던 길을 멈추었다.

“그건 공주님이 관여하실 바가 아닙니다.”

“그렇지 않아요. 알다시피, 나는 어릴 적부터 할리드를 사랑해 왔어요. 그리고 할리드는 자신을 이해해 줄 여자의 사랑을 받을 자격이 있어요.”

야스민은 잠시 숨을 가다듬고는 이렇게 덧붙였다.

“내가 아니더라도요.”

야스민이 무슨 말을 할 거라고 예상하긴 했지만 이런 말을 들을 줄은 정말 몰랐다. 이 공주님이 자신을 위협하거나 유치한 짓을 할 거라고 생각했다. 하지만 지금 말을 들어보니, 야스민은 그저 버릇없는 공주가 아니었다. 자신의 간절한 욕망을 부정하고 있지 않은가.

‘정말로 할리드를 아끼는구나.’

할리드는 술탄을 차가운 기색으로 맞이했던 것처럼, 공주도 똑같이 냉정하게 맞이했건만.

셰에라자드의 마음속에서 짜증이 누그러지면서 묘한 동정심이 일기 시작했다. 그녀는 점점 커지는 불편한 마음을 애써 내색하지 않으며 웃었다.

“공주님은 할리드를 이해하나요? 그러시다면 내게도 좀 알려주세요. 진심으로 감사드릴게요.”

야스민은 꾸며낸 듯한 동정심이 깃든 미소를 지었다.

“그건 두고 봐야지요. 셰에라자드, 당신이라면 연적을 기꺼이 도울 수 있나요?”

“아아, 안타깝게도 오늘 밤의 생각은 완전히 틀리셨네요. 나는 연적을 전혀 보지 못했는걸요, 파르티아의 공주님. 그럼 이만 물러나겠어요."

셰에라자드는 이렇게 대꾸하고는 고개를 살짝 숙여 작별 인사를 했다.

"그럼 연적이 아니라 무얼 보셨나요?"

야스민이 셰에라자드의 앞을 막아섰다. 그녀의 눈빛이 재미있다는 기색으로 반짝였다.

"사람을 조종하는 데 능숙한 미인을 보았죠. 말솜씨도 대단한 미인을요."

야스민은 고개를 끄덕였다. 그 입술에 느른한 미소가 슬며시 떠올랐다.

"그런 미인을 보셨다니, 거울을 보는 것 같으셨겠어요."

'머리 회전이 빠른 공주님이네. 용감하고.'

셰에라자드도 마주 방긋 웃어주었다.

"참으로 다행이에요. 서로에게서 자신의 모습을 보다니, 우리 둘 다 아주 운이 좋은 게 틀림없어요."

그 말에 야스민은 웃었다. 처음으로 진심이 담긴 듯한 웃음소리였다.

"참으로 유감이에요, 셰에라자드 알-하이주란. 우리가 만약 다른 하늘 아래에서 다른 때 만났더라면 마마를 좋아했을 것 같다는 생각도 들어서요."

"놀랍게도 나 역시 마찬가지랍니다, 야스민 엘-샤리프."

셰에라자드는 깊이 고개를 숙이며 우아한 몸짓으로 손끝을 이마에 댔다. 그런 다음 뒤돌아 기둥을 돌아 나가던 도중……

어떤 남자의 넓은 가슴에 확 부딪히고 말았다.

셰에라자드는 비틀거리다 하마터면 바닥에 넘어질 뻔했지만, 누군가가 손을 뻗어 그녀를 잡아주어 꼴사납게 넘어지는 참사를 피할 수 있었다. 누가 자신을 구해준 건지 고개를 들어 보자, 셰에라자드의 앞에서 어디서 많이 본 강렬한 눈빛이 빛났다. 은빛과 잿빛이 섞인 눈동자가 그녀를 내려다보고 있었다.

이토록 강렬한 눈빛은 처음이었다.

'타리크. 안 돼. 이러면…….'

셰에라자드는 손을 빼려 했지만 타리크는 움켜쥔 손 안으로 무언가를 밀어 넣었다.

양피지 한 조각이었다.

셰에라자드는 손바닥으로 양피지를 감싸고 물러섰다.

"고마워요."

"별말씀을요, 마마."

그는 예의 바르게 미소 지었다.

그들이 서로를 어색하게 대하는 걸 누가 알아챌까 두려워, 셰에라자드는 뒤로 물러서서 맨틀을 매만졌다. 그러면서 양피지 조각을 손안에 꼭 숨겼다.

"우리가 전에 인사한 적이 있었던가요."

그녀가 아무렇지 않게 물었다. 하지만 속은 걱정으로 철렁하기만 했다. 타리크는 고개를 저으며 한술 더 떴다.

"저는 탈레칸 출신의 타리크 임란 알-지야드라고 합니다, 마마."

그리고 손으로 이마를 짚으며 절했다.

타리크 뒤편의 어둠 속에서 라즈푸트가 나타났다. 그는 키가 상당히 큰 젊은 귀족을 계속 노려보고 있었다.

"레이에는 처음 와보셨나요?"

셰에라자드는 평온한 겉모습을 유지하기로 마음먹으며 대화를 이어갔다.

"아닙니다, 마마. 예전에는 이 도시에 친척이 있었거든요."

"예전에요?"

타리크는 언제나와 같은 매력을 발산하며 싱긋 웃었다. 하지만 그 눈빛은 깊은 감정을 고스란히 드러내고 말았다.

"네, 지금은 아니지요. 하지만 곧 상황이 바뀌기를 바라고 있습니다."

그러더니 타리크는 목소리를 낮추어 덧붙였다.

"제가 결혼하면 말이죠."

그의 말에 숨은 감정은 분명했다. 셰에라자드는 그의 눈빛에서 따스함을 느꼈고, 그래서 아주 잠깐 마음을 놓은 채 타리크를 바라보았다. 그녀가 사랑했던 자신만만한 소년을, 그의 더없이 아름다운 얼굴을. 그러자 그 옛날의 기억이 떠올랐다…….

타리크의 일거수일투족을 눈으로 졸졸 쫓아다니던 깡마른 여자애였던 자신.

그리고 온 감각을 다해 자신을 쫓아다니던 커다란 남자애였던 타리크.

"셰에라자드."

할리드의 목소리가 들렸다. 타리크는 셰에라자드를 보호하려는 듯 한 발짝 가까이 내디뎠다. 셰에라자드는 갑자기 확 끼쳐온 공포를 물리치며 헤이즐넛 빛깔 눈동자를 경고하듯 빛냈다.

'할리드는 모든 걸 알아챌 거야. 왜냐하면 타리크는…… 아무

것도 숨길 줄 모르니까.'

할리드는 타리크 쪽은 쳐다보지도 않고 그녀에게 성큼성큼 다가오더니 다시금 이름을 불렀다.

"셰에라자드."

"네."

"그대를 찾고 있었다."

그의 어조는 아무런 높낮이가 없었다. 셰에라자드는 할리드 쪽으로 몸을 틀었다. 그리고 자신의 분노를 구태여 숨기지 않고서 말했다.

"정말 죄송합니다, 세이이디. 야스민과 대화하느라 그만 중요한 일도 모두 잊고 말았군요."

그녀의 말은 조심스럽게 겨냥한 공격이었다. 할리드는 그 공격에 조금도 동요하지 않았다. 그의 호박색 눈동자는 그저 싸늘했다.

"알았다."

'무엇을 알았는데?'

머릿속이 온갖 생각과 감정으로 뒤죽박죽된 채 셰에라자드는 그의 눈빛을 마주 보았다.

지금은 이런 마음을 솔직히 밝힐 때가 아니다. 그럴 자리도 아니다.

결국, 할리드에겐 비밀이 있다.

그러니 나의 비밀을 알 자격이 없다.

아빠와 이르사.

타리크.

자신은 사랑하는 사람들을 안전히 지켜야 한다. 잔혹한 과거와 불안정한 미래를 지닌 이 남자로부터 안전하게.

자꾸 그녀의 마음을 뒤흔들려는 이 남자로부터 안전하게.

"타리크 임란 알-지야드를 만나보신 적 있나요, 세이이디?"

그녀는 이 상황을 통제하기로 마음먹고 할리드에게 물었다. 할리드는 눈을 한 번 깜빡였다. 그리고 마침내 몸을 돌려 타리크의 존재를 인정했다.

타리크의 기색이 싹 굳었다. 입술마저 꾹 다문 얼굴이었다.

'아, 안 돼. 제발 그보다는 좀 더 잘해봐.'

이윽고 타리크는 긴장을 풀고 할리드에게 미소 지었다.

"세이이디. 저는 타리크 임란 알-지야드라고 합니다. 탈레칸의 에미르인 나시르 알-지야드의 아들입니다."

그는 손을 이마에 대고 절했다. 할리드는 짧게 고개를 끄덕였다.

"이 도시에서 즐거운 시간을 보내길 바라오."

그러자 타리크는 활짝 웃었다.

"이토록 환대해 주시니 반드시 즐겁게 지내겠습니다, 세이이디."

'미친 거 아니야?'

셰에라자드는 발코니 그늘에서 서성대며 생각했다. 발걸음마다 심장이 쿵쿵 뛰었다.

손에 쥔 양피지 조각은 손바닥에서 배어나온 땀으로 얼룩졌다. 먹물 한 방울이 피부에 스며들었고, 양피지 위의 글씨는 이제 검푸른 얼룩 수준으로 뭉개졌다. 그녀는 양피지를 다시 펴고 타리크가 대담한 글씨체로 갈겨 적은 이상한 편지를 다시 읽었다.

네 방 발코니. 오늘 밤
달이 가장 높이 뜰 때.
새벽까지 얼마든지 기다릴 거야.
내가 하나 안 하나 봐.

게다가 이런 편지에 자기 이름마저 떡하니 쓰다니.

'완전히 미쳤어!'

셰에라자드는 다섯 번째로 양피지를 구겼다.

이런 무모한 짓에 온갖 위험을 감수하다니. 어쩜 이렇게 오만할까. 어쩜 이렇게……!

"샤지?"

발코니 끝의 어둠에서 누군가의 형체가 드러났다.

"이리 와."

그녀는 화를 억누르며 조용히 말했다. 타리크는 몸을 웅크린 채 슬그머니 다가왔다. 셰에라자드는 타리크의 리다 두건을 잡고서 벽의 가장 어두운 부분으로 그를 확 끌어당겼다.

"너 진짜 미쳤니? 얼마나 위험한지 알아?"

대뜸 묻는 말에도 아랑곳하지 않고 타리크는 셰에라자드를 품으로 끌어당겼다.

"아, 정말 보고 싶었어."

셰에라자드는 무어라 말하려 했지만 타리크는 그녀의 얼굴을 가슴에 힘껏 파묻었다. 저항하는 몸짓에도 그저 웃기만 했다.

"가만히 있어. 아주 잠시만 이렇게 안고 있을래."

"넌 미쳤어, 타리크 임란 알-지야드. 완전히 미쳤다고."

그녀는 타리크의 어깨를 치면서 투덜댄 다음, 이어서 물었다.

"초대장은 어디서 구해서 왔어?"

타리크는 어깨를 으쓱였다.

"탈레칸에서 아버지에게 온 걸 가로챘어. 음, 정확히 말하자면 라힘이 가로챘지."

"이 바보야! 여기 온 건 멍청해도 한참 멍청한 짓이었어. 게다가……."

타리크는 말을 끊으며 손가락으로 셰에라자드의 머리카락을 훑었다.

"멍청한 짓일지는 몰라도, 어쨌든 난 네가 시작한 일을 끝내러 온 거야. 자, 저 애송이 왕을 어떻게 죽일 건지 계획을 말해봐."

셰에라자드는 묘하게도 아무 말 없었다.

"샤지?"

"나는……."

그녀는 말을 돌렸다.

"아직 아무런 계획도 안 세웠어?"

셰에라자드는 타리크의 가슴을 밀어냈다. 불확실한 마음을 표현하고 싶지 않았다. 하지만 타리크는 계속 물었다.

"알았어. 그럼 알아낸 건 뭐가 있어?"

셰에라자드는 얼굴을 찡그리며 어둠 저편의 돌난간을 슬쩍 바라보았다.

"셰에라자드, 넌 여기 온 지 몇 주나 됐잖아. 뭐라도 알아냈을 거 아냐. 왕의 습관은 뭐야? 약점은 뭐고?"

'알아낸 걸 어서 말해.'

"나, 난 모르겠어. 파악하기 힘든 사람이야."

'왜 말을 못 하지?'

"파악하기 힘들다고? 딱 보니 늙은 낙타 같은 성격이던데. 못된 성미에다 쓸모도 없는 놈이야."

타리크의 평가를 듣자, 묘한 고통이 셰에라자드의 가슴을 찔렀다.

"그게 무슨 말이야?"

"편식도 하고, 시무룩이 말도 안 하면서 빈둥거리고, 공격을 받아도 본인이 직접 나서기보다 아내더러 대신 싸우도록 하잖아."

"뭐? 아니야. 넌 그 상황을 오해하고 있어."

"설마 그놈 편을 드는 건 아니겠지? 그놈은 저녁 내내 너의 존재를 의식하지도 않았잖아. 그저 자기가 획득한 전리품처럼 모두에게 보란 듯이 내보이기나 했지……. 그놈이 네 팔찌를 만지작거릴 때 진짜 짜증 났어. 나라면 그런 짓은 안 해."

"편드는 게 아니야. 내 말은 그냥…… 상황이 복잡하단 뜻이었어."

둘 사이에 어둠이 겹겹이 깔렸는데도 셰에라자드에게는 콧등 위로 지그시 찌푸린 타리크의 짙은 눈썹이 똑똑히 보였다.

"복잡하다고? 복잡할 것 없어. 내가 보기엔, 어떻게든 무기만 하나 있으면 그대로 내지르면 된다고."

'안 돼!'

순간, 방에서 무슨 소리가 들렸다.

셰에라자드는 심장이 멎는 것만 같았다. 그녀는 타리크의 입을 손으로 막고서 그를 어둠 속으로 밀었다. 그런 다음 방으로 서둘러 들어갔지만 아무도 없는 것을 보고 안도의 한숨을 쉬었다.

셰에라자드가 발코니로 돌아왔을 때 타리크는 벽에 기대어 서 있었다. 그가 냉랭한 목소리로 물었다.

"누가 오기로 했어?"

"이제 그만 가."

"왜?"

타리크의 목소리에 경고하는 기색이 깃들었다.

"타리크, 제발."

순간, 그의 은빛 눈이 가늘어졌다.

"그놈이 오늘 밤 널 보러 올까?"

"어서 가. 당장."

셰에라자드가 타리크의 손목을 잡아끌었지만, 그는 벽에서 꿈쩍도 하지 않았다.

"좋았어. 오라고 해. 그러면 모든 문제가 해결되겠네."

"죽고 싶어서 이래?"

그녀가 숨죽이며 절망적으로 외쳤다. 타리크는 그저 웃었다. 경솔한 오만함이 가득한 웃음이었다.

"애송이 왕이 날 죽인다고? 늙은 낙타 같은 게?"

"이 바보야! 왕은 널 죽일 거야!"

"정말 그렇게 생각해? 혹시 자기 엄마한테 날 죽여달라고 부탁하는 건 아니고?"

셰에라자드는 숨을 헉 들이쉬다가 저도 모르게 속사포처럼 속삭이기 시작했다.

"너는 그 사람에 대해 아무것도 몰라. 모르면서 덤볐다가는 결국 망하고 말 거라고. 여기서 나가, 타리크. 할리드가 저 문으로 들어온다면, 네가 입도 벙끗하기 전에 널 갈기갈기 찢어버릴 거야. 그리고 나도 망가지고 말겠지. 한 마디 말도 못 하고. 순식간에. 날 사랑한다면, 그런 모습을 나에게 보이지 말란 말이야."

셰에라자드는 타리크의 리다 앞섶을 움켜쥐고 말했다. 그녀의 얼굴은 심한 고뇌로 온통 일그러진 채였다. 처음엔 무척 놀랐던 타리크는 그녀의 고통을 깨닫고 충격에서 벗어났다.

"샤지…… 미안해."

"미안해하지 마. 어서…… 가."

타리크는 벽에서 천천히 걸어 나왔다. 그러다 몸을 빙글 돌려 셰에라자드의 허리를 잡고 돌벽에 눌렀다. 그런 다음 손바닥으로 그녀의 팔을 쓸었다.

"사랑해, 셰에라자드 알-하이주란. 널 위해서라면 뭐든 할 수 있어. 네가 안전할 수만 있다면 그게 뭐든 상관하지 않을 거야. 이 세상이 너와 날 갈라놓으려 한다면 난 세상을 박살 내버리겠어."

"나, 나도 사랑해, 타리크."

타리크는 미소 지었다. 그리고 아무런 경고 없이 그녀의 입술을 덮쳤다. 깜짝 놀란 셰에라자드의 입술이 느슨하게 벌어지자, 타리크는 엄지로 그녀의 턱을 부드럽게 쓸어 올리며 더욱 깊이 입맞춰 왔다.

셰에라자드의 입술도 자동적으로 반응하고 말았다. 그녀의 입술이 예전에도 수없이 그랬던 것처럼 타리크의 입술을 따라 움직였다. 하지만…… 이번엔 왜 이건 아니라는 생각이 드는 걸까? 숨도 못 쉴 것 같은, 온몸이 둥둥 뜨는 것 같은 짜릿함이 왜 느껴지지 않는 걸까? 아무 생각 없이, 더없이 경솔하게 만끽했던 순간의 기쁨이 왜 안 드는 걸까?

발밑이 무너져 내리는 것 같은 느낌은 대체 어디로 사라졌을까?

'이거야. 이거라는 걸 알잖아. 이 느낌을 되돌릴 수 있어.'

반드시 되돌리고 말겠어.

설명해 주어야겠다는 깨달음

사냥 대회 날은 결국 재미있게 끝나게 될 것이다.

타리크는 옆에 호위무사를 두고 끝도 없이 이어진 복도를 성큼성큼 걸었다. 걸으면서 눈에 들어오는 레이의 화려한 궁전을 슬쩍 보았다. 벽과 돔 천장은 말도 안 될 정도로 광택이 났고, 입구 양편에 선 기둥 위의 지붕 한가운데마다 황금빛 햇살 무늬가 섬세하게 그려져 있었다. 대들보와 푸른 줄무늬 마노로 만든 아치 기둥이 지붕을 든든히 받쳤다.

의심할 바 없이 아름다운 궁전이었다. 좀 냉랭하고 위압적이기는 했지만.

이윽고 타리크는 오늘 사냥에 참가하는 귀족들과 합류했다. 솔직한 심정으로는, 이런 사냥을 통해 생각을 딴 데로 돌릴 수 있어서, 또한 목표물과 함께 시간을 보낼 수 있어서 다행이었다. 어젯밤 셰에라자드와 마주한 뒤로 몹시 괴로웠으니까.

왜 그녀답지 않게 무언가를 숨기며 거리를 두었을까. 그토록 안전에 신경을 쓰다니, 그 또한 셰에라자드답지 않았다. 보통 그녀는 싸움이 일어나면 결과 따위 신경 쓰지 않고 제일 앞장서서 달려들곤 했는데.

어렸을 적, 셰에라자드는 나무 타는 법을 배우고 싶어 했다. 하지만 나무 타기에 곧바로 싫증을 내고서 다음에는 탈레칸 성벽을 올라가겠다고 우겼다.

타리크와 라힘은 제발 그런 어리석은 짓을 그만두라고 애원했지만, 오히려 그 말에 발끈한 셰에라자드는 고집대로 밀고 나갔다. 어느 날 오후, 그녀는 뒤엉킨 검은 머리카락을 치렁치렁하게 늘어뜨리고서 기어코 성벽을 올라갔다. 그러다 타리크는 보고 말았다. 벽에 느슨하게 붙어있던 회반죽 덩어리가 그녀의 발아래에서 하얀 먼지구름으로 부서지는 광경을. 그 순간 저 벽돌이 곧 떨어져 나가리라는 걸 타리크는 직감했다. 그래서 소리쳤지만, 경고했을 때는 이미 늦었다. 셰에라자드가 추락하자 뒤에 섰던 시바의 비명이 들렸다. 그 자그마한 몸이 모래 위로 낙하하던 순간, 그의 심장도 같이 떨어지는 것만 같았다. 가장 먼저 셰에라자드에게 다가간 것도 타리크였다. 그는 소녀의 몸을 끌어안으며 제발 대답 좀 해보라고 소리쳤다. 그러자 셰에라자드는 타리크에게 웃으며 자기는 괜찮다고, 머리가 좀 아프지만 상관없다고 말했다. 타리크는 큰 소리로 욕을 내뱉었다.

처음으로 그녀에게 사랑한다고 말했던 날이 그날이었다.

타리크는 가만히 숨을 들이쉬었다.

망설였던 모습도 셰에라자드답지 않았다. 무엇이든 망설이지 않던 아이였는데.

그런데 어젯밤엔 망설였다.

발코니에서 사랑한다고 말했을 때, 셰에라자드는 대답을 망설였다. 그다음으로 키스했을 땐, 무언가가 잘못됐다는 느낌이었다. 그 애의 생각을 느낄 수 있었다. 궁금해한다는 것을, 바라는 게 있다는 것을…… 타리크가 아니라 무언가를.

타리크가 아니라 다른 누군가를.

그 생각에 미칠 것 같았다.

"우리 아직 인사를 나누지 않은 것 같군요. 저는 알-호리 대장입니다."

어느새 옆에 누군가가 서있었다. 곱슬머리 아래로 어디서나 능글맞게 웃고 다니는 오만한 남자였다. 타리크는 예의 바르게 미소 지었다.

"타리크 임란 알-지야드라고 합니다."

"네, 알고 있습니다."

"제 이야기를 하는 분이 있나 봅니다?"

그러자 알-호리 대장은 장난스레 웃었다.

"저라면 그런 상황은 원치 않을 것 같긴 합니다. 어쨌든 기르시는 매를 데려오셨던데요. 맞죠? 오늘 사냥을 생각하면 운이 좋으시군요."

"모든 일에서 이렇게 정보를 많이 수집하십니까?"

"제 직업상 어쩔 수 없어서요. 정보 수집이라고 말씀하신 김에 저도 한 말씀 드리자면, 당신이 아버님께 드렸던 초대장을 들고 오셨다는 이야기를 듣고 놀랐습니다. 저는 에미르가 오시기를 기다리고 있었거든요.”

타리크는 갑자기 마음이 불편해졌지만 내색하지 않으려고 팔짱을 꼈다.

“아버지가 편찮으셔서 저더러 대신 레이에 가달라고 부탁하셨습니다.”

“안타까운 일이군요. 빠르게 쾌유하시기를 기원합니다.”

순간 알-호리 대장의 시선이 구석 쪽의 아치형 통로로 향하더니, 얼굴 위로 예전처럼 재미있다는 기색을 드러냈다.

그곳에는 젊은 왕이 도착해 있었다. 이번에 타리크는 칼리프가 왼쪽 허리에 찬 칼을 유심히 바라보았다. 확실히 칼날이 특이했다. 시미타보다는 길고 가는 형태에, 끝으로 갈수록 뾰족해지는 모양이었다.

“저건 샴시르라는 검입니다.”

타리크가 대놓고 호기심을 드러내며 칼을 바라보자, 알-호리 대장이 말했다.

“저런 특이한 무기를 본 적은 별로 없습니다.”

타리크의 설명에 알-호리 대장은 고개를 끄덕였다.

“특이하죠. 주인인 할리드도 특이하고요.”

“지금 할리드라고 하셨습니까?”

“우리는 사촌지간입니다.”

“그렇군요.”

타리크는 입술을 꾹 다물었다. 알-호리 대장은 웃었다.

“걱정 마십시오. 우리는 같은 핏줄인 것 빼고는 공통점이 거의 없으니까요.”

"무슨 뜻입니까?"

"할리드는 단 한 번의 실수로도 상대의 뼈를 전부 부러뜨리는 사람이지만 저는 아니라는 말입니다."

알-호리 대장은 계속 웃는 얼굴이었지만, 말끝에는 위협이 서려있었다. 타리크는 그 협박을 무시하기로 했다.

"뼈를 다 부러뜨리다니 참 가혹한 처사로군요."

그리고 참 그다운 성격이로군.

알-호리 대장이 다시 빙그레 웃었다. 이번에는 좀 더 큰 미소였다.

"말씀드렸잖습니까. 할리드는 특이하다고요."

타리크는 뒤돌아 젊은 왕을 바라보았다. 햇살이 따갑게 내리쬐는 왕의 이마에는 주름이 져있었다.

"칼리프께서는 매우 조용하신 분이신 듯합니다."

"실제로 조용합니다. 하지만 저보다 훨씬 현명한 사람이 이런 말을 한 적이 있죠. 가장 똑똑한 사람은 침묵하는 사람이다……."

타리크는 말이 이어지기를 기다렸다. 하지만 점점 커져가는 경멸을 숨기기가 어려웠다. 알-호리 대장이 몸을 바짝 기울이며 말했다.

"침묵하는 자들은 모든 것을 들으니까요."

"재미있는 생각이군요. 누가 그런 말을 했습니까?"

타리크는 곰곰이 생각하며 물었다. 알-호리 대장은 냉정하게, 심사숙고한 얼굴로 히죽 웃더니 이렇게 대답했다.

"할리드가 한 말입니다."

그러더니 곧 젊은 왕 곁으로 성큼성큼 걸어갔다.

파르티아의 술탄이 도착하자 일행은 복도를 지나 회랑으로 향했다. 궁전의 회랑은 탈레칸의 회랑보다 열 배는 큰 규모였다. 회랑의 한쪽 끝에는 아치형 이중문이 연이어 섰고, 그 너머는 나무가 빙 둘러선 푸르른 정원이 이어졌다.

그 길을 따라가던 남자들은 지나가던 셰에라자드와 마주쳤다. 그녀는 아름답고 젊은 시녀와 어젯밤에 봤던 무시무시한 호위무사를 대동하고 문을 나서던 중이었다.

셰에라자드를 보자 타리크의 가슴이 공허해졌다.

그녀는 시시각각 더욱 아름다워졌다. 마치 이 차갑고 윤기 나는 궁전의 삶이 딱 맞는 듯했다. 오늘 입은 은색과 장미색 옷 위로 그녀의 까만 머리카락과 구릿빛 피부가 평소보다 훨씬 더 아름답게 부각되었다. 그녀는 어젯밤 푸른 사파이어와 검은 비단으로 꾸미고 연회장에 있던 모든 남자를 현혹했지만, 그때의 화려한 옷보다 오늘의 복장이 훨씬 더 그의 마음에 들었다.

하기야, 셰에라자드는 언제나 그를 현혹하긴 했지만.

남자들은 칼리파에게 인사하기 위해 잠시 걸음을 멈추었다. 특히 파르티아에서 온 개자식은 앞으로 나가 특별하게 한마디 할 모양이었다.

타리크는 반응하고 싶은 마음을 억눌렀다. 자신을 마구 채찍질하다시피 하며 참았다.

고맙게도 알-호리 대장이 셰에라자드의 방향으로 움직여 주었다. 사람은 싫었지만, 지금의 행동에 타리크의 마음이 아주 살짝 누그러졌다.

그런데 이게 무슨 일인가. 젊은 왕이 손짓 한 번으로 사촌인 대장을 막는 게 아닌가.

분노에 찬 타리크는 목표로 삼은 왕을 쏘아보았다.

그런데 젊은 왕의 얼굴에 실낱같은 감정이 스쳤다.

'저건, 자부심인가?'

파르티아의 술탄이 셰에라자드 앞으로 슬며시 다가서더니, 온몸에서 사람을 죽일 듯한 전염병 같은 매력을 풍겼다.

"안녕하시오, 왕비마마! 어젯밤은 잘 주무셨을 거라 믿소만."

셰에라자드가 그에게 절했다.

"예, 잘 잤답니다. 술탄께서는 잘 주무셨는지요?"

그는 고개를 끄덕였다.

"어젯밤은 참 좋았다오. 내 딸애가 그러는데 마마와 아주 즐거운 대화를 나누었고, 마마를 알게 되어 참 기쁘다고 했소."

"저도 야스민과 대화해서 정말 즐거웠답니다. 깨달은 것이 아주…… 많았지요."

"딸애도 똑같은 말을 했던 것 같소, 마마."

"우리의 대화를 생각해 보면 깨달은 것이 많았다는 말이 가장 적절하답니다, 술탄이시여."

그가 웃었다.

"독사처럼 참으로 언변이 뛰어나시군. 내 하나 묻겠소, 마마. 상대를 공격할 기회를 한 번이라도 놓쳐본 적이 있소?"

셰에라자드가 미소 지었다. 눈부시면서도 독기를 품은 미소였다.

"기회를 놓치는 것은 현명하지 못한 처사일까 싶어 염려스럽답니다, 술탄이시여. 특히 뱀의 소굴에 있다면 더더욱 그렇지요."

술탄은 고개를 저으며 즐거워했다. 하지만 그의 즐거움은 진짜라고 보기에는 너무 오래 지속되었다.

"우리가 사는 파르티아를 꼭 방문해 주기 바라오. 우리 쪽 뱀들은 공격할 기회가 훨씬 적으니 말이오. 야스민과 나는 마마가 꼭 방문해야 한다고 고집하는 바요. 할리드가 다음번에 아마르다에 오면 꼭 같이 와주시오. 그래야 우리도 환대에 답례할 수 있지 않겠소."

"그래주신다면 영광이지요, 술탄이시여."

셰에라자드는 손끝을 이마에 대며 고개를 숙였다. 술탄은 젊은 왕에게 시선을 돌렸다. 술탄의 눈빛이 당황한 기색으로 번들거렸다.

"조카야, 내 진심으로 말하마. 너의 아내는 참으로 귀하구나. 그러니 안전하게 잘 지키도록 해라."

바보가 아닌 이상에야 말끝마다 위협이 역력히 서렸음을 분명히 알 것이었다.

그런데도 약해빠진 젊은 왕은 아무 말도, 아무 행동도 하지 않았다. 타리크는 두 주먹으로 파르티아에서 온 개자식을 마구 두들겨 주고 싶어 안달이 났는데도 말이다. 아니, 도끼로 내려찍고 싶었다.

가장 똑똑한 사람은 침묵하는 사람이라고?

타리크는 홀로 분을 삼키며 팔짱을 꼈다.

젊은 왕이 셰에라자드에게 성큼성큼 다가갔다. 그리고 그녀 앞에 한 발짝 떨어져 섰는데 이번에도 아무 말이 없었다. 다만 금빛과 주홍빛이 섞인 묘한 눈동자로 말없이 그녀를 바라보았을 뿐이다. 잠시 후 그는 서서히 미소 지었고, 셰에라자드는 알아보기 힘들 정도로 살짝 고개를 끄덕였다.

타리크의 가슴이 더욱 공허해졌다.

셰에라자드와 젊은 왕은 서로를 이해했다. 그들에겐 말이 필요 없었다.

젊은 왕은 이마에 손을 댄 채 자신의 칼리파에게 절했다. 그리고 몸을 세운 다음 손바닥을 가슴에 얹고서 자리를 떴다. 일행은 왕의 뒤를 따르며 셰에라자드에게 경의를 표하고 지나갔다. 이윽고 타리크가 앞에 서자, 그녀는 눈길을 피했다. 그저 뺨에 홍조를 띤 채 은빛 맨틀 자락을 움켜쥐었을 뿐이다.

그 순간 타리크는 라힘과 같이 이틀간의 힘든 여행을 마치고 레이에 도착한 첫날 밤 이모부가 했던 말을 기억해 냈다.

'온 도시에 추측만 무성할 뿐이야. 다들 칼리프가 새로 맞이한 신부를 사랑하게 되었다는 이야기를 하더구나.'

타리크는 발걸음을 재촉하여 일행에 합류했다. 그들이 다다른 곳은 테라스 정원의 첫 번째 구역으로, 꽃나무가 가득하고 온갖 빛깔의 새들이 사는 정교한 새장을 갖춘 곳이었다.

일행이 차례차례 계단을 내려가는 동안, 왕은 계속해서 등 뒤를 힐끔거렸다. 마침내 알-호리 대장이 평소 대화를 나누던 목소리보다 훨씬 큰 목소리로 소리치듯 말했다.

"세이이디, 아무래도 중앙 현관에 중요한 무언가를 두고 오신 모양이지요?"

젊은 왕은 눈을 가늘게 뜨고 묘한 눈초리로 사촌형을 바라보았다.

"그러니 잠시 현관에 가셨다가 사냥하러 다시 오시지요."

알-호리 대장의 기분 나쁜 미소가 더욱 커졌다.

왕은 또다시 뒤를 슬쩍 돌아보았다. 그리고 절도 있는 동작으로 빙글 돌아서더니, 사과의 말을 몇 마디 건네며 일행 사이를 빠져나갔다.

타리크는 단번에 깨달았다. 그가 지금 셰에라자드에게 가고 있다는 것을. 다른 귀족들도 마찬가지로 눈치챘다. 그들의 칼리프가 시야에서 사라지자마자 요란스럽게 대화가 시작되었다. 그중 경솔한 몇몇은 호라산의 새로운 왕위 계승자가 언제쯤 태어날지를 두고 내기를 시작했다.

파르티아의 술탄은 귀를 쫑긋 세우고…… 깔보는 눈초리로 그 모든 대화를 들었다.

분노와 괴로움이 파도처럼 밀려오는 와중에도 타리크는 애써 빙그레 웃었다. 하지만 그도 잠시, 더는 그 마음을 참을 수가 없었다. 그래서 뒤를 돌았다.

"어디 가십니까?"

알-호리 대장이 묻자 타리크는 재빨리 답을 생각했다.

"방에 만칼라를 두고 와서요."

"여기에도 만칼라가 있으니 하나 드리지요."

하지만 타리크는 미안한 듯 웃으며 고개를 저었다.

"조라야는 아주 변덕스러운 새라서, 항상 앉던 만칼라가 아니면 싫어합니다. 합류 장소를 알려주십시오. 그러면 근위병들에게 물어서 찾아가겠습니다."

알-호리 대장의 시선이 타리크의 얼굴을 흘끔 스쳤다.

"그럼 왕실 마구간 진입로로 오시지요. 안장을 얹어놓고 기다리겠습니다."

타리크는 고개를 끄덕이고는 근위병에게 옆으로 비키라고 손짓했다.

"타리크 임란 알-지야드 님?"

"네, 알-호리 대장님."

"그 만칼라가 정말로 그토록 중요합니까?"

타리크는 은빛 눈을 빛내며 씩 웃었다.

"사냥에서 이기려면 꼭 있어야 합니다."

셰에라자드는 서예 작품 앞에 멈춰 서서 대가의 붓놀림이 그려낸 복잡한 구조와 섬세한 필치를 가만히 들여다보았다. 양피지 위로 소용돌이친 다양한 색상의 잉크는 종이 위 단어에 생동감을 주었다.

금빛과 은빛의 태양 무늬로 장식한 창문으로 빛이 비쳐들었다. 투명한 빛줄기가 중앙 현관의 돔 지붕 아래에 선 셰에라자드의 위로 쏟아져 내렸다. 돔 천장을 가로지른 황금빛 햇살은 아홉 개의 처마를 감싸며 황갈색 대리석 기둥의 천장부터 바닥까지 이어지는 후광을 만들어 냈다.

"아무리 봐도 못 읽겠어요."

데스피나가 셰에라자드의 어깨 너머로 양피지를 보더니 투덜댔다.

"내가 보기엔 이것도 사랑의 시 같아요."

셰에라자드가 싱긋 웃으며 말했다.

"이토록 아름다운 글씨를 쓰면 뭐 하냐고요. 아무도 그 의미를 해독할 수가 없는데."

"이건 감정을 표현한 거예요. 예술가가 시를 읽고서 이런 마음 상태가 된 거죠."

"그러면 이 시를 읽고서 글자를 못 읽게 되었다는 말인가요?"

셰에라자드가 웃음을 터뜨렸다. 낭랑한 웃음소리는 돔 천장으로 올라가 처마에 부딪히고 다시 내려와 대리석 바닥을 울렸다.

"마마는 정말 크게 웃으시네요. 이 세상에 본인밖에 없는 것처럼요."

데스피나의 말에 셰에라자드는 코를 찡끗했다.

"재밌네요. 내 동생도 아주 비슷한 말을 하곤 했죠."

"이렇게 말씀드려도 소용이 없는 것 같네요."

"왜요? 내가 그만 웃었으면 좋겠어요?"

"아니. 그만두지 마라."

할리드의 목소리가 들렸다. 그가 중앙 현관으로 성큼성큼 걸어왔다.

"세이이디."

데스피나가 절하자, 할리드는 그녀에게 고개를 끄덕였다.

"나는 데스피나의 의견에 동의하지 않는다. 그대가 너무 크게 웃는 건 사실이지만, 그래도 계속 웃었으면 좋겠다."

데스피나는 고개를 푹 숙이고는 미소를 지으며 말없이 중앙 현관에서 서둘러 빠져나갔다.

셰에라자드는 할리드를 빤히 바라보았다. 마음속에 되살아나려는 온갖 감정을 애써 눌렀다. 그는 들을 자격이 없는 말들이 폭풍처럼 휘몰아쳐서 목이 죄어들고, 분노가 마구 솟구쳤다.

내 가장 깊은 속마음이 뭔지, 이 남자는 들을 자격이 없어. 내가 진심으로 바라는 게 뭔지, 들을 자격이 없다고.

내가 그를 정말 좋아한다는 비밀. 하지만 그건 전혀 중요하지 않은 비밀이지.

그러니 너는 네 비밀이나 품고 위로를 받아, 할리드 이븐 알-라시드.

나는 말해주지 않을 테니까.

셰에라자드는 턱을 치켜들고 몸을 돌려 자리를 뜨려 했다. 하지만 할리드는 곁을 지나는 그녀의 팔을 슬며시 잡았다.

"어젯밤 그대의 방문을 두드렸다."

그가 입을 열자 셰에라자드의 심장이 덜컥 멎었다.

"피곤했어요."

그녀는 할리드와 시선을 맞추지 않았다.

"내게 화도 났겠지."

그는 조용히 대꾸했다. 셰에라자드는 뒤돌아 그를 노려보았다. 할리드는 그녀의 얼굴을 찬찬히 살폈다.

"아니, 화가 무척 많이 났군."

"놓아주세요."

할리드는 잡았던 팔을 놓았다.

"왜 그런지 알고 있다. 야스민에 대해 이야기하지 않은 건 나의 불찰이었다. 사과하겠다. 다시는 이런 일 없을 것이다."

셰에라자드는 신랄하게 웃으며 할리드를 마주 보았다.

"**불찰?** 불찰이라 하셨나요?"

“나는…….”

“내가 얼마나 어리석게 보였을지 아시나요? 내가 얼마나 바보 같은 기분이었는지 아세요?”

할리드는 한숨을 쉬었다.

“공주는 그대를 상처 입히고 싶어 했다. 그게 얼마나 효과가 컸을지 보고 지금껏 괴로웠다.”

“효과가 컸다고요? 정말 아무것도 모르는 지독한 바보로군요! 공주가 춤을 추어서 내가 화난 줄 아세요? 공주가 칼리프를 위해서 **춤 좀** 춘 걸 갖고? 세상에, 할리드, 그토록 똑똑하신 분이 또 어쩜 이렇게 말도 안 되게 멍청할 수가 있죠?”

그는 움찔했다.

“셰에라자드…….”

“이건 공주와는 아무 상관이 없어요. 당신 때문에 마음이 아픈 거라고요, 할리드 이븐 알-라시드. 당신의 비밀이, 나에게는 절대로 주어지지 않을 열쇠로 잠긴 문 뒤에 있는 그 비밀이 날 아프게 해요. 몇 번이고 되풀이해서, 당신은 내게 상처를 주고 돌아서 버리잖아요!”

그녀는 소리쳤다. 웃음소리와 마찬가지로 고통스러운 외침 역시 낭랑하게 돔 천장으로 올라가 처마에 부딪히고 다시 내려와 대리석 바닥을 울렸다.

할리드는 사방에 울리는 비명을 듣고서 얼굴을 구긴 채 눈을 감았다. 그리고 다시 눈을 떴을 때 셰에라자드에게 손을 내밀었다.

그녀는 물러섰다.

‘울지 않을 거야. 너 때문에 울지는 않아.’

할리드는 망설이지 않았다. 그는 셰에라자드의 손목을 양손으로 잡고서 손바닥을 자신의 뺨에 대었다.

"날 때리고 싶다면 때려라, 샤지. 하고픈 대로 무엇이든 해. 하지만 같은 상처로 고통받지 말아라. 떠나지 마."

할리드는 그녀의 손을 자신의 뺨에 그대로 두고 손을 내렸다. 그리고 자신의 손끝으로 셰에라자드의 팔을 쓸면서 그녀의 판결을 기다렸다.

셰에라자드는 미동 없이 그 자리에 섰다. 얼음과 돌로 이루어진 것만 같은 얼굴을 손바닥으로 쥔 채.

그녀가 아무것도 하지 않자, 할리드는 셰에라자드의 얼굴에서 머리카락을 쓸어 넘겼다. 그 손길은 마음을 어루만지면서도 동시에 확 타오르게 만들었다.

"미안하다, 주남. 비밀을 알려주지 못해서, 문을 닫고 있어서. 전부 다 미안하다. 언젠가는 반드시 이야기해 주겠다. 하지만 지금은 아니야. 비밀 중에서는 안전하게 숨겨두는 편이 나은 것도 있기 때문이다."

그는 조용히 말했다. '주남. 나의 모든 것.' 전에도 이렇게 부른 적이 있었다.

탈라와 메흐르다드의 이야기를 들려주었던 날 밤에도 그랬다. 어째서 지금도, 그때도 그 호칭에 이토록 진실함이 담겨있는 걸까?

"난……."

셰에라자드는 말하지 않으려고 입술을 깨물었다. 어서 뿜어져 나오기를 갈망하는 샘처럼 요동치는 말을 막고 싶어서.

변덕스러운 마음의 간절한 바람을 고백하려는 욕망을 막으려고.

“그대의 마음을 아프게 해서 미안하다. 천 번이라도 용서를 구하고 싶다.”

그는 몸을 숙여 셰에라자드의 이마에 부드럽게 입 맞추었다.

‘난 이 남자에게 졌어. 더는 무시할 수가 없어.’

셰에라자드는 패배한 심정으로 눈을 감은 채 손바닥을 그의 가슴에 슬며시 대었다. 그리고 백단유와 햇살이 어우러진 남자의 몸을 그러안았다. 할리드는 두 팔로 셰에라자드를 감쌌고, 그렇게 둘은 중앙 현관의 돔 천장 아래에 섰다.

해독할 수 없는 사랑의 시만이 그들의 사랑을 말없이 증언했다.

가슴이 공허해졌지만 이젠 아무래도 상관없었다.

저 장면을 다시는 보지 않아도 된다면, 가슴이 제아무리 공허하다 해도 기꺼이 감당할 텐데.

중앙 현관으로 이어지는 통로로 들어왔을 때 타리크는 처음에 자신이 잘못 온 줄 알았다. 사방이 너무나 조용했기 때문이었다. 그러니 셰에라자드가 여기 있을 리 없었다.

그런데 모퉁이를 돌자마자 왜 이토록 조용했는지 비로소 알게 되었다.

허공을 날아오는 단검처럼, 그 장면은 앞길을 막았다.

젊은 왕이 셰에라자드를 두 팔로 안고 있었다. 이마에 부드럽게 입 맞추면서.

그리고 셰에라자드는 그의 품에 몸을 기댔다.

타리크는 그녀의 가녀린 손가락이 왕의 등을 감싸 끌어당기는 모습을 지켜보았다. 지친 나그네가 나무줄기에 기대듯 그녀는 남자의 가슴에 뺨을 기댔다.

하지만 최악은 따로 있었다. 타리크의 온몸에서 숨을 앗아 간 건 셰에라자드의 얼굴이 무방비하리만큼 평온했다는 바로 그 사실이었다.

마치 그 일이 옳다는 듯, 더는 아무것도 바랄 게 없다는 듯한 저 얼굴.

셰에라자드는 시바를 죽인 자와 사랑에 빠졌다.

뒤에 있던 근위병이 일부러 인기척을 냈다. 타리크는 분명 호라산의 칼리프를 몰래 엿본 대가가 무엇일지를 전혀 신경 쓰지 않는 듯했다.

타리크의 오른편 멀찍이 떨어진 그늘 속에서 셰에라자드의 거대한 호위무사가 몸을 틀며 나타났다. 은빛 칼날을 번뜩이는 호위무사는 누구든 가만두지 않겠다는 기색이 역력했다.

하지만 타리크가 멈칫한 진짜 이유는 젊은 왕의 반응이었다.

늙은 낙타 같다고 생각했건만.

누군가 위협을 가하는 낌새를 눈치챈 순간, 그는 셰에라자드를 뒤로 숨겼다. 이어서 섬뜩하고 새된 소리를 내며 샴시르를 빼어 들고 위협 자세를 취하며 그녀를 보호했다. 오른손에 단단히 잡은 샴시르의 날은 바닥을 향했다.

공격 자세였다.

평소 무표정했던 왕의 얼굴은 이제 딱딱하게 굳었다. 간신히 참은 분노의 기미가 턱선을 따라 역력하게 드러났다. 눈빛은 용암처럼 빛났고, 오로지 단 하나의 목적만이 서슬 퍼렇게 타올랐다.

셰에라자드가 젊은 왕의 어깨를 잡았다.

"할리드! 지금 뭐 하는 거예요?"

그녀가 외쳤지만 왕은 꿈쩍도 하지 않았다.

이제 타리크는 어젯밤 어째서 셰에라자드가 떠나라며 애원했는지 알게 되었다.

저 남자는 전투 자리에 아내를 대신 내보내기나 하는 따분하고 무감정한 인간이 아니었다.

저건 확실히 다른 모습이었다.

저 모습이 뭔지, 타리크에게는 가만히 생각해 볼 시간이 필요했다.

그리고 그 시간 내내 자신의 가슴은, 말 그대로 찢어질 테지.

타리크는 빙긋 웃으며 머리카락을 쓸어 올리고는 천연덕스럽게 물었다.

"사냥 출발 장소가 혹시 여깁니까?"

할리드는 나시르 알-지야드의 아들이 점점 눈에 거슬렸다.

그자가 중앙 현관으로 불쑥 들어온 이유란 터무니없었다. 참으로 멍청하게도, 자칫 목숨을 잃을 뻔하지 않았는가.

평소 같았다면 할리드는 이런 식으로 반응하지 않았을 터였다. 하지만 지금은 살림 알리 엘-샤리프 때문에 그럴 수가 없었다. 오늘 아침만 하더라도 할리드의 궁전 회랑에 서서 셰에라자드를 은밀하게 협박하지 않았던가. 물론 할리드도 그런 말이 나오리라고 예상은 했지만, 실제로 눈앞에서 그 모습을 지켜보자 평정심을 유지할 수가 없었다.

파르티아의 술탄이 가하는 협박이란, 제아무리 사소한 것이라도 무시하지 않는 게 현명했다.

저 멍청한 녀석이 누군지, 또 누구와 동맹을 맺었는지 할리드는 알지 못했다. 어제는 그런 게 별로 중요하지 않았다. 어제는 그저 조금 성가신 녀석이라고만 생각했을 뿐이다. 할리드가 타리크를 눈여겨본 단 하나의 이유는 오늘 셰에라자드를 바라보는 그의 묘한 시선 때문이었다. 그건 남자들이 흔히 아름다운 여자를 바라보는 시선이 아니었다. 겉모습에 반해서 미인을 바라보는 대부분의 남자들과는 다른 눈빛이었다.

할리드의 손님으로 온 대부분의 귀족들도 여자의 겉모습만을 보는 인간들이었다. 그들은 눈여겨볼 가치가 없었다. 그저 저들에게 걸맞은 평판을 지닌 인간들로, 주위에 있는 건 뭐든 손에 넣으려는 음탕한 눈을 번뜩이는 자들, 도덕적으로 비난받아 마땅한 존재들이었다.

하지만 타리크 임란 알-지야드는 겉모습을 감상하는 남자의 눈으로 셰에라자드를 바라보지 않았다.

셰에라자드가 하는 말 하나하나가 그에겐 중요했다. 그 말 뒤에 숨은 생각 역시 그 남자에겐 의미가 있었다.

할리드는 나시르 알-지야드의 아들과 나란히 테라스 정원의 층계를 내려가 마구간으로 향했다. 뒤에는 근위병들이 바짝 따라붙었다.

"다시금 사과의 말씀을 드립니다, 세이이디."

젊은이는 다시금 유순하게 웃으며 자신의 만칼라를 매만졌다. 할리드는 정원을 계속 바라보며 때때로 그를 곁눈질했다.

"안심하시지요. 이제는 중앙 현관과 진입로가 어디인지 헷갈리지 않고 찾을 수 있습니다."

"미리 알아두었더라면 더 좋았을 것이오."

할리드가 중얼거리자 젊은이는 웃었다. 그윽한 웃음소리는 참으로 여유롭게 들려서 다른 사람도 덩달아 웃게 만드는 힘이 있었다.

"저를 갈기갈기 찢어버리지 않아주셔서 감사합니다, 세이이디."

"감사 인사는 왕비에게 하시오. 내가 혼자 있었더라면 상황이 달라졌을지도 모르니."

그러자 젊은이의 당당했던 걸음걸이가 일순간 흔들렸다.

"축하의 말씀을 드려도 되겠습니까, 세이이디? 두 분이 아주 잘 어울리십니다."

갈수록 성가시군. 할리드는 걸음을 멈추고 젊은이를 올려다보았다.

그는 할리드보다 키가 반 뼘 정도 크고 건장했다. 이런 바보를 올려다보아야 하다니, 할리드는 짜증이 났다.

"셰에라자드는 어려운 여자고, 나는 괴물이지. 그런 점에서 잘 어울리는 것 같소."

할리드의 말을 들은 젊은이의 창백한 눈동자에서 불길이 일었다.

"언짢아하는군. 어떤 면이 언짢았던 것이오?"

할리드가 그의 얼굴을 주의 깊게 지켜보며 물었다.

"언짢은 것이라면…… 다 그렇습니다, 세이이디."

이 젊은이는 거짓말을 못하는 성미였다. 조금 성가시다 생각했던 마음은 이제 모든 면에서 근심으로 자라났다.

어색한 침묵을 깨어보려는 듯, 젊은이는 다시금 매력적인 미소를 지었다. 할리드는 계속 길을 내려갔다.

“타리크 임란 알-지야드, 그대는 결혼했소?”

“안 했습니다, 세이이디. 하지만 곧 결혼할 생각입니다.”

“그렇다면 약혼한 것이로군.”

“그렇습니다, 세이이디. 제가 오랫동안 사랑해 온 여자지요.”

이제 젊은이는 진실을 이야기할 것 같아 보였다.

“그래서 방금 축하의 말씀을 드린 것입니다. 영원한 사랑을, 가진 걸 모두 남김없이 줄만한 사랑을 찾아낸다는 건 더없는 선물이기 때문입니다.”

젊은이는 남다른 확신을 보이며 말했다. 젊은이와의 대화에서 처음으로 흥미롭게 들리는 말이었다. 그리고 또한 할리드가 어쩐지 수긍할 수 없는 말이기도 했다.

잠시 후 그들이 마구간에 도착하자 잘랄이 나와서 맞이했다. 잘랄은 그 멍청한 젊은이를 보자 어리둥절한 채로 고개를 갸웃댔다. 그러더니 어서 오라는 듯 고개를 끄덕였고, 젊은이 역시 그에게 미소 지었다.

“다시 한번 아까의 일을 사과드리겠습니다, 세이이디. 왕비마마께 감사드린다고 전해주십시오. 마마 덕분에 제가 목숨을 구한 것 같으니 말입니다.”

젊은이는 할리드에게 깊숙이 절하고서 하얀 리다 자락을 휘날리며 마구간을 향해 천천히 다가갔다.

“무슨 일이야?”

그들의 말이 들리지 않을 정도로 젊은이가 멀어지자 잘랄이 물었다. 할리드는 대답하지 않았다.

“너랑 샤지는 괜찮아?”

잘랄이 다그쳐 물었다. 할리드는 나시르 알-지야드의 아들을 빤히 쳐다볼 따름이었다.

"할리드, 왜 그래?"

"타리크 임란 알-지야드에 대해서 전부 알아와. 가족 사항에, 관련 인물까지. 전부 다."

잘랄은 웃음을 터뜨렸다. 할리드가 물었다.

"뭐가 그리 재밌지?"

"역시 피는 못 속이는군. 나도 저놈이 하루 종일 거슬렸거든."

마법의 양탄자와 밀려드는 조류

셰에라자드는 옷을 전부 모아둔 작은 방에 섰다. 그리고 데스피나가 온갖 색의 비단으로 포장된 꾸러미를 계속해서 옆으로 치우는 모습을 지켜보았다.

"제우스시여, 맙소사, 여기서 하나만 골라줄 수 있어요?"

셰에라자드가 곱슬곱슬한 검은 머리카락을 한쪽으로 꼬면서 못마땅한 소리를 냈다.

"참으세요. 특별한 걸 찾는 중이에요."

"그럼 그 특별한 게 뭔지 구체적으로 말해봐요. 나도 같이 찾아줄 테니."

데스피나는 일어서서 기지개를 켰다. 그리고 왼쪽 어깨를 주무르다 얼굴을 찡그렸다. 셰에라자드의 이맛살도 걱정스럽게 찌푸려졌다.

"몸은 좀 어때요?"

"전 괜찮아요. 어젯밤에 제대로 못 자서 그래요."

“내가 묻는 건 그게 아니에요.”

데스피나는 됐다는 듯 파르르 떨리는 목소리로 웃었다.

“아직 큰일이 나기까진 몇 달 더 있어야 해요, 셰에라자드.”

“잘랄에게는 말했나요?”

“아뇨.”

“언제 말할 건가요?”

“제게 용기가 생기면요. 아니면 어쩔 수 없게 되거나요. 둘 중 어떤 게 먼저일진 모르겠네요. 그리고 이 이야기는 더 이상 하고 싶지 않아요.”

데스피나는 뒤돌아서 방 뒤편 구석으로 가더니 더 많은 비단 꾸러미들을 뒤지기 시작했다.

셰에라자드는 눈썹을 찌푸리고 그녀를 바라보았다. 데스피나는 어젯밤 제대로 쉬기는 했을까. 말은 안 해도 얼마나 고민하고 있는지 다 느껴지는데.

‘왜 잘랄에게 말을 안 하려는 거지?’

데스피나가 다시 고개를 들었다. 얼굴에는 짜증이 한가득 내비쳤다.

“그 옷은 수선하려고 제 방에 갖다놨나 봐요. 이리 오세요.”

두 사람은 비단과 다마스크 천 무더기를 남겨두고 셰에라자드의 방을 가로질러 방문 옆에 있는 매끈한 나무문 앞에서 잠시 멈추었다. 데스피나가 문을 열자 좁은 복도가 보였다. 잠시 후, 복도 맨 끝에 선 데스피나는 은으로 만든 문손잡이를 잡고서 안으로 들어갔다.

이토록 방이 가까운데도 셰에라자드가 데스피나의 방에 온 건 이번이 처음이었다. 방은 작고 깔끔했다. 한쪽에는 방석이 가지런히 놓였고, 반대편에는 낮은 탁자가 있었다. 구석에 있는 옷장은 탁자와 똑같이 꿀빛 목재로 만들었다. 방 전체에서 자스민꽃 향기가 은은히 났다.

데스피나가 옷장으로 가서 문 한쪽을 열고 옷을 찾기 시작했다.

셰에라자드는 나무 옷장을 바라보다가, 삼베 끈으로 단단히 묶여서 벽에 매달린 천 꾸러미를 알아보았다.

무사 사라고사가 그녀에게 선물한 양탄자였다.

"이게 왜 여기에 있죠?"

셰에라자드가 돌돌 말린 양탄자 쪽을 고갯짓하며 물었다. 데스피나는 뒤를 슬쩍 돌아보고는 한숨을 쉬었다.

"저거 버려도 되냐고 여쭈어 본다는 걸 계속 깜빡했네요."

"저건 선물받은 거예요!"

"낡아서 온통 닳았잖아요. 게다가 분명히 벌레가 꼬일 거고요. 마마 옷가지 사이에 저런 걸 두고 싶지 않아요."

셰에라자드가 눈을 흘겼다.

"이리 줘요."

데스피나는 어깨를 으쓱이더니 돌돌 말린 양탄자를 건네주었다.

"대체 누가 호라산의 칼리파께 별로 크지도 않고 초라한 양탄자를 준 건지 전 이해가 안 되네요."

셰에라자드는 양손으로 양탄자를 들고 무사-에펜디가 궁전을 방문했던 날을 떠올렸다.

'아주 특별한 양탄자입니다. 길을 잃었을 때, 다시금 길을 찾을 수 있도록 도와주는 것이지요.'

“이건 단순한 양탄자가 아닌 것 같아요.”

“그럼 뭔데요?”

셰에라자드는 곰곰이 생각에 잠겼다.

“지도일 수도 있어요.”

“그렇다면 너무 오래된 지도겠죠. 역시 쓸모없어요.”

셰에라자드는 데스피나의 방에서 나와 복도를 거쳐 자신의 방으로 돌아갔다. 그리고 바닥에 무릎을 꿇고서 양탄자를 내려놓았다. 이윽고 한가운데 묶인 삼베 끈 매듭을 풀기 시작했지만 아무리 풀어보려 해도 소용없었다. 그제야 기억이 났다. 처음 선물을 받았던 날, 호기심이 들었는데도 양탄자를 펼쳐보지 못했던 건 매듭을 못 풀었기 때문이었다.

“이놈의 매듭이 왜 이렇게 안 풀리지.”

셰에라자드가 투덜대는 사이 데스피나가 다가와 어깨 너머로 바라보았다.

“제가 해볼게요.”

데스피나가 셰에라자드의 곁에 웅크리고 앉아 끈을 잡아당기기 시작했다. 하지만 역시 소용이 없자, 그녀는 매듭을 가까이 들고서 잠시 찬찬히 바라보았다. 그런 다음 머리에 꽂았던 은비녀를 뽑았다. 금갈색 머리카락을 어깨에 치렁치렁 닿도록 푼 채로 데스피나는 비녀를 매듭 가운데 넣고 풀기 시작했다.

“내가 이기나 네가 이기나 어디 보자, 망할 놈의 매듭 같으니.”

데스피나는 새파란 눈동자로 양탄자를 쏘아보며 속삭였다.

잠시 후 드디어 매듭이 풀렸다. 두 사람은 다 같이 의기양양하게 소리쳤다.

셰에라자드는 양탄자를 풀어서 바닥에 펼쳤다.

하지만 처음에 봤을 때와 마찬가지로 그저 낡고 닳은 양탄자일 뿐이었다. 적갈색 바탕에 가장자리는 짙푸른 빛깔이었고, 가운데 하얗고 검은 소용돌이무늬가 동그랗게 나있었다. 가장자리에 달린 술은 거의 떨어져 나갔으며, 남은 술도 세월의 무게를 이기지 못하고 노랗게 변색된 데다 때가 탔다. 심지어 귀퉁이 두 군데는 누군가가 불로 태운 것처럼 구멍이 떡하니 나있었다.

그런데 셰에라자드가 손바닥으로 양탄자를 쓸자 가슴에 묘하게 저릿한 느낌이 들기 시작했다. 깜짝 놀란 그녀는 손을 떼었다. 데스피나가 물었다.

"왜 그러세요?"

감각은 이미 사라졌다.

셰에라자드는 두 손을 가만히 내려다보다가 엄지로 손가락을 쓸었다.

"아무것도 아니에요."

두 사람은 일어선 채로 자그마한 양탄자를 찬찬히 살폈다.

"음…… 정말 볼썽사나운 양탄자네요."

데스피나가 선언하듯 말하자 셰에라자드는 웃었다.

"그럼 이제 갖다 버려도 될까요?"

데스피나가 계속 우겼지만, 셰에라자드는 눈썹을 찌푸렸다.

"난 이게 지도일 거라고 생각했어요. 무사-에펜디가 그러셨거든요. 길을 잃었을 때 찾도록 도와줄 거라고요."

"그 불의 사원에서 오신 마법사 말씀이세요?"

"무사-에펜디가 마법사였어요?"

이 말에 데스피나는 입술을 꾹 다물고 눈길을 돌렸다. 셰에라자드는 웃음을 터뜨렸다.

"내 앞에서는 입조심을 했어야죠. 안 그래요?"

데스피나는 말없이 그녀를 노려보았다. 셰에라자드가 말을 이었다.

"재밌네요. 하지만 놀랍지는 않아요. 보니까 잘랄은 말이 많은 사람이던데. 과연 비밀을 알았을 때 뭐라 할지 정말로 궁금……."

"셰에라자드!"

데스피나가 위협하듯 그녀를 밀치려 했지만 셰에라자드는 웃으면서 슬쩍 몸을 피했다. 그러다 맨 발꿈치가 양탄자를 스치자 다시금 가슴속에서 묘한 저릿함이 타올랐다. 점점 심란해진 셰에라자드는 양탄자 앞에 무릎을 꿇고서 그 위에 손바닥을 갖다 댔다.

너무 오래 앉아있으면 발에 감각이 없어지면서 저릿한 느낌이 드는 것처럼, 그녀의 가슴이 저릿해지면서 열기가 돌기 시작했다. 열기는 곧 어깨와 팔 아래까지 퍼져갔다. 이윽고 셰에라자드가 손가락으로 양탄자 가장자리를 매만지는 순간……

양탄자가 마치 살아있는 것처럼 그녀의 손 안에서 둥글게 말렸다.

셰에라자드는 너무 놀라서 우스운 자세로 옆으로 쓰러졌다.

"왜 그러세요?"

옆에 무릎을 꿇고 있던 데스피나가 물었다.

"양탄자가, 움직였어요!"

"네?"

셰에라자드는 허둥지둥 다시 일어나 앉았다. 가슴속에서 심장이 철렁 내려앉았다.

"봐요!"

다시금 저릿한 느낌이 손바닥에 느껴질 때까지 양탄자를 만지자…… 양탄자 귀퉁이가 바닥에서 떠올랐다. 데스피나가 욕설을 내뱉으며 뒤로 펄쩍 물러섰다.

"이거 왜 이래요?"

"내가 어떻게 알아요?"

셰에라자드도 소리쳤다.

"다시, 다시 해보세요."

셰에라자드는 아까와 똑같은 과정으로 양탄자에 손을 댔다. 그러자 이번에는 다른 쪽 귀퉁이가 구름처럼 둥실 떠올랐다. 이 광경을 본 데스피나가 셰에라자드를 조심스럽게 쳐다보았다.

"전에도 이런 일 하신 적 있어요?"

"없어요! 양탄자가 이상한 거지, 내가 이상한 게 아니라고요."

데스피나는 무릎을 꿇고 낡아빠진 녹빛 양탄자 표면에 손을 얹었다. 그리고 잠시 기다렸지만, 아무 일도 일어나지 않았다.

"양탄자가 이상한 게 아니에요, 셰에라자드. 마마의 힘이라고요."

셰에라자드는 볼살을 지그시 깨물었다.

'모르고 계시는군요. 핏속에 잠복해 있는 재능을요.'

데스피나는 지친 한숨을 내쉬었다. 그리고 셰에라자드의 손을 잡아 양탄자에 대었다. 다시금 양탄자의 네 귀퉁이가 바닥에서 슬며시 들렸다. 셰에라자드는 손을 빼려 했지만 데스피나가 붙잡는 바람에 그럴 수가 없었다.

이윽고 양탄자 전체가 어깨 높이까지 떠올랐다. 마치 꿈결처럼 가벼운 움직임이었다. 두 사람이 손을 떼자, 양탄자는 꽃잎이 떨어지듯 우아하게 대리석 바닥으로 다시 내려앉았다. 데스피나는 경외심이 가득한 목소리로 속삭였다.

"음, 이거 좀 괜찮은 마법인 것 같은데요."

타리크는 사막에 지은 오마르 알-사디크의 커다란 조각천 천막 앞에 도착해 말에서 내렸다. 그리고 말의 고삐를 잡고 근처에 있는 물통으로 데려갔다. 말이 물을 마시자 주둥이 둘레로 동심원이 생기며 맑은 수면 위로 퍼졌다. 타리크는 손바닥으로 커다란 말의 목을 쓸어주었다.

돌아오는 길은 쉽지 않았다.

셰에라자드가 안전하다는 걸 확인했지만 레이를 떠나기란, 아니 셰에라자드를 떠나기란 그저 불가능한 일이었다. 셰에라자드의 바람을 순순히 따라주긴 했어도, 무겁고 쓰라린 마음은 여전했다. 지난 닷새 동안 작열하는 태양 아래 불어오는 모래바람을 헤쳐오면서 머릿속으로는 온갖 생각과 싸웠다.

어쩌다 이렇게 됐지?

무엇 하나 이해되지 않았다. 자신이 알던 소녀는 이토록 변덕스러운 짓을 할 아이가 아니었다. 자신이 사랑했던 소녀는 너무도 똑똑하고 지략이 풍부한 아이였는데……. 괴물에게 넘어가 버리기에는 마음이 **굳건**했는데. 게다가 어떻게 가장 친한 친구를 죽인 살인자에게 마음을 뺏긴단 말인가.

머릿속에서 분노가 폭풍처럼 맴돌았다. 정신을 차려보면 중요한 건 결국 하나뿐이었다. 무엇 하나 이해되지 않는다는 것.

그러니까 설명을 해야 했다.

타리크는 납치범에게 잡힌 인질이 저항하기를 포기한다는 이야기를 들었던 적이 있다. 포로들이 정복자와 사랑에 빠진다는 이야기도 있다. 전에는 그럴 수도 있겠다는 생각을 전혀 해본 적 없지만, 현재 셰에라자드의 행동을 설명할 길은 그뿐이었다.

그녀답지 않은 모습이었다. 그 궁전과 그 세계……, 그 괴물은 타리크가 사랑했던 소녀를 빼앗아 그 애가 소중하게 간직했던 모든 걸 까맣게 잊어버리도록 강요한 거다.

그러니까 셰에라자드를 데리고 나와야 한다. 당장.

조라야의 날카로운 울음소리에 퍼뜩 정신이 들었다. 타리크가 휘파람을 불자 매는 만칼라를 두른 팔 위로 내려앉아서 어서 저녁밥을 달라고 성화를 부렸다. 타리크는 아직도 생각에서 벗어나지 못했지만 그럭저럭 미소를 지으며 말린 고기 한 조각을 주었다.

"우리의 이름 모를 사히브께서 돌아오셨군요! 소문이 사실이라면 이제는 이름 모를 분이 아니지만 말입니다."

등 뒤에서 친숙한 목소리가 들려왔다. 타리크는 고개를 돌려 햇볕에 그을린 오마르 알-사디크의 얼굴을 바라보았다.

"소문이라니요?"

오마르는 입을 헤벌쭉 벌리고 웃었다.

"소문이란 게 다 그렇지요. 누군가의 명예로운 소문은 당사자가 가장 늦게 아는 법이 종종 있지 않습니까."

타리크는 잠시 눈을 감았다. 이 괴짜 셰이크가 내 마지막 남은 인내심을 건드리는군.

"저에 대한 명예로운 소문이 돈단 말입니까?"

"흰 매에 대한 소문이지요. 호라산을 구원할 분이 있다는 겁니다."

"무슨 말씀이십니까?"

타리크는 피곤한 한숨을 내쉬었다. 오마르의 눈이 반짝였다.

"못 들으셨습니까? 흰 매 문양의 깃발 아래 말을 타고 오는 구원자의 소문이 있습니다. 레이에 폭풍처럼 몰아쳐 사악한 왕을 쓰러뜨릴 구원자 말입니다. 이제 곧 밝혀지겠지만, 사히브께서도 흰 매를 꽤 잘 아시는 것 같습니다만. 구원자의 친구들은 그를 타리크라고 부른다 합니다."

"죄송하지만, 저는 셰이크의 놀이에 장단을 맞출 기분이 아닙니다."

타리크는 불쑥 말을 내뱉으며 먼지투성이가 된 하얀 리다에 달린 두건을 홱 젖혔다.

"놀이라니요? 전쟁은 놀이가 아닙니다, 친구여. 놀이는 애들이나 나 같은 노인이 하는 거지요. 전쟁은 젊은이들의 불운한 기쁨이고요."

"말장난은 그만두십시오, 오마르! 더는 못 참……."

오마르가 한쪽 눈을 찡긋하며 말을 잘랐다.

"문양을 수놓은 깃발을 좀 보시겠습니까? 아주……."

"제발 그만하세요!"

타리크의 외마디 말이 사막 하늘을 쩌렁쩌렁 울렸다. 좌절감과 고통의 기색이 가득한 비명이었다. 오마르는 예리한 눈빛으로 타리크의 고통스러운 얼굴을 바라보았다.

"레이에서 무슨 일이 있었습니까, 친구여?"

타리크는 조라야를 구름으로 날아가도록 풀어주고 물통에 몸을 기댔다.

"무엇 때문에 괴로워하시는지 말해보십시오."

오마르가 부드러운 목소리로 재촉했다.

"저, 저는 샤지를 거기서 꺼내와야겠습니다. 그 궁전에서요. 그 괴물에게서 데려와야 합니다."

오마르는 천천히 고개를 끄덕였다.

"아가씨의 안전이 염려되시는군요. 그렇다면 왜 돌아오셨습니까?"

무뚝뚝한 말투였지만, 걱정스러운 기색이 더 크게 드러났다. 타리크는 움찔했다. 뭐라고 대답해야 할지 알 수가 없었다.

"거기서 무슨 일이 있었는지 말씀해 보시겠습니까, 친구여?"

타리크는 지평선 위로 져가는 땅거미를 응시했다. 땅끝에서 어른거리는 따뜻한 태양은 서서히 사라지고, 그 자리에 머문 가느다란 푸른빛은 점점 검게 물들어 갔다.

"왕이 그 애를 아낄지도 모른다는 생각은 했습니다. 다른 여자들은 다 죽였지만 그 애는 살려두었으니까요……. 하지만 이럴 줄은 몰랐습니다."

타리크의 은빛 눈이 생각에 잠기며 싸늘해졌다. 오마르는 수염을 쓰다듬었다.

"알겠습니다."

"무엇을요? 뭘 아신단 말입니까?"

타리크가 오마르에게 돌아섰다. 오마르는 옹이진 손을 타리크에게 얹었다.

"그대는 젊은 칼리프가…… 당신의 셰에라자드와 사랑에 빠졌다고 생각하고 있군요."

타리크는 고개를 돌렸다. 다만 오마르의 거친 리넨 소맷자락을 바라보았을 뿐이다.

"그런데 어떤 근거로 그렇게 생각하게 된 겁니까?"

오마르가 여전히 상냥한 어조로 물었다. 타리크는 속삭여 대답했다.

"그, 그 애를 보는 눈빛 때문입니다. 전 그때만큼은 칼리프의 마음을 알 수 있었습니다."

오마르가 그의 어깨를 움켜잡았다.

"어쩌면…… 잘된 일 아닙니까. 젊은 칼리프는 살면서 엄청난 상실을 겪었다 들었습니다. 만약 셰에라자드가……."

"저는 샤지를 미치광이 살인자의 품에 둘 수 없습니다!"

오마르는 눈을 크게 깜빡였다. 굵게 팬 눈꺼풀의 주름이 의도를 그득 담은 채 위아래로 움직였다.

"타리크, 왜 이러는 겁니까? 왜 이런 싸움을 하는 겁니까?"

"그 애를 사랑하니까요."

타리크는 주저 없이 대답했다.

"그런데…… 왜 그녀를 사랑합니까?"

"그게 무슨 어처구니없는 질문……."

"어처구니없는 질문이 아닙니다. 아주 쉬운 질문이죠. 대답하기 어려워서 그렇지. 왜 그녀를 사랑합니까?"

"왜냐하면……."

타리크는 목덜미 뒤쪽을 문지르며 말을 이었다.

"가장 소중한 기억은 모두 그 애와 함께한 것이기 때문입니다.

저는 이제껏 그 애와 함께 고생했습니다. 그리고…… 아무것도 아닌 일에 같이 웃었고요."

오마르의 손이 타리크의 어깨에서 떨어졌다.

"과거를 공유했다고 해서 미래까지 보장되지는 않습니다, 친구여."

"어떻게 저를 이해하실 수 있겠습니까? 지금껏 어르신에게서 아이샤 님을 빼앗으려던 사람은 아무도 없었을 텐데요. 그 누구도……."

"내 아내를 잃은 적이 없다고 하여 상실의 의미를 이해하지 못하는 건 아닙니다, 타리크. 갖고 놀던 장난감을 부서뜨린 아이도 상실을 느낄 수 있으니까요."

타리크의 가슴에서 분노가 똬리를 틀었다.

"지금 제 심정을 장난감이 없어진 아이에 비유하셨습니까?"

오마르는 생각에 잠긴 미소를 지으며 고개를 저었다.

"상실은 상실이니까요. 거기서 오는 교훈은 언제나 같습니다."

"지금 교훈 같은 걸 들을 기분이 아닙니다."

타리크의 말에 오마르는 웃었다.

"나 역시 그렇습니다. 그러니 대신 이야기를 하나 들려드리지요."

"제발 그만하십……."

"오래전, 하늘 맑은 밤이었습니다. 나는 하늘에서 천 개의 별이 떨어지는 모습을 지켜보았지요. 그때 난 어린 소년이었지만 호기심이 아주 많았던지라 그 별들을 따라 지평선 저 너머 사막으로 가보기로 마음먹었습니다. 저 떨어진 별들이 어디로 갔는지 알고 싶었거든요. 그래서 달리고 또 달린 끝에 결국 뭘 수 없을 지경이 되었습니다. 그런데도 별들이 어디로 가는지 볼 수가 없었죠."

"지금 하신 이야기가 교훈 아닙니까, 오마르. 제가 그것도 모를 바보는 아닙니다."

타리크가 풀죽은 목소리로 말하자 오마르는 빙긋이 웃었다.

"내가 혹시 말했던가요? 여전히 난 떨어지는 별들을 쫓아가고 싶은 충동을 억누르고 있다고요."

"충분히 이해합니다. 저 역시 이 자리에서 도망치고 싶은 충동을 억누르고 있으니까요."

오마르는 고개를 젖히고서 웃었다.

"내가 교훈을 다 드리기 전까지는 도망치지 마시지요, 젊은 친구여! 젊은 분을 가르치는 건 늙은이의 정당한 권리란 말입니다. 나에게서 권리를 빼앗으면 안 됩니다."

"예, 뺏을 수 없지요. 어서 마저 가르침을 주시지요, 어르신."

마음이 무거웠지만 타리크는 그만 웃고 말았다.

"우리 삶에 존재하는 어떤 것들은 그저 잠시 스쳐가는 것에 불과합니다. 그러니 우리 삶에서 스쳐갈 것이라면, 다른 하늘을 밝히도록 보내주어야 하지요."

타리크는 천막촌 너머의 어둠을 응시했다.

"있는 그대로 내버려 두라 말씀하시는군요. 하지만 전 그럴 수가 없습니다. 그렇게는 못 합니다."

"나는 언제나 그대의 선택을 존중하겠습니다, 타리크-잔. 우리의 의견이 같지 않다 하더라도 내가 힘닿는 대로 뭐든 지원해 보도록 하지요. 이리 오십시오. 그대의 이모부가 기다리고 계십니다."

"레자 이모부님이 여기 계신다고요?"

타리크는 오마르의 어깨 너머를 바라보았다.

"그대의 친구 라힘과 이틀 전에 도착하셨습니다. 그 후로 계속 그대가 돌아오기를 노심초사 기다리셨지요."

오마르는 타리크를 마을에서 가장 큰 천막의 입구로 데려갔다. 그리고 드리워진 천을 옆으로 걷은 다음 안으로 들어갔다.

"우리의 방탕한 영웅이 돌아왔습니다!"

오마르가 뒤편 구석으로 성큼성큼 걸어가 레자 옆에 앉으며 말했다.

타리크는 신발을 벗고 망토를 옆에 둔 후 어슴푸레한 안쪽으로 들어갔다. 발밑으로 부드럽고 낡은 조각천 양탄자가 느껴졌다. 바깥을 두른 조각천 장막과 비슷한 문양이었고, 색은 더 어두웠다. 희뿌연 연기가 머리 주위에 자욱했다. 담배와 당밀의 향기였다. 오마르가 미소를 지으며 말했다.

"자, 와서 차를 드시지요. 나는 지난 며칠간 그대의 이모부님과 아주 즐거운 시간을 보냈습니다. 이분도 사랑 이야기를 아주 좋아하시더군요."

타리크는 나무 탁자 앞에 둔 모직 방석에 앉았다. 탁자에는 은제 찻주전자와 장식이 새겨진 유리잔, 큼직하게 솟은 게일란(ghalyan, 물담배)이 보였다. 짙은 초록색 유리로 만든 게일란에는 구릿빛 비단으로 감은 기다란 파이프가 달렸다. 탁자 위로 구불구불 이어진 파이프는 레자 빈-라티프의 손바닥 위에 놓였다. 그가 조각목 파이프를 뻐끔뻐끔 빨자 위쪽에 있던 석탄이 밝은 주홍빛으로 타오르며 병 속 물이 천천히 끓어올랐다. 허공으로 피어오른 달콤한 연기가 청회색 덩굴처럼 희뿌연 연기와 뒤섞였다.

"이모부님."

타리크가 손을 내밀자 레자는 조카의 손을 잡았다.

"그간 꽤 바빴구나, 타리크-잔."

레자가 조용히 말했다. 타리크는 숨을 깊이 들이쉬었다.

"이모부님이 임무를 주실 때까지 탈레칸에서 기다리라고 하셨던 건 알아요."

레자는 말없이 게일란을 뻐끔뻐끔 빨 뿐이었다. 타리크가 말을 이었다.

"하지만 이모부님께 모든 일을 다 맡길 수는 없었어요."

"보셨지요? 말씀드리지 않았습니까. 조카분은 이미 대단한 영웅이시라고요."

오마르는 킬킬 웃었다.

"영웅은 잠자코 때를 기다릴 줄도 알아야 하는 법이지요."

레자가 응수했다. 타리크는 아무런 대답도 하지 않았고 오마르는 또 한바탕 크게 웃었다. 레자가 물었다.

"그래서 바보같이 레이를 방문한 결과로 무얼 알아냈느냐?"

"알아야 할 게 아주 많다는 걸 알았지요."

이제 레자는 오마르에게 파이프를 건네주었다.

"또 다른 건?"

"호라산의 칼리프가 미친 건 물론이고 위험한 인물이라는 걸 알았습니다."

"어째서?"

"그놈은 미친 것치고는 똑똑했습니다. 좀…… 놀라웠죠."

"미친 자들은 똑똑한 경향이 있지요."

오마르는 코로 담배 연기를 내뿜으며 어둠 속에서 눈을 반짝 빛냈다.

"또 알아낸 건 없느냐?"

레자의 물음에 타리크는 방석에 몸을 기댔다.

"오만한 놈입니다. 성미도 급하고요."

"약점은 뭐지?"

레자가 재촉해 묻자 타리크는 주저했다.

"타리크? 왜 대답이 없느냐?"

타리크가 미처 대답하기도 전에 천막 입구가 열리더니 라힘이 안으로 들어왔다. 뒤따라 들어온 사람은 자한다르 알-하이주란이었다. 게일란 둘레에 앉은 세 명의 남자가 두 사람의 모습을 빤히 바라보았다. 라힘은 타리크에게 미안한 눈초리를 보냈고, 자한다르는 헛기침을 하며 목을 가다듬었다.

"함께 자리해도 되겠습니까?"

자한다르가 묻자, 오마르는 환하게 미소 지었다.

"물론입니다! 대단히 환영합니다."

타리크는 자리에서 일어섰다. 하지만 자한다르가 양탄자를 밟고 다가오는 모습을 보자 짜증이 일었다. 그는 치솟은 감정을 안간힘을 써서 억누른 다음, 고개를 숙이고 이마에 한 손을 댔다.

"자한다르-에펜디."

"타리크-잔."

자한다르는 열망과 희망을 품고서 은빛 눈동자를 바라보았다. 하지만 자신을 보는 그 눈빛에서 냉정한 반응밖에 얻지 못하자,

소리 없는 수치심으로 고개를 떨구었다.

모두가 다시 자리에 앉자, 레자는 아까 던진 질문을 다시 꺼내 들었다.

"젊은 왕의 약점에 대해 안다고 하지 않았느냐?"

타리크는 숨을 오랫동안 들이쉬고서 대답했다.

"네, 이모부."

타리크가 눈에 띄게 불편해하는 기색을 보이자 레자는 눈살을 찌푸렸다.

"타리크-잔. 대체……."

"셰에라자드입니다. 그놈은 셰에라자드를 아낍니다."

타리크가 불쑥 말을 뱉었다. 레자는 그저 무표정했다.

"많이 아끼느냐?"

"모르겠습니다. 셰에라자드를 아낀다는 것만 압니다. 그리고 전 거기서 그 애를 데리고 나오고 싶습니다. 당장요."

이 말에 레자는 눈썹을 치켜떴다.

"거기 있을 때 무슨 일이 있었느냐?"

"그 애가 궁전에 있는 한, 매일이 위험합니다. 저는 더 이상 참을 수가 없습니다."

"참으로 영웅 아닙니까."

오마르가 부드럽게 웃었다. 레자는 찻잔을 입술에 대고 한 모금 들이켰다.

"네 걱정은 알겠다만……."

"제발 부탁입니다, 이모부. 제게 맡겨주세요. 도와주세요."

레자는 조카를 빤히 바라보며 차분하게 자신의 상황을 설명했다.

“미안하구나, 타리크-잔. 하지만 우리는 힘을 막 모으기 시작한 참이다. 지금은 레이 같은 대도시를 포위할 형편이 결코 못 돼. 카라지의 에미르가 칠백 명의 군인과 무기 은닉처 여러 곳을 제공하겠다고 약속했다. 그들이 곧 도착할 거야. 북쪽에 있는 에미르의 친구가 이백 명을 더 보내기로 했고, 현재 그 밖에 수많은 친구들에게도 연락 중이다. 무역으로 쌓은 연줄과 재력을 가진 이들이지. 그들도 잔인한 폭군의 지배를 받는 데 지쳤다. 이유 없이 사람을 죽여대는 젊은 왕의 치하에서 살고 싶어 하지 않는 거지. 그들은 흰 매의 깃발 아래 기꺼이 힘을 모을 마음이 있다. 너를 위해 기꺼이 싸우겠다는 거다.”

“그러면, 그중에서 몇 명이라도 주신다면…….”

“안 된다. 이 사람들이 모두 기꺼이 싸울 때는 사랑보다는 더 큰 명분이 있어야 한다, 타리크. 여자애 하나 구하겠다고 기껏 모은 군대를 이끌고 호라산에서 가장 큰 도시로 진군할 수는 없단 말이다. 진정한 지도자가 되거라. 지금은 가만히 있어라. 기다려야 한다. 때가 되면, 네 인내심은 분명히 보상을 받을 거다. 날 믿어.”

타리크는 눈을 질끈 감고 주먹을 꽉 쥐었다. 밀려오는 감정의 물결을 어떻게든 추스르려 애썼다.

“오마르 님…….”

오마르는 한숨을 쉬었다.

“아, 친구여. 그대는 내가 사랑 이야기를 좋아한다는 사실에 기대를 걸어보려 하는군요. 참으로 안타깝게도, 난 형제도 아들도 없는 늙은이일 뿐입니다. 이제 나의 가계는 끝났습니다. 그러니 싸우지 않을 겁니다. 낡은 칼에서 핏자국을 씻어내기란 너무나 어려운 법이니까요. 사랑을 위해서라면 내 천한 목숨 기쁘게 걸 수도 있다는 점을 알아두십시오. 하지만 내 이름으로 모인 사람들과 내 부족의 목숨까지 걸어야 한다면? 나는 그토록 귀한 목숨을 두고 위험을 무릅쓸 수 없습니다. 정말로 미안합니다, 친구여."

타리크는 말없이 차를 마셨다. 그동안 오마르와 레자는 다른 주제로 넘어가 대화를 나누었다. 그들의 말이 귓가를 울려댔지만, 아무런 의미도 없이 그저 허무한 안개 속으로 흘러갈 뿐이었다. 이윽고 차가 식자 타리크는 자리에서 일어섰다. 게일란 속에서 끓어오르는 물처럼 분노가 계속 부글부글 끓어올랐다. 젊은 왕을 떠올릴 때마다, 물담배통 꼭대기의 숯처럼 타오르는 그놈의 눈동자가 생생했다.

불같은 성미에다, 살인에 맛들인 미치광이…….

그런 놈의 품에 안긴 셰에라자드의 얼굴.

"타리크-잔?"

뒤편에서 유순한 목소리가 그의 이름을 불렀다.

"뭡니까?"

타리크가 홱 돌아섰다. 자한다르는 입을 딱 벌린 채 뒷걸음질을 쳤다. 따스한 밤바람에 그의 성긴 수염 끝이 휘청였다. 타리크는 조심스럽게 숨을 내쉬었다.

"죄송합니다, 자한다르-에펜디. 용서하세요."

자한다르는 고개를 저었다.

"아니, 괜찮다. 생각하는 도중에 방해해서 내가 미안하구나."

타리크는 이를 악물고 대답했다.

“괜찮습니다. 전 성미를 제어하는 법을 배워야겠어요.”

자한다르는 고개를 끄덕였다. 그러고는 손을 앞으로 모아 티카띠 앞부분을 초조하게 만지작댔다.

“제게 하실 말씀이라도 있습니까?”

타리크가 묻자 자한다르는 마른침을 삼켰다.

“그래, 맞아. 있다.”

그는 어깨를 펴고 두 손을 가만히 쥔 채 이어서 물었다.

“너, 너는 내 딸을 구하기 위해서라면 뭐든 기꺼이 할 마음이니?”

타리크의 눈이 휘둥그레졌다. 그가 한 걸음 다가오며 대답했다.

“아시잖아요. 당연하죠.”

횃불 빛 아래로 자한다르의 눈이 번뜩였다.

“그렇다면 내가 도와주마.”

네가 아는 사람

문가에서 숨죽인 신음이 들려와 셰에라자드는 잠에서 깼다. 그녀는 자는 도중에도 소리를 감지할 수가 있었다.

하지만 이번에는 뭔가 이상했다.

방 안에 무언가가 있었다. 뻔뻔하고, 두려움이 없는 무언가가.

이쪽을 바라보는 눈동자. 반갑지 않은 눈빛이었다. 공포가 덮쳐와 목덜미를 타고 오소소 소름이 돋더니 온몸의 피가 솟구쳤다.

숨죽인 발소리가 가까이 들려오자 셰에라자드는 재빨리 결단을 내려야 했다.

그녀는 눈을 뜨고 소리를 질렀다. 어둠 속으로 소리와 충격이 메아리쳤다. 발소리는 급히 이쪽으로 다가왔고, 그녀는 도망치려는 마음에 방석 위를 허둥지둥 넘어갔다. 쓸데없이 앞길을 막는 고서머 휘장을 홱 걷으며 절로 욕설을 내뱉었다.

그러다 방문 저편에서 데스피나의 방문이 빼꼼히 열리자 가슴이 덜컥 내려앉았다.

"셰에라자드?"

방에 있던 거대한 인영이 데스피나의 방으로 향하기 시작했다. 밤보다 짙은 망토를 뒤집어쓴 이들이었다.

'아, 맙소사, 데스피나!'

셰에라자드는 침대 옆에 있던 의자를 집어 들고 다시 비명을 질렀다. 데스피나에게서 저들의 시선을 돌려야 했다. 데스피나가 밖으로 나갈 수만 있다면…….

누군가의 손이 셰에라자드에게 닿자 그녀는 그쪽으로 의자를 휘둘렀다.

"셰에라자드!"

데스피나가 소리쳤다.

"도망쳐!"

셰에라자드가 고함을 질렀다.

데스피나가 문으로 달려가자 인영 두 개가 그녀를 향해 돌진했다. 데스피나는 가까스로 문 하나를 열고서 궁전의 대리석 복도를 향해 내달렸다. 뒤이어 겁에 질린 외마디 비명이 울려 퍼졌다.

"잘랄!"

인영은 이제 셰에라자드를 덮쳤다. 누군가가 뒤에서 그녀를 잡고서 가까이 끌어당겼다. 검은 복면 위로 분노한 남자의 눈동자가 번뜩이며 그녀를 내려다보았다. 셰에라자드는 그의 머리 위로 의자를 쳐들었다. 남자는 욕설을 지껄이며 의자를 붙잡더니 손등으로 그녀의 뺨을 때렸다.

셰에라자드는 비틀거리며 대리석 바닥에 쓰러졌다. 눈시울이

따끔따끔 시큰해졌다. 또 다른 인영이 몸을 끌어 올리려 하자, 그녀는 손을 뻗어 얼굴 복면을 벗겼다. 괴한이 그녀의 목덜미를 잡아 들어 올리고 벽에 밀쳤다.

"너희는 누구냐? 목적이 뭐지?"

셰에라자드는 발길질을 하며 그를 마구 할퀴었다. 방 바깥 복도를 따라 발소리가 쿵쿵 울렸다.

문이 처연한 소리를 내며 양쪽으로 활짝 열렸다. 그 가운데로 홀로 검을 든 인영이 보였다.

'할리드.'

셰에라자드를 포로로 잡은 괴한이 그녀의 목을 움켜쥔 채 낮은 소리로 잔인하게 웃기 시작했다.

할리드는 아무것도 묻지 않았다. 협상하려 들지도 않았다. 어둠 속에서 그의 샴시르가 번뜩이더니, 문 곁에 있던 인영이 꾸르륵 소리를 내며 쓰러졌고, 이어서 사람이 쓰러지는 소리가 소름끼치도록 연이어 들려왔다. 잠시 후, 잘랄이 불쑥 문턱을 넘었다. 바로 뒤에는 라즈푸트가 있었다.

"할리드를 여기서 내보내!"

잘랄이 라즈푸트에게 소리쳤다. 하지만 라즈푸트는 잘랄을 무시하듯 밀치고 옆으로 들어와 탈와를 치켜들었다.

할리드는 검을 휘두르며 전진했다. 그의 앞으로 인영이 모여들었다. 지금 셰에라자드를 벽에 밀친 괴한을 포함해 침입자는 적어도 여덟이나 되었다.

검을 뽑아 드는 소리가 방 안에 울려 퍼졌다. 셰에라자드의 멱살을 잡은 남자가 그녀를 뒤로 끌어당기더니 팔뚝으로 목을 단단히 감쌌다.

라즈푸트는 맨 앞에 선 인영과 교전을 벌였고, 할리드와 잘랄은 그 양쪽에 섰다. 무기가 서로 부딪히고 날붙이가 철컹이는 소리가 났다. 죽음이 허공을 가르며 복수심에 불타는 분노와 핏자국을 남겼다.

정체를 알 수 없는 인영들이 하나둘씩 쓰러져 갔다.

셰에라자드를 붙잡은 괴한이 열린 창호문을 지나 테라스로 그녀를 끌고 갔다. 잡은 손아귀가 느슨해지자 그녀는 팔을 비틀어 간신히 떼고서는 괴한의 얼굴에 아무렇게나 주먹을 휘둘렀다. 놈은 주먹을 피해서 한 손으로 셰에라자드의 어깨를 잡고 다른 손으로는 목덜미를 움켜잡았다.

"죽여버리겠다."

괴한이 그녀의 귓가에 속삭였다.

"곧 죽을 놈이 잘도 지껄이는구나."

그녀가 쏘아붙였다.

"아직은 죽지 않았지."

괴한이 손을 미끄러뜨려 셰에라자드의 머리채를 붙잡고는 그녀의 몸을 방패 삼아 앞을 가렸다. 고통에 눈물이 터지려 했지만 그녀는 애써 울컥함을 삼켰다.

"할리드 이븐 알-라시드!"

괴한이 고함을 질렀다. 시야가 선명해지자, 쓰러진 시체 앞에 잘랄과 라즈푸트가 무기를 쥐고 선 모습이 보였다.

할리드는 마지막으로 칼을 휘둘렀다. 상대의 피가 뿜어지며 맨 가슴과 얼굴에 검붉은 선을 그렸다. 이윽고 그는 분노 가득한 눈빛으로 방을 돌아보았다. 그의 검에서 선혈이 뚝뚝 떨어졌다.

사냥감을 찾아 돌아다니던 인영들은 이제 소리도 움직임도 없었다.

할리드가 가까이 다가가자 괴한은 머리채를 잡은 손아귀에 힘을 주었다. 머리카락이 확 딸려 올라가자, 셰에라자드의 입술에서 비명이 터져 나오고 말았다.

잘랄은 욕설을 내뱉었다. 그가 든 시미타가 달빛에 하얗게 빛났다.

할리드는 걸음을 우뚝 멈추었다.

괴한이 웃음을 터뜨렸다. 마치 금속에 돌덩이가 부딪히는 듯한 소리였다. 놈은 남은 손으로 단검을 들고서 셰에라자드의 목에 겨누었다.

"살려달라 애원하지도 않나?"

귓가에 속삭이는 괴한의 말에 셰에라자드는 다시 쏘아붙였다.

"난 애원 따위 안 해. 곧 죽을 놈에게는 더더욱."

"그렇다면 전능하신 호라산의 칼리프는 어떠신가? 왕 중의 왕께서는 애원하지 않을 텐가?"

괴한이 어둠을 향해 소리쳤다. 이번에도 할리드는 잔혹한 침묵을 지키며 슬그머니 걸어왔다. 그가 몸 위로 샴시르를 들어 올렸다.

"움직이지 마라, 이 창녀의 자식아! 그렇지 않으면 이년의 목에 구더기가 파먹을 구멍을 내주마. 이년이 네 어미처럼 죽는 꼴을 보여주겠다."

괴한이 버럭 소리를 질렀다. 할리드는 순간 얼어붙었다. 이윽고 셰에라자드의 눈앞에서 그의 얼굴이 산산이 부서져갔다. 녹아내린 호박색 눈빛이 아득한 기억으로 희미해졌다. 희미해진 눈빛은 파멸에 이르렀다. 그의 선연한 고뇌가 셰에라자드의 영혼까지 뜨겁게 파고들어 숨결을 앗았다. 피 묻은 샴시르를 든 팔이 힘없이 떨어졌다.

"네놈을 죽여버리겠어."

셰에라자드는 목이 졸린 와중에도 캑캑대며 소리쳤다. 등 뒤로 괴한의 사악한 웃음소리가 넘실댔다.

"뭘 원하나?"

할리드가 조용히 물었다.

"무기를 버려라."

샴시르가 쨍그랑 소리를 내며 대리석 바닥으로 떨어졌다. 일말의 주저함도 없었다. 괴한은 득의양양하게 비웃었다.

"부하들에게도 무기를 버리라고 해."

"그러지 말아요!"

셰에라자드가 소리쳤다.

'날 봐, 할리드. 제발! 이 짐승 같은 놈의 말 따위 듣지 마.'

괴한이 셰에라자드의 목덜미를 잡은 손을 거두어 그녀의 턱을 움켜쥐고 들어 올렸다. 그리고 단검을 더욱 가까이 들이밀었다.

"잘랄. 비크람. 시키는 대로 해."

할리드의 목소리는 무거웠다. 수락할 수밖에 없다는 기색이었다. 셰에라자드는 절망했다.

"할리드! 이러지 말아요. 잘랄, 그 말 듣지 마요. 무기를 버리면……."

"한 마디만 더 하면 네년이 끝장날 줄 알아라."

괴한은 그녀의 턱을 잡고 있던 손을 들어 이젠 입을 막으려 했다. 그 순간, 셰에라자드는 있는 힘껏 그자의 손을 깨물었다. 소금기와 짠맛이 혀에 밀려들었다. 괴한이 노성을 지르며 잡은 손을 놓았다. 그녀는 팔꿈치로 괴한의 복부를 가격했다. 그러다 목덜미에 겨누었던 단검이 슥 밀리면서 피부에 뜨거운 고통을 남겼다. 잠시 후 한 쌍의 강한 팔이 셰에라자드를 옆으로 확 당겨 피투성이가 된 가슴에 끌어안았다.

할리드의 심장이 그녀를 감싼 채 쿵쿵 뛰었다. 크고 빠르게 울리는 고동이 셰에라자드의 뺨에 부딪히며 뛸 때마다 무언의 약속을 전했다.

그 순간만큼은, 그것만으로도 충분했다.

라즈푸트가 괴한을 바닥에 메다꽂았다. 잘랄은 괴한의 몸통을 무릎으로 차면서 보석 박힌 검자루로 그자의 턱을 후려쳤다.

"이런 짓을 해서 대체 뭘 얻으려던 거냐? 내 사촌을 건드려? 감히 **내** 가족을 건드려?"

잘랄의 외침에서 끓어오르는 분노가 배어나왔다. 그는 빛나는 검집으로 계속 괴한을 내리쳤다.

"그만!"

할리드가 아주 강력한 기세를 담아 명령했다. 조금도 누그러지지 않은 분노가 실린 명령에 온 방 안의 소리가 뚝 그쳤다. 그는 샴시르에 손을 뻗었다. 칼날이 위협적인 소리를 내며 대리석 바닥을 긁었다.

잘랄은 괴한을 더는 심문하지 않고서 뒤로 물러나 셰에라자드의 옆으로 성큼성큼 다가왔다. 라즈푸트는 근처 어둠 속으로 몸을 숨겼다. 거대한 손에 탈와를 쥔 그의 턱수염 난 얼굴은 달빛을 받아 섬뜩하고 으스스했다.

할리드는 앞으로 걸어갔다.

괴한은 입과 코로 온통 피를 흘리면서 바닥에 쓰러져 있었다. 자신을 내려다보는 할리드를 알아챈 그자가 쿨럭이며 거칠게 웃기 시작했다.

할리드가 괴한의 목에 칼끝을 겨누었다.

"왕비의 말이 옳다. 넌 곧 죽은 목숨이다. 하지만 네가 어떻게 나오느냐에 따라 고통 없이 죽여줄 마음도 있다."

조용히 새어 나오던 괴한의 웃음이 점점 커졌다.

"누가 보냈나?"

할리드가 사납게 속삭였다.

"네놈이 고통받는 걸 보고 싶어 하는 자가 보냈지."

"누군지 대라. 그러면 네가 받아 마땅한 고통을 좀 덜어주겠다."

괴한이 기침을 하자 부어오른 입에서 붉은 피가 울컥 솟구쳤다.

"내가 널 무서워할 것 같냐, 꼬마야?"

"마지막으로 묻겠다. 넌 입을 놀려 대답해야 할 거다."

"운명의 손길을 뿌리칠 수 있을 것 같냐? 네가 아무리 맞서 싸우려고 해도 결국 대가를 치르게 될 것이다, 할리드 이븐 알-라시드."

괴한의 눈이 셰에라자드를 쏘아보았다. 그것이 무엇을 의미하는지는 달리 생각할 수 없었다.

"말로는 안 되겠군."

할리드는 남자의 목을 칼끝으로 스윽 그었다. 가느다란 핏줄기가 목 위로 드러났다.

"이런 걸 보면 난 아무리 봐도 아버지의 아들이 맞아."

괴한의 웃음소리는 이제 광적으로 변했다.

"누가 날 보냈는지 알고 싶으신가, 전능하신 왕 중의 왕이여? 그렇다면 말해주지."

그자는 점점 막혀오는 숨을 헐떡이더니 이렇게 덧붙였다.

"**네가 아는 사람**이다."

이 말을 끝으로 괴한은 칼끝에 자기 목을 대고 눌렀다.

잘랄이 셰에라자드를 잡고서 그녀의 얼굴을 어깨로 가렸다. 잘랄을 붙든 그녀의 손이 덜덜 떨렸다. 잘랄은 손바닥으로 그녀의 뺨을 감싸고 애써 달랬다.

라즈푸트는 괴한의 시체 옆에 웅크려 앉았다. 그리고 끝 모를 검은 눈동자로 미동 없는 시체를 훑었다. 이윽고 그는 시체의 오른팔을 덮은 소매를 위로 잡아당겼다. 테라스로 비쳐드는 창백한 달빛 아래, 셰에라자드는 괴한의 피부 위에 나타난 희미한 무늬를 보았다. 풍뎅이 모양이었다.

"피다이(Fida'i, 팔 안쪽에 풍뎅이 문양을 새긴 용병)의 개로군요."

라즈푸트가 멀리서 아스라이 들리는 천둥 같은 목소리로 투덜댔다. 할리드는 말없이 그 문양을 바라보다 고개를 돌렸다. 그리고 나직하게 욕설을 뱉으며 샴시르를 바닥에서 들어 올렸다.

"뭐라고요?"

셰에라자드가 잘랄에게 물었다.

"이들은 피다이입니다. 돈을 주고 고용한 용병이죠. 암살자라고 보시면 됩니다."

셰에라자드는 숨을 헉 들이쉬었다. 묻고 싶은 것들이 목구멍을 가득 메웠다. 잘랄은 그녀의 목을 가만히 들여다보았다.

"이런. 피가 나잖아요."

그는 셰에라자드의 머리카락을 옆으로 치웠다. 무어라 반응하기도 전에 셰에라자드의 몸이 번쩍 들렸다. 할리드는 그녀의 저항도 무시한 채 대학살의 현장에서 셰에라자드를 안아 들고 나갔다. 잘랄과 라즈푸트가 그들의 뒤를 바짝 따랐다. 문을 나서니 왕실 근위대원 두 명이 생기 없는 시체가 되어 문가에 쓰러져 있었다. 퀭한 눈을 홉뜬 시체는 모두 목에 쩍 벌어진 커다란 상처가 있었다. 셰에라자드는 숨이 막혔다.

"모두 죽었어. 이 복도에 있는 근위병은 다 죽었다."

할리드가 그녀를 보지 않은 채 말했다. 셰에라자드는 할리드의 목을 꼭 그러안았고, 그는 계속 복도를 걸었다. 그러다 모퉁이를 돌자, 알-호리 장군이 이끄는 병사들이 문을 열고 뛰쳐나왔다. 샤르반이 다급한 목소리로 물었다.

"왕비께서 다치셨습니까?"

"난 괜찮아요. 정말로요."

셰에라자드는 장군이 걱정하는 모습에 순간 당황해서 대답했다.

"다치셨습니다."

잘랄이 정확하게 설명했지만, 셰에라자드는 반박했다.

"상처는 심하지 않아요. 그만 내려줘요. 걸을 수 있어요."

할리드는 그녀의 말을 무시했다.

"걸을 수 있다니까요, 할리드."

이 말에도 할리드는 대답하기는커녕 그녀를 쳐다보지도 않았다.

그들은 갑옷으로 무장하고 횃불을 든 근위병들에게 둘러싸인 채 복도를 이동했다. 내려달라고 아무리 말해도 듣지 않으니, 셰에라자드는 싸움을 포기하고 할리드에게 기댔다. 그리고 환한 빛을 피해 잠시 눈을 감자 할리드의 손길이 그녀를 단단히 감쌌다.

일행은 다시 모퉁이를 돌아 이제는 셰에라자드가 한 번도 본 적 없는 자그마한 복도로 들어섰다. 부드러운 석고 재질의 아치형 천장 아래 돌바닥을 깔아둔 길이었다. 이윽고 도착해 선 곳에는 윤기 나는 흑단 재질에 청동과 철로 경첩을 붙인 문이 있었다.

"근위병을 이곳에 세우고 지시가 있을 때까지 내 방으로 이어지는 문을 지키도록 해라. 명심하라. 어느 쪽 입구든 조금이라도 침입의 기색이 있다면 내게 알려라."

할리드가 명령하자, 근위병은 힘차게 고개를 끄덕인 다음 청동 문손잡이를 당겼다. 할리드는 셰에라자드를 안고서 커다란 흑단 문을 들어섰다. 하지만 안으로 들어섰어도 그녀를 내려놓지 않았다. 다만 칠흑 같은 대기실을 지나 앞서 들어온 문과 똑같이 생긴 문을 다시 열 뿐이었다. 안으로 들어서자 널찍한 방이 나왔다. 천장이 둥근 거대한 공간을 비추는 건 한가운데 놓인 금제 격자 등불뿐이었다. 할리드는 셰에라자드를 어두운 비단으로 덮인 침대 끄트머리에 내려주었다. 그리고 뒤쪽 벽에 있는 커다란 흑단 캐비닛으로 걸어가 리넨 천과 작고 둥근 용기 하나를 꺼낸 다음 책상에 놓여있던 물병까지 들고 왔다.

그는 셰에라자드의 앞에 무릎을 꿇고서 머리카락을 넘겨 상처를 살펴보았다.

"말했잖아요. 상처는 심하지 않아요. 그저 긁힌 수준이에요."

셰에라자드가 말했지만 할리드는 물병을 기울여 리넨 천에 물을 적셨다. 그리고 그녀의 목에 천을 대고 상처를 닦기 시작했다.

셰에라자드는 상처를 닦아내는 남자의 얼굴을 찬찬히 바라보았다. 눈 밑에 드리운 어두운 기색은 평소보다 더욱 짙었다. 이마와 뺨에 말라붙은 핏줄기들이 태양에 그을린 피부를 어지러이 뒤덮었다. 그의 얼굴은 긴장한 채였고, 시선은 완강히 그녀를 바라보지 않았다. 조각 같은 옆모습마저 고집스러웠다. 아무것도 양보하려 들지 않는 기색. 울퉁불퉁 구겨진 두루마리 양피지처럼, 부드럽게 어루만져 펴주는 손길을 바라면서도…… 결국은 던져버려지기를 바라는 것 같은 남자의 모습.

할리드가 리넨 천을 다시금 물에 적시자, 셰에라자드는 그의 손을 잡고서 손아귀에서 천을 빼냈다. 그리고 그의 얼굴에 천을 대고 적이 흘린 검붉은 피를 닦았다.

할리드의 호랑이 같은 눈동자가 마침내 그녀와 마주쳤다. 애처로운 침묵 속에서, 그의 두 눈은 고요하고 우아한 손끝으로 죽음의 잔해를 닦아내는 셰에라자드를 훑었다. 이윽고 할리드는 앞으로 몸을 숙여 자신의 이마를 그녀의 이마에 맞대고 두 손을 잡았다. 두 사람 모두 고요함에 휩싸였다.

"그대를 멀리 보내고 싶다. 이런 일이 다시는 일어나지 않을 곳으로."

그가 입을 열자 심장이 덜덜 떨려와 셰에라자드는 뒤로 물러섰다.

"날 멀리 보낸다고요? 내가 무슨 물건이라도 되는 줄 아세요?"

"아니. 그런 뜻이 아니다."

"그럼 무슨 뜻인가요?"

"난 그대를 안전하게 지켜줄 수 없다는 뜻이다. 그 어떤 것에서도."

"그래서 내놓은 답이 나를 멀리 보내는 건가요?"

셰에라자드가 위협 어린 목소리로 다시 속삭였다.

"진짜로 그러겠다는 게 아니다. 필요하다면 뭐든 할 거라는 뜻이다. 설령 그대를 내 곁에서 멀리 보내는 끔찍한 일이라 하더라도."

"그러면 내가 순순히 떠날 거라고 생각하시나요? 명령하시는 곳으로?"

"그대가 나를 믿으리라 생각한다."

셰에라자드는 눈을 가늘게 떴다.

"그렇다면 알아두세요. 난 나를 소유물처럼 다루는 행동을 너그러이 받아주지 않을 거랍니다."

"나는 그대를 소유물처럼 다룬 적이 한 번도 없다, 셰에라자드."

"하지만 날 멀리 보내버린다면서요."

할리드는 두 손으로 그녀의 허리를 잡았다.

"그대는 나의 아내다. 저들은 나 때문에 그대를 해치려는 거고."

"저들요? 피다이 말씀이신가요?"

셰에라자드는 잠시 주저하다 이어 물었다.

"그들은 누구죠? 누구를 위해 일하는 자들이죠?"

"누구든 값을 치르는 자를 위해 일하는 자들이다. 그러니 오늘은 이쪽을 섬겼다가도, 내일이면 또 다른 이를 섬기곤 하지. 피다이를 고용하려면 돈이 있어야 해. 달리 그들을 움직일 수단은 없다."

“그런 자들에게 순순히 항복하는 게 무슨 도움이 된다고 아까는 그러셨어요?”

“그대가 안전하기만 하다면 그들이 무어라 생각하든 중요하지 않아.”

“아뇨, 중요하게 생각하셔야 해요. 앞으로는 중요하게 생각하도록 하세요. 그런 냉담한 방식으로는 이 왕국을 계속 통치하실 수 없어요.”

할리드는 미소 지었다. 즐거움이 없는, 쓰라린 미소였다.

“그대는 모든 걸 이해하는 것처럼 말하는군. 마치 알고 있는 것처럼.”

“옳은 말씀이에요. 난 아무것도 이해하지 못해요. 아무것도 모르죠. 하지만 내게 알려주지 않으신 게 누군데요?”

셰에라자드는 할리드의 맨가슴을 밀치고 침대에서 일어서서 곁을 지나쳐 갔다. 할리드도 일어섰다.

“나는 이미 이유를 말했다. 그대가 알면 안전하지 않아. 진실을 아는 것은…….”

그녀는 빙글 돌아서서 할리드를 마주 보았다.

“그 진실이 뭔데요? 당신의 진실인가요? 내가 그 진실을 알고 싶단 마음을 품기라도 했을까 봐요? 네, 맞아요. 난 바보라서, 당신에 대해 알고 싶었어요. 무엇 때문에 그토록 괴로워하시는지, 또 어떤 일에 기뻐하시는지 알고 싶었어요. 하지만 난 사소한 것 하나 아는 게 없지요. 난 당신이 가장 좋아하는 색이 뭔지도 모른답니다. 어떤 음식을 싫어하시는지, 어떤 향기를 맡을 때 소중한 추억이 떠오르는지, 아무것도 몰라요. 알려 할 때마다 앞을 가로

막고 다가오지 못하게 하시니까요."

셰에라자드가 말하는 모습을 그는 신중한 얼굴로 지켜보았다. 하지만 낯빛은 침착해도 두 눈에는 깊은 갈등이 드러났다. 더는 애써 감추려 하지 않는 갈등이었다.

"그대가 내게서 무엇을 바라는지 모르겠다, 셰에라자드. 그게 무엇이든 내가 줄 수 없다는 것만 알 뿐이야. 지금은 말이다."

"그렇게 어려운 게 아니에요, 할리드-잔. 내가 제일 좋아하는 색깔은 보라색이에요. 장미향을 맡으면 어디에 있든 집에 온 것 같은 느낌이 들어요. 난 생선을 좋아하지 않지만, 사랑하는 사람을 위해서라면 기꺼이 먹을 수 있어요. 행복해하는 모습을 보면서 싫어도 억지로 웃을 거라고요."

할리드는 굳은 표정만을 내보였다. 두 눈에 서린 갈등은 계속 이어졌다. 셰에라자드는 당혹감 어린 한숨을 쉬며 돌아서서 방문을 향해 갔다.

"그럼 안녕히 주무세요."

순간, 할리드는 성큼성큼 걸어 그녀 곁으로 다가가서는 한 손으로 흑단 문을 확 눌렀다. 그녀가 나가지 못하도록.

"나더러 어쩌란 말이지?"

그가 낮은 목소리로 물었다. 셰에라자드는 눈길을 들지 않았다. 하지만 심장이 울컥 솟아올라 목을 막고 쿵쿵 울렸다.

"진짜 남자라면 자신이 소유한 것을 과시하려 들지 않는다는 말이 있잖아요. 그런 거죠."

"그런가? 그대는 나의 소유인가?"

할리드가 조용하고도 엄숙하게 물었다. 셰에라자드의 확신은 더욱더 흔들려만 갔다.

“말씀드렸잖아요. 날 소유하려 들지 마시라고요.”

“난 그대를 소유하고 싶은 게 아니다.”

그녀는 고개를 돌려 그와 시선을 마주했다.

“그렇다면 다시는 날 멀리 보낸다는 말은 하지 마세요. 난 마음대로 다뤄도 괜찮은 당신의 소유가 아니니까요.”

할리드의 얼굴이 알겠다는 기색으로 부드러워졌다.

“그대의 말이 모두 옳다. 그대는 나의 것이 아니야.”

그는 문을 짚던 손을 내리고 덧붙였다.

“내가 그대의 것이지.”

셰에라자드는 주먹을 꼭 쥐었다. 그리고 자신이 할리드에게 전혀 중요하지 않았던 과거를 애써 기억해 내려 했다. 이 남자도 자신에게 아무것도 아니었던 그때를. 피는 피로 갚으리라는 맹세만이 전부였던 그때를.

아아. 슬프게도 지금 앞에 선 남자는 그 옛날의 괴물이 아니었다. 아직은 망망대해 같은 암흑 한가운데 비친 한 줄기 빛일 뿐이었다. 더 많은 무언가를 꼭 주리라는 약속일 뿐이었다. 하지만 셰에라자드는 그를 보며 증오를 느끼지 못했다. 고통과 분노, 배신은 어느덧 희미해졌다. 그런 스스로가 어찌나 경멸스러운지.

미처 정신을 차리고 제지하기도 전에 두 손이 그를 향해 나아갔다. 마치 이 남자를 만지는 것 외에는 달리 존재의 이유가 없는 것처럼 손이 움직였다. 손가락은 깃털처럼 섬세하게 남자의 턱을 훑었고, 이내 물러간 손길에 할리드는 눈을 감고 나직하게 숨을 들이쉬었다. 해독제의 약효를 밀어내는 독처럼, 셰에라자드의 손은 이성을 무시하고 제멋대로 움직였다. 남자의 피부를 그저 맛보는 것만으로는 전혀 성에 차지 않는다는 듯이, 절대로 여기서 멈출 수는 없다는 듯이. 이윽고 손가락은 남자의 이마에 닿아 부드럽게 관자놀이로 향한 다음 비단처럼 매끄럽고 밤하늘처럼 어두운 머리카락 속으로 파고들었다. 할리드가 눈을 뜨자, 그렁그렁했던 눈동자가 그녀의 손길을 받아 화르륵 타오르는 모습이 보였다. 셰에라자드는 이제 손바닥으로 그의 목을 쓸다가 손길을 멈췄다.

"왜 날 만지지 않나요?"

그녀의 속삭임에 잠시 침묵을 지키던 할리드가 대답했다.

"만지기 시작하면 멈추지 않을 테니까."

"누가 멈추라고 했어요?"

그녀의 손가락이 그의 가슴 위를 노닐었다.

"그대가 바라는 대답을 내가 주지 못한다면?"

또다시, 그녀가 얻은 것은 아무것도 없었다.

그래도, 그 따스한 눈빛만으로도 모두 가진 것이나 마찬가지였다.

"그러면 대신 이걸 주세요."

셰에라자드는 발끝으로 서서 할리드의 입에 입술을 대었다. 하지만 아무런 반응이 없자, 그녀는 혀로 남자의 아랫입술을 쓸었다. 이윽고 할리드의 손이 천천히 달아오르며 그녀의 허리로 다가왔다. 처음에는 밀어낼 거라 생각했지만 그는 반대로 셰에라자드를 끌어안았다. 할리드는 그녀에게 입 맞추었다. 아무것도 아니었던 상황을 너무나도 중요하게 녹여내는 키스였다. 셰에라자드는 두 팔로 남자의 목을 그러안았고, 할리드는 흑단 문으로 그녀의 몸을 밀었다. 이윽고 그녀가 등을 문에 기대고 서자 둘의 호흡이 서로 일치하기 시작했다. 서로는 숨결을 나누고, 심장의 고동을 맞추었다.

"할리드."

셰에라자드는 턱 아래 여린 살을 입술로 더듬는 남자의 어깨를 그러쥐었다. 심장이 어찌나 세차게 뛰던지, 누군가가 문을 두드렸지만 처음에는 알아채지도 못했다.

"세이이디. 할리드……."

그녀가 할리드의 손목을 잡으며 다시 이름을 불렀다. 그는 나지막이 욕설을 내뱉었다. 그러고는 청동 문손잡이를 잡았다.

"무슨 일이지?"

할리드가 짜증 섞인 목소리로 낮게 물었다. 근위병이 문틈으로 절을 하고 말했다.

"샤르반이 뵙기를 청합니다. 침입자들이 어떻게 궁전 안으로 들어왔는지 알-호리 대장이 알아낸 것 같습니다."

할리드는 짧게 고개를 끄덕이고는 문을 닫았다. 손바닥으로 얼굴을 쓸어 올린 남자는 다시금 셰에라자드를 바라보았다.

그녀는 두 손을 뒷짐 지고 흑단 문에 기댄 채였다.

"가보세요."

그녀가 부드럽게 말하자, 할리드는 잠시 깊은 생각에 잠겼다가 입을 열었다.

"나는……."

"걱정하지 마세요. 여기 있을게요."

"고맙다."

그는 다시 문손잡이에 손을 뻗으면서 혼자 빙그레 웃었다. 셰에라자드는 눈썹을 찌푸렸다.

"왜 웃어요?"

"괴물에게 잘 어울리는 벌이 아닌가. 무언가를 이토록 간절히 원하는데, 심지어 품에 안기까지 했는데도 사실은 그걸 감히 가질 자격이 없다는 걸 확실히 알고 있으니 말이다."

할리드는 그녀의 대답을 기다리지 않고서 문을 열고 나갔다.

셰에라자드는 바닥으로 스르르 미끄러져 내렸다. 할리드를 계속 어루만지던 손이 이제는 그녀의 얼굴 앞에서 덜덜 떨렸다. 자신이 정해놓은 선을 스스로 넘어버려서 똑같이 벌을 받고 있다는 증거였다. 괴물을 원한 자신에게 가해지는 벌이었다.

그녀는 운명을 이끄는 별들에게 소리 없이 감사를 표했다. 그녀의 괴물은 모르는 것 같았으니까. 아까 자신에게서 이성이 흔적도 없이 사라졌다는 사실을 말이다.

죄책감이 산산이 부서져 버렸다는 사실도.

그리고 온갖 질문들이 그토록 심하게 영혼을 괴롭혔다는 사실도.

'네가 아는 사람이다.'

내가 느끼는 감정의 그늘

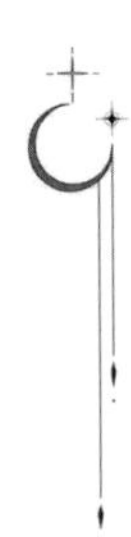

금빛 격자무늬 등불 앞에 앉은 셰에라자드는 황량하기 그지없는 생각에 잠긴 채로 여러 빛깔의 불빛을 가만히 들여다보았다. 그러다 다리가 저려 발바닥에 감각이 없어질 때쯤에야 겨우 일어섰다. 이윽고 그녀는 방 안을 둘러보기 시작하며, 먹이를 찾는 포식자의 조심스러운 눈빛으로 주위를 훑었다.

바닥에는 검은 마노가 깔렸고, 벽 재질은 이 방으로 올 때 거쳐왔던 복도와 마찬가지로 매끄러운 석고였다. 가구는 모두 흑단으로 만들었고, 아무런 장식이 없었다. 표면이란 표면은 죄다 무미건조했고 무엇 하나 달려있지 않았다. 셰에라자드의 침대에는 온갖 화려한 색의 방석이 친근한 모습으로 눈이 아프도록 빛나면서 어서 누워보라 손짓하건만, 이곳의 침대에는 하나도 없었다.

주인을 닮아서일까, 이 방도 호감 어린 인상 없이 그저 차가웠다. 무엇 하나 분명하게 알려줄 기색이 전혀 없어 보였다.

'방이 꼭 감옥 같네. 누군가 있다가 나간 감옥.'

그녀는 혼자 한숨을 쉬었다. 한숨 소리는 높은 돔형 천장까지 올라갔다가 그녀에게 되돌아왔다. 셰에라자드는 방 안을 서성이면서 빛나는 검은 마노 바닥 위에 맨발 자국을 남겼다. 하지만 그조차도 아련한 속삭임처럼 흔적도 없이 사라졌다.

이 방 한가운데 단 하나 켜진 등불은 섬뜩하고 쓸쓸해 보였다. 방을 미처 다 밝히지도 못한 채로 하얀 석고 벽에 그림자를 깜빡여 대는 불꽃은 아름답다기보다 불길하게 느껴졌다.

이곳은 방이 아니라 피난처라 부르는 게 맞을 듯했다. 그만큼 슬픈 장소랄까. 방의 주인 못지않게 아무것도 드러내지 않는 모습부터 그랬다.

셰에라자드는 방을 바라보면 볼수록 점점 깨달음이 커지면서도 동시에 이해가 되지 않았다. 이 방에 있는 모든 물건에는 특정한 자리가 있었다. 말하자면 모든 게 각자의 위치를 부여받은 존재 같달까. 단 하나, 제자리에서 벗어난 것은 바로 그녀 자신과 침대 가장자리에 놓인 피 묻은 리넨 천뿐이었다. 삶의 흔적이라든가, 감정이 머무른 증거 따위는 이 방에 있을만한 것이 아니었다.

셰에라자드는 침대로 다가가 피 묻은 리넨 천을 치웠다. 그리고 쓰지 않은 천을 모으고 아까 할리드가 방에 들어왔을 때 흑단 캐비닛에서 꺼낸 연고 용기를 집어 들었다. 거대한 캐비닛 문은 아직 열려있었다. 그녀는 둥근 청동 손잡이를 당겨 안을 들여다보았다. 이 방처럼 캐비닛 선반 역시 구조라든가 정리된 물건이 그저 단정했다. 두 칸에는 책이 높이 순서로 꽂혔고, 다른 칸에는 밀랍으로 봉인된 두루마리들이 쌓여있었다. 눈높이에 오는 선반에는 다양한 모양과 크기의 항아리들이 보였다. 그중 빈 곳이 연고를 두었던 곳 같았다. 셰에라자드는 그곳에 연고통을 놓고, 쓰지 않은 리넨 천도 제자리를 찾아 정리했다.

정리를 마치고 문을 닫으려던 순간, 양피지로 가득한 가죽 문서꽂이에 무심코 눈길이 닿았다. 그녀의 키보다 높은 선반에 놓인 두꺼운 책 사이에 끼인 문서꽂이는 마치 나중에서야 생각난 물건을 아무렇게나 둔 듯 불쑥 튀어나온 채였다.

말하자면 이곳에 있어서는 안 될 물건처럼 보였다. 지금의 자신처럼.

건드리지 말고 놔둬야 한다는 생각이 얼핏 들었다. 여기는 그녀의 방이 아니었으니까. 이건 그녀의 물건이 아니었으니까.

하지만…… 그 양피지가 어쩐지 자신을 부르는 것 같았다. 아무렇게나 꽂힌 문서들이 금지된 열쇠로 잠긴 문 뒤에서 셰에라자드의 이름을 속삭여 대는 것 같았다.

그녀는 가죽 문서꽂이를 멍하니 바라보았다.

탈라와 푸른 수염을 지닌 남편이 준 열쇠꾸러미처럼, 양피지는 이쪽을 봐달라 애원했다.

탈라처럼, 셰에라자드는 그걸 무시할 수가 없었다.

그녀는 알아야 했다.

셰에라자드는 까치발을 하고서 두 손으로 가죽 문서꽂이를 잡아당겼다. 이윽고 책 사이에서 문서꽂이가 스르륵 미끄러져 나오자, 그녀는 초조한 마음으로 가슴에 그것을 품고 검은 마노 바닥에 무릎을 꿇었다. 그리고 문서를 펼치는 순간 등줄기로 싸늘한 공포가 흘렀다. 양피지가 뒤집어져 있어서 이 순서로는 읽기가 힘들었다. 그래서 무더기를 통째로 들고 조심스럽게 뒤집었다.

첫 번째 양피지에서 먼저 눈에 들어온 것은 명확하고 깔끔한 필치로 쓴 할리드의 공식 서명이었다. 양피지 내용을 훑어 내리자 편지라는 걸 대번에 깨달았다…….

레이에 사는 어느 가족에게 보내는 사과 편지였다.

셰에라자드는 다음 양피지를 읽기 시작했다.

그것 역시 사과 편지였다. 또 다른 가족이 수신인이었다.

양피지 더미를 한 장씩 들고 읽을수록, 셰에라자드의 눈빛은 서서히 깨달음을 얻기 시작했다. 이것들이 뭔지 알 것 같았다.

이것들은 바로 새벽녘에 비단 끈으로 잔인하게 살해된 여자들의 가족에게 보내는 사과 편지였다.

편지마다 날짜가 적혀있었다. 편지마다 이 일은 오로지 할리드의 책임이라는 걸 인정했다. 이런 이유로 죽일 수밖에 없었다고 살인을 정당화하는 말도 없었다. 편지는 아무런 변명도 하지 않았다.

그는 그저 사과만 했다. 너무나 솔직하고 깊은 감정이 드러난 편지를 읽자 목이 바짝 마르고 가슴이 미어졌다.

이 편지들을 보낼 생각이 전혀 없는 게 분명했다. 할리드의 편지는 너무나 개인적인 속마음을 담고 있는 나머지, 이걸 본인 아닌 다른 이에게 보여주려는 의도가 전혀 없다는 사실을 분명히 드러냈다. 그러나 할리드가 적나라하게 드러낸 자기혐오의 글을 보자 셰에라자드는 새롭게 날을 간 칼로 가슴을 후벼 파는 듯한 아픔을 느꼈다.

그의 글은 겁에 질린 얼굴과 그렁그렁한 눈망울을 빤히 바라보았던 기억을 진술했다. 또한 자신이 가족들의 기쁨을 빼앗았다는 것을, 사람들의 심장에서 피를 말렸다는 것을 비참하리만큼 잘 알고 있다고 썼다. 감히 그럴 권리가 없는데도 있는 것처럼, 누군가에게는 그럴 권리가 있다는 것처럼.

그대들의 딸은 그저 관념이나 변덕이 아니다. 그대들의 딸은 소중한 보물이다. 그러니 내가 한 짓을 절대로 용서해서는 안 된다. 나도 나 자신을 용서하지 않을 테니까.

그녀가 두려워하지 않았다는 사실을 알아두라. 그녀는 자신에게 죽음을 선사하는 괴물의 얼굴을 바라보며 떨지 않았다. 내가 그녀 용기의 절반이라도, 기개의 반의 반이라도 가질 수가 있을까.

어젯밤 로야는 산투르를 갖다 달라 청했다. 그녀가 연주하자 복도에 섰던 근위병들이 모두 문가에 귀를 기울였고, 나는 정원에 서서 그 선율을 들었다. 무정하고 무감각한 놈처럼. 그게 바로 나의 모습이니까. 그건 이제껏 들어본 음악 중 가장 아름다웠다. 그 후로 무슨 음악을 듣든 이 기억에 비하면 그저 둔하고 무색하게 여겨지리라.

셰에라자드의 얼굴에 눈물이 주르륵 흘러내렸다. 편지를 넘기는 손길이 더욱 빨라졌다.

결국 그녀는 레자 빈-라티프의 가족에게 보내는 편지를 발견했다.

빛나는 세상을 빼앗아 놓고 어떻게 사과를 건넬 수가 있을까? 이런 경우엔 그 어떤 말이라도 이상할 정도로 부족하게만 느껴진다. 그럼에도 능력이 모자란 나는 그 부족한 말이나마 시작해 보겠다. 내가 시바를 절대 잊지 않으리란 사실을 알아다오. 그 짧은 시간 동안 시바는 괴물의 얼굴을 똑바로 응시했고, 미소를 지으며 용서를 베풀었다. 그 미소에서는 내가 결코 헤아릴 수조차 없는 깊은 이해심과 힘이 느껴졌다. 나에게도 영혼이란 게 있었다면 그 미소에 갈가리 찢겼다고 해야겠지. 미안하다. 미안하고 또 미안하다. 천 번, 또 천 번 용서를 빈다. 그대 앞에 무릎을 꿇어도 절대 충분한 사과를 할 수 없으리라.

셰에라자드는 흐느껴 울었다. 울음소리가 온 방 안에 울렸다. 손에 든 양피지가 덜덜 떨렸다.

할리드는 책임을 져야 했다. 그 어떤 변명을 대도, 그 어떤 이유가 있더라도, 책임은 그에게 있었다. 그가 시바를 죽였다.

셰에라자드의 빛을 빼앗아 간 존재였다.

그래, 이제껏 알고 있었다. 하지만 지금, 부정할 수 없는 진실을 손에 든 지금에서야 그녀는 깨달았다. 난 사실 이게 모두 거짓말이기를 간절히 바라고 있었구나. 뭔가 변명이라도 있기를, 누군가 책임을 전가할 존재가 있어주기를 기대했구나. 그래서 이 편지글의 어딘가에서 여자들의 죽음이 할리드의 책임이 아니기를 발견하고 싶어 했구나.

지금도 알고는 있다. 그 얼마나 우스운 생각이었나.

그래도 천천히…… 이 진실은 셰에라자드를 부수기 시작했다. 심장을 두른 벽이 무너지고 남은 자리에는 꺼져가는 불씨와 피 흘린 상처가 있었다. 흐느낌은 더욱 커져만 갔다. 셰에라자드는 가죽 문서꽂이를 바닥에 내던지고 싶었다. 양피지를 갈기갈기 찢고 치명적인 진실을 부정하고 싶었다. 하지만 그녀는 계속 다음 편지를 읽었다. 이어서, 계속해서.

정말 많은 편지를 읽었다.

그러나 왜 그런 짓을 했는지에 대한 설명은 단 한 줄도 없었다.

셰에라자드는 양피지를 계속 뒤지며 이런 말도 안 되는 죽음이 왜 있어야 했는지 이유가 될만한 것을 찾았다. 실낱같은 희망을 부여잡으며 계속 편지를 읽었다.

그러다 마침내, 마지막 편지를 보자, 가슴이 철렁했다.

바로 그녀에게 보내는 편지였다. 비단 끈에 감겨 죽을 뻔했던 그날 아침의 날짜가 적혀있었다.

셰에라자드에게

나는 그대를 몇 번이나 실망시켰다. 하지만 지금 이 순간은 헤아릴 수 없을 만큼 실망시키고 있다. 우리가 처음 만난 날, 내가 그대의 손을 잡고 그대가 나를 바라보던 날, 그대는 두 눈에 찬란한 증오를 품고 있었다. 난 그대를 가족에게 돌려보냈어야 했다. 하지만 그러지 못했다. 그대의 증오심에는 솔직함이 있었다. 그대의 고통에는 두려움이 없었다. 그대의 솔직함을 보면 나 자신을 보는 것 같았다. 아니, 내가 되고자 하는 이상적인 모습을 보았다고 할까. 그래서 나는 그대를 실망시켰다. 난 거리를 두지 않았다. 그리고 나중에는 이렇게도 생각했다. 만약 내가 답을 얻는다면, 그것으로 충분하리라고. 더는 마음 쓰지 않게 될 거라고. 그대가 더 이상 중요하지 않을 거라고. 그래서 나는 계속 그대를 실망시켰다. 그러면서 계속 많은 것을 원했다. 지금은 뭐라고 해야 할지 알맞은 단어가 생각나지 않는다. 적어도 내가 그대에게 무엇을 빚졌는지 전할 수 있어야 할 텐데. 그대를 생각하면, 난 숨을 쉴 공기를

편지는 거기서 뚝 끊겼다.

아주 잠깐, 셰에라자드는 이게 무슨 뜻인가 싶었다.

그러다 마치 아스라한 기억에 남은 노래처럼, 예전에 나누었던 대화가 머릿속을 울렸다.

'그토록 찾기 힘든 존재를, 그렇다면 어떻게 알아보실 건가요?'

'그이는 공기 같을 거라 생각한다. 그러니 숨 쉬는 법을 자연스레 아는 것처럼 알게 되겠지.'

편지지가 바닥으로 슬며시 떨어져 다른 양피지 무더기에 내려앉았다. 셰에라자드를 둘러싼 모든 것들이 고요하고 어두워졌다. 쓰라린 깨달음이 분명해지면서 번쩍이듯 모든 게 이해되었다.

순간, 그 끔찍했던 새벽녘이 불현듯 떠올랐다. 목을 감은 비단 끈의 생생한 감촉이 확 들어 당황스러웠다. 그녀는 억지로 그때의 순간을 하나씩 떠올려 보았다. 새파랗게 돋은 풀 위를 스치는 은빛 햇살, 이른 새벽빛을 받은 안개, 건장한 팔뚝을 지닌 병사의 회한, 시신을 덮을, 펄럭이는 천을 든 나이 든 여자. 공포. 고뇌.

무(無). 하지만 이제 눈을 감자 머릿속에 슬픔이 깃든 또 다른 관점의 세상이 펼쳐졌다. 흑단 책상에 앉아 등 뒤로 떠오르는 태양빛을 받으며 죽어가는 여자에게 편지를 쓰는 젊은 왕. 그러다 예상치 못한 깨달음에 양피지 위에 손을 그대로 올린 채 굳어버린 왕. 복도를 마구 달리는 젊은 왕과 그 뒤를 바짝 따르는 그의 사촌형. 검은 잉크와, 타오르는 고통으로 얼룩진 채 은빛 햇살과 회색빛 안개 자욱한 안뜰로 불쑥 뛰어든 젊은 왕.

너무 늦었더라면 어떻게 되었을까.

지독히도 괴로운 비명이 터지려 했지만 애써 삼켰다. 셰에라자드는 문서꽂이와 양피지를 빛나는 마노 바닥으로 던져버렸다.

등 뒤로 떠오르는 새벽녘 빛처럼, 소용돌이치는 폭풍 구름에 가려진 탁한 일출처럼, 머릿속으로 서서히 깨달았다. 이 답은 이제 시바만을 위해서 찾는다 할 수 없었다. 시장 옆 골목에서 할리드의 입술이 자신의 입술에 닿았던 순간, 그 입맞춤은 그저 복수만을 위한 것이 아니었다. 진심으로, 이 광기에 이유가 있기를 바랐다. 이유가 있어야 했다. 그래야 할리드와 함께할 수 있을 테니까. 그래야 이 남자의 곁에 머물며, 내가 웃을 때 같이 웃게 하고, 등불 곁에서 이야기를 엮으며, 어둠 속에서 비밀을 나눌 수 있을 테니까. 그래야 그 품에 안겨 잠들고 다음 날 환한 빛에서 깨어날 수 있을 테니까.

그러나 이미 때는 늦어버렸다.

그는 셰에라자드의 악몽 속 메흐르다드였다. 그녀는 문을 열어버렸다. 그리고 벽에 걸린 시체들을 봤다. 아무런 이유도, 아무런 정당성도 없는 죽음을.

그 무엇 하나 없는 상황에서, 셰에라자드는 이제 무엇을 해야 할지 알고 있었다.

할리드는 어째서 이토록 비열한 행동을 했는지에 대한 답을 내놓아야 했다. 어째서 이런 난폭한 살인을 저질렀는지.

그가 자신이 숨 쉬는 공기 같은 존재일지라도.

말로 표현할 수 없을 정도로 그를 사랑하더라도.

긴장한 근위병들이 너무 가까이 있었다.

그렇지 않아도 머리가 심하게 지끈거리는 와중이라, 이글거리는 횃불과 울리는 발소리가 너무나 성가셨다. 게다가 그의 시야를 장악하려고 마구 싸워대는 불길에 더욱 불을 붙이는 것만 같았다.

그러다 긴장한 보초 하나가 시체를 들어 올리다 실수로 칼을 떨어뜨렸다. 시끄러운 금속성에 젊은 병사의 팔을 뽑아버리고 싶었지만, 할리드는 있는 힘껏 의지력을 짜내서 참았다.

대신 그는 어두운 복도에서 잠시 멈춘 다음 두 손바닥으로 이마를 눌렀다.

"물러가라."

그가 근위병들에게 으르렁댔다.

"세이이디……."

"물러가라!"

복도에 외침 소리가 쩌렁쩌렁 울리자 관자놀이가 쿵쿵 뛰었다.

근위병들은 서로 눈짓을 하다가 왕에게 절한 다음 자리를 떴다.

잘랄만이 침울한 표정으로 경계심을 드러내며 벽에 기댄 채로 남았다. 마지막 근위병까지 모퉁이를 돌아 사라지자, 그는 할리드를 꾸짖었다.

"좀 유치했어."

"형도 가고 싶으면 가."

할리드가 다시 방으로 걸어가며 말했지만 잘랄이 그 앞을 막아섰다.

"너 상태가 심각해 보여."

잘랄의 눈빛이 이글거렸다. 찌푸린 이마에는 걱정이 서렸다. 할리드는 차분하고 냉담한 표정으로 그를 가만히 돌아보았다.

"내가 비밀을 털어놓길 바라는 것 같은데, 누가 봐도 이상해 보이는 상태를 솔직하게 평가했다고 해서 쉽게 넘어갈 줄 알았나? 오늘 저녁은 그렇지 않아도 힘들었으니 털어놓지 못하는 점을 용서하길 바란다, 알-호리 대장."

"난 진짜 걱정해서 한 말이야."

할리드는 짐짓 멍한 표정을 지었다.

"그렇다면 걱정하지 마."

"오늘 밤에 생긴 일에 대해 계속 말 안 하겠다고 해도 난 집요하게 압박할 거야."

"그러면 압박할 때마다 실망만 하게 되겠군."

잘랄이 팔짱을 끼고서 대꾸했다.

"아니, 실망 안 해. 넌 지금 최악이야. 작은 소리에도 움찔하고, 칼 좀 떨어뜨렸다고 불쌍한 애 머리를 뽑아버리려 하다니."

"그 녀석은 칼을 칼집에 넣지도 않은 채로 휘두르다 넘어질 뻔했어. 자칫 넘어졌다가 멍청하게 칼에 찔려 죽지 않아 다행이지."

"넌 어떻게 나이를 먹을수록 비꼬는 재주가 더 잔인해지냐. 게

다가 아주 건방져. 이젠 별로 재밌지도 않아."

할리드는 사촌형을 노려보았다. 목을 따라 핏줄이 고동치며 관자놀이를 울려댔다. 맥박이 뛸 대마다 시야가 흐려졌다.

그는 잘랄을 밀치고 걸어갔다. 하지만 잘랄은 그를 따라오며 계속 외쳤다.

"오늘 밤엔 무슨 짓을 하신 겁니까, 세이이디? 돈 받고 일하는 개자식이 시키는 대로 무기를 버리시다니요. 그 순간 온 왕국을 위험에 빠뜨렸다는 걸 알고는 계십니까? 그놈 때문에 목숨을 잃었을 수도 있습니다. 그러면 호라산의 지도자는 없어지는 겁니다. 살림이 보낸 용병들 손에 우리의 지도자가 사라지게 놔둔다면, 호라산은 파르티아와 전쟁을 감수할 수밖에 없습니다."

잘랄은 잠시 말을 멈췄다가 다시 뾰족하게 내뱉었다.

"겨우 여자 하나 때문에. 세상에 널린 게 여잔데."

순간, 애써 침착한 표정을 유지하던 할리드의 이성이 딱 끊어졌다. 그는 잘랄에게 있는 힘껏 분노를 퍼부었다. 획 돌아서서 유려한 동작으로 단번에 샴시르를 칼집에서 빼낸 다음, 휘어진 검날을 들어 잘랄의 심장에 겨누었다. 칼끝은 머리카락 한 올만큼만 남겨두고 살갗 위에 멈췄다.

잘랄은 가만히 섰다. 일촉즉발의 상황에서도 그저 태연한 채 이렇게 말했을 뿐이다.

"그 애를 무척 사랑하는 모양이군, 할리드-잔."

잠시 후, 할리드는 칼을 내렸다. 그는 고통과 경악으로 이맛살을 잔뜩 찌푸렸다.

"사랑이라……. 내가 느끼는 것에 비하면 그건 그림자에 불과해."

잘랄은 씩 웃었지만 눈빛까지 웃지는 않았다.

"사촌형 입장에서는 참 듣기가 좋네. 하지만 왕실 근위대장 입장에서 보자면, 솔직히 말해서 오늘 밤 일로 깜짝 놀랐다고. 네가 책임져야 하는 건 여자 하나만이 아니란 말이야."

"나도 알아."

할리드는 칼을 칼집에 넣었다.

"네가 정말 아는지는 잘 모르겠다. 하지만 앞으로도 이렇게 제멋대로 행동할 거면, 이젠 셰에라자드에게 진실을 말할 때가 된 것 같다."

"난 그렇게 생각 안 해. 그러니 이 이야기는 여기서 끝내자."

할리드는 다시금 복도를 성큼성큼 걷기 시작했다. 이번에는 잘랄도 나란히 걸었다.

"이제 걔는 우리 가족이야. 네가 걔를 위해서 기꺼이 죽을 마음이라면 우리 비밀을 맡길 때가 된 거라고."

잘랄이 조용한 목소리로 압박을 가했다.

"싫어."

들려온 대답에 잘랄은 할리드의 어깨를 잡았다.

"걔한테 말해, 할리드-잔. 그 애는 알 권리가 있어."

하지만 할리드는 그의 손을 쳐냈다.

"형이라면 그런 진실을 듣고 뭐라고 반응할 것 같아? 변덕스러운 저주에 묶여서 인생이 벼랑 끝에 선 거나 마찬가지란 걸 알면, 어떨 것 같아?"

"내 인생은 매일 위태롭지. 너도 마찬가지고. 내가 보기엔 샤지도 그런 세상에서 살고 있는 것 같은데."

할리드는 눈썹을 지그시 모았다.

"그건 중요하지 않아. 난 아직 말할 준비가 안 됐어."

"앞으로도 준비는 절대로 안 될 거야. 왜냐하면 넌 그 애를 사랑하니까. 우리는 사랑하는 사람을 보호하기 위해서 싸우는 사람이니까."

잘랄은 할리드의 방으로 이어지는 복도 앞에서 걸음을 멈추었다. 할리드는 잘랄에게 눈길 한 번 주지 않고 대리석과 돌로 이루어진 복도를 계속 걸었다. 잘랄이 뒤에서 이어 말했다.

"세이이디. 오늘 밤엔 반드시 파키르를 부르도록 하십시오. 지금 모습은 끊어지기 직전의 활줄 같으시니까요."

할리드는 첫 번째 문을 지나 대기실로 들어간 다음 자신의 방문 쪽으로 계속 걸었다. 이윽고 걸음을 멈춘 그는 근위병에게 고개를 끄덕였고, 근위병은 청동 손잡이를 돌려 윤기 나는 문을 밀어 젖혔다.

문턱을 넘어선 할리드는 방이 무척 조용하다는 걸 알아챘다. 안은 더없이 고요했다. 다만 침대 옆에 피 묻은 리넨 천과 물병만이 어지러이 놓였을 뿐이었다.

그리고 침대 위에는 그녀가 잠들어 있었다.

셰에라자드는 옆으로 누워있었다. 화려하지 않은 색의 비단 위로 검은 머리카락을 흐트러뜨리고, 할리드의 침대에 하나밖에 없는 베개로 무릎을 괸 채였다. 눈꺼풀을 따라 검은 속눈썹을 곱게 드리우고서, 자부심 넘치는 뾰족한 턱을 구겨진 비단 속에 넣은 모습으로 두 손을 모은 채 자고 있었다.

할리드는 조심스럽게 침대에 앉았다. 하지만 그녀를 너무 오랫동안 바라보지 않도록 자제했다. 만지는 건 감히 생각할 수도 없었다.

그녀는 위험하고 또 위험한 여자였다. 전염병 같은 여자. 철석산처럼 배에 달린 쇠붙이를 모두 벗겨내고 배를 바닷속에 주저 없이 수장시키는 여자. 미소 하나만으로, 콧잔등에 짓는 주름 하나만으로 위험함을 자아내는 여자.

그런데 알면서도, 그는 그녀에게 하릴없이 끌려갔다. 그 곁에 있어야겠다는 단순한 욕구에 굴복했다. 할리드는 천천히 숨을 내쉬면서 샴시르를 바닥에 두고 그녀 옆에 몸을 뉘었다. 그리고 천장에 달린 금빛 격자 등불에서 피어오른 한 줄기 빛을 올려다보았다. 저 위에서 빛나는 흐릿한 빛을 보는 것만으로도 눈이 아팠다. 그는 눈을 질끈 감고 피곤함을 애써 밀어내려 했다. 머릿속에서 사슬에 묶인 채 울부짖는 짐승이 가하는 끊임없는 고통을 참으려 했다.

그때, 셰에라자드가 잠결에 몸을 움직여 할리드 쪽으로 돌아누웠다. 왜 그런지 설명할 수 없는 충동에서였을까. 그녀는 손을 할리드의 가슴에 턱 얹고 이마를 할리드의 어깨에 대며 조용히 한숨을 내쉬었다.

이러면 안 된다는 걸 알면서도 할리드는 불타오르는 눈을 뜨고 다시금 그녀를 보았다.

이 위험한 여자를. 이 매혹적인 아름다움을.

세상을 파괴하는 여자를, 경이로움을 창조하는 여자를.

그녀를 만지고픈 충동이 어느새 논리를 이겼다. 할리드의 팔이 움직여 셰에라자드를 감쌌다. 그녀의 머리카락에 코를 묻자, 창밖에서 향기를 뿜어대며 그를 조롱했던 라일락과 똑같은 향이 났다. 작고 우아한 손이 그의 가슴에 닿더니 위로 슬며시 올라가며 그의 심장 곁을 어루만졌다.

그 어떤 괴로움이라도 감수하리라. 그 어떤 악이라도 마주하리라.

그녀보다 더 중요한 건 없으니까.

순간, 방 저쪽에서 들려오는 소리가 있었다.

할리드는 눈을 세차게 깜빡이며 다시금 정신을 가다듬으려 했다. 눈앞으로 무언가 흐릿한 움직임이 보이자, 감각이 곤두서며 온몸의 근육이 긴장했다. 할리드는 눈을 질끈 감고 어떻게든 앞을 잘 보려고 애썼다. 안개와 그림자가 겹겹이 드리워진 상황을 뚫고서 시력을 되찾으려 했다. 예상하지 못했던 상황에 맥박이 급격히 빨라지면서 이마를 울리는 고통이 점점 커졌다.

다시금 방 안을 휙 스쳐가는 흐릿한 움직임이 보였다. 이번에는 반대편 구석이었다.

할리드는 셰에라자드를 안았던 팔을 거두고 침대 곁에 놓인 물병을 집었다.

그리고 다시금, 이번에는 책상 곁을 지나는 움직임을 파악한 할리드는 물병을 그쪽으로 던지고 샴시르를 움켜쥔 채 벌떡 일어섰다.

물병이 흑단 책상에 부딪쳐 깨지는 소리에 셰에라자드가 잠에서 깨어났다. 그녀는 깜짝 놀라 비명을 지르며 일어나 앉았다.

"할리드? 무슨 일이에요?"

할리드는 대답하지 않았다. 책상을 바라보니 주변은 그저 고요했다. 다시금 눈을 깜빡여 보았다. 세차게. 눈은 천 개의 태양이 타오르듯 열기를 뿜었다. 그는 눈썹 사이에 손바닥을 대고 이를 갈았다. 셰에라자드가 침대에서 일어서서 곁으로 다가왔다.

"혹시, 다쳤어요?"

"아니. 어서 다시 자."

자기가 들어도 쓸데없이 잔혹하게 들리는 대답이었다. 셰에라자드가 다가와서 부드러운 손으로 그의 손목을 감았다.

"거짓말하고 있잖아요. 무슨 일이에요?"

"아무것도 아니야."

그 말을 하면서도 고통이 확 스쳐 지나갔다. 그래서 의도했던 것보다 더욱 불퉁한 대답이 되어버렸다. 그녀는 할리드의 팔을 잡았다.

"거짓말."

"셰에라자드……."

"거짓말하지 말아요. 진실을 말해요. 그렇지 않으면 이 방에서 나가겠어요."

할리드는 침묵했다. 반대로 머릿속 괴물은 말로 표현할 수 없을 만큼 힘차게 포효했다. 셰에라자드는 흐느낌으로 목멘 소리를 냈다.

"또 이러네요. 또."

그리고 돌아서서 소리 없이 흑단 문을 향했다.

"가지 마!"

할리드는 그녀를 따라가려 했지만, 머리가 지끈거리는 데다 시야의 왜곡이 너무 심해서 제대로 걸을 수가 없었다. 두서없는 말을 지껄이며 샴시르를 떨어뜨린 할리드는 손바닥으로 머리를 부여잡은 채 바닥에 털썩 무릎 꿇고 말았다.

"할리드!"

셰에라자드는 깜짝 놀라 숨을 몰아쉬었다. 그러고는 다시 달려와 그의 곁에 웅크렸다.

"왜 그래요?"

대답할 수가 없었다.

할리드의 귓가에 그녀가 달려가 문을 확 열어젖히는 소리가 들렸다.

"마마, 왜 그러십니까?"

근위병이 묻자, 셰에라자드가 명령했다

"알-호리 대장을, 아니 알-호리 장군을 불러오라. 당장."

그녀는 문가에서 기다렸다. 잠시 후 부드럽게 문 두드리는 소리가 들리더니 할리드의 숙부가 입을 열었다.

"셰에라자드 마마. 무슨 일이……."

"할리드가 머리가 아프대요. 제발 어떻게든 해주세요. 너무 고통스러워해요."

그녀의 목소리에 서린 공포를 듣자 할리드는 불안해졌다. 인정할 수 있는 범위를 넘어서서, 심하게 불안했다.

"함께 계시지요. 곧 돌아오겠습니다."

문이 닫혔다.

셰에라자드는 그의 곁으로 돌아왔다. 할리드는 침대 가장자리에 등을 기대고 팔꿈치를 무릎에 얹었다. 그리고 눈앞으로 별이 나타나지 않도록 두 손으로 이마를 눌렀다.

다시 문이 열리자 셰에라자드는 흠칫 굳었다. 할리드는 그녀가 그를 조심스럽게 보호하듯 더욱 가까이 다가오는 기색을 느꼈다.

"세이이디."

파키르의 목소리가 위에서 울렸다. 할리드는 여전히 눈을 질끈 감은 채로 한숨을 쉬었다.

"마마, 저와 함께 나가시지요."

숙부가 말했지만, 그녀는 몸을 더욱 굳히며 저항할 준비를 했다.

"나는……."

할리드의 숙부가 아주 부드러운 목소리로 그녀의 말을 막았다.

"셰에라자드-잔. 부탁이오."

"아니."

할리드가 버럭 소리쳤다. 그리고 그녀에게 손을 뻗으며 덧붙였다.

"여기 있게 하세요."

"할리드-잔……."

할리드는 비명을 지르듯 고통스러운 눈을 억지로 뜨고서 자신의 숙부를 올려다보았다.

"내 아내는 여기 있을 겁니다."

에이바

셰에라자드는 눈앞에서 펼쳐지는 장면을 어떻게 봐야 할지 알 수가 없었다.

흰 옷을 입은 이상한 노인은 보통 사람과는 다른 걸음걸이로 다가왔다. 눈을 깜빡이지 않는 건 물론, 숨조차 쉬지 않는 것 같았다.

게다가 어찌나 강렬한 눈빛으로 이쪽을 꿰뚫을 것처럼 바라보던지, 셰에라자드는 배 속이 뒤틀리고 말았다.

"세이이디."

묘한 노인이 더욱 가까이 다가와 다시금 할리드를 불렀다. 할리드는 말없이 고개를 숙였다. 노인은 손바닥을 할리드의 관자놀이 높이로 들었다. 그리고 잠시 후 눈을 감았다. 셰에라자드는 고요해지는 방 안 공기를 느꼈다. 가슴에 기묘한 느낌이 자리 잡기 시작하더니 등줄기로 오싹한 느낌이 흘렀다.

이상한 노인이 다시 눈을 뜨자 그 눈동자가 불꽃의 눈부신 중심

부처럼 새하얗게 타올랐다. 노인의 손 사이로 따스하고 붉은 주홍빛 불길이 폭발하듯 일면서 할리드의 이마 전체를 덮었다.

가슴속 기묘한 느낌이 넘실거려서 셰에라자드는 숨을 몰아쉬었다. 지난주 오후에 있었던 일이…… 둥실 떠오른 양탄자가 생각났다.

할리드의 머리 주위를 둥글게 두른 빛이 노랗게 변해서 진동하더니 더욱 환하게 번뜩이고는 나선형을 이루며 어둠 속으로 올라갔다. 이윽고 그 빛은 노인의 굽은 손으로 빨려 들어갔다.

그러자 셰에라자드의 심장을 둘렀던 기묘한 느낌도 사라졌다.

할리드는 조심스럽게 숨을 내쉬었다. 어깨를 앞으로 수그린 모습에서 온몸에 서렸던 긴장이 누그러지기 시작했다.

"고맙소."

그는 노인에게 속삭였다. 바싹 마른 목소리가 거칠었다.

셰에라자드는 이상한 마법사를 가만히 올려다보았다. 그러자 노인도 묘한 의미가 서린 눈빛으로 다시 그녀를 내려다보았다.

"고맙습니다."

셰에라자드는 당황한 채로 다시 말했다. 노인은 눈살을 찌푸렸다. 여전히 깜빡이지 않는 눈에는 불편한 기색이 서렸다.

"세이이디."

"그대의 충고를 언제나 감사하게 여기는 바요. 그대의 근심을 알고 있소."

할리드가 조용한 목소리로 말을 가로막았다. 그러자 노인은 잠시 침묵을 지키다가 말했다.

"점점 안 좋아지고 계십니다. 이런 식으로 계속 진행될 겁니다."

“그 역시 알고 있소.”

“무례함을 무릅쓰고 한 말씀 드리겠습니다, 세이이디. 하지만 제대로 알고 계시지 않습니다. 전에도 경고해 드렸지요. 제가 가장 두려워했던 일이 실현되고 있습니다. 칼리프께서는 이 연극을 조만간 견디지 못하게 되실 겁니다. 지금이라도 주무실 방법을 찾지 못하신다면…….”

“부탁이니 그만하시오.”

할리드가 일어섰다. 그러자 노인은 뒤로 물러서더니 이 세상의 몸짓이 아닌 우아한 모습으로 절했다.

“다시금 고맙소.”

할리드도 같이 절하며 존경의 뜻으로 이마에 손을 대었다.

“제게 고마워하지 마십시오, 세이이디.”

노인은 흑단 문으로 둥둥 떠가는 듯 걸으며 대답하더니 이런 말을 남겼다.

“저는 위대한 왕을 보고픈 희망을 품고 일하는 것입니다. 그러니 제가 옳다는 걸 증명할 기회를 그분께 주시기 바랍니다.”

노인은 청동 문손잡이를 잡더니 잠시 멈추고 셰에라자드를 다시 쳐다보았다. 그리고 암흑 속으로 사라져 자취를 감췄다.

할리드는 침대 가장자리로 천천히 다가갔다. 두 눈은 충혈되고 이목구비에는 긴장한 기색이 역력했다.

셰에라자드는 그의 옆에 앉았다. 한동안 아무 말도 없었지만, 서로가 말없는 생각을 드리워 공기는 점점 무거워졌다. 이윽고 할리드가 그녀 쪽으로 고개를 돌렸다.

“말하기 전에…….”

"잠을 못 주무시나요?"

그녀가 작은 목소리로 말을 가로막았다. 할리드는 숨을 가만히 들이쉬었다.

"그래."

"왜요?"

할리드는 고개를 숙였다. 검은 머리카락이 이마를 스쳤다. 셰에라자드가 손을 뻗어 그의 손을 잡았다.

"말해봐요."

할리드는 곁눈으로 그녀를 바라보았다. 그의 비참한 표정을 보자 그녀는 숨을 쉴 수가 없었다. 셰에라자드는 그의 한 손을 자신의 손으로 감쌌다.

"제발, 할리드."

그는 고개를 한 번 끄덕였다.

"말하기 전에, 내가 얼마나 미안해하는지 알아주길 바란다."

온몸의 맥박이 요동쳤다.

"무엇이 미안한데요?"

"모두 다. 하지만 내가 지금부터 그대에게 말하려는 것 때문에 미안한 게 참으로 크다."

"이해가……."

순간, 할리드가 거칠게 속삭였다.

"이건 짐스러운 이야기다, 샤지. 이 비밀은 그대에게 결코 알려주고 싶지 않았다. 나의 죄를 같이 짊어지게 되는 것이니. 일단 알게 되면, 다시는 돌이킬 수 없어. 무슨 일이 있더라도 냉정하고 확고한 현실이 그대에게 계속 남아있을 것이다. 공포과 걱정, 죄책감이 모두 그대의 것이 되겠지."

셰에라자드는 조심스럽게 숨을 들이쉬었다.

"이해한다고 말하지 않을게요. 이해하지 못할 테니까요. 하지만 그게 당신의 짐이라면, 그래서 당신이 고통받고 있다면, 난 알고 싶어요."

할리드는 앞에 펼쳐진 검은 마노 바닥을 가만히 바라보았다.

"그녀의 이름은 에이바였다."

"에이바요?"

"내 첫 번째 아내였다. 나는 열일곱 살이 된 지 얼마 되지 않아 혼인했다. 정략결혼이었지. 훨씬 더 나쁜 운명을 피하려는 생각 끝에 정한 결혼이었다. 그런데 아주 잘못된 생각이었지."

할리드는 그녀와 손깍지를 꼈다.

"나는 원래 호라산을 지배할 자가 아니었다. 나의 형님 하산이 왕위 계승자로 교육받았으니까. 하지만 형님이 전장에서 전사하자, 이미 너무 늦어버렸지. 아버지는 내 어머니가 저질렀다 생각한 죄 때문에 나를 벌했던 그 세월을 이제 와서 바로잡을 수가 없었어. 아버지와 나 사이에는 이렇다 할 관계가 없었다. 그저 피를 보았던 기억과 보복하려는 꿈만 있었지. 아버지가 세상을 떠났을 때, 나는 통치할 준비가 되어있지 않았다. 그저 증오심에 가득 찬 소년일 뿐이었지. 그대가 전에도 말했듯, 나는 속이 뻔히 들여다보이는 소년이었다. 다들 예상하던 대로 화가 나있었고, 엉망진창이었다."

셰에라자드는 옛 기억을 떠올리며 흐릿해지는 할리드의 눈동자를 바라보았다.

"나 역시 왕이 되어 아버지가 경멸했던 모습이 되기로 마음먹었다. 아버지는 죽기 전, 내가 야스민과 결혼하기를 바랐지. 그래서 호라산과 파르티아를 하나로 묶고 싶어 했어. 아버지가 돌아가신 후에도 신하들은 우리의 결혼을 계속 밀어붙였다. 심지어 아레프 숙부조차도, 참으로 불행한 일이긴 해도 그게 현명한 결정이라고 말했다. 하지만 난 단호하게 거절했다. 그래서 급기야는 남아있던 아버지의 신하들을 모두 해임하고 내 편이 될 신하들을 새로 등용했지."

셰에라자드의 얼굴이 싹 굳었다.

"야스민이 그토록 싫으신가요?"

할리드는 고개를 저었다.

"야스민도 나름대로 좋은 여자지만 진심 어린 애정을 느낀 적은 없었다. 무엇보다 살림 알리 엘-샤리프의 딸을 내 가족으로 기꺼이 맞아들일 수가 없었어. 내 어머니가 살아계셨을 적 살림은 어머니를 부잣집 창녀처럼 대했고, 어머니가 돌아가신 후에는 기회만 있으면 어떻게든 어머니의 험담을 했다. 난 어린 시절부터 그런 말을 하는 살림을 벌할 힘을 얻을 날이 오기를 간절히 기다렸다."

할리드의 한쪽 입가가 일그러지며 씁쓸한 미소를 자아냈다. 셰에라자드가 조용히 물었다.

"하지만 복수를 바라셨던 건 아니었군요?"

"그래. 복수는 바라지 않았다. 앞으로도 그럴 테고. 복수한다 해서 내가 잃은 것이 되돌아오는 것도 아니니."

셰에라자드는 시선을 돌리고 마른침을 삼켰다.

"살림은 당신이 야스민과의 혼인을 거부해서 무척 화를 냈겠군요."

"혼인을 거절한 적은 없었다. 그런 단계까지 이르지도 않았지. 야스민과 결혼하라는 압박이 점점 커지긴 했었다. 우리 왕국 사이의 유대를 강화하고 젊은 칼리프인 나의 약한 입지를 다지기 위해서였지. 그래서 나는 혼인을 노골적으로 거절하여 살림을 모욕하지 않을 최선의 방법은 다른 여자와 혼인하는 것이라 생각했다. 에이바는 레이의 명문가 출신으로 착하고 똑똑한 여자였지. 우리가 결혼했을 때 나는 아내에게 신경 쓰려 노력했지만 그러기가 힘들었다. 왕으로서 배워야 할 것이 여전히 많았고, 남편 역할을 어떻게 해야 할지 몰랐기 때문이야. 에이바 역시 나처럼 자신의 생각과 감정을 쉽게 털어놓는 성격이 아니었다. 게다가 우리가 함께 있을 때조차도 점점 침묵이 흐를 때가 많아졌지. 에이바는 점점 거리감을 느꼈고…… 슬픔에 빠졌다. 그럼에도 나는 그 이유를 알려고 충분한 시간을 들이지 않았다. 그렇게 혼인한 지 몇 달이 지나자 에이바는 좀처럼 바깥으로 나오려 하지 않았고, 우리의 관계 또한 제한적이 되었다. 솔직히 말하자면, 어색함 때문에 아내를 찾아가려는 마음이 더욱 없어졌지. 아주 가끔 에이바와 얘기해 보려고 노력했지만, 그때마다 에이바는 정신을 다른 곳에 두는 것 같았다. 자신만의 세계에 빠졌던 것이지만, 나는 그 세계를 이해하려 한 적이 없었어."

이야기를 하는 할리드의 얼굴은 점점 지치고 초췌해졌다.

"그러다 에이바는 임신했다는 걸 깨달았고, 모든 게 바뀌었다. 그녀의 태도가 완전히 바뀌었지. 다시 웃기 시작했다. 미래에 대한 계획도 세웠지. 난 바보처럼 이젠 모든 게 잘될 줄 알았고, 그래서 다행이라 생각했다."

할리드는 잠시 눈을 감았다가 말을 이어갔다.

"하지만 몇 주 후, 우리는 아기를 잃고 말았다. 에이바는 슬픔을 이기지 못했고, 며칠이고 방에 틀어박혀 죽지 않을 정도로만 식사를 했다. 난 에이바를 보러 갔지만, 그녀는 나와 이야기하기를 거부했어. 하지만 에이바는 한 번도 화낸 적이 없었다. 내 영혼을 상처 내는 눈망울을 한 채 그저 슬퍼하기만 했지. 그러던 어느 날 밤 그녀를 보러 갔을 때, 에이바는 마침내 침대에 앉아서 나와 대화를 하기 시작했다. 그리고 나더러 자기를 사랑하느냐고 물었다. 나는 고개를 끄덕였어. 차마 대놓고 거짓말을 할 수는 없었으니까. 그러자 에이바는 직접 말을 해보라고 요구했어. 단 한 번만. 왜냐하면 나는 그런 말을 한 적이 없었으니까. 그녀의 눈빛은 나를 파괴하고 있었다. 너무나 어두운 슬픔의 우물 같았지. 그래서 나는 거짓말을 했다. 듣고 싶어 하는 말을 했고…… 에이바는 내게 미소 지었다."

할리드는 두 손으로 이마를 누르며 몸을 부르르 떨었다.

"그게 내가 에이바에게 남긴 마지막 말이었다. 거짓말이었지. 선한 의도로 포장한 최악의 거짓말이라고 해야겠지. 착한 겁쟁이들이 자신의 약점을 정당화하려고 해대는 거짓말 말이다. 그날 밤 나는 제대로 잠들지 못했다. 우리가 나눈 대화가 어쩐지 불안했기 때문이었어. 다음 날 아침 나는 에이바의 방으로 갔다. 하지만 아무도 나오는 사람이 없어서 방문을 열어보았다. 침대는 텅 비어있었어. 에이바의 이름을 불렀지만, 여전히 대답은 들려오지 않았다."

할리드는 말을 멈추었다. 폭풍처럼 몰아치는 기억에 사로잡힌 얼굴이었다.

"그러다 발코니에서 목에 비단 끈을 감고 있는 에이바를 발견했다. 홀로 차갑게 식어서, 죽은 채였다. 그날 아침의 기억은 많이 남아있지 않아. 그때 생각한 것이라고는 에이바가 홀로 죽었다는 것뿐이었다. 위로해 줄 사람도, 마음을 편안하게 해줄 사람도 없이 홀로. 아무도 아껴주는 사람 없이. 심지어 남편도 그녀를 아껴주지 않은 채로."

셰에라자드의 눈시울이 붉어졌다.

"에이바의 장례를 치른 후, 그녀의 아버지가 나를 만나고 싶다며 집에 초대했다. 주위에서는 반대했지만 죄책감도 들었고, 또 그녀의 가족을 존중하는 마음을 보여주고 싶은 마음에 나는 그 집을 찾아갔다. 에이바의 아버지가 사석에서 나와 무슨 의논을 하려는지 아무도 알지 못했기에 다들 걱정했지만, 나는 그들의 우려를 일축했지."

할리드는 잠시 심호흡을 한 다음 말을 이었다.

"그런데 그들의 우려가 옳았던 거다."

그는 셰에라자드의 손에서 자신의 손을 빼내고 침묵에 잠겼다.

"할리드……."

"네가 취한 여자 백 명의 목숨을 바쳐라. 새벽마다 한 명씩. 하루라도 바치지 않는 날에는 너의 꿈을 송두리째 빼앗을 것이다. 너의 도시를 빼앗을 것이다. 그리고 너에게서 이들의 목숨도 천 배로 빼앗을 것이다."

할리드는 기억을 떠올려 암송했다. 그의 눈길은 의미에 잠겨 이리저리 떠돌았다.

순간, 산봉우리에 솟은 험준한 바위에 내리치는 번개처럼, 어떤 깨달음이 셰에라자드를 확 덮쳤다. 그녀가 속삭여 물었다.

"저주였나요? 에이바의 아버지가…… 당신을 저주했나요?"

"그는 목숨을 바쳐 저주를 내렸다. 내 눈앞에서, 심장을 단도로 찌르며 자기 피로 마법의 대가를 치렀지. 내가 그의 딸에게 저지른 짓을 벌주려고 말이다. 내가 그의 가장 귀한 보물을 무시했으니까. 그래서 다른 이들도 자신의 고통을 확실하게 알아주길 바란 것이다. 자신이 그랬던 것처럼, 다른 이들도 나를 경멸하길 바랐다. 그는 나에게 레이에 사는 백 가족의 인생을 파괴하라고 명령했다. 백 가족의 딸과 결혼한 다음 에이바처럼 새벽에 목매달아 죽이라고 했다. 그들에게서 미래의 희망을 빼앗으라고. 하지만 이유는 절대로 알려주지 말라고. 희망도 없이, 그저 증오심으로만 살아가게 하라고."

셰에라자드는 뺨 위로 흐르는 뜨거운 눈물을 닦았다.

'시바.'

"처음에는 응하지 않았다. 그가 자신의 영혼을 흑마술에 팔아 저주를 실현했다는 걸 알면서도, 내가 잠을 이룰 수 없는 밤이 이어져 갔어도 난 그럴 수가 없었다. 그런 죽음과 파괴의 악순환을 어떻게 시작할 수 있단 말인가. 그런데 비가 안 오기 시작했다. 우물이 말랐다. 강바닥이 드러났다. 레이 사람들은 병마와 굶주림에 스러져 갔다. 백성들이 죽어가기 시작했지. 그제야 난 깨닫기 시작한 거다."

"너의 도시를 빼앗을 것이다, 라는 말……."

셰에라자드가 중얼거렸다. 머릿속으로 지난 수확기에 엄청난 가뭄이 닥쳐 농사를 망쳤던 기억이 떠올랐다. 할리드는 고개를 끄덕였다.

"그리고 이들의 목숨도 천 배로 빼앗을 것이다, 라고 했지."

이거였다. 드디어. 설명을 들었다.

왜 그토록 어이없는 살인이 일어났는지, 분명한 이유가 있었다.

'그런데 왜 기분이 나아지지 않는 걸까?'

셰에라자드는 할리드의 옆모습을 빤히 바라보았다. 천장에 달린 등불의 어둑한 빛을 받은 채 그는 바닥을 응시하기만 했다.

"그런 새벽을 앞으로 몇 번 더 지내야 하나요?"

"많이 남지는 않았다."

"만약에…… 그 명령에 따르지 않으면 어떻게 되나요?"

"모르겠다."

하지만 할리드의 자세를 보면 알 수 있었다. 보이지 않는 압박감과 피할 수 없는 분명한 결과를.

"하지만…… 비가 내렸다. 내가 궁전에 있던 지난 두 달간 몇 번 비가 왔다. 어쩌면 저주가 약해졌을 수 있어."

그는 고개를 돌려 셰에라자드를 바라보며 슬픈 미소를 짓다 말았다.

"만약 저주가 약해진 거라면, 하늘에 더는 바랄 것이 없겠지."

그 순간, 셰에라자드는 깨달았다. 그 깨달음이 그녀의 속을 좀먹어 들어갔다.

"할리드, 만약에……."

"아니. 지금 하려는 질문, 하지 마."

그의 거친 목소리에 경고가 서렸다. 셰에라자드의 가슴이 쿵쿵 뛰었다. 새로이 알게 된 공포로 덩달아 두근거렸다.

"그러면 당신은 그럴 생각이 전혀……."

"없다. 앞으로도 없을 것이다."

할리드는 양손을 뻗어 그녀의 얼굴을 쥐었다.

"내가 그런 생각을 할 일은 절대 없을 것이다."

셰에라자드는 고개를 저었다. 하지만 어깨가 덜덜 떨리고, 꽉 쥔 손안에서 손톱이 손바닥을 파고들었다.

"말도 안 돼요, 할리드 이븐 알-라시드. 난 일개 여자에 불과해요. 하지만 당신은 호라산의 칼리프잖아요. 이 왕국을 책임져야 한다고요."

"그대가 일개 여자라면, 나는 일개 남자일 뿐이다."

그의 강렬한 눈빛을 감당할 수가 없어서, 셰에라자드는 그만 눈을 감았다.

"내 말 알아들었나, 셰에라자드 알-하이주란?"

하지만 그녀는 대답하지 않았다. 이윽고 할리드의 입술이 그녀의 이마를 스쳤다.

"날 봐."

할리드의 목소리가 너무나 부드럽게, 너무나 가까이에서 들려와 살갗을 온통 덮었다. 따스한 확신과 차가운 절망이 섞인 목소리였다.

셰에라자드는 눈을 떴다. 할리드는 자신의 이마를 그녀와 맞대었다.

"우리는 일개 남자와 여자일 뿐이야."

셰에라자드는 고통스러운 웃음을 억지로 지었다.

“그렇다면 하늘에 더는 바랄 것이 없겠지요.”

할리드는 그녀를 방석에 기대어 눕히고 두 팔로 그 몸을 감쌌다. 셰에라자드는 그의 가슴에 지그시 뺨을 대었다.

그렇게 둘은 고요함에 감싸여 서로를 안았다. 은빛 새벽이 지평선 너머로 솟아오를 때까지.

모든 것을
잊은 채

할리드는 책상에 놓인 도면을 들여다보았다.

인근 호수에서 도시 지하로 민물을 끌어들이는 새로운 수로의 설계도였다. 비용과 시간이 많이 드는 사업이 될 터였다. 신하들은 이 사업을 벌이는 데 반대하며 수많은 이유를 들었다.

다 이해할 만한 이유였다.

하지만 그들은 곧 닥쳐올 가뭄에 대해서 걱정하지 않기에 그런 말을 하는 것이었다.

할리드는 양피지에 손을 대고 내용을 자세하게 읽었다. 레이에서 가장 뛰어난 학자들과 기술자들이 꼼꼼하게 작성한 문서였다.

그가 원하는 대로 쓸 수 있는, 참으로 뛰어난 지성인들이었다. 그가 손짓 한 번만 하면 대단히 지능이 높은 이들을 얼마든지 부릴 수 있었다.

그는 호라산의 칼리프였다. 왕 중의 왕이었다. 세상에 널리 알려진 군대를 지휘했고, 12년 동안 왕국에서 제일가는 전사들에게 훈련을 받았다. 12년 동안 검술을 연마하여 레이에서 가장 뛰어난 검객 중 하나가 되었다. 그를 흠 없는 전략가라고 생각하는 이들도 적지 않았다.

그런데도, 이 모든 것을 갖추었는데도 불구하고, 정말 중요한 이들을 보호할 힘은 아직도 갖추지 못했다.

그의 백성을.

그리고 그의 왕비를.

그 둘 모두를 보호할 능력이 없었다. 둘 중 하나를 희생시키지 않을 방법을 아무리 생각해도 찾을 수가 없었다.

할리드는 참으로 이기적인 행동의 결과를 되돌아보았다. 그토록 수많은 여자를 죽였으면서 단 한 명의 여자는 죽이려 들지 않는 자신의 행동을 다른 사람들은 어찌 이해할까. 뭐라고 판단할까.

벌써 수많은 아가씨들이 이 저주 때문에 목숨을 희생했다. 할리드가 첫 번째 아내가 겪은 극심한 고통을 알아차리지 못했다는 이유로, 그가 아내를 아껴주지 않았다는 이유로 죽었다.

대체 무슨 권리로 누구의 삶이 더 소중한지를 정했나? 그런 결정을 내리는 그는 누구인가?

열여덟 살 젊은 왕. 냉정하고 무감각한 놈.

괴물.

할리드는 눈을 감았다. 그리고 양피지 위에 얹은 손을 꽉 쥐었다.

슬픔에 겨운 미치광이가 변덕을 부려댄다는 비난을 더는 받지 않으리라.

결정을 내릴 것이다. 혐오스러울 정도로 이기적인 결정이라도. 그 결정 때문에 심판 받고 벌 받을지라도, 영원히 그렇게 될지라도.

다시는 소중한 이를 아껴주지 못한 남자가 되지 않으리라. 소중한 이를 보호하기 위해서 싸우리라. 무슨 수를 써서라도.

가장 소중한 것을 지켜내리라.

할리드는 새로운 관개시설 건설을 시작한다는 법령에 서명했다. 그 서류를 옆으로 치운 다음에는 다른 업무를 보았다. 그런데 업무를 검토하던 중, 방문이 예고도 없이 활짝 열리더니 사촌형이 불쑥 들어왔다.

갑자기 벌어진 야단법석에 할리드는 눈썹을 치켜떴다. 그런데 잠시 후 숙부마저 뒤따라왔다. 알-호리 장군의 표정은 평소보다 더욱 험악했다. 할리드는 숨을 들이쉬고 방석에 몸을 기댔다.

잘랄의 얼굴 표정을 보자…… 마음이 불안해졌다.

"대체 얼마나 중요한 일이기에 이 소란이지?"

할리드는 사촌형을 지그시 쳐다보았다. 잘랄이 아무 말도 하지 않자, 할리드는 자세를 고쳐 앉았다.

"세이이디."

알-호리 장군이 먼저 입을 열었다.

"뭔가 이유가 있을 거야."

잘랄의 목소리가 떨려 나왔다. 낡은 두루마리를 꽉 쥔 왼손의 손마디가 핏기 없이 하얗게 변했다.

"잘랄-잔……."

그러자 잘랄이 뒤를 돌아보며 소리쳤다.

"아버지, 제발요. 제가 말하겠습니다!"

할리드는 일어섰다.

"대체 무슨 소리야?"

"그 애에게 설명할 기회를 주겠다고 약속해. 너는 절대 약속을 어기지 않는다는 거 아니까. 어서 약속해."

"보고서를 드려라."

숙부는 피곤하지만 단호한 기색으로 얼굴을 굳힌 채 잘랄에게 다가가며 말했다.

"약속하기 전엔 안 됩니다."

잘랄은 미쳤다 싶을 정도로 고집을 부리고 있었다. 할리드는 굳은 자세로 자리에서 성큼성큼 걸어 나왔다.

"대체 무슨 일인지 설명하기 전에는 아무런 약속도 할 수가 없어."

잘랄은 말하기를 주저했다.

"알-호리 대장, 말하라."

"샤지와…… 그놈 일이야."

잘랄의 속삭임이 갈라져 나왔다.

차가운 얼음에 손이 달려 목을 조르는 것처럼 할리드의 목덜미가 싸늘해졌다. 하지만 그는 차분하게 손을 내밀었다.

"보고서를 줘."

"약속 먼저 해, 할리드."

"왜 내가 그 애 말고 형에게 약속을 해야 한다고 우기는 건지 모르겠군."

그의 목소리는 조금도 떨리지 않았지만 차갑게 조여드는 기색이 서렸다.

"그렇다면 그 애에게 약속해."

"내가 셰에라자드에게 약속하건 말건 형이 알 바가 아니지. 어서 보고서를 내놔."

잘랄은 천천히 숨을 내쉬고는 두루마리를 건네주었다. 문서를 펴는 할리드의 가슴에 무거운 압박감이 자리 잡았다. 마치 종말의 조짐을 느끼고 변치 않을 피난처를 찾는 심정이 이럴까.

그는 편지를 한번 훑었다. 그 내용은 마음속 깊은 구석에 자리 잡았다. 할리드의 눈길이 양피지의 처음으로 다시 올라갔다.

그리고 다시 편지를 읽었다. 숙부가 상냥한 목소리로 말했다.

"미안하구나, 할리드-잔. 정말로 미안하다. 나조차도 조금씩 믿고 있었으니까…… 믿고 싶었다…… 그 애가 특별하다고."

잘랄은 고개를 저으며 할리드에게 다가갔다.

"그 애는 특별해. 그러니 설명할 기회를 줘."

"나가."

할리드가 조용히 명령했다.

"공포와 불신 때문에 일을 망치지 마."

잘랄이 말했다. 알-호리 장군이 다가와서 어깨를 잡았지만 잘랄은 격한 어조로 말을 쏟아냈다.

"그 앤 널 사랑해! 보이는 게 전부가 아니야. 아마 처음 의도는 달랐을지도 모르지만, 지금은 아니란 말이야. 내가 목숨을 걸고 장담할게. 그 앤 널 사랑해. 그러니 섣불리 미워하지 마. 넌 네 아버지와 달라. 넌 그보다 더 나은 사람이야. 그 애는 특별해."

할리드는 사촌형에게 등을 돌리고서 손에 든 두루마리를 구겼다.

종말의 조짐이 벌써 그의 몸에 내려앉았고, 가는 곳마다 어둠이 모든 것을 잠식했다.

이미 저주받은 영혼을 다시금 파괴하는 종말이었다.

셰에라자드는 발코니 난간 앞에서 하늘을 올려다보았다. 부드러운 남색 하늘 위로 무수한 별빛이 깜빡여 댔다.

차마 방에 혼자 있을 수가 없었다. 대학살의 흔적은 싹 사라졌지만, 몰래 숨어든 그림자의 유령에 둘러싸여 희미한 불빛 아래 몸을 누일 마음은 아직 들지 않았다.

셰에라자드는 한숨을 쉬면서 짙어져 가는 하늘 끝으로 떨어지는 한 줄기 별빛을 바라보았다.

오늘은 온종일 자신의 정원을 거닐며 시간을 보냈다. 데스피나도 곁에 두지 않았다. 방해받을 일 전혀 없이 어젯밤에 있었던 수많은 일을 차근차근 생각하기 위해서였다.

아아, 진실이란 자신이 바랐던 것만큼 명쾌하지 않았다.

오히려 황량하고 추악했다. 상상 이상으로 잔인한 현실에 둘러싸여 있었다.

가장 친한 친구가 복수심 때문에 살해당하다니. 그것도 불운한 사건을 겪어 딸을 잃은 미친 남자가 품은 역겹고 뒤틀린 복수심 때문에 일어난 일이라니. 그렇게 자신이 고통을 겪었다며 다른 이들을 벌주기로 결심하다니.

그자는 딸을 잃고 할리드를 벌했다.

그리고 할리드는 레이의 백성을 벌했다.

셰에라자드는 숨을 깊이 들이쉬었다.

한 남자의 괴로움 때문에 모든 것이 끝없는 검은 구렁 속으로 빨려 들어간 것이다.

그녀는 서늘한 돌난간에 놓은 두 손을 내려다보았다.

자신도 같은 복수심을 품고 이 궁전에 왔다. 이런 고통을 안긴 젊은 왕을 미워하는 마음으로.

그런데 지금 자신은, 나락에 서있었다.

할리드는 여전히 시바의 죽음을 책임져야 하는 자였다. 그가 명령을 내렸으니까. 할리드가 책상에 앉아 시바의 가족에게 편지를 쓰는 동안, 병사는 비단 끈을 졸라 시바의 숨을 끊었다. 그는 셰에라자드에게 했던 것처럼, 시바를 죽이지 못하게 막지 않았다. 그저 내버려 두었을 뿐.

그 사실은 변함이 없다.

하지만 상황은 다르게 보였다.

이제는 셰에라자드도 그 이유를 알았으니까. 비록 소름 끼치고 이해의 범주를 넘어선 것이라 해도, 마음속 한구석으로는 할리드가 어쩔 수 없었다는 사실을 깨달았다.

그리고 언젠가는 할리드 역시 그녀를 두고 같은 결정을 내리라고 강요받을지도 모른다.

순간, 문이 삐걱이며 열렸다. 셰에라자드는 그 소리를 듣고 샤라의 끈을 묶었다. 그리고 발코니에서 돌아서서 방 안으로 걸어갔다. 방 한쪽에서는 따스한 용연향을 내며 촛불이 타올랐다.

할리드가 문가에 서있었다. 옆모습 일부는 그림자에 가려진 채였다.

그녀는 머뭇거리며 미소 지었다.

하지만 그는 석상처럼 가만히 섰을 뿐이었다. 셰에라자드는 얼굴을 찡그렸다.

"오셨군요."

자신이 듣기에도 목소리가 이상했다. 어서 오라는 인사가 아니라 질문처럼 들렸으니까.

"그래."

엄혹하고도 으스스한 대답이었다. 문득 등불 곁에서 할리드에게 이야기를 들려주었던 때가 다시 떠올랐다. 오로지 이야기를 들려주는 것만을 바랐던 그 순간이.

셰에라자드는 빙벽에 던져진 기분이 들었다.

"무슨 일 있어요?"

할리드가 어둠 속에서 나와 그녀에게 다가왔다.

뭔가 단단히 잘못되었구나.

하지만 차갑고 냉담한 얼굴 가운데서도 그의 호랑이 같은 눈동자는 순수한 감정으로 일렁였다.

"할리드?"

셰에라자드의 심장이 덜컥 내려앉았다. 할리드는 조심성을 잃지 않으려 애쓰면서 숨을 내쉬었다.

"얼마나 오래되었지?"

"뭐가요?"

할리드가 한 걸음 다가왔다.

"타리크 임란 알-지야드를 사랑한 지 얼마나 오래됐지?"

저도 모르게 경악 어린 숨이 터져 나왔다. 가슴속 심장이 위태롭게 뛰었다. 무릎에서 힘이 스르르 빠져갔다.

'거짓말을 해. 이 남자에게 거짓말해.'

호랑이 같은 눈동자는 계속해서 셰에라자드를 주시하고……

바라보며 기다렸다.

모든 걸 알고 있구나.

그래서 두려워?

"열두 살 되던 여름부터예요."

셰에라자드의 목소리가 갈라져 나왔다. 할리드는 주먹을 쥐고서 어둠 속으로 돌아섰다.

"내가 다 설명할게요! 난……."

셰에라자드는 그에게 손을 내밀었다. 하지만 그가 다시 돌아서자, 그만 입술에서 말이 말라붙고 말았다.

할리드는 오른손에 단검을 쥐고 있었다.

그녀는 경악한 채로 뒷걸음질했다. 그가 셰에라자드의 발끝을 바라보며 말했다.

"내 방의 흑단 캐비닛 뒤에는 커다란 청동 고리가 달린 문이 있다. 손잡이가 특이하게 생겼지. 오른쪽으로 세 번 돌리고, 왼쪽으로 두 번 돌리고, 다시 오른쪽으로 세 번 돌리면 문이 열린다. 계단을 내려가면 지하 통로가 나온다. 통로 끝은 곧바로 마구간으로 이어지지. 내 말을 가져가라. 말 이름은 아르데시르다."

셰에라자드는 무서운 와중에도 당황했다.

"무슨 말……."

"받아라."

할리드가 단검을 칼집에서 빼내 건넸다. 그녀는 고개를 저으며 뒤로 계속 물러섰다.

"받아."

그는 셰에라자드의 손바닥에 칼자루를 쥐여주었다.

“무슨 말인지 모르겠어요.”

“비크람이 밖에서 기다리고 있다. 그대를 내 방으로 안내할 거다. 아무도 그대를 막지 않을 거고. 아르데시르를 타고…… 떠나.”

할리드의 목소리는 속삭임이나 다름없었다. 셰에라자드는 눈썹을 찌푸린 채 칼자루를 꽉 쥐었다. 가슴에서 심장이 마구 뛰었다.

이윽고 할리드가 그녀 앞에 무릎을 꿇었다. 셰에라자드는 흠칫 놀랐다.

“뭐, 뭐 하시는 거예요? 난…….”

“시바 빈-라티프.”

그는 경건하게 기도하듯 시바의 이름을 말했다. 고개를 숙이고 눈을 감은 채, 뻔뻔하게도 시바에게 경의를 표하면서.

순간 이게 무슨 뜻인지 단번에 이해가 되면서 셰에라자드의 온몸에서 숨이 빠져나갔다. 그녀는 비틀거리다가 그만 바닥으로 쓰러졌다. 손은 여전히 단검 자루를 움켜쥔 채였다.

“일어나라.”

할리드가 조용히 말했다. 셰에라자드의 가슴이 숨으로 부풀었다.

“일어나라, 셰에라자드 알-하이주란. 그대는 누구에게도 무릎 꿇어서는 안 돼. 특히 나에게는.”

“할리드…….”

“여기에 온 목적을 이루어라. 그대는 아무 설명도 할 필요가 없다. 난 감히 설명을 바랄 수가 없어.”

셰에라자드는 참았던 흐느낌을 터뜨렸다. 할리드가 그녀의 팔을 잡았다.

“일어나라.”

그 목소리는 부드럽고도 단호했다.

"못해요."

"아니, 할 수 있다. 시바를 위한 일이다. 그대에게 한계란 없어. 그대는 뭐든지 할 수 있다."

"못하겠다고요!"

"할 수 있어."

"싫어요!"

그녀는 눈물을 삼키며 고개를 저었다.

"어서 해. 그대는 내게 아무것도 빚진 것이 없다. 난 아무것도 아니야."

'어떻게 그런 말을 해? 당신은…….'

셰에라자드는 고개를 더 세차게 흔들었다. 단검을 쥔 손아귀가 느슨해졌다. 할리드는 이를 악물고 소리쳤다.

"셰에라자드 알-하이주란! 그대는 나약하지 않다. 우유부단하지 않다. 그대는 강하다. 사납고, 헤아릴 수 없을 정도로 능력이 많은 존재다."

그녀는 숨을 들이켜고 마음을 단단히 먹었다. 실낱같은 증오심이라도, 한 모금의 분노라도, 남은 것이 있다면 그게 뭐든…… 애써 찾아보았다.

'시바.'

할리드는 단단히 마음을 먹은 채였다.

"나는 그대에게서 친구를 빼앗았다. 내가 한 짓은 무엇을 하더라도, 무슨 말을 하더라도 되돌릴 수가 없어. 우리 둘 사이에 선택지가 있다면, 그 선택을 내가 할 수는 없다, 주님. 선택권은 내게 없어."

주남. 내 모든 것이라는 말.

셰에라자드는 몸을 일으키고 그의 가슴에 손바닥을 얹었다.

"내가 이런 선택을 할 거라고 생각했다는 거죠?"

그녀의 말에 할리드는 이글거리는 눈빛으로 한 번 고개를 끄덕였다. 셰에라자드는 그의 카미스 앞섶을 쥐었다.

"정말로 내가 공기 없는 세상에서 숨 쉬며 살리라 생각했단 말인가요?"

할리드는 그녀의 두 팔을 손으로 쥐며 숨을 훅 들이켰다.

"그대는 그보다 더 강할 거라 생각하니까."

셰에라자드의 낯빛이 누그러졌다.

"하지만…… 이보다 더 강한 건 없어요."

단검을 쥐고 있던 손이 풀렸다. 날붙이가 요란하게 바닥으로 떨어졌다. 셰에라자드는 양 손바닥을 그의 가슴에 대었다.

"증오. 심판. 응징. 하지만 당신이 말했듯, 복수한다 해서 내가 잃은 것이 되돌아오는 것도 아니니까요. 당신이 잃은 것 역시 돌아오지 않아요. 우리가 가진 건 현재뿐이에요. 그리고 앞으로는 더 좋아질 거라는 희망뿐이에요."

그녀는 할리드의 머리카락 속으로 손가락을 지그시 미끄러뜨리며 말했다.

"내가 다가올 새벽빛을 함께 보고 싶은 사람은 오로지 당신뿐이에요."

할리드는 눈을 감았다. 그의 심장이 쿵쿵 뛰었다. 다시금 눈을 뜨고 셰에라자드와 시선을 마주한 그는 두 손을 그녀의 얼굴에 슬며시 대고서 엄지로 뺨을 쓸었다. 그 손길은 여름날의 산들바람처럼 따스하고 부드러웠다.

그들은 말없이 마주 본 채 무릎을 꿇었다. 그리고 서로를 탐닉하듯 바라보았다. 그렇게 서로를 가감 없이 보았다. 아무런 가식도, 가면도, 그 어떤 목적도 없이. 처음으로, 셰에라자드는 할리드의 모든 면을 두 눈으로 마음껏 보았다. 고서머와 금사로 짠 휘장을 찢고 꿰뚫어 볼 만큼 날카롭고 현명한 이 남자는 무슨 생각을 하고 있을까. 두려워하지 않고서, 마음껏.

그렇게 진실을 보았다.

왼쪽 눈 주위에 있는, 눈에 띄지 않을 만큼 작은 흉터. 짙고 날선 눈썹. 그 아래 보이는 그렁그렁한 호박색 눈동자. 한가운데가 완벽하리만큼 도톰하게 솟은 입술.

그녀가 자신의 입술을 빤히 바라보고 있다는 걸 눈치챈 할리드는 천천히 숨을 내쉬었다.

"샤지……."

"오늘 밤 나와 함께 있어요. 모든 의미에서요. 나의 것이 되어줘요."

남자의 눈동자에 불길이 확 일었다. 할리드는 두 손으로 그녀의 뺨을 감싸며 말했다.

"난 언제나 그대의 것이었다. 그대 역시 언제나 나의 것이었고."

셰에라자드는 그 말에 발끈하며 저항하기 시작했다.

"그러지 마라."

할리드는 자신을 날카롭게 쏘아보는 눈빛을 마주 바라보았다.

"당신의 소유욕이…… 문제가 될 수도 있어요."

셰에라자드는 눈썹을 찌푸렸다. 할리드의 입가가 아주 살짝 올라갔다.

셰에라자드가 할리드의 손을 잡고 침대로 이끌었다. 온몸의 마디마디마다 뒤에 선 크고 단단한 남자의 존재감이 예민하게 느껴졌지만, 긴장되지는 않았다. 마음은 오히려 차분했다. 옳다는 확신이 놀라울 정도로 강력했다.

그는 침대 끝에 앉았고, 셰에라자드는 그 앞에 섰다. 할리드는 그녀의 가슴 아래 이마를 대었다.

"용서를 구하지는 않을 것이다. 그러나 정말로, 정말로 미안하다."

그의 사과는 단순하고 간결했다. 셰에라자드가 이미 예상했던 바였다. 그녀는 남자의 부드러운 검은 머리칼에 입 맞추며 대답했다.

"알아요."

할리드는 그녀를 올려다보았다. 셰에라자드는 남자의 무릎 위에서 다리를 벌리고 천천히 몸을 내렸다. 할리드가 입고 있던 카미스를 벗어 던지자, 셰에라자드는 손바닥으로 단단하고 날렵한 남자의 가슴을 어루만졌다. 그러다 쇄골을 따라 난 희미하고 하얀 흉터에서 멈칫했다.

"비크람이 낸 거다."

할리드의 설명을 들은 그녀가 눈을 가늘게 떴다.

"라즈푸트가요? 이 상처를 냈다고요?"

"왜 그런 목소리지? 신경 쓰이나?"

할리드의 어조는 놀리는 듯했다. 그녀는 콧잔등을 찡그렸다.

할리드는 그녀를 가까이 끌어안았다.

"가끔 이럴 때가 있다. 그 녀석은 나보다 뛰어나니까."

"그건 내 알 바 아니에요. 다시는 이 몸에 상처를 내지 못하게 하세요."

"최선을 다하지."

이제는 할리드가 셰에라자드의 턱을 들어 올리더니 물었다.

"이건 뭐지?"

그가 엄지손가락으로 셰에라자드의 턱 옆쪽에 난 오래된 흉터를 만지작거렸다. 등줄기가 오소소 떨렸다.

"열세 살 때 성벽에서 떨어졌어요."

"성벽에는 왜 올라갔지?"

"내가 성벽을 탈 수 있다는 걸 보여주려고요."

"누구에게?"

대답이 없자 할리드는 순간 긴장했다가 조용히 중얼거렸다.

"누군지 알겠군. 그런데 그 바보 녀석은 그대가 떨어지는 걸 보고만 있었나?"

"말릴 기회를 주지 않았거든요."

할리드의 입가에 슬쩍 미소가 스쳤다.

"그 바보 편을 들 일은 절대 없을 거라 생각했는데, 증오심이 태산 같은 와중에도…… 일말의 동정심이 이는군."

"할리드."

그녀는 남자의 가슴을 밀쳤다.

"셰에라자드."

할리드는 그녀의 손을 잡았다. 문득 그의 표정에 강렬함이 서렸다.

"이게 정말 그대가 원하는 일인가?"

셰에라자드는 그를 빤히 바라보았다. 놀랍게도 그의 얼굴에 연약함이 살짝 너울거렸다.

전능한 호라산의 칼리프. 왕 중의 왕.

그녀의 아름다운 괴물.

셰에라자드는 몸을 내밀어 남자의 입술을 머금었다. 두 손으로 그의 턱을 꼭 잡고서 햇살 듬뿍 받은 꿀 속으로 혀를 밀어 넣었다.

아까 할리드가 말했던가. 선택권은 자신에게 없다고. 지금 자신도 마찬가지였다.

그의 손이 셰에라자드의 등허리로 슬며시 다가갔다. 그녀는 남자의 품에 안겨들어 그와 몸을 맞추었다. 입고 있던 샤라 끈이 풀어지면서 서늘한 공기가 먼저 몸을 훑었고, 뒤이어 할리드의 열띤 손이 반가이 다가왔다. 남자의 피부가 와닿는 감촉은 말로 표현할 수가 없었다.

그의 입술이 셰에라자드의 목덜미를 쓸고 내려오더니 피다이 용병의 단검이 낸 상처 곁에 조심스레 머물렀다. 이젠 결정을 내릴 때였다.

"사랑해요."

할리드는 고개를 들었다. 그녀는 한 손을 남자의 뺨에 대고 속삭였다.

"말로 다할 수 없을 정도로."

그는 여전히 셰에라자드의 얼굴을 빤히 바라보면서 베개 위로 그녀를 눕혔다. 그리고 그녀의 손을 들어 안쪽 손목에 입을 맞추었다.

"나의 영혼은 그대 안에서 영혼의 짝을 보고 있다."

그 고백 이후, 그녀의 온몸이 호박색 눈동자와 진실 속으로 녹아들었다.

한 번의 입맞춤으로 셰에라자드는 스르르 무너져 내렸다.

이 남자는 아무리 봐도 여러 면에서 그녀와는 어울리지 않는 존재였다. 이럴 수가 있을까 싶을 정도로 완벽하게 다른 점을 보여주는 예가 아니던가. 그녀의 삶을 새까맣게 불태우고 지금껏 살아오던 세계를 완전히 뒤바꿔 버린 남자인데.

내일이면 굳은 맹세를, 의리를 저버린 상황을 걱정하게 되겠지. 내일이면 배신의 대가가 얼마나 큰지 걱정하게 되겠지.

그러나 오늘 밤, 그건 중요하지 않았다.

둘의 손이 머리 위에서 얽혔다. 남자의 나지막한 속삭임이 귓가에 울렸다.

그들은 일개 남자와 여자일 뿐이었다.

이렇게.

모든 것을 잊은 채.

셰에라자드는 장미꽃 향기를 맡으며 깨어났다.

그리운 집 향기가 났다.

발코니 앞을 가린 목재 조각 창호 사이로 황금빛 햇살이 비쳐들었다. 그녀는 환한 빛에 움찔 놀라 돌아누웠다.

머리맡 옆 비단 장석 위에는 연보랏빛 장미 한 송이와 양피지가 있었다. 그녀는 조용히 미소 지었다. 그리고 장미를 들고서 자세히 살펴보았다.

완벽한 꽃이었다. 동그라미 형태로 벌어지며 피어나는 꽃잎에는 흠 하나 없었고 진한 색과 옅은 색이 이상적으로 균형을 이루었다. 그녀는 짙은 꽃향기를 들이켜면서 양피지를 들고 엎드렸다.

샤지에게

나는 파란색을 제일 좋아한다. 그대의 머리카락에서 나는 라일락 향기를 맡을 때면 언제나 고통스럽다. 난 무화과를 무척 싫어한다. 그리고 마지막으로, 나는 앞으로 평생, 죽을 때까지 어젯밤의 기억을 간직할 것이다.

태양도, 비도, 심지어 더없이 어두운 하늘에서 빛나는 가장 밝은 별이라도, 그 무엇도 그대라는 경이로운 존재에 비할 수 없으리라.

할리드

셰에라자드는 네 번이나 반복해서 편지를 읽으며 문구 하나하나를 기억했다. 읽을 때마다 입가에 번지는 미소가 계속 커진 나머지 급기야 입이 아플 정도였다. 이윽고 바보처럼 웃음이 나왔지만, 재빨리 이러면 안 된다 스스로를 꾸짖었다. 셰에라자드는 장미와 양피지를 옆에 있던 의자에 두고 바닥에 떨어진 샴라를 집어 들었다.

'데스피나는 어디 있지?'

셰에라자드는 샴라 끈을 묶으면서 데스피나의 방으로 가서 문을 두드렸다. 하지만 아무 대답이 없어서 이번에는 손잡이를 잡고 안으로 들어갔다. 어두운 방 안에는 아무도 없었다. 그녀는 눈살을 찌푸리고는 자신의 방으로 돌아왔다.

그리고 눈살을 더욱 찌푸린 채로 목욕을 한 다음 화려한 주홍빛 민소매 리넨 카미스와 바지를 입었다. 옷소매와 단마다 자그마한 진주와 구리 장식을 금사로 수놓은 옷이었다.

상아 빗으로 머리를 다 빗고 나자 문이 빼꼼 열리더니 귀가 얼얼하게 울릴 정도로 쾅 소리를 내며 다시 닫혔다.

깜짝 놀란 셰에라자드는 나지막한 비명을 지르며 벌떡 일어섰다.

"제가 보고 싶으셨어요?"

데스피나가 놀려대는 어조로 물었다.

"아침 내내 어디 있었어요?"

셰에라자드는 여전히 축축한 머리카락을 한쪽 어깨 뒤로 휙 넘기면서 자신의 시녀를 노려보았다. 그러자 데스피나는 고개를 갸웃거리며 대꾸했다.

"설마 제가 없었다고 화내시는 건 아니겠죠, 건방진 칼리파 마마? 이 방에 너무 빨리 들어오느니 차라리 똥을 잔뜩 먹겠어요. 특히 왕의 노여움을 살 게 뻔한 상황을 무릅쓰고 싶지는 않거든요."

"무슨 소리예요?"

"아무것도 모른다는 척 점잔은 그만 빼세요. 온 궁전이 다 알고 있다고요."

셰에라자드의 목덜미에 열기가 확 끼쳤다.

"뭘 아는데요?"

데스피나가 방긋 웃었다.

"호라산의 칼리프께서 새벽에 혼자 정원에 나가셨다던데요. 그리고 장미 한 송이를 꺾어 오셨다고요."

그녀는 셰에라자드의 옆쪽 의자 위의 꽃을 가리켰다.

"꽃을 왜 꺾으셨는지 아주 잘 알겠는걸요."

목덜미에 끼쳤던 열기가 셰에라자드의 얼굴까지 올라와 만개했다. 데스피나가 못마땅한 소리를 내었다.

"이런데도 모르겠다고 하실 건가요? 어우, 재미없어라."

셰에라자드는 잠시 침묵했다가 고개를 꼿꼿이 들고서 대꾸했다.

"아뇨. 부정하진 않을게요."

"아, 다행이네요. 계속 말도 못 하고 새침하게 계시면 제가 또 얼마나 짜증이 날까 걱정하고 있었거든요."

"그건 데스피나 역시 마찬가지 아닌가요?"

"제가 뭘요?"

셰에라자드는 허리에 손을 짚고서 눈썹을 치켜뜨며 데스피나 흉내를 냈다.

"어젠 즐거운 밤 보냈나요, 데스피나-잔?"

"그럼요. 아주 잘 잤답니다."

데스피나는 뒤를 슬쩍 돌아보며 대답했다.

"그랬다니 기쁘네요. 마침내 사랑하는 남자에게 진실을 이야기할 용기도 내보았나요?"

"사랑하는 남자라고요? 혹시 머리를 다치셨어요? 너무 마음이 풀린 나머지 헛소리를……."

"자, 말도 못 하고 새침하게 구는 게 누구죠? 솔직히 말해서, 데스피나와 잘랄 모두 계속 안 그런 척하면서 자신의 감정을 무시하는 걸 보고만 있자니 짜증 나요. 당신이 잘랄을 아낀다는 걸 그쪽도 알아야 해요. 그리고 아기 아빠가 되었다는 것도 당연히 알아야 하고요. 혹시 내가 얘기를…….”

“셰에라자드!”

데스피나가 휙 돌아섰다. 얼굴이 공포로 온통 일그러진 채였다.

“그러면 안 돼요! 절대로 하지 마세요!”

“데스피나…….”

“마마는 이해 못 하시잖아요! 그이가 알아서는 안 돼요. 아무것도요.”

데스피나는 덜덜 떨리는 손을 배에 얹었다. 셰에라자드는 당황한 눈빛으로 데스피나를 빤히 바라보았다.

“맞아요. 나는 이해 못 하겠어요. 잘랄은 좋은 남자예요. 그리고 당신을, 음, 사랑하는 게 틀림없잖아요. 아닌가요?”

“저는…… 모르겠어요.”

언제나 건방지리만큼 당당하던 데스피나의 자세가 처음으로 흐트러졌다. 그녀는 어깨를 축 늘어뜨린 채 셰에라자드의 침대 끝자락으로 다가와 기댔다. 셰에라자드는 말없이 데스피나 곁으로 다가가 하얀 대리석 바닥에 앉았다. 데스피나가 풀죽은 어조로 조용히 말했다.

“어쨌든, 그이는 저와 결혼할 수 없어요. 저는 한낱 시녀일 뿐이에요. 하지만 그이는 칼리프의 사촌이죠. 훗날 다음 대 샤르반이 될 거예요. 그이 아버지는 호라산의 공주와 결혼했어요. 그러니 그이도 좋은 가문의 여자와 혼인하게 되겠지요. 테베 출신의 시녀가 아니라요.”

“잘랄이 그 시녀를 사랑한다 해도요?”

데스피나는 새파란 눈을 감았다.

"그래요. 그 시녀를 사랑한다 해도요."

"말도 안 돼요. 잘랄과 이야기해 본 적은 있어요?"

데스피나는 고개를 저었다.

"그이는 제가 자기를 사랑하지 않는다고 생각해요. 저도 그렇게 말했고요."

"데스피나!"

셰에라자드는 그녀를 노려보았다.

"그편이 쉬워요. 그이도 이게 한때의 덧없는 유희라고 생각한다면, 이 시기가 지난 후에 우리가 각자의 길을 가게 되었을 때 훨씬 간단하게 헤어질 수 있을 거예요."

"왜 자기 자신에게 그런 거짓말을 해요? 왜 잘랄에게 거짓말을 하는 거예요?"

"누군가를 진심으로 사랑한다면 그 사람이 가장 잘되기를 바라기 때문이겠죠."

"터무니없는 소리네요. 게다가 오만하고요."

"마마처럼 오만한 분이 그런 말을 다 하시다니, 재미있네요."

셰에라자드가 식식거리며 맞받아쳤다.

"**내가** 오만하다고요? 아니에요. 오히려 아무런 상의도 하지 않고 다 큰 남자가 잘되게 해준답시고 제멋대로 결정하는 게 오만한 거죠."

하지만 데스피나는 그저 슬픈 미소만 지었다. 셰에라자드는 데스피나의 어깨를 자기 어깨로 슬쩍 밀었다.

"얼마나 어려운 문제인지는 알아요. 당신 마음을 다른 사람의 손에 맡긴다는 건 쉬운 게 아니지요. 하지만 그러지 않는다면 어떻게 상대방을 진정으로 알 수 있을까요?"

데스피나는 무릎을 모아 가슴 앞에서 끌어안았다.

"그이 아버지는 저를 경멸하실 거예요. 모두들 제가 그이에게 덫을 쳐서 억지로 결혼했다고 생각하겠죠. 저를 꽃뱀으로 보겠죠."

"데스피나를 헐뜯는 사람이 있다면 내가 제일 먼저 나서서 때려주겠어요."

그 말에 데스피나는 미심쩍다는 듯 눈썹을 치켜떴다. 셰에라자드는 피식 웃었다.

"비웃지 말아요. 내가 몸집은 작아도 주먹을 휘두르면 어마어마한 힘으로 때릴 수 있다고요. 못 믿겠으면 잘랄에게 물어보세요."

"혹시 잘랄을 때리셨어요?"

데스피나가 눈썹을 찌푸렸다. 셰에라자드는 고개를 저으며 입가에 슬며시 장난스러운 미소를 띠었다.

"할리드를 때렸지요."

데스피나는 숨을 헉 몰아쉬었다.

"뭐라고요? 마마가…… 칼리프를 때렸다고요?"

"얼굴을 후려쳤어요."

데스피나는 손으로 입을 막았다. 잠시 후 입술 사이로 웃음이 방울방울 터졌다.

두 여자는 한참을 바닥에 앉아서 웃고 떠들었다. 그러다 문을 두드리는 소리가 들렸다. 자리에서 벌떡 일어나자, 문이 활짝 열리더니 할리드가 잘랄과 함께 안으로 들어왔다. 근위병들은 문밖에 남은 채였다. 샤르반도 바깥에 서서 참을성 있게 기다렸다.

언제나처럼 할리드는 좌중을 압도하는 우아한 분위기를 발산하며 다가왔다. 금과 은으로 정교하게 만든 흉갑 위로 검은 리다를 단단히 고정했고, 늘씬한 허리를 감은 티카 띠에 샴시르 칼자루를 걸어놓았다. 그는 감히 범접할 수 없는 위엄을 내뿜었다. 천 년의 세월과, 천 번의 삶과, 천 가지의 이야기를 품은 존재 같은 위엄이었다.

하지만 셰에라자드는 예전보다 그를 더 잘 알고 있었다.

이 방 한가운데서 그를 마주했으니까.

남자의 눈빛은 따뜻했다. 그 눈빛을 마주한 셰에라자드의 가슴이 뛰었다.

데스피나는 할리드에게 절한 다음 곧바로 자신의 작은 방으로 이어진 문으로 다가갔다……. 그 문 곁에는 잘랄이 편안한 자세로 벽에 기대서 있었다.

둘 다 아무렇지 않은 척하려고 했지만, 실패했다.

셰에라자드는 조용히 두 사람의 진실을 지켜보았다. 그 순간은 아주 잠깐이었고, 둘은 서로를 쳐다보지도 않았다. 그럼에도 셰에라자드는 똑똑히 보았다. 어째서 다른 사람은 눈치채지 못하는 걸까. 잘랄의 어깨가 아주 살짝 움직였는데. 데스피나의 머리 역시 보란 듯이 기울어졌는데.

셰에라자드는 의미심장한 미소를 지었다.

할리드는 데스피나의 방으로 이어지는 복도의 문이 닫힐 때까지 기다렸다가 입을 열었다.

"잘 잤는지?"

그의 낮은 목소리를 들으니 어둠 속에서 속삭이던 말들이 떠올랐다.

"잘 잤어요."

"다행이군."

"선물 고마워요. 완벽한 선물이었어요."

"그렇다면 어젯밤과 어울리는 선물이었단 뜻이로군."

그녀는 살짝 눈살을 찌푸렸다. 그러자 할리드의 입가가 슬쩍 올라갔다.

"그대에게 줄 것이 또 있다."

"뭔데요?"

"손을 이리 줘."

"어느 쪽 손이든 상관없나요?"

그는 고개를 끄덕였다.

셰에라자드는 오른손을 내밀었다. 그는 광택 없는 금반지를 그녀의 세 번째 손가락에 끼웠다.

할리드의 반지와 짝을 이루는 반지였다.

셰에라자드는 왼손 엄지로 표면에 새겨진 검 두 자루를 매만졌다. 통치자 알-라시드 가문의 문장이었다.

이제는 그녀의 문장이기도 했다.

호라산의 칼리파가 되었으니까.

"반지를 껴주겠나? 이건……."

"가장 좋은 선물이에요."

셰에라자드는 그를 올려다보았다. 할리드는 햇살보다 훨씬 더 환한 표정으로 웃었다.

뒤에 섰던 병사들이 동요했다.

"세이이디. 이제 떠나셔야 합니다."

잘랄이 셰에라자드에게 미안하다는 눈초리를 슬쩍 던지며 말했다. 할리드는 알겠다며 고개를 끄덕였다.

"어디 가시나요?"

셰에라자드가 이맛살을 찌푸리며 물었다.

"호라산과 파르티아 국경에 새로운 지도자를 세운 소규모 병력이 모이고 있다. 그 지역의 에미르들이 경계 태세를 갖추고 분쟁이 일어날 것을 대비해 전략을 같이 논의하자고 했지."

그녀는 얼굴을 찡그렸다.

"얼마나 있다 오시나요?"

"이 주, 아니면 삼 주다."

"알겠어요."

셰에라자드는 볼 안쪽 살을 씹으며 애써 말을 삼켰다. 할리드의 미소가 다시금 피어났다.

"그럼 이 주만 있다 오겠다."

"삼 주는 아니죠?"

"삼 주는 아니야."

"좋아요."

그는 변함없이 즐거운 눈빛으로 셰에라자드를 바라보았다.

"이번에도 다행이군."

그녀가 목소리를 낮추어 말했다.

"다행이라고 생각하지만 말고 조심하세요. 무사히 돌아오시고요. 안 그러면 무화과를 한 접시 들고 맞으러 나갈 거예요."

할리드의 눈동자가 금빛으로 반짝였다.

"나의 왕비여, 그럼."

그는 한 손을 이마에 대고 절한 다음 손을 다시 가슴에 대었다.

존경, 그리고 애정의 표시였다.

하지만 방문으로 나가는 할리드의 모습을 본 셰에라자드의 영혼은 실망감으로 좀먹어 들어가기 시작했다.

내가 바라는 작별 인사는 이런 게 아니야.

"할리드."

셰에라자드의 부름에 그는 뒤를 돌았다.

그녀는 할리드에게 달려가 리다 앞섶을 잡고서 그 입에 입 맞추었다.

순간 그는 흠칫 굳었지만, 잠시 후 한 손으로 셰에라자드의 허리를 잡아 끌어당겼다.

복도에 있던 병사들이 불안한 듯 발을 끌었다. 그들의 칼과 갑옷이 맞부딪혔다. 잘랄의 낮은 웃음소리가 문가에 울렸다.

하지만 셰에라자드는 아랑곳하지 않았다.

입맞춤은 이럴 때 하는 것이니까. 모든 걸 이해하는 입맞춤이었으니까.

가식 없는 결혼 생활은, 꾸밈없는 사랑은 이런 것이니까.

할리드의 손바닥이 그녀의 등을 지그시 눌렀다.

"열흘 후에 오겠다."

그의 망토를 쥔 셰에라자드의 손에 더욱 힘이 들어갔다.

"약속하신 거예요."

"약속하겠다."

폭풍의 비바람

자한다르는 얼룩빼기 암말을 타고 레이가 내려다보이는 언덕 꼭대기에 올랐다.

위로 펼쳐진 하늘은 별빛 한 점 없이 어두웠다.

완벽한 조건이었다.

그는 심호흡을 하고 안장에서 내렸다. 그리고 가죽 가방 깊숙이 넣어둔 너덜너덜한 고서를 꺼냈다.

그의 손이 닿자, 책이 두근두근 맥동했다.

조심스럽고도 경외심 어린 자세로 자한다르는 자그마한 돌무더기 앞에 무릎을 꿇고 책을 평평한 표면 위에 올려놓았다. 그리고 목에 걸었던 검은 열쇠를 들어 책 한가운데 있는 녹슨 자물쇠에 꽂았다. 이윽고 책 표지를 열자 책장에서 은색의 빛이 천천히 퍼져 나왔다.

더는 손을 뜨겁게 데지 않아도 되어서 그는 감사함을 느꼈다.

자한다르는 반질반질 닳은 양피지를 계속 넘겨 주문을 찾아냈다. 그 주문은 이미 머릿속으로 외워두었지만, 책에도 마력이 있었기에 지금처럼 힘든 일을 할 때 힘을 전달받을 수 있었다. 그는 눈을 감고 은색 빛이 얼굴과 손바닥을 스치며 소리 없는 힘을 불어넣게 두었다. 이윽고 단검을 칼집에서 빼낸 자한다르는 칼끝으로 왼손 손바닥에 새로 난 상처를 가로질러 그었다. 피가 칼날에 떨어지자 금속은 뜨겁도록 새파랗게 빛나기 시작했다.

그는 얼룩무늬 암말 쪽으로 돌아섰다. 암말은 갈기를 휘날리며 콧김을 뿜었다. 깊은 갈색 눈망울이 둥그레졌다. 겁을 많이 먹었군. 자한다르는 아주 잠깐 망설였다.

하지만 사람들은 그에게 대단히 큰 기대를 걸고 있었다.

그는 다시는 그들을 실망시키지 않을 것이다.

이를 악문 자한다르는 성큼성큼 앞으로 걸어가 암말의 목을 단검으로 단숨에 갈랐다. 붉게 솟구친 뜨거운 피가 그의 손을 온통 적셨다. 암말은 피할 수 없는 죽음에 저항하다 결국 비틀거리며 무릎을 꿇었다. 그리고 잠시 후, 완전히 쓰러졌다. 처음에는 옅게나마 이어지던 숨결도 이윽고 사라지고 말았다.

칼날은 불타오르듯 붉었고, 날 한가운데는 그 어느 때보다도 격렬하게 빛났다.

압도적이고도 굉장히 섬뜩한 모습이었다.

그는 말의 시체에서 물러서서 가만히 숨을 들이쉬었다. 그리고 단검으로 손바닥에 난 상처를 건드렸다.

이윽고 마법의 힘이 몸속으로 마구 밀려들더니 뼈에까지 스몄다. 얼룩덜룩한 돌무더기 위에 놓인 책에서 흘러나오는 은색 빛은 저 하늘의 별보다도 더 밝게 고동쳤다.

자한다르는 숨을 헐떡이며 칼을 떨어뜨렸다. 가슴에 모여 오장육부를 뒤흔드는 마력은 그야말로 압도적이었다. 발밑의 땅마저 떨렸다.

그는 웃기 시작했다.

피 묻은 팔을 하늘로 번쩍 든 채 고대의 언어를 읊자, 그 자신의 명령에 따라 구름이 휘몰아치기 시작했다. 자신의 뜻에 고분고분 순종하는 구름을 보자 매우 기뻤다.

낡은 책장이 펄럭였다. 바람에 휘날린 수염이 목에 감겼다.

다시는 그 누구도 실망시키지 않게 되리라.

오늘 밤, 최종적으로 자신의 가치를 증명하리라.

딸을 구하리라. 그리고 왕국을 구하리라.

그는 위대한 자한다르 대제(大帝)가 되었으니까.

전능한 자한다르.

왕 중의 왕…… 자한다르.

빗방울이 한 방울씩 떨어지기 시작했다.

타리크는 점점 불안해졌지만, 애써 마음을 눌렀다.

그는 검은 옷으로 온몸을 감싼 채 빛바랜 회벽 돌담에 등을 대고 섰다. 등 뒤로 저 멀리 궁전 입구가 보였다. 단단한 목재와 검은 철로 만든 궁전 문이 높다랗게 솟아있었다. 무장한 보초병이 위아래에 배치되어 섰고, 총안마다 횃불이 이글거렸다.

타리크는 한숨을 쉬면서 몸에 서린 긴장감을 풀려고 애썼다.

하지만 자꾸만 의심이 드는 건 어쩔 수 없었다.

"정말로 아저씨가 말 안 해줬어? 저 문을 어떻게 부술 건지?"

갈색 리다에 달린 두건을 당겨 이마를 가리면서 라힘이 물었다.

"몇 번을 말해야 하냐. 아저씨 본인이 보초들의 시선을 흐트러뜨리겠다고 했다니까."

"그래서 넌 그 말을 믿었고?"

라힘의 질문에 타리크는 솔직하게 대답했다.

"아니. 하지만 아저씨가 실패한다고 해도, 지금보다 더 나빠질 게 없잖아."

"사실을 따지자면 네 말은 틀렸어. 실패하면 소요죄의 공범으로 잡혀 들어갈 거라고."

"자한다르-에펜디는 우리를 배신하지 않을 거야. 그 점만큼은 확실히 믿어."

"나도 너 같은 낙천주의자라면 얼마나 좋을까. 게다가 너의 낙천주의는 특별하지."

"뭐가 특별하다는 거야?"

"특별히 멍청하다고."

"능력이 없는 것보다는 멍청한 게 낫지."

"죽는 것보다는 사는 게 낫다고 생각하는데."

라힘의 말에 타리크가 대꾸했다.

"그럼 집에 가, 라힘-잔. 너희 엄마가 집에서 기다리고 계시니까."

"구역질 나게 재수 없는 놈."

타리크는 씩 웃었지만 가슴은 꽉 막힌 듯 답답했다.

라힘의 뒤쪽 그늘에는 용병들이 침묵한 채 서있었다. 그들은 타리크의 지시를 기다리는 중이었다.

지금 어떡해야 하는지 알 수 있으면 얼마나 좋을까.

타리크는 한숨을 쉬었다. 어째 오늘 일은 헛수고로 끝날 것만 같았다. 따지고 보면, 자한다르 알-하이주란은 믿음직했던 적이 없었다. 아내를 잃은 슬픔에 잠겨 자녀들에게 좋은 아버지가 되어주지도 못한 사람 아니던가. 그 후엔 고문직도 제대로 수행하지 못해 왕의 신임을 잃고 좌천되었다. 급기야는 셰에라자드가 복수를 하겠답시고 죽을 자리에 뛰어들었을 때도 말리지 못했다.

하지만 그럼에도, 타리크는 믿어야 했다.

빗방울이 더욱 거세졌다. 빗방울은 나지막하게 두른 처마 위에서 물줄기를 이루어 흐르기 시작하더니 그의 겉옷을 적시고 피부에 스몄다.

라힘이 처마에서 떨어지는 물줄기를 슬쩍 피하며 입을 열었다.

"너 정말……."

그 순간, 하늘에서 번개가 치고 이어 천둥이 울렸다.

"하나는 확실하네. 이 폭풍은 우리 일에 도움이 안 된다는 거야."

라힘의 말에도 타리크는 대답 없이 벽에 기대어 눈을 감았다.

또다시 천둥소리가 우르릉 울리자 라힘은 욕을 내뱉었다. 이번엔 어찌나 크게 울렸던지 타리크의 치아가 다 흔들릴 정도였다.

거리에 있던 사람들이 동요하기 시작했다. 길 건너 창문 너머로 등불이 점점이 켜졌다.

"타리크!"

라힘이 소리를 지르며 경고했다. 고개를 돌려 궁전을 바라본 타리크는 대리석 첨탑에 벼락이 떨어지는 모습에 기함했다. 벼락은 탑을 내리쳐 산산조각 내었고, 부서진 돌은 불이 붙은 채로 굉음을 내며 땅에 떨어졌다.

궁전 문을 지키는 근위병들이 놀라서 소리 질렀다. 라힘이 나지막이 말했다.

“자비로운 신이시여, 이게 대체 무슨 일입니까.”

다시금 하얀 번개가 근처에 떨어지면서 건물에 불을 붙였다. 우르릉 울리는 천둥소리가 타리크의 뼛속까지 뒤흔들었다.

이제 하늘에서 마구 내리치는 빗줄기는 사방을 휩쓰는 홍수처럼 흐르고 있었다.

또다시 번개가 내리쳐 어느 집 지붕에 떨어지자 처음으로 비명이 들렸다. 번개를 맞은 집에서 시커멓게 그을린 물질과 타오르는 돌무더기가 하늘로 날아올랐다.

그 집은 순식간에 불길에 휩싸였다.

겁에 질린 비명이 더욱 커졌다.

번개가 계속 내리쳐 궁전을 강타했고, 건물 옆으로 대리석이 더 많이 부서져 내렸다. 타리크는 벽에서 몸을 확 떼었다. 라힘이 그의 어깨를 잡았다.

“뭐 하려고?”

“궁전이 부서지는 걸 보고만 있을 수는 없어. 셰에라자드가 안에 있다고.”

라힘이 그를 뒤로 확 잡아챘다.

“그래서 네 계획이 뭔데? 가서 문 좀 열어달라고 정중하게 요청할 거냐?”

타리크가 악에 받친 목소리로 쏘아붙였다.

“아니야. 내 계획은…….”

순간, 번개가 궁전 문 한가운데를 내리쳤다. 번쩍이는 빛에 타리크는 앞이 보이지 않았고, 가슴에서 숨도 모조리 빠져나갔다. 나무와 철, 재가 한데 섞여 우수수 쏟아졌다.

겁에 질린 사람들이 도망치며 외치는 소리와 천둥 번개의 노성이 섞여서 주변은 아수라장이 되었다. 부서진 문에서 병사들이 쏟아져 나와 사람들의 공포를 가라앉히고 질서를 유지하려 했다.

"자한다르-에펜디가 시선을 흩뜨리겠다고 말씀하셨던 게 혹시 이거야?"

라힘이 당황한 목소리로 소리쳤다. 타리크는 리다에 달린 두건을 뒤로 홱 젖히며 말했다.

"그건 말도 안 돼. 자한다르 아저씨는 이런 짓을 벌일 능력이 없어. 애써봤자 꽃밖에 더 피우셨냐."

"그럼 대체 이건 무슨 소동인데?"

라힘이 몸을 움츠리며 소리쳤다. 또다시 번개가 하늘을 가르며 도심을 강타했다.

사방에 불길이 솟았다.

타리크는 얼굴을 찡그리며 점점 치솟는 불길한 예감을 억눌렀다.

"모르겠어. 하지만 셰에라자드를 여기 두고 가진 않을 거야."

그는 두건을 머리에 푹 눌러쓰고 등에서 리커브 활을 빼 들었다.

셰에라자드는 첫 번째로 울리는 천둥소리에 놀라 잠에서 깨어났다. 두근대는 가슴을 진정시키며 목재 창호로 걸어가 조각 창살 사이로 바깥을 내다보았다.

'폭풍이 부는 것뿐이야.'

그녀는 침대로 돌아가 끄트머리에 앉았다. 그리고 손에 낀 금

반지를 만지작거렸다.

'폭풍이 온 것뿐이야.'

순간, 귀가 먹먹할 정도로 요란한 벼락 소리가 나더니 돌이 튀는 소리가 들려와 저도 모르게 벌떡 일어서고 말았다.

무언가가 궁전을 내리쳤다.

방 바깥으로 요란한 발소리가 모였다. 셰에라자드는 침대 곁에 둔 단검을 움켜쥐고서 옆에 웅크렸다.

예고도 없이 문이 확 열렸다.

"셰에라자드?"

잘랄의 익숙한 목소리가 침묵을 뚫고 들려왔다. 그녀는 안도의 한숨을 쉬었다.

"나 여깄어요."

그녀는 마른 장미를 놓아둔 의자 위에 단검을 놓고서 앞으로 걸어 나갔다. 잘랄은 라즈푸트와 두 명의 근위병을 대동하고 방 한가운데 섰다.

"다쳤나요?"

잘랄이 옅은 갈색 빛깔 눈동자로 사방을 빠르게 훑으며 물었다. 곱슬머리가 온통 헝클어진 채였다. 셰에라자드는 주저하다 물었다.

"아뇨. 왜요?"

"궁전에 벼락이 떨어졌어요. 첨탑과 정원 일부에 불이 났습니다."

갑자기 관자놀이에 피가 확 몰려 두근두근 뛰었다. 셰에라자드는 주먹을 꽉 쥐었다.

"잘랄, 혹시……."

잘랄은 가까이 다가오며 걱정할 것 전혀 없다는 듯이 말했다.

"그냥 폭풍일 뿐입니다, 샤지. 저는……."

그때였다. 그들이 서있는 궁전 벽이 충격을 받고 부르르 떨렸다. 셰에라자드의 침대가 흔들리고 나무 캐비닛이 바닥으로 쓰러졌다. 뒤따른 천둥소리에 셰에라자드의 온몸이 파르르 떨리며 근심이 더욱 심해졌다.

그녀는 문 옆에 난 복도로 달려가 데스피나의 방문을 확 잡아당겼다.

방에는 아무도 없었다.

"데스피나는 어디 있죠?"

방으로 돌아오자마자 셰에라자드가 물었지만 잘랄은 그저 어깨를 으쓱였다.

"모르겠습니다."

"헛소리 말고요! 데스피나 어디 있냐니까요?"

잘랄이 눈썹을 부드럽게 치켜떴다. 너무나 부드러운 눈짓이었다.

"데스피나는 잘 있을 것 같으니 걱정 마시죠. 어쩌면 그냥……."

셰에라자드는 그의 팔을 확 잡고 가까이 끌어당겼다.

"유치한 짓 그만해요. 가서 데스피나를 찾아요. 너무 걱정된단 말이에요. 그건 잘랄도 마찬가지일 텐데요."

그러자 잘랄의 몸이 굳었다. 그녀의 얼굴을 슬쩍 바라보는 표정도 굳기는 마찬가지였다.

"다시 말씀드리지만, 저는……."

천둥이 또다시 허공을 가르며 울려 퍼졌다. 이번에는 대리석 바닥과 목재 창호의 경첩을 흔들어 댔다.

"명령이에요. 가서 데스피나를 찾아요."

"그러겠습니다, 마마. 하지만 마마의 명령은 왕의 명령에 어긋납니다. 할리드에게 이유를 설명하느니 차라리……."

"데스피나는 임신했단 말이에요!"

그러자 잘랄은 몸을 확 굳히는가 싶더니 그녀의 어깨를 잡았다.

"지금 뭐라고 했습니까?"

'미안해, 데스피나.'

"임신했다고요. 그러니 무슨 일이 벌어지기 전에 어서 그 사람을 찾아요."

잘랄은 눈을 껌빡이면서 걸쭉한 욕설을 내뱉었다. 그 욕설 중 많은 부분은 셰에라자드를 향한 것이었다.

"나한테 화는 나중에 내요. 지금은 가서 데스피나를 찾으라고요. 난 여기 있을 테니까."

그녀는 고집을 부렸다. 잘랄은 이글거리는 눈을 크게 뜬 채 고개를 돌려 병사들에게 명령을 퍼붓고는 성큼성큼 문으로 다가가다가 밖으로 나가기 전에 멈춰 섰다.

"샤지."

"네?"

"고마워요."

그는 대답을 듣지도 않고 복도로 사라졌다.

셰에라자드는 침대로 돌아갔고, 라즈푸트와 두 명의 근위병은 남아서 이곳을 지켰다. 그녀가 오른손에 낀 반지를 만지작거리는 동안, 바깥에서 계속 맹위를 떨치는 소음과 빛 때문에 피부가 뜨거워지는 동시에 오소소 소름이 돋았다.

‘비가 오고 있잖아. 저주가 약해진 거야. 그냥 심한 폭풍일 뿐이야. 그 이상의 의미는 없어.’

또다시 귀청을 찢을 듯한 천둥소리가 들려왔다. 이제는 테라스를 가린 목재 창호가 확 열리는 바람에 방 안으로 비바람이 몰아쳤다. 셰에라자드는 뭐라도 해보려는 마음으로 창으로 다가가 문을 닫으려 했지만, 라즈푸트가 팔을 들어 앞을 가로막았다. 그리고 근위병에게 재빨리 고갯짓을 해서 대신 창문을 닫으라 지시했다.

하지만 미처 목재 창호를 닫기도 전, 근위병의 가슴에 화살이 적중했다. 근위병은 털썩 무릎을 꿇더니 곧 바닥으로 쓰러졌다.

라즈푸트가 셰에라자드의 손목을 잡아 자기 뒤로 획 숨겼다. 그는 칼집에서 스산한 금속 소리를 내며 탈와를 뽑아 들었다.

두건을 뒤집어쓴 두 사람의 실루엣이 테라스에 나타났다.

셰에라자드는 리커브 활을 쥔 사람이 누군지 대번에 알아보았다.

“안 돼!”

그녀는 활시위를 다시 메겨 라즈푸트를 향해 쏘는 타리크에게 소리쳤다. 셰에라자드가 라즈푸트를 뒤로 확 밀치는 바람에, 화살은 의도한 곳보다 살짝 위쪽인 어깨에 맞았다. 하지만 라즈푸트는 꿈쩍도 하지 않았다.

다른 근위병이 시미타를 뽑아 들자 타리크는 단 한 발의 화살로 그를 쓰러뜨렸다. 그런 다음 화살을 다시 메겨 자세를 취한 채 천천히 앞으로 나왔다.

라즈푸트는 격노하며 무기를 뽑아 들었다.

“비켜라.”

타리크가 거친 목소리로 명령했다.

하지만 라즈푸트는 자세를 낮추고 전투태세를 갖추었다.

다시금 천둥소리가 궁전 벽을 뒤흔들었다.

"이게 마지막 기회다."

어둠 속에서 타리크의 은빛 눈동자가 빛났다. 라즈푸트는 메마르게 웃었다. 그리고 칼을 앞으로 치켜들고 타리크에게 걸어갔다.

"비크람! 그러지 말아요!"

셰에라자드가 애원했다. 라즈푸트는 그녀를 무시한 채 타리크에게 탈와를 휘두르며 공격할 준비를 했다.

타리크는 주저 없이 활을 쏘았다. 화살은 라즈푸트의 가슴을 정통으로 맞혔다.

"타리크! 제발 이러지 마!"

셰에라자드가 비명을 질렀다. 라즈푸트는 믿을 수 없다는 표정으로 얼굴을 일그러뜨린 채 비틀거렸다.

다음 순간 타리크가 활로 라즈푸트의 뒤통수를 세차게 가격했다. 라즈푸트는 결국 쓰러지고 말았다.

셰에라자드는 흐느낌을 억눌러 참았다. 타리크는 침울하고 경계 어린 눈빛으로 그녀를 바라보았다.

"셰에라자드……."

"어떻게 이럴 수가 있어?"

목멘 속삭임이 들려왔다. 타리크는 눈썹을 지그시 찌푸렸다.

"이러지 않았다면 저놈이 날 죽였을 거야."

그 말이 옳았다. 하지만 셰에라자드는 앞날의 희망을 모두 파괴해 버린 자신의 옛 연인에게 뭐라 말해야 할지 알 수가 없었다.

"샤지?"

라힘이 고개를 갸웃거리며 조용히 그녀를 불렀다.

"여기서 뭘 하는 거야?"

셰에라자드가 물었다. 그녀는 첫사랑이었던 타리크를 빤히 바라보았다.

"널 집에 데려다주려고 왔어."

"넌 여기 올 필요가 없었어. 나는……."

타리크의 눈빛이 굳었다.

"난 널 두고 이곳을 떠나지 않을 거야."

그 순간 아주 가까이에서 번개가 번뜩이더니, 천장이 갈라지면서 어두운 금이 생겼다. 이어서 천둥소리가 울리자 금은 더욱 커졌다.

"이 궁전 전체가 곧 우리 위로 무너질 거야. 여기서 나가서 자한다르-에펜디를 찾아야 해."

라힘의 말을 들은 셰에라자드가 이맛살을 찌푸렸다.

"아빠를? 우리 아빠가 왜 여기 있어?"

라힘은 손바닥으로 목 뒤쪽을 문질렀다.

"설명하자면 길어."

이윽고 방 바깥 복도에 발소리가 울려 퍼졌다. 타리크는 화살통에서 화살을 하나 더 뺀 다음 셰에라자드를 가로막고 문 앞에 섰다. 그리고 소리가 사라질 때까지 그대로 자세를 유지했다.

"가자."

라힘이 말했다. 셰에라자드는 심호흡을 했다.

"타리크……."

"난 너 두고 못 가!"

타리크는 휙 돌아서서 그녀를 끌어안고 외쳤다.

"이건 네 싸움이 아니야! 넌 애초에 이 싸움을 하지 말았어야 했어!"

또 천둥이 울리자, 천장 일부가 바닥으로 떨어졌다. 하마터면 라힘이 맞을 뻔했다.

"우리는 떠날 거야. 당장."

타리크는 그녀를 꼭 껴안았다. 셰에라자드는 고개를 끄덕였다. 일단 이 궁전에서 몸을 피해 안전한 곳으로 가면, 왜 떠날 수 없는지 타리크에게 말할 용기도 생기겠지.

왜 떠나고 싶지 않은지 말할 용기가.

타리크는 셰에라자드와 손깍지를 낀 다음 문으로 성큼성큼 다가갔다.

"잠깐만!"

셰에라자드는 옷장으로 달려가 외투와 무사가 준 양탄자를 꺼냈다. 양탄자는 궁전 안에서 불타 없어져선 안 되는 물건이었다. 어깨에 외투를 걸친 그녀는 휙 돌아서서 침대 옆 의자에 둔 할리드가 쓴 쪽지와 단검을 챙겼다.

그러다 시들고 색이 옅어진 보랏빛 장미를 보자, 갑자기 눈앞에 기억이 주마등처럼 스쳐갔다……. 머지않은 과거에 보았던 장미, 결국 비극적으로 시들어 버린 장미의 기억이었다. 처음에는 좋은 의도로 건넨 선물이었지만 결국은 산산이 부서져 마룻바닥에 시든 꽃잎을 떨구었던 그 장미.

폭풍이 쉬익 소리를 내며 셰에라자드의 뒤에서 굉음을 울렸다.

'말도 안 돼. 아빠가…… 이런 걸 하셨을 리 없어.'

셰에라자드는 잠시 눈을 질끈 감았다. 그리고 양피지 쪽지와 단검을 외투 안에 넣은 다음 급히 문으로 달려갔다.

그녀가 문손잡이를 붙잡은 타리크의 팔에 손을 얹고 물었다.

"어떻게 바깥에 들키지 않고 나갈 계획이야?"

"조심하면 되겠지."

셰에라자드는 기가 막혀서 헛웃음을 지었다. 그리고 타리크를 슬쩍 민 다음 문을 조금 열고 바깥을 내다보았다.

"조용히 하고 날 따라와."

그녀는 어두운 복도로 나갔다. 그리고 고개를 숙인 채 궁전 복도를 이리저리 지났다. 속으로는 그녀 뒤를 따라오는 낯선 근위병을 눈여겨보는 사람이 없기만을 바랄 뿐이었다.

제발 잘랄과 마주치지 말아야 할 텐데.

세 사람은 복도를 이리저리 거친 끝에 어느덧 자그마한 복도로 접어들었다. 하얀 대리석으로 만든 아치형 천장의 복도였다.

셰에라자드의 가슴이 덜컥 내려앉았다.

할리드의 방으로 가는 문 앞에 근위병이 하나 있었다. 셰에라자드가 다가오는 것을 본 근위병은 자세를 똑바로 했지만, 뒤따라오는 두 남자를 바라보고는 눈을 가늘게 떴다.

"마마. 무슨 일로 오셨는지요."

근위병이 절하며 물었다. 셰에라자드는 따스하게 웃으며 대답했다.

"이 꾸러미를 칼리프의 방에 돌려드리려고 왔다."

그녀는 마법의 양탄자가 든 꾸러미를 보여주었다.

"제가 도와드리겠습니다. 제게 그걸 주시면……."

하지만 셰에라자드는 고개를 저었다.

"내가 직접 놓고 오겠다."

"그러십시오."

근위병은 고개를 끄덕이며 옆으로 비켜섰다. 하지만 타리크와 라힘이 같이 들어가려 하자 손을 들어 막았다.

"마마, 죄송합니다만 이자들은 들어갈 수 없습니다."

"내가 같이 데리고 들어가겠으니 물러서라."

그녀의 미소에 날이 섰다.

"마마, 거듭 죄송합니다만, 칼리프께서 부재 중이실 때 그분 방에 들어갈 수 있는 사람은 마마와 알-호리 대장뿐입니다."

"오늘 밤은 예외라고 생각하는데."

셰에라자드는 청동 문손잡이를 잡았다.

"마마!"

근위병이 제지하려 들자 셰에라자드는 그를 노려보았다.

"나를 막아설 참인가? 그렇다면 무력을 써야 할 것이야. 하지만 내 의사에 반해 날 건드린 병사가 어떻게 되었는지 알고 있겠지? 어디 한번 해보아라. 날 건드린 걸 알면 내 남편이 참으로 좋아하겠군. 이름이 뭐라고 했지?"

근위병의 얼굴이 하얗게 질렸다.

"셰에라자드 마마!"

그녀는 코웃음을 쳤다.

"이름을 대랬더니 왜 나를 부르느냐? 자, 목숨과 사지가 아깝거든 어서 비켜라."

가슴이 쿵쿵 뛰었다. 셰에라자드는 다시 손잡이를 잡고서 문을 열었다.

타리크와 라힘이 할리드의 방으로 이어지는 응접실에 들어왔을 때도 맥박은 계속 요동쳤다. 세 사람은 멈추지 않고 할리드의 방으로 들어갔다. 문이 쾅 닫히고 나서야 그녀는 겨우 숨을 쉴 수 있었다. 라힘이 모래처럼 메마른 웃음을 지었다.

"너 진짜 칼리파구나."

그는 하얀 석고 벽에 흐느적거리는 팔을 대었다. 셰에라자드는 라힘을 무시하고 검은 캐비닛으로 다가갔다.

"사람을 마구 죽이는 미친놈 방답게 아주 인상적이야. 영혼 없는 괴물이 머물만한 곳이군."

라힘의 짙푸른 눈동자가 마노와 대리석으로 지은 방을 둘러보았다. 셰에라자드는 쏘아붙이고 싶은 마음을 애써 억눌렀다. 자신을 보는 타리크의 시선이 느껴졌다.

"같이 이 캐비닛을 옆으로 치우자."

그녀가 흑단 캐비닛에 손을 얹으며 말했다.

"왜?"

타리크의 물음에 그녀는 입술을 깨물었다.

"설명할 시간 없어! 근위병이 잘랄을 부르면 어쩌려고?"

타리크의 눈이 번뜩였지만, 그는 셰에라자드를 뒤로 보내고 투덜대며 캐비닛을 밀기 시작했다.

이 주 전쯤 할리드가 알려주었던 비밀 문이 드러났다. 셰에라자드는 청동 원형 손잡이를 오른쪽으로 세 번, 왼쪽으로 두 번, 다시 오른쪽으로 세 번 돌린 다음 온몸의 무게를 실어 문을 열었다.

"세상에. 이런 게 여기 있는 걸 어떻게 알았어?"

라힘의 말에 셰에라자드가 대꾸했다.

"할리드가 알려줬어. 안은 어두우니까 조심해서 걸어."

그녀는 자신을 쳐다보는 라힘의 이상한 표정을 애써 무시했다. 그리고 두려움을 감춘 채 계단을 내려가 통로로 들어갔다.

세 사람은 흙과 돌로 지은 벽을 더듬거리며 땅속을 허둥지둥 도망치는 벌레처럼 움직였다. 터널 끝에는 작은 사다리가 있었고, 그 위에는 나무로 된 뚜껑문이 보였다. 셰에라자드가 문을 열려 했지만 나무문은 꿈쩍도 하지 않았다. 라힘이 양손으로 거친 갈색 문을 밀자, 마침내 나무문은 삐걱거리며 위쪽으로 열렸다.

밖으로 나와서 보니 궁전 마구간의 그늘진 구석이었다.

잠시 후 그들이 선 땅을 천둥이 다시금 울렸다. 마구간의 말들이 히잉거리며 마구 발길질을 했다.

"말을 골라."

셰에라자드의 말에 라힘은 휘파람을 불었다.

"정말? 그 미친놈이 최고의 명마인 검은 알-함사를 가지고 있다고 했어. 그 말을 얻는다면 그야말로 대단한 포상인데?"

셰에라자드는 획 돌아서서 라힘을 바라보았다.

"아르데시르는 안 돼. 여기 있는 말은 다 가져가도 그 말은 안 돼."

"아니, 왜 안 돼?"

"할리드의 말을 가져가선 안 되니까!"

그녀에겐 이제 실낱같은 침착함밖에 남지 않았다. 라힘은 졌다는 듯 두 손을 들었다.

"대체 왜 이래, 샤지?"

그의 얼굴이 걱정으로 일그러졌다. 그때, 어둠 속에서 타리크가 조용히 말했다.

“여기 있지도 않아, 그 말은. 주인도 없고.”

“뭐라고?”

라힘이 타리크 쪽으로 돌아섰다.

“그놈은 어디 있지, 셰에라자드?”

타리크가 그녀 쪽으로 성큼성큼 다가오며 물었다.

“칼리프께서는 집으로 돌아오시는 중입니다, 타리크 임란 알-지야드.”

그들 뒤에서 남자의 목소리가 들렸다.

‘잘랄이구나.’

어둠 속에서 근위대장이 나타났다. 그가 타리크를 향해 악의 가득한 미소를 지으며 말했다.

“내가 보기에 당신은 운이 좋아요. 만약 당신이 셰에라자드와 함께 있는 걸 할리드가 알았다면, 차라리 죽는 편이 더 좋을 거란 생각이 들게 됐을 테니까.”

타리크는 활에 손을 뻗었다. 곧바로 행동을 취하려는 심산이었다. 그러자 셰에라자드가 온몸을 던져 앞을 막아서더니 그의 양 손목을 잡았다.

“이러지 마!”

그녀의 얼굴에는 공포가 그득했다. 타리크의 고통이 더욱 심해졌다. 이제 샤지는 젊은 왕의 가족마저 보호하려 드는구나. 나를 막아서면서까지.

알-호리 대장은 시미타를 빼든 팔을 내린 채였다. 그는 혼자였다. 그렇다면 화살 한 발로 성가신 존재를 처리할 수 있을 것이다.

젊은 왕의 오만한 사촌이 성큼성큼 다가오자, 셰에라자드는 고개를 돌려 그를 마주 보았다. 여전히 타리크의 양 손목을 목숨을 걸고 꽉 쥔 채였다.

"잘랄, 내가 다 설명할게요."

"그러실 필요 없습니다."

"나는……."

"말했잖아요. 설명할 필요 없다고요. 전 마마를 믿거든요."

잘랄이 간단하게 말했다. 하지만 셰에라자드가 타리크의 손목을 잡은 힘은 이럴 수가 있나 싶을 만큼 더욱 세졌다.

"하지만 나시르 알-지야드의 아들은 못 믿겠습니다."

알-호리 대장이 시미타를 들자 칼날이 새하얗게 빛났다.

"타리크는 믿어도 돼요."

"아니. 믿지 마."

타리크가 끼어들었다. 셰에라자드는 슬쩍 뒤돌아서 꾸짖는 눈빛으로 그를 바라보았다.

"여긴 왜 왔습니까, 타리크 임란 알-지야드?"

알-호리 대장이 칼을 든 채로 한 걸음 다가왔다.

"몰라서 묻는 건 아니겠지. 난 셰에라자드를 데리러 왔어."

알-호리 대장은 코웃음을 쳤다.

"그래요? 정말로 호라산의 칼리파를 데리고 이 도시를 떠날 수 있을 거라고 생각합니까? 내 사촌동생의 아내를 데리고?"

"셰에라자드는 여기 있을 애가 아니야. 난 사랑하는 여자를 괴물의 품에 둘 수 없어."

"그거 재미있군요. 그렇다면 그 여자분의 의견은 어떤지 물어보면 어떨까요?"

라힘이 거친 목소리로 되물었다.

"무슨 헛소리야? 진심으로 얘가 타리크를 버리고 미친놈을 고를 거라고 생각하는 거야?"

"그만해, 라힘."

타리크가 경고했다. 그 말을 들은 알-호리 대장이 부드럽게 대꾸했다.

"직접 물어보시죠. 정말로 여러분과 레이를 떠날 계획인지 셰에라자드에게 물어보란 말입니다. 나는 여러분이 모르는 걸 알거든요. 여러분은 너무 멍청해서, 혹은 맹목적이라서 모르는 걸 말이죠."

"그게 뭔데?"

라힘이 버럭 외쳤다.

"살인자, 괴물, 미친놈…… 물론 할리드에겐 이 말이 다 맞을 수도 있죠. 하지만 그를 사랑해 주는 사람이 있습니다. 나와 내 아버지죠. 하지만 무엇보다도, 샤지가 할리드를 사랑합니다. 샤지가 곁에 있으면, 할리드는 격하게 사랑하고 또 사랑받죠."

타리크 앞에 선 셰에라자드의 몸이 바들바들 떨렸다. 손목을 움켜쥐었던 손에서 힘이 빠졌다.

"저 말이 사실이야?"

근위대장이 셰에라자드에게 보이는 친근함에 발끈하며 라힘이 물었다.

그녀는 다시금 뒤를 슬쩍 돌아보았다. 그렁그렁한 두 눈에 맺힌 눈물이 언제든 뺨으로 흘러내릴 것만 같았다.

“타리크.”

아니. 뭐라고 말할지 차마 들을 수가 없었다. 이런 말을 하는데 어떻게 참고 듣는단 말이야?

타리크는 활을 떨구고 셰에라자드를 끌어당겼다.

“이건 너답지 않다는 거 알아. 여기서 무슨 일이 있었던 거야, 그렇지? 하지만 우리는 되돌릴 수 있어. 내가 되돌릴 수 있어. 나랑 같이 집에 가자. 우리는 떨어져 있으면 안 돼. 하루하루가 소중한데. 하루라도 빨리 함께 있어야 해. 더는 참을 수가 없어. 같이 집에 가자.”

“하지만, 여기가 내 집이야.”

셰에라자드가 속삭였다. 라힘은 믿을 수 없다는 듯 표정을 구겼다.

“샤지! 어떻게 그런 말을 해?”

“정말 미안해. 너희 중 누구도 마음 아프게 하고 싶지 않았어. 정말이야. 그건…….”

결국 타리크는 버럭 소리쳤다.

“그놈은 시바를 죽였어! 네 가장 친한 친구를 죽인 남자를 어떻게 사랑할 수 있어? 도시가 불타는 동안 재미 삼아 여자 수십 명을 죽이고 사라진 냉혈한을 어떻게?”

셰에라자드의 목소리가 갑자기 섬뜩하리만큼 낮아졌다.

“무슨 소리야? 도시가…… 불타다니?”

타리크는 이마를 찌푸렸다.

“번개가 쳐서 그래. 불이 난 건물이 많아.”

이 말을 들은 셰에라자드는 타리크를 확 밀치고 마구간 입구로 달려갔다. 그리고 나무문을 활짝 열었다.

눈앞에 보이는 광경에 그녀는 그만 주저앉고 말았다.

도시의 반이 화염에 휩싸였다. 은빛 번개가 번쩍이는 가운데 연기가 하늘로 치솟고 있었다. 불타는 재의 내음이 주변에 서린 장밋빛 구름과 뒤섞였다.

알-호리 대장은 칼을 칼집에 넣고 셰에라자드 옆에서 몸을 구부렸다.

그녀의 비참한 표정을 본 타리크는 발길을 우뚝 멈추고 말았다.

"잘랄. 우리가 무슨 짓을 한 거죠?"

고통 어린 그녀의 얼굴에는 흔들림이 없었다.

"아뇨, 델람. 이건 당신 잘못이 아닙니다. 절대 아니에요."

알-호리 대장이 두 손으로 그녀의 얼굴을 가만히 잡았다. 셰에라자드는 떨리는 숨을 내쉬었다.

"당신은…… 우리는 이 상황을 멈춰야 해요. 다른 사람이 죽기 전에."

"전 그런 짓 안 합니다."

그녀의 말에 알-호리 대장이 대답했다.

"우리가 무슨 짓을 한 거죠?"

그 말은 영혼을 아득하게 마비시키는 애처로운 애원이었다.

알-호리 대장이 셰에라자드를 일으켰다.

"아무 짓도 안 했어요. 당신은 아무 잘못 없어요."

셰에라자드는 고개를 저었다. 넋을 잃은 표정에는 절망이 그득했다.

"할리드는…… 계속해서 저주를 풀어야만……."

"아니오. 절대 그러지 않을 겁니다."

"하지만 우리가 어떻게 이러고 살아요? 난 못 견뎌요. 할리드는 못 견딜 거라고요!"

그녀가 소리쳤다. 타리크는 더는 참을 수가 없었다.

"대체 무슨 말을 하는 거야?"

알 호리 대장은 계속 셰에라자드에게 눈길을 둔 채 그에게 말했다.

"타리크 임란 알-지야드. 부탁이 있습니다."

"안 들어줄 거다."

"먼저 부탁이 뭔지 듣고 싶지 않습니까?"

타리크는 잠자코 그를 노려보았다. 알-호리 대장이 고개를 돌려 타리크를 마주 보았다.

"셰에라자드를 데리고 레이를 떠나주시죠."

"원래부터 그게 내 의도였어."

셰에라자드의 눈빛이 번뜩였다.

"잘랄!"

"데려가요."

알-호리 대장이 셰에라자드의 어깨를 잡았다.

"안 돼요. 난 못 가요. 가지 않을 거야. 난…… 무섭지 않아."

그녀가 덜덜 떨리는 턱을 치켜들고 말했다. 알-호리 대장은 그 얼굴을 마주 보았다.

"제 말 들어요. 이번 한 번만. 제발 부탁이에요."

셰에라자드가 저항하기 시작한 순간, 돌풍이 훅 불어와 달콤한 장미 내음과 매캐한 연기가 뒤섞인 이상한 향을 퍼뜨렸다. 그녀는 눈을 가늘게 뜨고 가슴을 손으로 꾹 눌렀다.

"타리크. 아빠는 어디 계셔?"

거친 목소리로 묻는 그녀에게 타리크가 대답했다.

"도시 바깥에. 언덕 위에서…… 기다리고 계셔."

셰에라자드는 눈을 부릅떴다. 그리고 새로운 사실을 깨달은 무시무시한 눈빛으로 타리크를 쏘아보았다.

"아빠에게 데려다줘."

그리고 말없이 알-호리 대장의 곁을 쓱 지나 마구간으로 가서 말에 안장을 얹었다.

고개를 돌린 타리크는 그녀가 어둠 속으로 걸어 들어가는 모습을 보았다. 뻣뻣하게 몸을 세우고 마지못해 옮기는 듯한 걸음걸이였다. 그저 멍했던 타리크의 머릿속은 알-호리 대장에게 팔을 붙잡혔을 때에야 다시금 맑아졌다. 타리크는 오만한 근위대장의 손을 뿌리쳤다.

"이게 무슨……!"

"아직도 그녀를 사랑합니까?"

근위대장이 다급하게 속삭였다.

"그건 당신이 알 바 아니야."

"대답해, 이 바보 자식아. 여전히 사랑하냐고."

타리크는 이를 악물었다. 그리고 왕실 근위대장의 이글거리는 눈빛을 마주 보았다.

"언제나 사랑할 거야."

"그럼 두 번 다시 이곳에 오지 못하게 해."

타오르는 잉걸불

어두워진 하늘, 사막 한가운데에서 두 명의 말 탄 이들이 만났다.

한 사람은 평범한 회색 말을 탔고, 다른 사람은 위풍당당한 흰 종마를 탔다.

두 사람 뒤에는 각각 무장한 정예병들이 섰다.

하얀 종마를 탄 이가 먼저 입을 열었다. 그 풍성한 목소리는 꾸며낸 기색이 역력했다.

"우리에게 공동의 적이 있다고 들었소."

다른 이는 침착한 시선으로 그를 바라보았다.

"저도 그렇게 들었던 것 같습니다, 전하."

하얀 말을 탄 이가 번지르르한 웃음을 느릿하게 지었다.

"그대는 사람들이 말한 대로군, 레자 빈-라티프."

"전하께서도 그러하십니다."

파르티아의 술탄이 웃었다.

"그 말은 칭찬으로 받겠소."

"칭찬의 뜻으로 말씀드린 것입니다, 전하. 제 의도를 제대로 전하지 못한 점을 용서해 주시지요. 하지만 저는 전하와 가벼운 대화를 주고받고자 이 자리에 온 것이 아닙니다."

밤하늘에 술탄의 웃음소리가 울려 퍼졌다.

"참으로 솔직한 이로군. 기쁘다오. 그러면 인사는 이쯤에서 그만하고, 본론으로 들어가도록 하지."

"기꺼이 따르겠습니다, 전하."

"나의 더러운 조카 녀석에 대해 어떤 의도를 품고 있소?"

"그자에게 고통을 주고 싶습니다. 그자의 절멸을 원합니다."

술탄의 눈빛이 전투적인 기세로 빛났다.

"알겠소."

"전하께서 원하시는 건 무엇인지요?"

"굴욕을 주고 싶소……. 그리고 물론 절멸시켜야지. 우리는 어쩌면 공동의 목표를 위해 서로 도울 수 있을 듯한데?"

"제게 무엇을 주실지에 따라서 제 원조도 달라지겠지요, 전하."

"지금은 돈과 무기를 주겠소. 그대가 일단 국경을 확보하고 기존 병력을 강화한다면 공개적으로 지원을 하겠지만, 그러기 전까지는 그놈의 분노를 더는 자극할 수가 없소."

"알겠습니다."

술탄이 뒤편으로 손짓하자, 병사 두 명이 봉인된 자그마한 상자를 가져왔다.

"일단 믿음의 증표로 주는 금이오. 이 지원금이 다 떨어지면 다시 전갈을 보내시오. 더 보내줄 터이니."

레자는 고개를 끄덕였다. 그가 자신이 데려온 수행원들을 슬쩍 돌아보자, 두건을 쓴 두 남자가 앞으로 다가와 금을 가져갔다.

그중 하나가 허리를 굽혀 상자를 들었을 때 푸른 사막의 달빛이 그의 팔뚝을 비추었다.

그 위로 풍뎅이 문양이 보였다.

***

셰에라자드에게

나는 그대를 몇 번이나 실망시켰다. 하지만 지금 이 순간은 헤아릴 수 없을 만큼 실망시키고 있다. 우리가 처음 만난 날, 내가 그대의 손을 잡고 그대가 나를 바라보던 날, 그대는 두 눈에 찬란한 증오를 품고 있었다. 난 그대를 가족에게 돌려보냈어야 했다. 하지만 그러지 못했다. 그대의 증오심에는 솔직함이 있었다. 그대의 고통에는 두려움이 없었다. 그대의 솔직함을 보면 나 자신을 보는 것 같았다. 아니, 내가 되고자 하는 이상적인 모습을 보았다고 할까. 그래서 나는 그대를 실망시켰다. 난 거리를 두지 않았다. 그리고 나중에는 이렇게도 생각했다. 만약 내가 답을 얻는다면, 그것으로 충분하리라고. 더는 마음 쓰지 않게 될 거라고. 그대가 더 이상 중요하지 않을 거라고. 그래서 나는 계속 그대를 실망시켰다. 그러면서 계속 많은 것을 원했다. 지금은 뭐라고 해야 할지 알맞은 단어가 생각나지 않는다. 적어도 내가 그대에게 무엇을 빚졌는지 전할 수 있어야 할 텐데. 그대를 생각하면, 난 숨을 쉴 공기를 찾을 수가 없다. 그리고 그대가 떠났어도 이제는 고통이나 두려움 따윈 없다. 내게 남은 건 그저 고마움뿐이다.

내가 어렸을 적, 어머니는 내게 말씀하셨다. 삶에서 가장 좋은 것은 아직 이야기가 끝나지 않았다는 사실이라고. 우리의 이야기는 끝났을지 모르지만, 그대의 이야기는 아직 전해져야 할 게 남아있다.

그러니 그대의 이야기를 가치 있게 만들기를 바란다.

나는 그대를 마지막으로 실망시켰다. 그래서 지금을 바로잡을 기회로 삼으려 한다. 내가 아무것도 느끼지 못해서 그랬던 게 결코 아니었다. 다만, 그 말을 다시는 하지 않겠다고 맹세했기 때문이었다. 스스로 했던 약속을 지키지 못하는 남자는 아무런 가치도 없기 때문이다.

그래서 대신, 저 하늘에 이 말을 쓰려 한다.

사랑한다. 천 번이고 거듭해서 사랑한다. 이 사랑에 결코 미안하다 하지 않을 것이다.

할리드

할리드는 궁전 옥상 테라스 난간에 서서 맑은 지평선 너머로 떠오르는 태양을 지켜보았다.

궁전의 부서진 대리석과 돌이 사방에 나뒹굴며 아직도 연기를 피워 올렸다.

그의 도시는 검은 연기 기둥과 잔해로 가득한 황무지가 되어버렸다. 잃어버린 희망과 비통함이 가득한 황무지가.

잠시, 그는 폐허가 된 도시를 외면하고 눈을 감았다.

그러나 아주 잠시뿐이었다.

이곳은 그의 도시였으니까. 그가 선택한 곳이자, 책임져야 하는 곳이었으니까.

다시는 그 진실을 피하지 않을 것이다.

새로이 다진 목적을 가진 채로, 할리드는 편지가 적힌 양피지 조각을 들고서 옆에 있던 횃불로 불을 붙였다.

양피지 귀퉁이가 오그라들며 재로 변해갔다. 불꽃이 이내 사면을 휘감으며 파랗고 새빨간 불길을 날름거렸다.

할리드는 불타는 편지를 계속 들고 있었다.

그리고 남은 잉걸불을 바람에 날렸다.

찬란한 새벽을 향하여.

(제2권 《장미와 단검》에서 계속됩니다.)

할리드 외전: 왕관과 화살

한 여자

이상하게도 이렇게 되어버렸다. 이상했지만, 이제는 익숙해져 버린 이 상황.

태양이 뜨고 지면서 결정되어 버리는 인생이라니.

이렇게 조용히 성찰할 때마다 할리드는 종종 어렸을 적 어머니가 해줬던 말을 떠올리곤 했다. 어둠과 수많은 그림자를 무서워하던 어린 시절의 기억이었다.

"해가 지면서 만들어 내는 일을 무서워하지 마. 해가 지면 또 반드시 떠오르기 마련이란다."

그 말이 무슨 뜻인지 이제는 너무나 잘 안다. 십 수 년이 흐른 지금은.

할리드는 애써 거울을 바라보았다.

지난 72일 동안 그랬던 것처럼.

일흔두 번의 새벽과 일흔두 번의 황혼.

할리드는 자신을 응시하는 아버지의 눈이 싫었다. 자신이 누구인지, 왜 이토록 끔찍한 일이 일어났는지 자꾸만 떠올리게 하는 그 눈이 싫었다.

괴물의 아들. 광기가 흐르는 피.

피는 피를 부른다고 했던가.

얼굴에 서린 주름이 더욱 짙어졌다. 할리드는 숨을 내쉬었다. 눈썹이 일그러졌다가 다시 부드럽게 펴졌다.

이는 그 누구의 잘못도 아닌 바로 자신의 잘못이었다. 오로지 나 자신의 잘못.

"세이이디. 시간이 되었습니다."

할리드의 뒤편에서 어둠을 뚫고 거친 목소리가 들려왔다.

돌아선 할리드의 눈앞으로 응접실 입구에 선 숙부가 보였다. 머리가 희끗희끗한 레이의 샤르반은 체념한 표정이었다. 그가 할리드의 안색을 살피며 말했다.

"곧 끝날 거다."

조용한 말이었다. 마음을 달래주려는 의도였으리라. 하지만, 언제나 그랬듯 샤르반의 말투는 너무 진지해서 원하는 효과를 내지 못했다.

"아니. 이건…… 결코 끝나지 않을 겁니다."

할리드도 조용히 대답했다. 샤르반은 어깨를 움츠리며 한숨을 쉬었다.

"죄송합니다, 세이이디. 이 상황을 가볍게 넘기려는 건 아니었습니다."

"알고 있소."

잠시 어색한 침묵이 흘렀다. 샤르반은 마치 손을 뻗는 듯한 동작을 하려다가 이내 그만두었다. 그의 손가락이 하릴없이 허공을 움켰다. 그는 말없이 옆으로 물러서서 할리드에게 길을 터주었다.

할리드는 방 바깥으로 이어진 하얀 복도로 나가려다가 이내 몸을 굳혔다.

"잘랄은 어디 있소?"

"근위대장은 이미 알현실에 있습니다, 세이이디."

할리드는 멍하니 고개를 끄덕였다.

할리드는 절대로 머뭇대지 않았다. 두 사람은 숙부와 조카 사이지만, 너무나 자연스러울 정도로 격식 어린 태도를 보이며 각자의 위치로 금방 돌아갔다. 그 자연스러움 속에는 수많은 생각이 침묵을 지키며 배어있었다. 조카와 숙부 사이였으나, 엄연히 왕과 장군이란 관계였으니까.

이윽고 할리드의 양옆으로 정규 근위대가 자리 잡았다. 병사들은 양편에 넷씩 한데 맞추어 행진했다. 다들 험상궂으면서도 결연한 표정이었다. 라즈푸트는 가까이 서서 그 어느 때보다도 바짝 경계했다. 제아무리 조심해도 모자란다는 걸 다들 잘 알고 있어서였다. 호라산의 젊은 칼리프가 견뎌야 하는 위협은 평소에도 적지 않았지만 지금은 꾸준히 증가하고 있었기 때문이다.

지금 그는 호라산의 젊은 살인마 왕이 되었으니까.

할리드의 생각을 감지하기라도 한 것처럼, 라즈푸트는 탈와 손잡이에 손을 대고 사방을 경계했다. 할리드가 어렸을 적 두려워했던 그림자 속에는 위험이 도사리고 있을 때가 많았다. 그 자신이 언제나 피하려던 어둠 속에서, 지금은 살고 있다.

이제는 이 어둠 속에서 사는 게 가장 편안했다.

윤기 나는 돌바닥 위로 한동안 가죽 샌들이 닿는 발소리만이 울렸다. 가끔 칼이 부딪히는 소리가 들리기도 했다.

할리드는 조각된 창살 사이로 비쳐드는 햇빛을 가만히 바라보았다. 빛이 절로 어른거리면서 접어드는 모습을 응시하며 걷던 그가 문득 숙부에게 물었다.

"여자의 이름이 무엇인가?"

"셰에라자드 알-하이주란입니다."

할리드는 그 이름을 기억했다. 생명이 또 하나 사라지는구나. 또 하나의 가족이 망가졌구나.

일흔두 번째 여자.

그런데 할리드의 숙부는 잠시 시간을 끄는 듯했다. 마치 뭔가 더 할 말이 있는 듯, 할 일이 있는 듯 머뭇거렸다. 할리드는 그 점을 놓치지 않고 알아챘다.

그래서 숙부를 빤히 바라보았다.

샤르반은 다시 한숨을 쉬었다. 이번에는 살짝 분노가 배어있었다.

"근위대장이 말씀드리라고 했습니다. 저는 반대 의사를 밝혔습니다만."

"무슨 말인가?"

"그 아가씨, 그 셰에라자드 알-하이주란이라는 아가씨는……."

숙부는 다시 머뭇거리다 말을 이었다.

"……자원했습니다."

할리드는 걸음을 우뚝 멈추었다. 곁에 있던 병사들의 칼이 일제히 철컹거렸다. 그들은 명령만 받으면 바로 칼을 빼어 들 태세였다.

'그 여자는 왜 죽기를 자처하지?'

질문이 목으로 확 솟아올랐지만 할리드는 재빨리 억눌렀다. 호기심이나 관심을 두어서는 안 됐다. 그 여자의 이유를 헤아리기란 불가능했다. 그리고 추측이나 짐작 따위를 해서 그녀의 명예를 더럽혀서는 안 된다.

속으로는 너무나 궁금해서 머릿속이 낮게 울리고 있을지라도.

할리드는 다시 걷기 시작했지만 머릿속은 뒤죽박죽이었다. 질문이 쉴 새 없이 파닥거리며 이리저리 튀었다. 제아무리 노력해도 솟아오르는 질문을 막을 수가 없었다.

제정신인 여자라면 죽기를 자청하지 않을 텐데.

그렇다면 이 여자, 셰에라자드 알-하이주란이라는 여자는 제정신이 아닌 게 분명했다. 할리드의 경험상 사람이 이토록 극단적인 행동을 하는 이유는 단 두 가지뿐이었다.

사랑, 그리고 증오.

어느 쪽일까?

알아볼 길은 하나뿐이었다.

하지만 그건 시도해 볼 수 있는 일이 아니었다. 백성들을 위해서 그럴 수 없었다. 할리드 자신을 위해서도 마찬가지였다.

그는 말없이 복도를 이리저리 지나 푸른 줄무늬 마노로 지은 궁전 길을 거쳐 알현실로 향했다. 마침내 마지막 모퉁이를 돌자 시녀의 모습이 보였다. 시녀는 흔들리지 않는 의도를 내보이며 알현실의 문을 빤히 바라보고 있었다.

팔짱을 낀 시녀의 푸른 눈동자가 밝게 빛났다. 가느다란 손가락으로는 왼쪽 팔 위쪽에 찬 은팔찌를 톡톡 두드려 댔다.

시녀의 관심사는 분명 오늘 새로 온 왕비였다. 곧 죽을 여자지만 이토록 유난한 관심을 받을만했다. 죽음을 자청해서 온 여자라니, 참으로 특이하지 않은가.

문득, 할리드의 머릿속에 어떤 생각이 스쳤다. 이 특이한 시녀는 셰에라자드 알-하이주란이 어째서 왕비 자리에 자원했는지 알아내는 일에 기꺼이 나서지 않을까. 오늘 밤 새로운 왕비의 시중을 들면서 말이다.

이 시녀, 데스피나는 아주 훌륭한 인력이 되어줄 것이다. 할리드는 그녀의 눈빛을 알아보았다. 이 테베 출신 시녀가 품은 호기심은 그가 가진 것만큼이나 컸다. 게다가 뭐든 엿보려는 저 눈빛은 호기심을 숨길 필요가 없었다.

반대로 그는 숨겨야 했다.

할리드의 호기심은 앞으로 일어날 일에는 전혀 중요하지 않았다. 당치 않은 감정이었다.

괴물이 어찌 먹잇감의 동기가 무엇인지 따질 수 있단 말인가. 그럴 자격은 없다.

할리드는 양옆으로 열리는 문을 성큼성큼 지나 검은색과 흰색 대리석이 대각선 무늬를 이루며 깔린 바닥에 들어섰다. 그의 황금 왕좌는 거대한 방 한가운데 솟은 단상 위에 있었다.

그는 비단으로 씌운 왕좌에 앉지 않았다. 이것은 명예로운 상황이 아니기 때문이었다. 한가하게 노닥거릴 때도 아니었다. 대신에 그 앞에 서서 대단히 강력한 왕의 모습을 자아내려 했다. 스스로 그토록 강하다고 느낀 적이 없었음에도.

오른쪽을 본 할리드는 단상 아래 서있는 사촌형을 보았다. 잘랄 알-호리는 군화 신은 발을 단상 모서리에 걸친 채 할리드를 주의 깊게 바라보고 있었다. 왕실 근위대장인 잘랄의 얼굴 한쪽에 웃음기가 슬며시 피어올랐다. 할리드의 무거운 마음을 밝게 해주려는 미소였다.

할리드는 미소에 대한 답례로 사촌형의 웃음기가 사라질 때까지 그 얼굴을 빤히 쳐다봐 주었다.

그는 이런 행동에 능숙했다. 이 세상의 환한 빛이란 빛은 제아무리 희미하더라도 싹 훔쳐내는 짓을 잘했다.

아주 잠시, 할리드는 하릴없이 눈을 감았다.

'해가 지면 또 반드시 떠오르기 마련이란다.'

72일. 이 시련도 곧 끝날 것이다. 그의 백성은 곧 안전해질 것이다. 그는 곧 이 악몽을 자신만의 삶으로 기꺼이 돌려보내게 될 것이다.

저 앞의 문이 악랄한 신음을 내며 활짝 열렸다.

할리드는 눈을 떴다.

입구에 한 여자가 서있었다. 그녀는 주저하지 않고 이쪽을 향해 다가왔다. 묘하게도, 할리드의 근위병들은 그녀를 죽을 자리로 끌고 오지 않았다. 오히려 정중하게 거리를 두고 뒤따라오고 있었다. 이 여자를 이끌고 가는 건 자기들의 임무가 아님을 안다는 듯, 자기들은 얌전히 그녀의 뒤를 따라야 한다는 걸 안다는 듯 말이다.

이 여자는 대체 누구지?

그녀는 체구가 작았다. 언뜻 보기에는 누굴 위협할 만한 몸집이 아니었다. 멀리 떨어진 곳에서 봐서 그럴까.

길고 검은 머리카락은 제멋대로 흘러내렸다. 다마스크 맨틀은 금빛과 은빛을 번뜩였다. 그녀가 앞으로 걸어오자 맨틀 자락이 발치에서 날개처럼 휘날렸다.

하지만 가까이 다가온 여자를 본 할리드는 자기가 틀렸을지도 모른단 생각이 들었다.

이 여자는 결코 섬세하거나 약하지 않았다. 옆구리로 늘어뜨린 팔 끝으로는 두 주먹을 꼭 쥐고 있었다. 당당하게 치켜든 저 고개를 보라.

그녀의 눈망울은 한 점 흔들림이 없었다. 두 눈빛은 화살처럼 그를 꿰뚫었다.

꿀과 독이 듬뿍 묻은 화살처럼.

가까이 다가온 여자를 보자 할리드는 자신의 생각이 너무나 틀렸음을 똑똑히 깨달았다.

그녀는 정말 몸집이 작았다. 하지만 무시해도 좋을 여자가 아니었다. 전혀.

당돌하게 치켜든 턱. 간신히 억누른 비웃음.

몰아치는 감정이 온통 서린 얼굴.

소녀는 단상 앞에서 걸음을 멈췄다. 그리고 두려움 없는 기색으로 이쪽을 올려다보았다. 얼굴에 표정을 그대로 드러낸 채, 흔들림 없는 기색으로 연단에 올라왔다.

할리드의 눈썹이 저도 모르게 올라갔다. 그는 여자의 이글거리는 눈초리를 마주 보며 그녀의 존재감에 흔들리는 스스로를 애써 다잡았다. 그녀의 용기에 아무런 영향을 받지 않은 척하려고 했다.

하지만 그런 걸 신경 쓸 여력이 없었다.

할리드가 그녀에게 손을 내밀었다. 여자는 그 손을 잡고서 그제야 절해야 한다는 사실을 기억했다. 마치 할리드에겐 절할 가치도 없다는 듯이.

그런 존경 따위 받을만한 자가 아니라는 듯이.

그 이글거리는 눈빛에 담긴 진실에 할리드는 그만 당황했다.

그녀가 이쪽에 과분한 경의를 표하며 고개를 숙였다. 그 뺨에 핏기가 확 몰렸다.

그녀가 다시 고개를 들자, 할리드는 그만 움찔했다. 그 시선을 통해 깨달은 것이 있었다. 몸이 긴장하고, 온갖 상념이 가슴을 마구 휘감으며 울려댔다.

더없는 증오라니.

이 여자는 더없이 격렬하게 할리드를 증오하고 있었다. 그의 가슴 깊이 증오가 느껴졌다. 이쪽을 보는 것 자체가 싫다는 표정. 자신의 존재를 다하여 그라는 존재를 속속들이 증오하는 저 모습.

그녀의 증오는 찬란함 그 자체였다.

그녀에겐 두려움이 없었다.

'왜 두려워하지 않지?'

호기심이 머리끝까지 차올랐다. 할리드는 눈을 깜빡여 억지로 호기심을 누그러뜨리려 했다.

하지만 비참하게도 실패했다.

"그대는 나의 아내다."

그가 낮은 목소리로 말했다. 자신도 믿기지 않는 목소리였다. 할리드는 고개를 한 번 끄덕이며 도시의 판사 앞에서 그들의 성혼을 수락했다.

그렇게 그녀의 운명에 종지부를 찍었다.

"그대는 나의 왕이십니다."

여자는 낭랑하고 확신에 찬 목소리로 대답했다. 할리드는 감히 이해할 수 없는 확신이었다.

그러나 감히 무시할 수도 없는 확신이었다.

기꺼이 죽음의 왕관을 쓰려는 여자. 작은 몸집에 엄청난 용기를 지닌 여자.

그리고 엄청난 증오심을 품은 여자.

어째서 이 여자는 나를 이리도 싫어하는 건가? 나에 대한 소문을 듣고 미워했을 리는 없다. 최근에 일어난 일을 다 떠올려 보아도 이토록 심하게 증오할 이유가 되기에는 모자랐다.

그렇다면 개인적인 원한이라는 말인데.

하지만 알-하이주란 가문의 다른 여자를 궁전으로 데려다가 죽인 적은 없었다.

잘랄은 그런 행위를 용납하지 않았을 것이다. 한 가문에서는 단 한 명의 여자만을 데려와야 한다는 규칙이야말로 할리드가 첫 번째로 내린 지시이기도 했다.

한 가문의 딸을 두 명이나 같은 저주의 희생양으로 삼을 수는 없었다.

그렇다면 셰에라자드 알-하이주란의 적의는 대체 어디에서 비롯된 것인가?

이 소녀는 어째서 이토록 열렬하게 할리드를 증오하게 된 것인가?

떠오르는 태양과도 같은 저 열렬함.

이 연단에서 내려가기도 전에, 할리드는 그 이유를 밝혀야겠다고 마음먹고 말았다.

얼마 남지 않은 그 자신의 온전한 정신을 대가로 치르는 한이 있더라도 말이다.

그는 진실을 알아야 했다.

오늘 밤 그는 스스로 세운 규칙을 무시할 것이다. 이 소녀를 홀로 만나보리라.

그리고 단 하나의 질문을 던져보리라.

그럴 여유는 있으니.

감사의 글

무언가를 창작하려고 노력하는 행위를 묘사할 때 '여정(journey)'이란 단어가 가장 많이 쓰인다는 말을 들어본 적이 있습니다.

가만히 생각해 보면 '오랜 방랑(odyssey)'이라는 말이야말로 창작의 어려움을 담아내기에 딱 들어맞고도 남는 게 아닐까 싶어요. 호메로스의 작품을 생각해 보면 더더욱 그렇죠.

이제 본론으로 들어갈게요.

굉장히 놀라운 분들이 또 많이들 도와주셨습니다. 이분들의 도움이 없었더라면 이 '여정'은 불가능했을 거예요. 최선을 다해 한 분 한 분을 모두 기억해 보겠지만, 혹시 내가 언급하지 않은 분이 있다면 전적으로 내 잘못임을 밝힙니다. 그리고 이 잘못을 근미래에 반드시 좋은 일로 갚아드리도록 할게요. 하지만 나의 첫 아이에게는 그럴 수가 없을 거예요. 이미 끝난 일이기 때문이죠.

첫째로, 내 담당자인 바바라 포엘이 아니었더라면 이 책은 그저 머릿속을 맴도는 막연한 공상에 불과했을 겁니다. 바버라, 당신은 내가 이 책의 첫 문장을 쓰기 전부터 내 곁에 있어주었어요. 내가 글 쓸 용기를 내볼 수 있었던 건 모두 당신 덕분이에요. 아무리 감사를 드려도 부족할 따름이겠지요. 그렇지만 다시 한번 고마워요. 천 번 만 번 고맙습니다.

마감일을 넘겨버린 상황에서 담당 편집자와 자정 넘도록 이메일을 주고받았을 때, 내가 그분에게 이렇게 말했던 적이 있어요. 이 세상에는 나만큼이나 이 글에 많은 시간을 할애한 사람이 딱 한 명 있는데, 그건 바로 당신이라고. 나의 편집자 스테이시 바니는 모든 면에서 나의 맞수입니다. 글을 쓴 첫날부터 이 책을 사랑해 주고 강하게 믿어줘서 고맙습니다. 그리고 예전 글에서 훨씬 더 나은 모습인 지금의 글로 이끌어 줘서 고맙습니다. 뭐라 표현할 수 없을 정도로 고맙고 또 존경합니다.

펭귄 출판사의 대단한 편집부원들에게도 감사드립니다. 우선 단어의 마법사이자 프랑스를 무척 좋아하는 전문가 케이트 멜저에게 감사드리고, 훌륭한 홍보 담당자인 마리사 러셀, 또 열정적으로 지원해 준 브리 로크하트에게 감사드려요. 멋진 표지 디자인을 해준 베네사 카슨, 젠 베서, 테레사 에반젤리스타에게 감사드립니다. 또한 각 단어를 훌륭한 영감으로 적절하게 뜻을 갖추도록 만들어 준 마리카 타무라, 카라 페트러스, 애나 데부, 앤 호슬러, 신디 하울에게 감사드려요.

나의 글쓰기 동료인 리키 슐츠, 사라 헤닝, 조이 캘러웨이, 세라 레몬, 스테프 펑크, 앨리슨 블리스, JJ, 세라 블레어에게 감사드려요. 함께해 주어 고맙고, 또 모든 게 고마워요. 여러분 하나

하나가 나의 소중한 보물이에요.

2015년에 등단한 모든 동료들에게도 감사드려요. 이 여정을 여러분과 함께할 수 있어서 큰 영광이었습니다. 특히 2015년 동기생 여러분에게 특별히 감사를 드려요. 나는 여러분 하나하나가 정말 대단하다고 생각해요. 그리고 사바 타히르에게도 고마움을 전합니다. 존재 자체가 정말로 고마운 분이에요.

'위 니드 디버스 북스' 팀원들을 생각하면 정말 놀랍습니다. 이 목표를 향한 우리의 집단적인 열정에 나는 매일 압도당하고 있답니다. 여러분이 하시는 모든 일에 감사드려요. 지금은 시작일 뿐이지요.

나를 거두어 준 마리 루에게 감사드려요. 알고 지낼 수 있어서 영광인 최고의 사람이죠. 써주신 광고 문구를 보면 눈물이 나요. 그리고 앞으로도 항상 큰 일거리를 드릴게요. 항상요.

나의 멋진 점심 친구가 되어준 캐리 라이언에게 감사드립니다. 제이피와 빅은 우리가 그토록 오랫동안 무슨 이야기를 하는지 항상 궁금해할 게 분명해요. 사실 나도 모르겠어요. 하지만 확실한 건요, 매주 점심을 먹을 때마다 다음 주에도 또 만나야겠다는 생각을 하면서 헤어진다는 거죠. 고맙고, 또 고맙고, 거듭 고마워요. 모든 게 다요.

샤지를 아주 격정적이고도 멋있는 모습으로 세상에 내보낸 헤더 바러-샤피로에게 고마워요. 내 책이 이토록 많은 언어로 출간될 거라는 사실이 지금도 믿어지지 않네요. 이건 모두 당신 덕분이랍니다.

나의 첫 번째 독자가 되어준 나의 자매 에리카에게 고맙단 말을 전합니다. 에리카는 역사상 가장 훌륭한 첨삭을 해주었고, 할리드의 편지에 대한 아이디어를 생각해 주었어요. 제인 오스틴도 에리카보다 더 내게 도움이 되지는 못했어요(키라 나이틀리여, 영원하라!). 나의 영웅이자 가장 친한 친구, 또 가장 열렬한 팬이 되어준 일레인에게도 고마워요. 정말 사랑해, 우리 아가씨. 그리고 내 책이 '마침내' 출간되면 읽어주겠다고 말해준 나의 형제 이안에게 고마워요. 다음 주까지 제대로 된 독후감을 꼭 써오도록 해. 또 다른 형제 크리스도 고마워. 날 항상 웃게 해주고 꼭 안아주고 엉뚱한 영상도 많이 보내주었지. 주중에는 TV를 보지 못하게 막아주신 어머니께 감사드려요. 그래서 나는 책과 환상 속 세계를 항상 즐길 수 있었어요. 우리가 어렸을 때 책을 읽어주신 아버지께도 감사드려요. 언제나 의견을 주셨던 것도 고마워용. 문화와 사랑, 음식과 유머를 저와 나눠주신 시댁 식구들께도 감사드려요. 여러분을 말할 수 없을 만큼 사랑해요.

그리고 마지막으로 빅에게 고마워요. 어떤 일이 있더라도 너는 나의 이유이자 구실이야.

언젠가 난 저 하늘에 그걸 쓸 거야.

옮긴이 심연희

연세대학교와 같은 학교 대학원에서 영문학을 공부하고 독일 뮌헨 대학교LMU에서 언어학과 미국학을 공부했다. 영어와 독일어 전문 번역가로 활동 중이다. 옮긴 책 중 대표적인 것으로 소설《아웃랜더》,《레슨 인 케미스트리》,《스파크》,《미드나잇 선》, 그래픽노블《인어 소녀》,《티 드래곤 클럽》, 시리즈물《이사도라 문》,《마녀요정 미라벨》등과, 배우 톰 펠턴 에세이《마법 지팡이 너머의 세계》가 있다.

새벽의 셰에라자드 I
분노와 새벽

초판 1쇄 인쇄 2024년 7월 15일
초판 1쇄 발행 2024년 8월 2일

지은이 | 르네 아디에
옮긴이 | 심연희
발행인 | 강봉자, 김은경

펴낸곳 | (주)문학수첩
주소 | 경기도 파주시 회동길 503-1(문발동633-4) 출판문화단지
전화 | 031-955-9088(대표번호), 9532(편집부)
팩스 | 031-955-9066
등록 | 1991년 11월 27일 제16-482호

홈페이지 | www.moonhak.co.kr
블로그 | blog.naver.com/moonhak91
이메일 | moonhak@moonhak.co.kr

ISBN 979-11-93790-26-7 04840
979-11-93790-25-0(세트)
* 파본은 구매처에서 바꾸어 드립니다.